HEYNE <

Zum Buch

Als die CIA einen wichtigen BND-Informanten angreift und dessen Familie gefangen setzt, schickt der BND Karl Müller zu einem hochbrisanten Solo in den Jemen. Müllers Freundin und Kollegin Svenja Takamoto ist zeitgleich einer terroristischen Bedrohung in Deutschland auf der Spur. Kilt Brown, ein reicher Ölhändler aus Hamburg, lockt ziellose junge Leute an und nimmt sie unter seine Fittiche. Er lädt sie ein auf einen Trip nach Mallorca – aber dann geht es plötzlich weiter nach Karatschi. Der BND mutmaßt, dass sie in Pakistan zu Terroristen ausgebildet werden sollen. Aber wie kann man sie aufhalten? Svenja und ihr Kollege Thomas Dehner observieren die Verdächtigen unter Lebensgefahr. Als sie ins pakistanische Stammesgebiet aufbrechen, stößt Karl Müller dazu. Aber auch der Bruderdienst aus den USA operiert vor Ort und kocht sein ganz eigenes Süppchen ...

Zum Autor

Jacques Berndorf – Pseudonym des Journalisten Michael Preute – lebt seit 1984 in der Eifel. Er arbeitete viele Jahre als Journalist, u.a. für den *Spiegel* und den *Stern*, bevor er sich ganz dem Krimischreiben widmete. Seine »Eifel«-Krimis mit dem Ermittler Siggi Baumeister wurden sämtlich zu Bestsellern und haben Kultstatus erlangt. 2003 erhielt Michael Preute den »Ehrenglauser« für seine Verdienste um die deutschsprachige Kriminalliteratur. Er ist der erste Außenstehende, dem der BND zu Recherchezwecken die Tore öffnete. In seiner BND-Reihe sind bereits bei Heyne erschienen: *Ein guter Mann*, *Bruderdienst*, *Der Meisterschüler* und *Die Grenzgängerin*.

Jacques Berndorf

LOCKVOGEL

Roman

WILHELM HEYNE VERLAG
MÜNCHEN

Verlagsgruppe Random House FSC® N001967

Vollständige deutsche Taschenbuchausgabe 03/2017

Umschlaggestaltung: Eisele Grafik·Design, München,
unter Verwendung eines Fotos von
Ivo Berg / Moment open / Gettyimages
Satz: C. Schaber Datentechnik, Wels
Druck und Bindung: GGP Media GmbH, Pößneck

ISBN 978-3-453-43882-8

www.heyne.de

Für meine Frau Geli.
Für Esther Bentz, für Klaus-Christoph Bentz.

»The Streets were dark with something more than night.«

RAYMOND CHANDLER »Trouble is my business«

1. KAPITEL

Sowinski bellte ins Telefon: »Wie verfahren wir mit Quelle Jemen?« Er war wütend.

»Ich bringe ihn gleich zum Flieger Berlin – Paris«, antwortete Thomas Dehner flach und gelassen. »Er steigt gegen Mittag um auf eine Verbindung nach Tel Aviv. Dort wartet er zwei Tage im Hotel. Als Tourist. Er lässt sich von einem Taxi aus ein paar Sehenswürdigkeiten zeigen, trödelt herum. Das Taxi fährt einer unserer Leute, aber Quelle Jemen weiß das nicht, und er will das auch gar nicht wissen. Dann fliegt er heim nach Sanaa. Ganz einfach.« Plötzlich unsicher setzte er hinzu: »Aber das ist doch mit Ihnen besprochen worden.«

»Was halten Sie von meiner Vermutung, dass der Mann auf einer Fahndungsliste der NSA steht?«

Dehner lachte leise. »Ich denke, dass uns das gleichgültig sein sollte. Sie stehen todsicher auch auf ein paar Listen, und ich auch. Wer soll das noch ernst nehmen? Quelle Jemen hat erstklassige Papiere als Mitglied des diplomatischen Korps, mehr geht nicht, mehr braucht er nicht.«

»Okay. Kommen Sie rein, wenn das erledigt ist.«

Sowinski, der sich als Beschützer aller Außenagenten im BND sah, stellte das Telefon beiseite. Er sagte an seinen Kollegen Esser gewandt, der zwei Räume weiter residierte: »Ich frage mich, was wir machen, wenn unsere ganze wunderschöne Spionageeinrichtung eines Tages auf der Fahndungsliste der NSA landet und alle die Cowboys von der CIA mit ihren großen Revolvern in der Tür stehen?«

»Das kann ich dir genau sagen. Wir winseln um unser Leben«, antwortete Esser, Spezialist für die gesamte Wissenschaft und für alle Hintergründe der Politik. »Aber sag mal, warum bist du eigentlich so angespannt?«

»Das weiß ich nicht.«

»Du lügst«, sagte Esser schnell und streng.

»Meine Frau und ich haben morgen fünfundzwanzigsten Hochzeitstag.« Das kam wie ein Hauch, als traue Sowinski sich kaum, die Worte auszusprechen.

»Richtig, du hast ja schon vor Monaten ein paar Urlaubstage eingereicht«, sagte Esser. »Und planst was ganz Schönes für euch beide, oder?«

»Ich habe zwei Leute in Afrika, einen auf Mallorca, drei müssen in einen Einsatz. Ich weiß nicht, wie ich da freimachen soll.«

»Weiß unser Chef davon?«

»Nein. Und du solltest ihm das auch nicht sagen.«

»Du spinnst ja, Sowinski!«

*

»Wieso spinnt er?«, fragte Krause in das Mikrofon vier Türen weiter.

»Sowinski hat vor Monaten freie Tage für seine Silberhochzeit beantragt«, bestimmte Esser streng. »Keine Diskussion. Der Mann muss sich ab morgen dringend um sein Privatleben kümmern.«

»Okay«, bestätigte Krause. »Wie geht es Müller eigentlich?«

»Nicht so glänzend. Der Therapeut sagt, er trägt ein Gebirge an Schuldgefühlen mit sich herum. Panikattacken.«

»Immer noch die Frau und das Kind?«, fragte Krause.

»Immer noch«, bestätigte Esser.

*

Karl Müller schwitzte. Es war früher Morgen, und er saß auf einem hölzernen Schemel mitten in einem völlig kahlen, weißen Raum und fühlte sich elend. Er sagte wütend: »Ich werde jede Nacht wach von diesem Scheißbild.«

»Schildern Sie das Scheißbild«, forderte der Therapeut energisch.

»Ich will das nicht mehr«, nuschelte Müller.

Müller mochte diesen Therapeuten nicht. Der Mann hatte eine eigenartige Technik entwickelt. Er saß ebenfalls auf einem Holzschemel drei Meter von Müller entfernt. War er mit Müllers Antworten und Schilderungen zufrieden, rutschte er mitsamt dem Schemel fünfzig Zentimeter auf Müller zu. Gefiel ihm nicht, was Müller sagte, so entfernte er sich schrittweise und saß am Ende sechs Meter entfernt. Nach Müllers Ansicht war das kindisch und naiv. Außerdem hatte der Mann eindeutig eine Macke: Er rauchte niemals, hatte aber ständig einen Zigarillo zwischen den Zähnen, was seine Sprache undeutlich machte.

»Sie benehmen sich wie ein störrisches Kind!«, stellte der Therapeut fest. »Mein Job ist es, Ihnen zu helfen. Wenn Sie sich verweigern, passiert nichts. Können Sie überhaupt noch schlafen?«

»Nein«, sagte Müller abwehrend. »Manchmal tagsüber ein, zwei Stunden. Nur bei Tageslicht, im Dunkeln gar nicht. Das wissen Sie doch längst, wieso fragen Sie?«

»Ich bin daran interessiert, dass es Ihnen gut geht. Folgen Sie mir. Wie war das in diesem Zelt? Wo war das? Was passierte da?«

»Also, die Dinger kullerten«, sagte Müller undeutlich. Er hielt die Augen geschlossen, den Kopf gesenkt.

»Sie sagen, die Dinger kullerten. Welche Dinger, bitte? Und wo? Und warum? Und wie kamen Sie dorthin? Reden Sie mit mir. Stellen Sie sich vor, Sie arbeiten für mich. Ich muss Ihre Arbeit begründen, mein Controller will das wissen.«

Müllers Sprache veränderte sich, seine Stimme nahm einen eintönigen Klang an. »Somalia, äußerste Nordküste, am Golf von Aden. Heimat der Piraten von heute. Es besteht der Verdacht, dass dort eine neue Schmuggellinie für Opiumpaste aus Afghanistan über Pakistan auf Land treffen soll. Ich war zu Gast bei einem Sippenältesten. Der Mann verfügt über sehr viel Macht und wird den Schmuggel wahrscheinlich dulden und selbst einsteigen. Geldoptimierung nennen wir das. Sie nannten den alten Mann Lucky Joseph. Ich hatte einen Termin bei ihm.« Müller hielt inne und bewegte sich unruhig auf seinem Stuhl. »Er war ein sehr alter Mann, keine Haare mehr, kaum noch Zähne.«

»Welchen Beruf hatten Sie?«

»Geschäftsmann. Ich wollte mich finanziell an der europäischen Linie des Schmuggels beteiligen.«

»Dann erschien diese Frau?«

»Ja. Sie war ganz plötzlich aufgetaucht, sie trug ein Kind auf der Hüfte. Der alte Mann erklärte mir, die Sippe habe großen Kummer des Kindes wegen gehabt. Es habe tagelang mit hohem Fieber gelegen, und man musste bereits mit seinem Tod rechnen. Nun sei das Fieber verschwunden. Ein Wunder. Es war das Kind eines seiner Söhne.«

»Sie haben mehrfach betont, diese junge Frau sei sehr schön gewesen.«

»Ja, war sie. Hochgewachsen, schlank, sehr weiblich, vielleicht sechzehn Jahre alt, vielleicht jünger. Sie trug das Kind auf der rechten Hüfte, und sie lächelte ganz breit vor Glück.«

»Was geschah dann?«

»Dann rollten die Granaten. Es war so abartig, es war so totenstill.« Müller saß jetzt leicht gekrümmt auf dem Stuhl und sah senkrecht zwischen seinen Beinen hindurch auf den Boden.

»Die Granaten rollten, sagten Sie. Wie das?«

»Es waren Eierhandgranaten, sie kamen rechts und links von dem alten Mann unter der Zeltplane herangerollt. Zwei von rechts, zwei von links. Es war ein Anschlag auf den alten Lucky Joseph.«

»Wie weit waren Sie entfernt?«

»Ungefähr sieben Meter.«

»Und Sie konnten nichts tun?«

»Nichts«, sagte Müller dumpf.

»Also haben Sie ungeheures Glück gehabt?«

»Ja, das ist richtig. Der alte Mann, die junge Frau und das Kind starben. Und zwei Männer, die rechts von mir auf Kissen saßen. Es war wie im Schlachthaus.«

»Es war ein Anschlag auf Lucky Joseph, sagen Sie. Sie hatten also damit nichts zu tun.«

»Nein. Aber ich ziehe Unheil an.«

»Und dieses Kind landete tot in Ihren Armen?«

»Das ist richtig.« Müllers Stimme klang jetzt wie die eines Bilanzbuchhalters, knochentrocken.

»Bleiben Sie bei dem Bild. Sie sitzen in einem Zelt auf einem Kissen auf einem Teppich. Das Kind liegt in Ihren Armen ...«

»Liegt nicht einfach in meinen Armen!«, zischte Müller heftig. »Es ist zerfleischt. Vollkommen zerfleischt. Das sagte ich schon. Und dazu lag plötzlich eine halbe abgerissene Hand von der Frau auf meinem rechten Knie.«

»Was fühlen Sie?«

»Sinnlosigkeit. Nichts. Trauer. Zum Kotzen. Manchmal. Schrecklich.«

»Sie haben also alles in allem einen Scheißberuf«, sagte der Therapeut.

»Das ist so.« Müller nickte erschöpft. Er trug ein graues T-Shirt, das große, dunkle Schweißflecken zeigte. Sein Haar und sein Gesicht waren schweißnass. Er war totenblass, er wirkte zerstört.

»Wir machen für heute Schluss«, murmelte der Therapeut. »Wenn es eng werden sollte, bin ich jederzeit erreichbar. Versuchen Sie, ganz normal durch den Tag zu kommen.«

»Das ist doch wohl ein schlechter Witz«, erklärte Müller mit heftigen, abgehackten Handbewegungen. »Ich will arbeiten.«

»Das bespreche ich mit Ihrem Vorgesetzten.«

*

Krause sagte in das Mikrofon, das ihn mit seinem Vorzimmer verband: »Ich möchte mit Svenja sprechen, Gillian.«

»Ich kümmere mich darum. Der Therapeut von Müller will mit Ihnen sprechen. Fünf Minuten. Wann?«

»Nach Svenja. Wo ist sie?«

»Moment, ich frage.« Nach einer kurzen Pause: »Goldhändchen sagt, sie ist in ihrem Hotel auf Mallorca und wartet auf eine Verbindung mit uns.«

»Dann her damit.« Krause zupfte an seiner Krawatte, wartete auf das Knacken in der Leitung, schloss die Augen und begann satt und zufrieden wie ein altgedienter Landpfarrer: »Guten Tag, junge Frau. Ich nehme an, Sie sind erfolgreich gewesen.«

»Einigermaßen«, antwortete Svenja Takamoto. »Ich kann hier nichts mehr tun, die Objekte sind verschwunden.«

»Wissen wir, wohin?«

»Ungefähr. Sehr schlechte Destination.«

»Oha! Würden Sie Ihre Reise als gelungen bezeichnen?«

»Ja.«

»Hat sie auch mit der Ratte zu tun?«

»Ja.«

»Dann kommen Sie heim«, sagte Krause.

»Ich nehme die nächste Maschine.« Dann leicht schrill: »Halt! Nicht auflegen, bitte! Wie geht es meinem Müller?«

»Ich denke, wir haben das im Griff«, sagte Krause. »Er wird wieder. Und jetzt kommen Sie heim.«

Dann fragte er Esser über die Standleitung: »Wie sieht es mit Dehner aus? Ist Quelle Jemen abgeschöpft?«

»Der Mann hat wie immer gutes Material gebracht, und er ist einigermaßen sicher, was die Fakten über Al Kaida im Jemen betrifft. Dehner setzt ihn im Moment gerade in den Flieger nach Hause.«

*

»Haben Sie irgendetwas für Ihre Memsahib gefunden?«, fragte Thomas Dehner Quelle Jemen. »Irgendetwas, was ihr Spaß machen würde?« Er nahm die Reisetasche und stellte sie auf die Rückbank seines Wagens.

»Ja, ich war gestern noch bei Zara, meine Frau wird entzückt sein. Ein sanftes Grau scheint gefragt.« Quelle Jemen lachte.

»Wenn Sie mir die Quittung geben, ist Zara eine Spende.«

»Weißhäute komische Sitten, komische Waldbewohner, komische Sprache, komische Welt, keine Ahnung von wütenden Elefanten und Skorpionen unter Sand.«

Sie lachten miteinander, das Leben war für Sekunden sehr heiter.

Quelle Jemen war das, was sie im Dienst einen schönen Schwarzen nannten. Der Mann war sehr groß, etwa eins neunzig, und hatte ein edles, schmal geschnittenes Gesicht mit hellbraunen Augen. Er war zweiundvierzig Jahre alt, sehr schlank. Seine Hände waren klein und äußerst gepflegt, fast feminin. Die meisten Menschen, die ihm begegneten, dachten: Er ist wohl ein Lehrer.

Das stimmte. Quelle Jemen mühte sich ab, Denkweisen europäischer Philosophie aufzuarbeiten und sie seinen Studenten häppchenweise nahezubringen. Trotz aller Begeisterung durfte er nicht einmal von seinem Fach schwärmen, weil zu viele Neider ihn ständig zu kontrollieren versuchten und ihn bei jeder Gelegenheit anschwärzten. Er war umgeben von politisch Blinden und Einäugigen, die sein Fach ganz unverhohlen hassten. Sie waren neidisch auf seinen in England erworbenen Doktortitel, sie hassten alles, was ihm ein Lächeln entlockte. Er wusste, dass jeder Student, der seine Kurse besuchte, von extremistischen Muslimen heimlich fotografiert wurde, und das machte ihn schier verrückt. Sein Vaterland tat alles, um seine Liebe nicht zur Kenntnis zu nehmen.

Quelle Jemen war überdies ein Naturtalent. Er berichtete über das ausufernde Terrornetzwerk Al Kaida im Jemen, er war jemand, der jeden Tag mit reicher Ausbeute nach Hause kam, nur weil er auf dem Markt eingekauft oder sein Auto aufgetankt hatte. Er hatte sich selbst einmal als die tauglichste aller tratschenden Hausfrauen im Jemen bezeichnet.

Er war dem Dienst seit sechs Jahren verbunden, er war sehr aufmerksam. Und er war eine sehr preiswerte Quelle. Anfangs hatte er kein Geld haben wollen, dann hatte er dem Dienst erlaubt, bescheidene Beträge auf ein Konto in der Schweiz zu überweisen, wobei er skurrilerweise weder den Namen der Bank noch die Nummer seines Kontos kannte. Offiziell war er zurzeit bei einem Fachkongress in Singapur, nicht in Berlin, und es stand außer Zweifel, dass man ihm eine erstklassige falsche

Spur gelegt hatte. Er wusste, dass bald die Zeit kommen würde, mitsamt seiner Familie auf ewig und über Nacht aus seiner Heimat zu verschwinden. Das machte ihn zuweilen nervös, weil nicht festzulegen war, wann dieser Zeitpunkt gekommen sein würde. Diese Ungewissheit machte ihn melancholisch, sie ließ ihn sagen: »Es wird so kommen, dass ich im letzten Augenblick eine leichtsinnige Stunde zu spät dran bin.«

»Ich habe etwas für Ihre Söhne«, sagte Dehner. »Eine große Packung Legosteine mit allen Schikanen. Genauso groß wie Ihre Reisetasche. Der Zoll ist bezahlt.«

»Sie sind ein Weihnachtsmann«, erwiderte Quelle Jemen erfreut. »Aber ich gehe jede Wette ein, dass unser Zoll die Herrlichkeit kassiert. Die mögen mich nicht.«

»Das müssen wir riskieren«, lächelte Dehner. Er steuerte einen Parkplatz an, der für sogenannte Sonderfahrzeuge reserviert war, und sagte: »In aller Ruhe, bitte. Sie sind ein Diplomat, da gibt es Extratüren.«

Dehner ging mit der Großpackung Legosteine voraus, öffnete eine graue, nicht gekennzeichnete Tür. »Dort drüben der nächste Ausgang«, sagte er, ohne sich nach seinem Begleiter umzusehen. »Wir sind angekündigt. Bei Ihnen alles klar?«

»Alles klar«, bestätigte Quelle Jemen. »Ich hoffe, meine Bemühungen haben Ihnen ein wenig geholfen.« Er schloss die Tür hinter sich.

»Allererste Sahne«, stellte Dehner fest. »Ihnen eine gute Zeit.« Er stellte das Spielzeug auf eine kurze hüfthohe Theke. Der Raum war menschenleer. Dann setzte er hinzu: »Falls es in Sanaa eng werden sollte, rufen Sie uns.« Er ging zur nächsten Tür und klopfte kräftig.

Die Tür ging augenblicklich auf, und ein großes, rundes, rotes Gesicht mit einem gewaltigen Schnauzer erklärte freundlich: »Hereinspaziert, die Herren!«

Der Beamte ließ die Tür weit aufschwingen, Dehner ging voran und murmelte: »Ich mache die Vorhut.« Quelle Jemen war unmittelbar hinter ihm. In der Linken hielt er seine Reisetasche und in der Rechten seine Papiere.

Sobald sie die Tür passiert hatten, tauchten links von ihnen plötzlich zwei Männer auf.

Einer von ihnen, der erste, sagte hastig und scharf: *»Just a moment!«* und hielt Quelle Jemen an der Schulter fest. Er fragte: »Sie sind Stephen Alabi, nicht wahr?«

Quelle Jemen antwortete dummerweise leise und höflich: »Das ist richtig.«

Der Mann zeigte etwas in seiner rechten Handfläche, eine glänzende Metallmarke. »Secret Service! Sie sind festgenommen!«

In diesem Augenblick ließ Dehner den Karton mit den Legosteinen fallen, drehte sich, duckte sich tief in die Hocke und schnellte dann hoch auf den Secret-Service-Mann zu. Es war eine einzige, gleitende Bewegung. Er traf ihn mit beiden Fäusten mitten im Gesicht. Der Mann blutete sofort heftig und fiel ohne einen Laut um.

Dehner ging übergangslos den zweiten Mann an, der etwas größer war als der erste. Er kam mit beiden Füßen voran in den Unterleib des Mannes geflogen, der kreischend hoch schrie und sich grotesk weit vorbeugte, ehe er auf sein Gesicht fiel und nicht einmal mehr seine Arme nach vorn brachte.

»Red!«, keuchte Dehner schwer atmend. »Red!«

Quelle Jemen griff fahrig nach seiner Reisetasche, drehte sich um und rannte an Dehner und den beiden Secret-Service-Männern vorbei aus dem Raum nach draußen. Er würde sich so verhalten, als ginge es um sein Leben. Er würde den BND um Asyl bitten.

»Mein lieber Mann!«, sagte der vom Zoll mit dem Schnauzer andächtig.

»Mach die Tür zu!«, keuchte Dehner.

Der erste Mann rappelte sich zittrig auf, kam mühsam auf die Beine, schwankte und fragte nuschelnd: »Was soll das? Bist du bescheuert, Mann?« Er klang, als käme er aus Texas, er dehnte die Worte wie heißen Käse.

»Es ist mein Mann, und du hältst den Mund!«, bemerkte Dehner im besten Slang. Er hielt sich an der Theke fest, er hatte für Sekunden nicht genügend Luft.

Der Mann, der auf dem Gesicht lag, hob den Kopf und stöhnte.

Der erste Mann stand auf, setzte sich in Bewegung und wollte an Dehner vorbei zu seinem Kumpel gehen.

Dehner erlaubte das nicht und hielt ihn am rechten Arm fest. »Ich will dich hier nicht mehr sehen, klar?«, sagte er betont lässig. »Verschwinde von hier so schnell du kannst, kleine Mohnblüte.«

Das war, wie Dehner unlängst gehört hatte, in ihrem Gewerbe das Schlimmste, was man einem Secret-Service-Mann in seiner Muttersprache sagen konnte. Es gab auch noch die Variante »zarte Kirschblüte«.

Folgerichtig griff der Mann sofort und sehr wütend an. Er war ein Haudrauf-Typ mit viel Kraft und herausragender Kondition, was Dehner sehr entgegenkam.

Überliefert ist an dieser Stelle ein Kommentar Krauses: »Das muss man mal in aller Ruhe genießen dürfen: Unser Mann ist einen Kopf kleiner und fünfzehn Kilo leichter als die beiden Agenten aus den Staaten. Und er macht sie einfach platt.«

Dehner jedenfalls tanzte ein paar harte Schläge des Gegners aus, ließ sich urplötzlich neben der Theke senkrecht zu

Boden sinken und schoss dann mit geballter Kraft nach oben. Er traf den Mann mit dem Kopf am Kinn und mit beiden Füßen im Schritt. Der schrie im höchsten Diskant und fiel gegen die Theke, dann auf den Boden und blieb bewegungslos liegen.

Der zweite Gegner hatte sich etwas erholt und ging Dehner mit einem gewaltigen Schrei an. Er brüllte und versuchte eine Dublette gegen den Kopf von Dehner. Der tauchte wieder ab und säbelte mit seinem rechten Bein einen Kreis dicht über den Steinplatten. Der Mann fiel in einen doppelten Handkantenschlag Dehners und lag dann still.

»So was aber auch!«, krächzte Dehner. Dann blickte er zur Decke, deutete auf die Überwachungskamera und fragte: »Was ist damit?«

»Da mach dir man keine Sorgen, Männeken«, murmelte der mit dem Schnauzer. »Die ist sowieso kaputt.«

»Das ist sehr schön und praktisch«, sagte Dehner. »Dann bin ich mal weg. Ich nehme die Papiere, die Blechmarken und Waffen mit. Und ruft einen Notarzt.«

Er filzte die auf dem Boden Liegenden, steckte Papiere, Medaillen und zwei Neun-Millimeter-Glock 19 ein, hob die Hand zu einem Gruß und trat durch die Tür an die frische Luft. Er schwankte leicht, und er konnte bei den ersten Schritten nicht klar sehen. Er war immer noch voll Wut.

*

»Wir haben hier in Berlin ein Red!«, sagte Esser ohne besondere Betonung in das Mikrofon. »Quelle Jemen ist bei mir aufgelaufen. Krise beim Abflug. Die US-Brüder haben versucht, ihn zu kassieren. Schwere Schlägerei mit Thomas Dehner. Der ist auf dem Weg hierher.«

»Ich glaube, ich habe jetzt aber endgültig die Nase voll«, äußerte Krause schnell und scheinbar so heiter, als säße er in einer Talkshow. »Die Beteiligten sehen sich in einer halben Stunde im Konferenzraum. Quelle Jemen sofort in eine sichere Bleibe. Streng bewachte Isolierung. Alles geht über meinen Schreibtisch.«

Eine halbe Stunde später fand das Treffen statt. Krause, Esser und Dehner saßen in einer bequemen Sitzecke im Schatten einiger wild wuchernder, glänzender Grünpflanzen, die einmal in der Woche feucht abgewischt wurden. Gillian servierte Kaffee und Puddingteilchen. Ein Protokoll würde es niemals geben, niemand von ihnen würde über Ergebnisse sprechen.

»Wir müssen noch auf Goldhändchen warten«, murmelte Esser. »Er sucht die Ehefrau von Quelle Jemen.«

»Nicht auch das noch«, sagte Krause angewidert. »Gut. Dann hören wir uns an, was Sie zu sagen haben, junger Mann. Mit anderen Worten: War die Schlägerei vermeidbar?«

»War sie, und war sie nicht«, antwortete Dehner verbissen. Er starrte vor sich hin auf die Tischplatte. »Ich war der Schutzbeauftragte unserer Quelle Jemen. Hätte ich nicht sofort körperlich reagiert, wäre Quelle Jemen jetzt spurlos verschwunden. Wir würden nicht darüber informiert, wohin sie ihn gebracht hätten. Und niemand würde uns sagen, weshalb sie ihn verschwinden ließen.«

»Doch, doch«, widersprach Esser lächelnd. »Aber alles wäre gelogen.«

»Hätte es denn Sinn ergeben, mit den beiden Amerikanern zu sprechen?«, fragte Krause sanft beharrlich weiter.

»Das glaube ich nicht. Ich habe es gar nicht erst versucht.« Dehner begriff, dass er in eine Verteidigungsposition rutschte, in die er nicht geraten wollte. »Wir haben Protokolle eingesehen. Es läuft immer auf die gleiche Weise ab. Ein Passagier durchläuft auf irgendeinem Flughafen in Europa problemlos die Prozedur bis zum Boarding, nichts deutet auf ein Hindernis hin. Dann sind plötzlich ein paar US-Amerikaner da, zeigen ihre Secret-Service-Marken vor und nehmen den Passagier fest. Der Zoll, die Polizei, Leute der dortigen Sicherheitsunternehmen stehen daneben und lassen sie einfach gewähren. Es wird nur geflüstert: Wegen Terrorismus! Dabei ist das zunächst einmal blanker Blödsinn, macht aber Eindruck. Seit Jahren bekommen wir zu hören: Es gibt schon lange vereinbarte, stille Rituale, rührt nicht dran, es geht auch um unsere Sicherheit. Ich sage: Das ist reiner Blödsinn, das ist Hysterie, das sind Schleppnetzfänger der NSA. Sie können es, also tun sie es.« Er schnaufte heftig. »Ich würde morgen wieder genauso agieren.«

Krause deutete matt in Dehners Richtung. »Sie sollten die Wunde an Ihrer rechten Hand ordnungsgemäß behandeln lassen, junger Mann«, sagte er. »Das da sieht übel aus.«

»Da ist nur ein bisschen was aufgeplatzt«, erläuterte Dehner unwillig. »Mein Sparringspartner hatte zu harte Knochen.« Bei diesen Worten grinste er unvermittelt. »Es kommt hinzu, dass Quelle Jemen wirklich gut ist, dass er seit Jahren erstklassiges Material liefert«, fuhr er fort. »Wir können nicht riskieren, dass eine solche Quelle einfach klammheimlich und ohne Not irgendwohin verschwindet.«

Eine Weile herrschte Schweigen, dann nickte Krause und wiederholte nachdenklich: »Klammheimlich und ohne Not irgendwohin. Das ist richtig.«

Esser schaltete sich ein. »Da sind wir doch dankbar«, sagte er klirrend zynisch. »Unter unseren Politikern und hohen Beamten sind gottlob immer eine Menge Arschkriecher, die vorsichtshalber und ängstlich in Washington anfragen: Papa, dürfen wir das auch? Es ist mir egal, ob ein derartig illegales Verfahren mit der Bundesregierung anno Tobak auf irgendeiner hohen und beharrlich schweigenden Ebene abgesprochen worden ist. Die Quelle wird zerstört, das Umfeld dieser Quelle auch.«

Auftritt Goldhändchen. Er kam in höchster Eile in den Raum geschossen, um dann jäh stehen zu bleiben, als habe er sich selbst verloren. Dann sah er alle etwas wirr an. Er hatte ein zerquältes Gesicht, ganz grau, beherrscht von seinen grauen, großen Augen. Er wirkte maßlos arrogant, trug ein weißseidenes langärmeliges Hemd mit kleinem Stehkragen, dazu ein kobaltblaues Halstuch, eine weiße Leinenhose sowie Sneakers in einem leuchtenden Rot. Und er hatte seine bis zum Kragen reichenden Haare rabenschwarz gefärbt. Er sagte manieriert: »Ich habe keine guten Nachrichten, ihr Lieben. Ich fürchte, wir sind zu spät gekommen.«

Er sank malerisch in einen Sessel und schloss die Augen so erleichtert, als sei er aus einem bösen Traum in diese Welt gefallen. Das kannten sie, so war er gelegentlich. Aber zum Glück endete der Zustand nach ein paar Sekunden.

»Was, bitte, heißt das genau?«, fragte Krause schnell.

»Ich wollte die Ehefrau von Quelle Jemen in Sanaa warnen, ich kam aber zu spät«, antwortete Goldhändchen. »Als ich begriff, dass sie versucht haben, Dehner hier in Berlin am Flughafen abzuzocken, bin ich sofort auf den Alarmruf von Quelle Jemen in Sanaa gegangen. Wir haben für diesen Fall in Sanaa ein herkömmliches Telefon installiert, das sich stumm mit einem roten Licht meldet. Aber es war schon zu spät. Eine weibliche Stimme meldete sich mit dem knappen Wort ›Polizei‹. Sie wirkte irgendwie kalt. Ich erklärte, ich sei der Onkel von Frau Alabi, ich sprach arabisch. Das ist so ausgemacht, das steht im Drehbuch. Ich verlangte Frau Alabi. Die Frau am anderen Ende antwortete Merkwürdiges: Die gebe es nicht mehr unter dieser Nummer, die Familie sei zurzeit nicht erreichbar. Ich fragte nach den Kindern, nach Harry und Joshua, und sie antwortete, diese seien vorübergehend bei Verwandten untergebracht. Ich fragte dann nach dem Vater Stephen Alabi, und bekam die Antwort, der sei bis auf Weiteres dienstlich unterwegs und telefonisch nicht erreichbar.«

Wenn Goldhändchen ein zerquältes Gesicht hatte, war nicht auszumachen, wie alt er sein mochte. Er wirkte so abgekämpft, als sei er Ende sechzig, war aber erst in seinen Fünfzigern. Er litt zuweilen mit den Menschen, mit denen er beruflich zu tun hatte, wenngleich sie nur ein Haufen Pixel auf seinen riesigen Bildschirmen waren. »Das ist der Künstler in mir«, pflegte er zu sagen.

Seine Stimme war zittrig, als er zum Ende kam. »Mit einfachen Worten: Es war eine genau getimte, synchronisierte Aktion unserer amerikanischen Brüder. Sie wollten Stephen Alabi hier in Berlin abgreifen und zeitgleich seine Ehefrau mit den Kindern in Sanaa im Jemen. Und ich finde es widerlich, dass es ihnen gelungen ist, zumindest teilweise.«

»Sie haben also zwei Söhne«, bemerkte Krause. »Wie alt?«

»Harry ist vier, Joshua sechs«, antwortete Esser. »Die Ehefrau ist achtunddreißig Jahre alt und die blondeste Jemenitin, die je auf Erden wandelte. Alter Londoner Juristenadel.«

Eine Weile herrschte Schweigen, dann murmelte Krause: »Das hört sich richtig übel an.«

2. KAPITEL

Unsere Präsidenten fliegen über das große Wasser und kommen mit nichts als einem sparsamen Lächeln zurück, dachte Krause resigniert. Irgendein Regierungssprecher erklärt: Die Kanzlerin ist der Meinung, das geht unter Freunden gar nicht! Und ich muss schon froh sein, wenn mein Verbindungsmann in Washington, der gute alte Gregor, mich überhaupt anhört. Wer unter unseren Leuten ist schon so dusselig und hofft allen Ernstes auf ein No-Spy-Abkommen? Sie tun mit uns, was sie wollen, sie haben lange Übung darin. Das macht mich krank.

»Gillian«, sagte er, »wir rufen Gregor in den Staaten an. Langley, Virginia, wenn ich mich recht erinnere. Ich möchte, dass wir aufzeichnen und Goldhändchen hinzunehmen, desgleichen Esser und Sowinski. Außerdem Müller. Geht das? Jetzt und schnell?«

»Alle am Platz, das geht alles«, bestätigte Goldhändchen sachlich. »Ich brauche für die gesamte Schalte etwa zwanzig Sekunden.«

»Ich mache darauf aufmerksam, dass in Langley noch nachtschlafende Zeit ist, fünf Uhr früh oder so«, sagte Gillian. »Ich muss Gregor also privat anrufen.«

»Dann ist er besonders aufmerksam und sicher gut gelaunt«, bemerkte Krause mit einem schiefen Lächeln.

»Moment«, unterbrach Esser scharf. »Wie weit willst du denn gehen?«

»Ziemlich weit«, antwortete Krause. »Wenn wir diese Zustände einreißen lassen, können wir unseren Laden dichtmachen.«

»Die Leitungen stehen«, sagte Goldhändchen.

»Dann los«, bestimmte Krause.

Die Stimme des Mannes, der Gregor genannt werden wollte, klang verschlafen.

»Hier ist Deutschland«, sagte Krause munter. »Dein Lieblingsfreund aus Berlin. Wie geht es der Frau Gemahlin?«

»Danke der Nachfrage. Soweit ich weiß, schläft sie noch. Was ist los?«

»Ihr habt eine Frau und ihre beiden kleinen Söhne kassiert«, erklärte Krause leichthin. »In Sanaa im Jemen. Wahrscheinlich liegt eine Verwechslung vor. Das könnt ihr wiedergutmachen. Gebt uns die Frau und die Kinder.«

»Du bist der Zweite, der mich mit dieser Geschichte vom Schlafen abhält«, knurrte Gregor wütend. »Der Fall Stephen Alabi. Ich hätte dich im Laufe des Tages ohnehin angerufen. Dein kleiner Hitzkopf hat nämlich auf dem Flughafen in Berlin zwei meiner Agenten krankenhausreif geprügelt. Völlig grundlos. Das haben wir gar nicht gerne, an der Stelle sind wir empfindlich. Gebt uns den Mann, und Schwamm drüber.«

»Deine Leute haben den Mann festnehmen wollen. Das dürfen sie nicht. Ihr seid in Berlin nur unsere Gäste, auf keinen Fall dirigiert ihr unser Orchester.«

»Es gibt Regeln zwischen uns, alter Junge. Seit vielen, vielen Jahren.«

»Mein Gott«, sagte Krause voll Verachtung. »Ihr seid immer noch vor allem die Leutchen, die beständig in den Sonnenuntergang reiten. Man sieht euch am liebsten von hinten. Zeige mir die Regel, und ich werde schweigen.«

»Wenn wir in Deutschland in Sachen Terrorismus zugreifen, dann geschieht das im beiderseitigen Interesse. Das weißt du. Wir schlagen überall auf der Welt zu, wir bestimmen also die Regeln. Das diskutiere ich nicht mit dir.« Er klang wie ein verärgerter Grundschullehrer.

»Die Frau hat damit genauso wenig zu tun wie die beiden Kinder. Stephen Alabi ist eine meiner besten Hintergrundquellen für den Jemen und seine Nachbarn. Seit Jahren. An der Stelle streite ich nicht mit dir, er ist mein Mann. Seine Frau und die Kinder zu schnappen, halte ich für eine miese Lösung. Du machst auf diese Weise grundlos die Familie kaputt, und du zerstörst die Quelle. Es kommt hinzu, dass kein Mensch im Jemen die USA mag, für euch ist das Land nur Abfall, ihr kommt dort gar nicht vor. Außer mit einer Botschaft, die so hochgerüstet ist, dass Fort Knox dagegen wie Spielzeug erscheint. Wir wollen die Frau und die beiden Kinder zurück. Ihr könnt mit dem Mann sowieso nichts anfangen. Also, was soll das?«

»Meine Leute wollen den Mann! So einfach ist das. Sie sagen, es ist wichtig und dringend.«

»Was wollt ihr denn überhaupt mit dem?«, fragte Krause unvermittelt ganz sanft und kumpelhaft.

»Das weiß ich nicht, mein Freund. Meine Leute wollen ihn, basta. Ich erfahre niemals, weshalb, ich will es auch gar nicht wissen. Ich halte meinen Leuten den Rücken frei, damit sie ungehindert arbeiten können.« Dann lachte er verhalten. »Wir können uns leicht und locker einigen: Du entschuldigst dich wegen der Prügelei am Flughafen in Tegel. Ich nehme deine Entschuldigung an. Dann überstellst du Stephen Alabi meinen Leuten in Berlin, und wir können die Sache vergessen.«

»Ich nehme an, du treibst die Sache so weit, dass ich der *Süddeutschen* oder dem *Spiegel* oder dem *Norddeutschen Rundfunk* in Bremen einmal detailreich schildere, was die Vereinigten Staaten unter Demokratie, Freundschaft und qualitativ wertvoller Nachbarschaftshilfe verstehen«, schnarrte Krause bitter.

Gregor schwieg, und es schien so, als halte er einen Moment die Luft an. »Auch das geht mir am Arsch vorbei«, stellte er dann abschließend fest und beendete die Verbindung.

Krause saß an seinem Schreibtisch und starrte hilflos auf die Tischplatte, als könne dort eine Lösung auftauchen.

»Okay«, kam Essers Stimme. »Das hätten wir klargestellt. Goldhändchen, Müller und ich sehen uns zur Einsatzbesprechung in zwanzig Minuten bei mir. Wir sollten jetzt schnell sein.«

»Warte mal«, kam Krauses Stimme melancholisch. »Sollten wir nicht zumindest zwei Minuten lang darüber nachdenken, ob wir diesen Geheimdienst jetzt missbrauchen?«

»Wir missbrauchen ihn nicht. Wir haben eine Kultur zu verteidigen.« Essers Stimme klang sicher. »Das weißt du auch.«

»Er hat recht«, sagte Sowinski und räusperte sich lange. »Wir sollten jetzt klarmachen, wer wir sind und dass man mit uns nicht nach Belieben Schlitten fahren kann.«

Ein Lächeln schien plötzlich in Krauses Stimme mitzuschwingen. »Ich bin stolz auf euch, ihr Brüder meines Konvents.«

*

Wenig später saß Müller in Essers Büro und musste sich anhören, wie man heutzutage eine schnelle Reise in den Jemen zelebrierte, ohne dabei getötet, gekidnappt oder in seine Bestandteile zerlegt zu werden.

»Hör mir einfach zu, mein Junge«, begann Esser mit einer merkwürdig flachen Stimme, als traue er sich selbst nicht über den Weg. »Wir sind alle bei dir, aber du wirst sehr allein sein.

Bei dieser Art von Solo musst du fest einkalkulieren, dich auf niemanden zu verlassen. Höchstens auf Goldhändchen und mich, und das ist naturgemäß nur sehr begrenzt möglich. Organisiere nichts, was du nicht unmittelbar vor Augen hast, denn ein paar Minuten später kann alles ganz anders sein, als es gerade noch war. Das soll heißen: Verlasse dich ausschließlich auf dich selbst. Und es wird ein Solo von maximaler Geschwindigkeit werden. Schnell rein und noch schneller raus. Wenn es geht, schneller als der Schall. Glaubst du, dass du das hinkriegst?«

»Ich denke schon. Entscheidend wird sein, wie fix wir rennen können.«

Esser nickte. »Jetzt ein wenig über Land und Leute. Die Zentralregierung des Jemen ist schwach und sitzt in Sanaa. Die Clans dagegen sind stark und bringen die Regierung ständig ins Schwitzen. Wenn du also in einem besonders engen und einsamen Tal plötzlich vor einem verlotterten, zerlumpten und ungewaschenen alten Araber stehst, achte nur darauf, dass er keine Maschinenpistole aus der Tasche zieht, die Rolex an seinem Handgelenk ist nicht so wichtig. Man sagt, dass der ganze Jemen in der Hand von etwa fünf großen Familienverbänden ist. Wenn einem Clan etwas gar nicht gefällt, entführt er ein paar Touristen, setzt die Regierung auf diese Weise unter enormen Druck und bekommt, was er will. Der eigentliche Knackpunkt sind jedoch Terroristen. Sie sind unkontrollierbar. Es gibt seit 2008 die ›Al Kaida auf der arabischen Halbinsel‹, und die sind stark. Sie teilen das lächelnd und selbstsicher mit, als seien sie ein eingetragener und gemeinnütziger Verein. Hinzu kommen Gruppen von strenggläubigen Islamisten, die von der Scharia und einem Gottesstaat träumen und von der unbedingten Notwendigkeit, Frauen und Mädchen wie Tiere zu halten. Es sind Extremisten, und ihre Gruppen bekämpfen sich auch noch gegenseitig.« Er fuhr sich mit einer Hand durch sein kurzes, farbloses Haar, versuchte zu lächeln und scheiterte damit. Es wurde ein breites Grinsen daraus. »Mein lieber Mann, das könnte eng werden, und ich frage mich gerade, ob unser verehrter Chef nicht allzu leichtfertig war. Ich rate dir also, sicherheitshalber erst zu schießen und dann zu fragen. Nein, Blödsinn! Hör nicht auf mein Gewäsch. Du machst das schon, deshalb lieben wir dich.«

Sein Grinsen wurde ein wenig milder. »Mit Ausnahme einer grünen Küstenzone am Roten Meer wird das Land von stark gefaltetem, schroffem Gebirgsland, Wüsten und Strauchsteppen geprägt. Ideal, um unsichtbar zu bleiben, ideal, wenn man schnell verschwinden muss. Und für Ortsfremde häufig tödlich, wie schon oft gehabt. Ach so, ja, die katholische Kirche verdankt dem Land einen sehr berühmten Stoff: Weihrauch. Es ist ein Strauch. Es gibt auch eine leichte Droge dort: Kath heißt sie, ein unscheinbares Gewächs. Wird immer beliebter, denn der Alltag im Jemen ist schwer zu ertragen, und allzu viele Leute haben nicht genügend zu essen. Nicht ganz nebenbei: Das Land ist elend arm, hat eine riesige Armee an Arbeitslosen und keine Hoffnung auf Jobs, weil Industrie und Handwerk fehlen. Vielleicht noch etwas, was du unbedingt wissen solltest: Fast sechzig Prozent aller Arbeitslosen sind Jugendliche. Falls du also genötigt bist, dir schnelle Hilfe zu kaufen, biete Jugendlichen dein Geld an, weil die natürlich skrupelloser sind und gieriger. Die Zahl der Jugendlichen im Jemen ist sehr, sehr hoch, die Bevölkerung wächst rasend schnell. Al Kaida nutzt vor allem den Norden und bestimmt über große Teile des Landes. Es gibt eine Menge Ausbildungscamps, es finden sich ausreichend Ruheräume für die Terroristen, und sie verfügen über viel Geld. Das meiste davon kommt wahrscheinlich aus Saudi Arabien. Und es fließt in Dollar.

Rechne nicht mit unserer Botschaft in Sanaa, mein Junge. Da ist eine Frau der Boss, und sie ist verdammt gut. Es ist jedoch von Vorteil für dich, wenn sie gar nicht weiß, dass wir dort im Einsatz sind. Rechne also auch nicht damit, dass sie ihre Tore weit öffnet, bloß weil du um Hilfe schreist. Du kennst das ja, Diplomaten mögen uns nun mal nicht. Sie weiß nichts, und sie wird nichts wissen, und diese grundsätzliche Ahnungslosigkeit wollen wir ihr von Herzen gönnen.«

»Du bist der Spezialist.« Müller nickte mit einem sparsamen Lächeln. »Aber wie wahrscheinlich ist es, dass Alabis Frau mitsamt den beiden kleinen Söhnen längst außer Landes gebracht wurde? Die Amerikaner wollten sie, sie haben sie kassiert, und möglicherweise sind sie längst auf dem Weg in die Staaten.«

»Das klingt logisch«, stimmte Esser zu. »Aber das wird man erst riskieren, wenn ein paar Wochen vergangen sind und Ruhe an der Gerüchtefront eingekehrt ist. Vergiss nicht: Wir reagieren jetzt schneller als schnell. Die Amerikaner haben die Ehefrau noch nicht einmal vierundzwanzig Stunden. Und sicherer und kontrollierter als im Jemen kann man die Frau mit ihren Kindern kaum verstecken. Sie rechnen fest damit, dass niemand an sie herankommt. Das ist perfekt.«

»Also wurde ihre Entführung gekauft?«, fragte Müller.

»Krause und Goldhändchen gehen davon aus. Wahrscheinlich ist ein Clanchef gebeten worden, das zu organisieren. Gegen ordentlich Bares, versteht sich.«

»Wie gehe ich rein?«, fragte Müller knapp.

»Sehr schlank«, antwortete Esser und begann zu lachen.

»Und wenn ich rauskomme, bin ich wahrscheinlich gar nicht mehr zu sehen«, sagte Müller.

»Das wäre wünschenswert«, sagte Esser heiter. »Aber du machst das schon. Wie immer.«

»Gibt es ein Drehbuch?«

»Gibt es noch nicht. Und jetzt trabst du weiter zu unserem Herrn über die Bildschirme und hörst dir an, was das Vaterland von dir erwartet.«

Müller war unruhig, und er zeigte es. »Ist Quelle Jemen denn schon befragt worden?«, fragte er. »Wie viel weiß seine Ehefrau? Hat er eine Ahnung, wie er auf die Wunschliste der Amerikaner geraten ist? Er ist ein kluger Kopf, er wird sich von niemandem täuschen lassen.«

»Das erledigt gerade unser Vorsitzender«, gab Esser zur Antwort.

*

Zwei junge Männer brachten Stephen Alabi in Krauses Büro, sprachen kein Wort, nickten nur, drehten sich um und verließen den Raum wieder. Es waren die Sicherheitsleute, die ihn rund um die Uhr bewachten.

Der Jemenit duckte sich leicht, als erwarte er Schwierigkeiten, straffte sich dann, trat zur Sitzecke, blieb stehen und sagte nahezu tonlos: »Bitte behandeln Sie mich wie einen denkenden Menschen und versuchen Sie keine Tricks.«

Krause erwartete ein äußerst schwieriges Gespräch, lehnte sich bequem in dem Sessel zurück und legte die Fingerspitzen gegeneinander. »Mister Alabi, danke, dass Sie gekommen sind.« Und dann, als handele es sich um eine belanglose Bemerkung zum Frühstücksei: »Wir müssen unbedingt wissen, wie viel Ihre Ehefrau von Ihren Bemühungen um Informationen aus dem Jemen und seinen Nachbarstaaten weiß.« Er machte eine kurze Pause. »Diese Informationen brauchen wir, um die Sicherheitslage Ihrer Frau und Ihrer Kinder richtig einzuschätzen. Nehmen Sie Platz.«

Sie sprachen hocharabisch.

Stephen Alabi saß auf der vorderen Kante seines Sessels, hielt sich sehr aufrecht und hatte beide Hände auf die Oberschenkel gelegt. Er wirkte wie ein Mann, der jeden Moment gezwungen sein könnte, aus dem Raum zu stürzen, er wirkte wie ein Getriebener.

»Sie müssen hier nicht um den heißen Brei herumreden«, explodierte er. »Ich hatte ein paar ekelhafte Stunden Zeit. Ich kann mir selbst ausrechnen, in welchen Schwierigkeiten ich stecke und in welcher Angst meine Familie jetzt lebt. Und ich will auch gleich zu Beginn feststellen, dass Ihre Leute mir nach der Prügelei am Flughafen mein Handy weggenommen haben, obwohl ich schon vor zwei Stunden einen Routineanruf bei meiner Frau hätte machen sollen. Was soll dieses Schmierentheater hier?« Dann fuhr er jäh mit beiden Händen nach vorn. »Meine Familie ist mir heilig, sämtliche anderen Interessen sind erloschen. Nehmen Sie das zur Kenntnis.«

Krause griff vorsichtig nach seiner Teetasse und trank einen Schluck. Er setzte die Tasse zurück auf den Tisch. Dann stellte er mit all seiner Erfahrung aus Hunderten von Gesprächen die Frage: »Wie würden Sie Ihren jetzigen Zustand denn beschreiben, junger Mann?«

»Ganz einfach: beschissen. Die Amerikaner wollten mich hier in Berlin aus dem Verkehr ziehen, um mich zu befragen. Das bedeutet doch wohl, dass sie zeitgleich meine Frau und die Kinder in Sanaa kassiert haben.«

»Wie kommen Sie darauf?«, fragte Krause.

»Weil das amerikanische Vorgehen logisch ist und sie mich damit erpressen können. Das sieht dann praktisch so aus: Bist du ein guter Stephen Alabi, hilfst du uns? Und wenn du uns alles erzählst, dann darfst du irgendwann auch deine Familie wiedersehen. Und natürlich werden sie im Jemen zeitgleich meine Frau verhören. Mir wurde gesagt, die Verhöre sind sehr scharf und dauern endlos. Vergessen Sie nicht, verdammt noch mal, dass ich in dieser Welt lebe. Ich bin kein versponnener Wissenschaftler. Und ich weiß mit absoluter Sicherheit, dass meine Familie dabei auf der Müllkippe der Menschheit landen wird. Außerdem ist sicher, dass die Amerikaner die Verdächtigen nicht in deren Land verhören, sondern irgendwohin ausfliegen lassen. Das hält kein Mensch aus, ohne schweren Schaden zu nehmen. Und was geschieht mit unseren kleinen Söhnen?«

»Wie heißt Ihre Frau, Stephen?«

»Ella, aber das ist doch unwichtig.«

»Was ist denn wichtig?«

»Dass ich sie jetzt da raushole, verdammt noch mal!« Stephen Alabi hatte in seinem Zorn ganz schmale Augen.

»Lassen Sie uns das gemeinsam tun«, sagte Krause sehr ernst. »Ich werde Sie nicht belügen, ich werde nichts schönreden, ich bin kein Politiker. Also, was weiß Ella?« Er stand gemächlich auf, nahm die Teekanne hoch und füllte die Tasse Alabis. »Es sieht im Augenblick tatsächlich trostlos aus«, erklärte er leichthin und setzte sich wieder. »Wir haben nicht viel Zeit, und wir sind gezwungen, den Fall trotzdem schnell und sauber zu lösen. Dabei sollten wir ziemlich rücksichtslos sein, meine ich. Was weiß Ihre Ella?«

Stephen Alabi atmete ein paarmal tief ein und aus. Dann lehnte er sich gegen die Rückenlehne des Sessels, schloss einen Moment die Augen und beugte sich wieder vor. »Ich entschuldige mich«, begann er. »Ich bin nervös. Ella weiß nicht viel, sie weiß nur, dass ich Informationen sammle und dann weitergebe. Aber sie erfährt zum Beispiel nichts von den Einzelheiten, von den Themen und meinen Quellen. Sie weiß also auch nicht, auf welche Weise ich meine Informationen an den Dienst weitergebe. Also, dass das handschriftlich geschieht, um keinerlei Spuren zu hinterlassen. Wir sind aber beide der Auffassung, dass diese Arbeit wichtig ist, weil sie der Entwicklung des Jemen dient. In meinem Fall sogar der wissenschaftlichen Entwicklung meines Landes.« Er machte eine Pause, wedelte mit den Händen. Dann setzte er lächelnd hinzu: »Der Spion an sich ist bekanntlich durchaus umstritten, wie ich weiß, sein Verrat bleibt immer noch Verrat. Also bemühe ich mich, mit Menschen zu reden, die etwas wissen, die mir sagen können, wie Al-Kaida-Leute denken, was sie planen. Mit Menschen, die viel wissen über Denkweisen bei den ultrakonservativen Islamisten, bei den Scharia-Gläubigen. Ich nehme also für mich in Anspruch, eine Art edler Robin Hood zu sein, obwohl das verlogen klingt und keine Dame königlichen Geblüts mich heiraten wird.«

Sie lachten sich an, und sie mochten sich ein wenig.

Sie tranken Tee zusammen und knabberten dazu ekelhaft süße Plätzchen, die Krause nicht mochte und die Gillian wahrscheinlich deshalb besorgt hatte, weil sie Krauses Frau hatte versprechen müssen, stets an seine schlanke Linie zu denken, obwohl die schon seit Jahrzehnten Geschichte war.

»Da gibt es einen Punkt, der für uns hier von besonderem Interesse ist«, sagte Krause. »Wie sind Sie auf die Liste der Amerikaner gekommen? Wie könnte das gelaufen sein? Haben Sie im Jemen Kontakte zum Personal der amerikanischen Botschaft? Kennen Sie dort Amerikaner? Haben Sie Umgang mit Amerikanern? Kann es im Jemen einen Amerikaner geben, der weiß oder ahnt, dass Sie für uns tätig sind?«

»Ich verstehe Ihre Frage. Dass jemand weiß, dass ich Sie mit Informationen versehe, halte ich für ausgeschlossen. Viele meiner Kolleginnen und Kollegen in Sanaa haben einen Teil ihres Studiums in den Vereinigten Staaten absolviert, also kennen sie Amerikaner. Ich auch. Aber ich habe keinen engen amerikanischen Freund, und auch in meiner Familie gibt es keinen.

Ich nehme an, das ist der pure Zufall. Aber die Tatsache, dass die Amerikaner mich auf einer Liste hatten, scheint mir absolut nicht rätselhaft. Wenn ich Snowden mit seinen Enthüllungen über die NSA ernst nehme, und das tue ich, dann kann ich ganz zufällig auf so eine Liste geraten sein. Nehmen wir an, die Amerikaner machen eine Schleppnetzfahndung in Sanaa und im ganzen Jemen. Sie konzentrieren sich dabei auf Wissenschaftler an den Universitäten, die erstens alte und neue Verbindungen nach Europa und in die USA haben, zweitens häufig in Europa herumreisen, drittens also permanente Verbindungen ins Ausland halten und viertens verwandtschaftliche Verbindungen dorthin haben. Ich erfülle alle diese Bedingungen. Ella ist ein Kind aus einer Juristenfamilie, die in London und in Boston arbeitet. Wir sollten also nicht überrascht sein. Wenngleich die Folgen für mich und meine Familie schlicht katastrophal sein können.«

»Wieso das?«, fragte Krause, als könne er nicht bis zwei zählen.

»Ich nehme an, dass das keine ernsthafte Frage ist.« Stephen Alabi bemühte sich um eine neutrale Stimme, er kämpfte um Balance, aber er schlitterte jetzt scharf an der Hoffnungslosigkeit entlang. »Meine Familie muss ohne meine direkte Hilfe schnellstmöglich das Land verlassen. Und das ist riskant und tut weh, Sir, glauben Sie mir. Wir sind im Jemen zu Hause. Ich stehe auf dieser amerikanischen Liste und werde darauf bleiben. Wie heißt es so treffend und zynisch? Die Amis können es, also tun sie es. Das erinnert mich an Hope.«

»Wer ist Hope?«

»Die Frage muss lauten: Wer war Hope? Es gab einen russischen Kollegen bei uns. Dimitri hieß er. Ein Spezialist für Dostojewski. Ein sehr sympathischer lustiger Vogel. Wir waren stolz auf ihn, weil Dimitri wissenschaftlich betrachtet allererste Sahne war und viele Studenten anzog. Vor vier Jahren etwa war er für ein paar Monate in den Staaten und lernte Hope kennen. Hope war ein lebenslustiges Mädchen aus Louisiana, ein Mensch, der dauernd lachte und immer der Meinung war, alle Schwierigkeiten des Lebens könnten locker aufgelöst werden. Sie heirateten. Und dann, ganz plötzlich, war Hope verschwunden. Wir haben rekonstruiert, dass sie während eines Besuches bei ihren Eltern in den Staaten vom FBI kontaktiert wurde. Das FBI forderte sie offenbar auf, über Aktivitäten ihres Ehemanns auszusagen, der angeblich im Jemen als Spion für die Russen tätig war. Sie zogen ihren Pass ein, Hope saß zu Hause fest, und sie wurde traurig. Natürlich flog Dimitri zu ihr und bemühte sich, Klarheit zu schaffen. Das hatte zur Folge, dass das FBI vorübergehend auch Dimitri festsetzte und befragte. Hope wurde immer trauriger. Eines Morgens machte sie sich von ihrem Elternhaus auf, um eine Wanderung zu unternehmen. Drei Tage später fand man sie in einer Schlucht. Sie war an einer Stelle gestürzt, an der man eigentlich gar nicht stürzen konnte. Dimitri meldete sich telefonisch an der Uni in Sanaa ab und kehrte nach Russland zurück. Er verschwand einfach, und es war, als hätten die beiden niemals gelebt.« Stephen Alabi beugte sich weit nach vorn, schlug die Hände vor das Gesicht und schluchzte auf.

Krause wartete geduldig, bis Alabi sich wieder unter Kontrolle hatte, ehe er weiterredete. »Nehmen wir an, die Amerikaner haben im Jemen Ihre Frau und Ihre Kinder festgesetzt«, sagte er. »Wahrscheinlich haben die Amerikaner jemanden gekauft, der das für sie erledigte. Wer könnte das gewesen sein? Und wohin könnte Ihre Familie gebracht worden sein?«

»Irgendwelche Leute?«, antwortete Alabi nuschelnd und starrte in eine unbekannte Ferne. »Irgendwelche Leute, die Geld damit verdienen können? Irgendwelche Clans, die das ausführen? Ich kenne solche Leute nicht. Ich weiß, darüber liest man immer in der Zeitung. Da gibt es so viele, aber diese Welt ist mir fremd.«

Krause war niedergeschlagen. »Sie machen erstklassige Arbeit für uns, Stephen, Sie geben die Denkweisen all dieser Extremisten geradezu brillant wieder, Sie erklären Handlungen, Sie sind ein echtes Interviewgenie«, sagte er drängend. »Sie wollen keine Ahnung haben, wo Sie Ihre Familie im Jemen suchen müssen?«

»Ich habe mit solchen Leuten doch nie persönlich zu tun«, flüsterte der Spion.

*

Müller musste eine Weile warten, bis er in Goldhändchens Heiligtum eingelassen wurde. Goldhändchen kontrollierte mithilfe einer Kamera, wer vor der Tür stand. Je nachdem, ob er im richtigen Moment auf die Klingel gedrückt hatte, wurde derjenige eingelassen oder musste warten, bis Goldhändchen ihn zu empfangen geruhte. Es hatte über Monate endlosen Streit deswegen gegeben, weil man Goldhändchen vorgeworfen hatte, er betrage sich arrogant wie ein billiger Türsteher im horizontalen Gewerbe.

Eskaliert war das Ganze, als Goldhändchen es gewagt hatte, Krause volle zwölf Minuten lang auf dem Flur herumstehen zu lassen und so zu tun, als sei er nicht vorhanden. Goldhändchen hatte argumentiert, er stehe in dauernder Verbindung mit seinen dreißig jungen Frauen und Männern, die in einem großen, luftigen Raum hinter Goldhändchen die komplexesten Manöver in der Sphäre der Computerwelt zu vollbringen hatten.

»Chef, Sie wissen, dass ich Sie aufrichtig liebe und respektiere«, hatte Goldhändchen artig erklärt. »Aber im Moment

Ihres Erscheinens knackten wir gerade entscheidende Einzelheiten in den Rechnern unserer Brüder in Indien. Hätte ich mich von Ihnen stören lassen, wären wir in die Steinzeit zurückgefallen.«

Krause hatte freundlich argumentiert, er sehe die Sache genauso, und er wolle nichts an den Sitten und Gebräuchen im Hause geändert wissen. Er sei auch keinesfalls auf dem Flur verhungert, und er fühle sich nicht dressiert.

Nur Sowinski hatte aufgebracht gebrüllt: »Noch so ein Ding, und ich schmeiße dir persönlich deine Bildschirme um die Ohren!«

Goldhändchen hatte mit einem verächtlichen »Du kleiner Geist!« reagiert.

Wie immer herrschte Zwielicht, und wie immer saß der Meister aller Hacker vor seinen zwanzig großen Bildschirmen und bemerkte unwillig: »Stör mich nicht!«

»Erzähl das mal meinem Vorgesetzten«, murmelte Müller. »Was hast du für mich?«

Goldhändchen saß drei Stufen hoch vor seinen Schirmen und kontrollierte sein Universum mit einem tabletgroßen Gerät, das er selbst entwickelt und entworfen hatte. Jetzt stand er auf und sagte: »Setz dich.«

Müller nahm auf einem hölzernen Stuhl Platz, fühlte sich unbehaglich und harrte der Weisungen.

Goldhändchen ging an ihm vorbei die drei Stufen hinunter und bewegte sich auf seinen Regenwald zu. Entlang der ganzen Wand des Raumes, die nur von einer einzigen Tür unterbrochen wurde, standen in großen Kübeln Pflanzen aus dem Regenwald. Er griff nach einem Zerstäuber und brachte Wasser auf ein paar große grüne Blätter und die rote Blüte einer Bromelie. Dazu hauchte er: »So ist es recht, meine Liebe!«

Müller wusste, dass Goldhändchen diese Unterbrechung brauchte, dass er nur auf diese Weise von einem Thema auf das nächste umschalten konnte.

Goldhändchen begann zu lächeln, dann lachte er ein paar Takte lang und laut, kam zurück auf seinen Pilotenstuhl, strahlte Müller an und fragte: »Kennst du den Jemen-Waran? Den, der auf Bäumen lebt?«

»Den was?«

»Den Jemen-Waran. Kennst du die Jemen-Agame? Kennst du das Jemen-Chamäleon? Kennst du den Schlangen-Adler? Kennst du alles nicht, ich weiß. Solltest du aber kennen.«

»Leidest du an akuter Demenz, mein Freund?«

»Du könntest auch ungeheures Glück haben und einem Leoparden begegnen. Die sind allerdings seit Langem nicht mehr gesehen worden, weshalb alle Tierfreaks trauern. Du wirst die Aufgabe haben, als Tierfotograf Bram Stoker aus Sydney, Australien, in den Jemen zu reisen. Gleich morgen in aller Herrgottsfrühe, wenn es recht ist. Du arbeitest für das deutsche Magazin *Geo*. Papiere, Bargeld und andere Wohltaten im Sekretariat.«

»Bram Stoker, tatsächlich Bram Stoker? Das geht gar nicht, mein Freund«, wehrte Müller ab. »So hieß der Engländer, der die erste Version von ›Dracula‹ schrieb. So etwas mache ich nicht, das bringt Unglück.«

»Dein Chef und ich wollen das aber so«, erklärte Goldhändchen arrogant.

3. KAPITEL

Svenja Takamoto stieg am Flughafen in Berlin in ein Taxi und gab ihre private Adresse an. Sie war gut gelaunt, sie hatte einen guten Job gemacht und freute sich auf Müller. Das Taxi rollte noch nicht, als sie Esser anrief, sich zurückmeldete und fragte: »Reicht es, wenn mein Memo morgen Mittag bei Ihnen ist?«

»Das reicht«, sagte Esser. »Schlafen Sie aus, meine Liebe, Sie haben die Welt sicherer gemacht.«

»Und wo ist mein Müller?«

»Irgendwo zu Hause«, lachte er. »Schauen Sie unter dem Bett nach.« Dann setzte er hinzu: »Freut mich, dass du wieder hier bist, Mädchen.« In kleinem Kreis hatte er einmal bemerkt: »Egal, woher sie kommen und was sie tun mussten, ich zittere immer um sie.« Gleich darauf hatte er beschämt geflüstert: »Großer Gott, ist das kitschig!«

Als sie ihre Wohnungstür aufschloss, rief sie: »Esser sagt, du versteckst dich unterm Bett, aber das nützt dir nichts. Ich finde dich.«

Er lachte irgendwo, und sie wusste nicht, wo er steckte. Schließlich fand sie ihn vor dem großen Bett. Er absolvierte auf dem Läufer keuchend Liegestütze.

»Einundsechzig!«, pustete er erschöpft, und sie sagte lachend: »Du lügst, du elender Wicht. Du schaffst keine zehn.«

Er drehte sich auf den Rücken und bemerkte väterlich: »Selbst aus dieser Perspektive bist du ein erfreulicher Anblick.«

»Ach ja?«, erwiderte sie.

Svenja war eine schöne, schlanke junge Frau mit langen schwarzen Haaren. Ihr Vater war ein deutscher Japaner, die Mutter aus Kasachstan. Sie hatte ein aufregend sanftes Gesicht, das auch ohne Make-up alle Menschen fesselte, die es sahen. Die nicht gestellte Frage lautete stets: Wo mag die herkommen? Sie war einundvierzig Jahre alt, verfügte über einen brillanten kühlen Verstand, sie war als Agentin ein absoluter Glücksfall, ein Profi, körperlich zäh und fit und sehr grausam, wenn es sein musste.

Und da Müller auf dem Läufer nichts anderes am Leib trug als Boxershorts, begann sie hastig, sich die Kleider vom Leib zu streifen und laut zu fordern: »Bleib so! Bleib da unten!« Sie wirkte wie ein kleiner schwarzhaariger Kobold, der vor lauter Begeisterung über das Leben ganz atemlos war.

»Jetzt wirst du liebevoll vernichtet!«, kündete sie nackt an und ging in die Knie.

*

»Wie geht es dir?«, fragte sie behutsam nach einer langen Zeit der wilden Gier.

Sie lagen erschöpft auf dem Bett.

»Es wird langsam besser«, antwortete er. »Ich bin nicht fähig gewesen, den lieben Gott anzubrüllen und ihm gründlich den Marsch zu blasen. Er sollte so etwas Schreckliches nicht zulassen, meine ich. Ich dachte, ich bin ein Opfer, ich dachte, ich tue mir leid ... Ich weiß nicht, was ich dachte. Mir ging es ziemlich beschissen, weißt du. Und ich konnte das nicht auf den Punkt bringen.«

»Indianer weinen nicht und so«, sagte sie. »Was hast du mit diesem Baby gemacht?«

»Ich habe es zurückgelegt zu der Frau. Und ihre halbe Hand auch.« Dann setzte er nach einem Räuspern trocken hinzu: »Es muss ja alles seine Ordnung haben, sagte das Arschloch von Therapeut. Mit dem Gerede kam ich auch nicht klar, aber wahrscheinlich war das Absicht.«

»Ja, ja«, sagte sie. »Schrecklich deutsch. Wie bist du eigentlich wieder da rausgekommen, aus Somalia, meine ich?«

»Ich weiß es nicht genau. Ein junger Mann wollte mich töten, weil er dachte, ich hätte die Granaten zu Lucky Joseph gerollt. Der Mann war sehr jung und fit, verdammt schnell und gut. Er griff mich mit einer kurzen Eisenstange an und war vollkommen irre. Er schrie immer wieder: Ich mach dich tot!, und: Das ist für Lucky Joseph! Am Ende habe ich ihn fast töten müssen. Mit dem Messer. Ich hasse Messer. Ich habe seine Hand auf einem Holzbalken durchstoßen, ich hatte keine Wahl. Die anderen haben mich ziehen lassen, es herrschte so ein Chaos, und sie konnten mich nicht einordnen. Es gab kein Fahrzeug. Ich musste ungefähr fünfzehn Kilometer zu Fuß laufen, es war heiß, und niemand hielt an, weil in Somalia kein Weißer jemals zu Fuß eine Sandpiste entlangschleicht. Die haben mich wahrscheinlich für irre gehalten.«

Sie schwiegen sehr lange. »Ich bin froh für uns, dir ging es wirklich schlecht«, bemerkte sie schließlich. »Wir ziehen uns jetzt etwas an und gehen auf ein Bier rüber zu Ben. Ich hatte schon Angst, du wärst in eine zweite Krise gerutscht.«

»Wieso das?«, fragte er schnell.

»Na ja, machen wir uns nichts vor. Du bist ein Agent, und du bist fünfundvierzig Jahre alt. Und es wäre töricht, das peinlich zu verschweigen oder zu übersehen. Irgendwann kommt der Punkt, an dem du nicht mehr in bestimmte Einsätze gehen kannst.« Sie lächelte vorsichtig und wirkte eine Sekunde unsicher, als sie begriff, dass er beleidigt sein könnte.

Müller starrte sie an und bemerkte trocken: »Du bist wirklich eine harte Nummer.« Dann lachte er leise. »Das denke ich zuweilen tatsächlich. Aber ich kann mir gar nicht vorstellen, in einem Büro zu hocken und abends brav nach Hause zu gehen. Das ist der blanke Horror!«

»Aber auch das kriegen wir hin«, sagte sie zuversichtlich. »Und jetzt zu Ben an die Theke.«

»Ja«, sagte er. »Das ist sehr gut, im Kühlschrank herrscht Ebbe.«

»Morgen kaufen wir etwas ein«, bestimmte sie.

»Ich muss morgen früh um vier Uhr neununddreißig aus dem Haus, ich habe einen Auftrag.«

»Etwas Besonderes?«

»Schwierigkeiten im Jemen. Krause sagt, es muss so schnell wie möglich durchgezogen werden, und es ist ein XXL.« Das hieß: bewaffnet.

Sie hatten sich angewöhnt, den anderen über ihre Einsätze bewusst kurz und knapp zu informieren, mögliche riskante Einzelheiten gar nicht zu erwähnen. Es hatte sich herausgestellt, dass sie zuweilen massive Angst um den anderen empfunden hatten, wenn der sich im Vorfeld irgendeiner Mission Einzelheiten ausgemalt hatte, die sich möglicherweise als harmlos oder gar nicht vorhanden herausstellten. »Das müssen die beiden selbst wissen und entscheiden, da kann es keine Rezepte geben«, hatte Krause, der kluge Aufklärer, weise bemerkt. »Und ein Redeverbot schon gar nicht.« Sowinski hatte dazu knapp mitgeteilt: »Die beiden lieben sich, und wir haben die Arbeit. So sind Kinder eben.«

Es war fast Mitternacht, als sie in Bens Kneipe auf der anderen Straßenseite auftauchten. Der abendliche Ansturm der

Durstigen war vorbei, nur noch ein paar müde Figuren hockten vor ihren Gläsern und erhofften sich Bettschwere und die Erledigung aller Probleme.

Ben war ein Unikum. Er wog sicherlich an die drei Zentner, fuhrwerkte aber hinter seinem langen Tresen mit hoher Geschwindigkeit herum, wie sie ihm niemand zutraute. Er mochte um die vierzig sein und hatte sich einen gewaltigen Schnäuzer wachsen lassen, den er sorgsam pflegte und an den Enden in die Höhe gezwirbelt trug.

Als er sie sah, bemerkte er strahlend: »Sieh an, sieh an, zwei schöne junge Menschen auf der langen Reise in die Nacht!« Er machte häufig solche ungewöhnlichen Bemerkungen, er hatte ein durchaus inniges Verhältnis zu deutscher Lyrik, erwähnte aber nie, warum und woher.

Er fuhr fort: »Zwei Pils, denke ich mal, dann zweimal Forellenfilet und zwei Soleier mit allen Schikanen, wenn es den Herrschaften recht ist.«

»Du bist wie ein Vater«, sagte Müller.

Sie wählten zwei Barhocker an der Theke, tranken und aßen sehr schnell. Svenja legte eine Hand in Müllers Schoß. »Es könnte ja sein, dass wir noch ein wenig zu arbeiten haben«, sagte sie unvermittelt hell und strahlend. »Deshalb zahle ich schnell.«

»Ist recht«, lächelte Ben ihnen zu. »Ich habe auch schon davon gehört: Im Bett lässt sich's besser überleben.«

*

Müller war längst abgereist.

Er saß an diesem frühen Morgen auf einem provisorischen, unbequemen, mit Segeltuch bezogenen Notsitz im Frachtraum eines Cargojets, der von Berlin nach Abu Dhabi unterwegs war. Er war im Besitz eines dubiosen, mit vielen Stempeln in allen gängigen Sprachen Europas beglaubigten Arbeitspapiers, das ihn als Air-Lademeister und Flugbegleiter auswies. Sein Name in dem absolut echten Pass: Gundolf Pasemann. Er hatte die Aufgabe, fünfundsiebzig modernste Waschmaschinen eines deutschen Herstellers auf dem Weg in das Emirat zu begleiten und dafür zu sorgen, dass die Fracht heil und unangetastet bei dem Käufer ankam. Das war die Geschichte, die den beiden Piloten mitgeteilt worden war.

Im Emirat würde er auf eine andere Frachtmaschine wechseln und am frühen Abend Sanaa im Jemen erreichen.

Die Frage, wie er am International Airport in Sanaa unbehelligt den Zollbereich verlassen konnte, hatten Goldhändchen und Esser wegen der Dringlichkeit der Mission nicht mehr klären können. Wie so häufig gingen sie davon aus, dass Müller diese Aufgabe zielstrebig und schnörkellos selbst in die Hand nehmen und einen Weg in die Stadt finden würde.

Müller war Profi, er hatte in seinem Agentenleben schon häufig solche Situationen erlebt und besaß die Gabe, genauso nichtssagend, harmlos und unbekümmert hilflos zu wirken, wie es für derartige Aufgaben notwendig war. Er hatte für sich den Satz geprägt: Ich lebe immer ein bisschen illegal und asozial, und es ist gleichgültig, wo die Lügen anfangen und die Wahrheiten aufhören.

Er war ein Mann, der nicht auffiel, der immer gut gelaunt und ein wenig scheu wirkte, der ein unbekümmertes, vages Lächeln auch dann zeigte, wenn niemandem zum Lächeln zumute war.

Er war durchschnittlich groß, sein Gesicht wirkte naiv, neugierig, zutraulich. Er wurde im BND lobend als »hemmungslos normal« geschildert, zeichnete sich nach außen durch nichts aus. »Du könntest mir im Keller als Hausmeister dieser Behörde vorgestellt werden, ich würde es glauben«, hatte Goldhändchen einmal kichernd bemerkt. »Und wenn mir in meinem Büro fünf Minuten später jemand erklären würde: Er ist unser Chefpsychologe!, würde ich es auch glauben. Die Ähnlichkeit mit dem Typ im Keller würde mir gar nicht auffallen.«

Karl Müller war ein Mann, an dessen genaues Bild sich – wie sich auf Nachfrage regelmäßig wieder herausstellte – niemand erinnerte. Er hatte die Kunst perfektioniert, vollkommen mit seiner Umwelt zu verschmelzen. Auch Menschen, die eine Stunde und länger mit ihm verbracht hatten, konnten ihn nur ungenau beschreiben.

Er beherrschte fünf europäische Sprachen fließend, zusätzlich Hocharabisch und drei arabische Dialekte und sowohl Hochchinesisch wie die wichtigsten Dialekte der Menschen in Peking sowie ein holpriges Japanisch und ein perfektes Urdu.

Er war körperlich in Höchstform, gertenschlank. Sein Haar war schütter, strähnig und unansehnlich, wirkte zu seinem Kummer immer leicht fettig. Er hatte große Geheimratsecken und blickte mit blassblauen Augen gekonnt unaufdringlich und freundlich in die Welt.

Sein einziges Gepäckstück war ein kleiner schwarzer Rucksack, in dem an Kleidung lediglich eine Garnitur Unterwäsche zum Wechseln war. Er hatte auch keine Zahnbürste bei sich, kein Deo, keine Seife, kein Handtuch, er ging davon aus, dass er bei dieser Mission extrem leicht sein musste, dass er den Rucksack notfalls einfach irgendwo stehen ließ.

Er trug handgenähte schwarze Sneakers, keine Strümpfe, eine beigefarbene Leinenhose, ein langärmeliges einfaches blaues Leinenhemd, darüber eine Anglerweste aus Fallschirmseide mit insgesamt achtzehn Taschen, die allesamt mit Reißverschlüssen versehen waren. Die Weste war nach seinen

Angaben für ihn geschneidert worden, und sicherheitshalber hatte der Dienst gleich vier davon fertigen lassen.

Eine hochmoderne Kamera von Nikon mit einem Wechselobjektiv war in dem Rucksack verstaut. Fachlich konnte ihn diese Kamera nicht in Schwierigkeiten bringen, er war ein Agent, der die Handhabung von Kameras mit schlafwandlerischer Sicherheit beherrschte, sie gehörten zu seinem ständigen Arbeitsgerät. Ein schmales Buch mit Farbfotos und Beschreibungen von Wildtieren im Jemen sollte ihm in seinem vorübergehenden Beruf helfen. Für den Notfall gab es in einer verborgenen Falte des Rucksacks Papiere auf den Namen Dr. Kai Dieckmann, die ihn als Sicherheitsberater der Bundesregierung bezeichneten, sowie einen gültigen Diplomatenpass auf diesen Namen. Der Boden des Rucksacks verbarg zwei mit erweiterten Magazinen geladene Faustfeuerwaffen des Typs Neun-Millimeter-Glock 17 und jeweils neunzehn Geschosse, fest in Schaumstoff gepackt. Er war stolz darauf, nach jahrzehntelangem Training immer noch beidhändig unter erschwerten Bedingungen präzise schießen zu können. Wenn er jemanden erschießen musste, belastete ihn das, er steckte es jedoch durch ein anschließendes Gespräch weitestgehend weg. Dann gab es noch einen langen, beidseitig rasiermesserscharf geschliffenen Dolch in einer Plastikscheide. Der war Standard, weil irgendjemand vor einem halben Jahrhundert das so festgeschrieben hatte. Müller hasste Messer, aber die Vorschrift erwies sich aus Hartgummi.

Das, was sie alle als unfasslich bezeichneten und wofür keiner eine glaubwürdige Begründung hatte, war die ständig trainierte Eigenschaft Karl Müllers, plötzlich und ohne ersichtlichen Anlauf körperlich zu explodieren. Hinzu kam ein untrüglicher Instinkt, der ihn vor möglichen Angriffen warnte. Es hatte den Fall gegeben, dass er in einem arabischen Land in eine Männergruppe geriet, die ihn in einer Teestube isolierte, um ihn zu töten. Nach einer atemlosen Sekunde, in der nichts geschah, war Müller ohne jedes Anzeichen von Aggression plötzlich in den Angriff gegangen und hatte alle drei Gegner ansatzlos und ohne Waffe mit bloßen Händen getötet. Das von ihm erstellte Protokoll des Vorganges war beim BND mit äußerstem Misstrauen gelesen worden und hatte Kopfschütteln und Fassungslosigkeit hervorgerufen. Jemand hatte ätzend bemerkt: »Wir können doch wohl keinen Massenmörder beschäftigen!«

Krause, der körperliche Gewalt gewöhnlich mit Verachtung strafte, weil er immer noch der Hoffnung war, die Menschheit könne sich zur Friedfertigkeit entwickeln, hatte ein kurzes Memorandum geschrieben, in dem der Satz stand: »Wenn Agent Müller behauptet, er habe diese drei Menschen töten müssen und folglich auch getötet, wenn er gleichzeitig damit ein System enttarnte, das systematischen Menschenschmuggel (vor allem weibliche und junge männliche Prostituierte) nach Europa betrieb, dann gebe ich zu bedenken, dass er das für dieses Land tut – wenngleich das Land das niemals erfahren wird. Hände weg von diesem Mann, und bitte keine bigotten Fetischisten angeblich christlicher Grundwerte in diesem Geheimdienst!« Damit hatte Krause sich Feinde gemacht, aber auf die war er stolz.

Goldhändchen war eindeutig gewesen: »Wir schicken dich dahin, weil wir den amerikanischen Denkfehler wiedergutmachen wollen! Also, tu das!«

Müller trug seine Anglerweste mit den vielen Taschen. Darin befanden sich zwei gewöhnliche Smartphones neuester Technik, beide zuverlässig verschlüsselt. Dennoch lautete die eiserne Regel dazu: Nie länger als dreißig Sekunden am Stück sprechen. Auf einige Dinge hatte Müller höchstpersönlich großen

Wert gelegt. Zum einen auf ein paar weiße, unscheinbare Tabletten, die für eine gewisse Zeit sein Schlafbedürfnis ausschalteten und es ihm ermöglichten, ungewöhnlich lange mit höchster Konzentration zu agieren. Es war ein höllisches Speed, das er fürchtete und um das ihn Süchtige beneideten. Zum anderen trug er hochdosierte Schmerzmittel, Opiate, bei sich, die ihm selbst im Fall einer Verwundung noch zu reagieren erlaubten. Auch Bargeld steckte in den verschiedensten großen und kleinen Taschen dieser Weste, genau zehntausend US-Dollar in gängigen Scheinen. Er würde davon reichlich Gebrauch machen, so reichlich, dass er schon weg sein würde, wenn der Empfänger noch zählte. Zusätzlich hatte er sich angewöhnt, eine Rolle Euroscheine in der Hosentasche mit sich herumzutragen, in der Regel fünftausend. Dabei musste er immer an seinen Vater denken, der einmal bemerkt hatte, dass nur Zuhälter ihr Geld auf diese Weise aufbewahrten. Außerdem hatte er das Sekretariat gebeten, ihm zwei Feldflaschen mitzugeben für eine Landschaft ohne Wasser.

Esser, bekannt und gefürchtet wegen seiner Gründlichkeit, hatte die Weste, die Karl Müller jetzt trug, einem Spezialisten übergeben, dessen Name niemand kannte und auch niemanden wirklich interessierte. Er hieß einfach der KK, was für Kleinigkeitskrämer stand.

»Ich will, dass dieses gottverdammte Kleidungsstück einem professionellen Naturfotografen angepasst wird. Möglich, dass Erbsenzähler auf die Idee kommen, die Legende unseres Agenten genau zu überprüfen, und dass wir keine Möglichkeit haben, unserem Mann im Einsatz aktiv und schnell zu helfen. Ich will, dass er überall auf der Welt für alle bedeutenden Naturmagazine tätig ist, dass er sich in der Antarktis genauso herumgetrieben hat wie am Bodensee oder im Amazonasdelta. Nimm das nicht auf die leichte Schulter, weil es sein kann, dass er schlicht erschossen wird, weil seine Jäger das Gefühl haben, dass irgendetwas mit ihm nicht stimmt. Seine Jäger haben keine Zeit für großartige Beweise, aber falls du ihnen etwas Offensichtliches liefern kannst, was sie nachdenklich machen, innehalten lassen könnte, so wäre dir der Dank des Vaterlandes gewiss.«

KK hatte missmutig genickt, KK war grundsätzlich missmutig.

In der Weste, die Karl Müller trug, war um den Aufhänger ein schmales rosafarbenes Leinenband von drei Zentimetern Länge befestigt, auf dem in schwarzen Lettern der Aufdruck *NYQU 1678813* zu lesen war. Er stammte von einer chemischen Reinigung im Stadtteil Queens in New York, er war echt, und man konnte ihn auf diese Echtheit überprüfen. Wie KK so etwas deichselte, war weitgehend unbekannt, und KK war auch nicht bereit, darüber Auskunft zu geben, weil er sich stets darauf berief, Beamter in einem Geheimdienst zu sein. Seine Legende für den Naturfotografen Bram Stoker aus Australien lautete in diesem Fall: Stoker befand sich im Februar des Jahres 2013 im New Yorker Stadtteil Queens im Hotel Anns Corner. Es war ein Arbeitsbesuch in der Redaktion des Magazins *National Geographic*. Stoker übergab die Weste dem Service des Hotels, der dafür sorgte, dass sie einer chemischen Reinigung unterzogen wurde. »Das Leben ist sowieso und grundsätzlich eine Lüge!«, pflegte KK zu äußern.

Niemand erwartete ernstlich, dass mögliche Gegner die Echtheit des Hintergrundes einer chemischen Reinigung in New York überprüfen würden. Der Dienst kannte keinen Gegner, der sich diese Mühe machen würde. Aber das rosafarbene Bändchen war Ausdruck ihrer Zuneigung, die sie für Karl Müller empfanden. Er war ihr Mann an der Front, er war der, der seine Knochen hinhielt, er war der unermüdliche Kämpfer, der sie namenlos alle vertrat. Sie liebten ihn, sie waren stolz auf ihn, und er liebte sie dafür.

Über einen blechernen Lautsprecher kam die Stimme eines der Piloten: »Wie geht es denn da hinten, Kumpel?«

»Ich bin entzückt von Ihrer Wellnessanlage hier. Das Frühstück hätte ich gern mit drei Spiegeleiern und Schweizer Rösti!«

*

Svenja hockte im Schneidersitz auf dem Bett vor ihrem Laptop und fasste zusammen, was sie in Mallorca erfahren und gesehen hatte.

Sie schrieb:

Betreff: Lockvogel

Mein Auftrag auf Mallorca: angeworbene junge Menschen auf der Insel zu beobachten und über sie zu recherchieren, ihre Kontakte zu identifizieren und herauszufinden, wohin sie zum Zweck der Schulung gebracht werden – falls es sich überhaupt um eine regelrechte Schulung handelt. Aus Fairnessgründen wurde dem Partner Verfassungsschutz ein Memo zugestellt (operative Ebene), um auszuschließen, dass aus deutscher Sicht parallel gefahren wird. Der Verfassungsschutz wollte keine schriftliche Stellungnahme abgeben, machte aber deutlich, dass er bei möglichen gravierenden Erkenntnissen informiert werden möchte. Kommt hinzu, dass der Partnerdienst derzeit über nicht genügend Manpower verfügt, um diese Spur zu verfolgen und das Bild klarzustellen.

Die generelle Problematik liegt darin, dass immer mehr junge Menschen sich auf die Seite extremer Islamisten schlagen. Man schätzt, dass allein im syrischen Bürgerkrieg eintausend junge Söldner aus europäischen Ländern kämpfend teilnehmen. Man weiß, dass in Spanien zurzeit systematisch junge Söldner angeworben und in die Kriegsgebiete gebracht werden. Genaue Zahlen sind nicht bekannt. Es ist unbestritten, dass diese jungen Männer nach fürchterlichen Traumatisierungen wieder nach Hause kommen und unter schweren Depressionen bis hin zu psychotischen Schüben leiden können, die sie zu lebenden Bomben machen. Das gilt besonders dann, wenn Al-Kaida-Gruppen sich ihrer annehmen und sie für ihre Ziele einsetzen. In diesem Fall Hamburg-Mallorca ergaben sich allerdings vollkommen neue Aspekte. Ich hatte zu tun mit zwei jungen Menschen aus Hamburg, Lievje Bruhns (18) und Geert Neiders (18). Beide sind Kinder aus angesehenen Elternhäusern, in denen Geld keine große Rolle spielt, weil man es hat. Beide kennen sich seit Jahren schon aus der Schulzeit, sind als wilde, unzähmbare Kinder bekannt und verfügen über erstaunlich einschlägige Erfahrungen. So ist Lievje polizeibekannt als junge Frau, die fünfzehnjährig als Prostituierte auf Hamburger Straßen unterwegs war. Die Begründung des Mädchens: Ich wollte mal sehen, wie das so läuft. Lievje ist eine sehr hübsche Frau. Ihr Freund Geert (ebenfalls ein sehr attraktiver Typ) war zwei Jahre lang Mitglied einer Motorrad-Gang, fuhr die ganze Zeit ohne Führerschein, war für seine Brutalitäten bekannt und führte etwa ein Jahr lang eine Gruppe fünf junger Männer an, die bei Abwesenheit der Bewohner in gut situierte Häuser einbrach und alles abtransportierte, was sich verkaufen ließ. Bei beiden versagte das Elternhaus vollkommen und begünstigte die lebensgefährliche Grenzenlosigkeit dieser beiden Jugendlichen auf eine geradezu obszöne Weise. Ob sie als Paar zu betrachten sind, ist bisher nicht eindeutig geklärt, Geert stellt Lievje häufig als »meine Lieblingsmöse« vor. (Es gibt Fotos aller Beteiligten, die ich beifüge.)

Wir wurden von Kriminalbeamten aus Hamburg und Umgebung auf die beiden jungen Leute aufmerksam gemacht, die zu dem Schluss gekommen waren, dass die zwei als eine nicht zu steuernde »soziale Gefahr« einzustufen sind. Bei entsprechender Anleitung und geschickter Indoktrination, so befürchten Fachleute, könnten die beiden zu lebenden Bomben werden, hier besonders im Zusammenhang mit Al-Kaida-Gruppen. Genau das zeichnet sich jetzt aktuell ab.

Im unmittelbaren Umfeld der beiden tauchte vor etwa einem Jahr ein Mann mit Namen Kilt Brown auf, signifikante Einzelheiten zu ihm bisher unbekannt. Er ist etwa fünfunddreißig Jahre alt, spricht mehrere europäische Sprachen sowie Arabisch und einige afghanische Dialekte. Er wirkt angenehm, zurückhaltend, gebildet und gibt sich als Banker aus Saudi-Arabien aus. Offensichtlich verfügt dieser Mann über unbegrenzte Geldmittel, deren Herkunft nicht klar ist. Vermutungen sprechen von Dollarguthaben bei Banken im vorderasiatischen Raum.

Kilt Brown benahm sich von Beginn an so, als sei er auf Lievje und Geert angesetzt worden. Er drängte sich in ihr Leben, tauchte überall auf, wo sie sich aufhielten, galt wenig später als bester Freund. Dieser Zustand hält bis heute an, wenngleich Kilt Brown nach seinem Aufenthalt auf Mallorca nach Hamburg zurückkehrte, während die jungen Leute mit noch unbekanntem Ziel verschwanden.

Die Kriminalbeamten in Hamburg befürchten, dass Brown Lievje Bruhns und Geert Neiders systematisch auf einen terroristischen Einsatz irgendwo auf der Welt vorbereitet. Das ist eindeutig worst case im Bereich der Al Kaida. Kilt Brown wird ermittlungsintern ›die Ratte‹ genannt.

Als die Kriminalbeamten den Eindruck gewannen, dass sowohl für Lievje wie für Geert ein weiteres Stadium der Vorbereitung begann, konnte recherchiert werden, dass die beiden nach Mallorca reisen würden, von wo aus sie möglicherweise an ihre Zielorte gebracht werden sollten. Es gelang mir, drei Stunden vor ihrer Landung auf der Insel zu sein, um zu dokumentieren, was ich hier beschreibe.

Gebucht worden waren bei einem Billiganbieter »zwei wilde Nächte auf der deutschen Trauminsel inklusive zwei Übernachtungen im Traumhotel mit Frühstück und zwei heiße Disconächte, inklusive Flug von Hamburg und zurück für unschlagbare 172,– Euro« (Werbung). Ich fotografierte ihren gesamten Aufenthalt.

Nach ihrer Ankunft auf der Insel wurden sie sofort in ein eigenes Programm eingespannt. Sie wurden abgeholt und zu einem Fotogra-

fen gebracht. Ich nehme an, sie bekamen dort Pässe auf falsche Namen, denn sie tauchten in dem von ihnen gebuchten Billighotel überhaupt nicht auf, sondern wurden für zwei Nächte in einem Luxusappartement in einer Ferienanlage in der Nähe des International Airport untergebracht. Laut Papieren waren sie Jonny und Lu Swanek aus Amsterdam, Bankangestellte.

Dann tauchte plötzlich Kilt Brown auf und besuchte die beiden für Stunden in ihrem Appartement. Das war eine extrem leise Phase, in der viel ernsthaft geredet wurde, alle drei machten einen hoch konzentrierten Eindruck, soweit ich das beobachten konnte. Am frühen Morgen des dritten Tages verließen sie Mallorca. Soweit wir wissen, reisten sie als Jonny und Lu Swanek nach Abu Dhabi, wo sie für einen Anschlussflug nach Karatschi, Pakistan, gebucht waren. Ob sie dort ankamen, ist unbekannt.

Kilt Brown gilt als enger Vertrauter eines arabischen Scheichs in den Golfstaaten und wird als »bewährter, ausgezeichneter und heldenhafter General der islamistischen Weltbewegung« bezeichnet. Lievje Bruhns und Geert Neiders gelten beide als eiskalt und hochintelligent. Es liegt nahe, dass die beiden möglicherweise auf einen Terroreinsatz vorbereitet werden. Nach meinem Dafürhalten sollten in Hamburg weitere Einzelheiten schnell abgeklärt werden. Svenja Takamoto, zurzeit Berlin. Dazu Datum, Uhrzeit.

Sie schickte den Bericht auf den Rechner von Goldhändchen, der dafür sorgen würde, dass er zu den richtigen Leuten gelangte.

Weniger als eine Stunde später wurde Svenja von Krause angerufen, der sehr sachlich wirkte.

»Wir haben Ihr Memo gelesen und sind der Meinung, dass es sich um eine höchst gefährliche Sache handeln könnte. Spricht irgendetwas dagegen, Sie weiter mit diesem Fall zu betrauen?«

»Nichts«, sagte Svenja.

»Dann fliegen Sie heute Abend zusammen mit Thomas Dehner nach Hamburg, um das gesamte Umfeld so weit wie möglich zu recherchieren. Papiere, Finanzmittel im Sekretariat, Kommunikation wie gehabt über Goldhändchen, der Ihnen schöne Grüße schickt und gutes Gelingen wünscht.« Er machte eine kurze Pause, um dann flach und tonlos festzustellen: »Ich hoffe, Sie nehmen das nicht auf die leichte Schulter?«

Svenja hielt den Atem an.

Was war das für eine sonderbare Bemerkung? Das passte nicht zu Krause. Wieso fragte er, ob sie ein Problemfeld auf die leichte Schulter nahm? Wusste er mehr als sie? Sie waren ein Geheimdienst, ja, aber Geheimniskrämerei konnten sie bei der Arbeit nicht gebrauchen.

»Wie kommen Sie darauf?«, fragte sie.

Krause schwieg sehr lange, ehe er endlich zu sprechen begann. »Da zeichnet sich doch eine Entwicklung ab, wie wir sie seit Jahren befürchtet haben«, äußerte er bedächtig. »Wir haben alle gehofft, dass es nicht so kommt. Aber die Drohkulisse nimmt immer deutlichere Konturen an. Junge Europäer, die sich Al Kaida oder einer anderen terroristischen islamistischen Gruppierung anschließen, sind für uns gefährlicher als alles, was wir bisher kennengelernt haben, denn sie kennen unsere Kultur, sie kennen unsere Schwächen, sie können sich perfekt tarnen und völlig unvermutet losschlagen. Wie dem auch sei, ich hatte schon früher Albträume deswegen. Genau genommen gehe ich ja demnächst in Rente, meine Nachfolge ist geregelt, ich könnte gelassener sein. Aber tatsächlich bin ich nervös.«

Svenja blieb ganz still.

Es ist vielleicht seine Art, mir zu sagen, dass er sich alt fühlt, dass er scheitern könnte, dass er zu einer falschen Beurteilung kommt. Melancholisch war er immer. Ist da jetzt ein Hauch von Resignation? Angst vielleicht?

»Sie haben noch nie einen Fehler gemacht, Sie sind der absolute Profi«, bemerkte sie spröde. »Warum sollten Sie nervös sein?« Das klang hohl, das war die dämlichste Bemerkung ihres Lebens für den wichtigsten Menschen ihres Lebens.

»Wie auch immer«, schloss Kraus unvermittelt, »vergessen Sie das ganz schnell, meine Liebe.«

4. KAPITEL

Die Sache mit Dieter eskalierte an diesem Mittag um 13.00 Uhr.

Krauses Ehefrau Waltraud, Wally genannt, meldete sich auf dem Festnetzanschluss und stotterte erregt, ja hysterisch. Sie war nicht zu verstehen, modulierte ihre Sprache in unverständlichen übertrieben gedehnten und abgehackten Lauten über zwei Oktaven, schien keine Luft zu kriegen, brachte kein klares Wort heraus.

»Moment, Moment!«, unterbrach Gillian schroff. »Ihr Mann telefoniert, Frau Krause, Ihr Mann kann jetzt nicht ...«

Dann schrie Wally im höchsten Diskant: »Diiieter!«

Es war das erste verständliche Wort.

Gillian wusste, was der Name zu bedeuten hatte, aber sie ahnte nicht, was geschehen war. Sie versuchte es sachlich: »Was ist mit Dieter?«

»Tooot!«, schrie Wally. Dann keuchte sie in unendlicher Erschöpfung.

Es herrschte Stille.

Gillian drückte einen Knopf, der auf Krauses Schreibtisch ein rotes Lämpchen aufleuchten ließ. Sie sagte in das Mikrofon: »Privates Red!«, und fragte sich im selben Moment, ob Krause überhaupt begreifen würde, was das bedeutete, denn sie hatte diesen Begriff in all den Jahren noch nie verwenden müssen.

Krause beendete das Telefonat und fragte aggressiv: »Was, bitte, ist denn los?«

»Dieter ist tot«, sagte Gillian.

Er wollte ärgerlich bemerken, dass Gillian von Dieter doch gar keine Ahnung haben konnte, aber dann hielt er inne und fragte: »Wer sagt das?«

»Ihre Frau.«

»Und wo ist die?«

»Hier am Telefon. Nein, da ist sie nicht mehr, sie ist weg. Sie hat aufgelegt. Ich nehme an, sie ist zu Hause. Wo soll sie sonst sein?«

»Um Gottes willen«, murmelte Krause. »Ich brauche einen Wagen, sofort. Ich muss zu ihr.«

Gillian bestellte den Wagen für Krause, der zu ihr in das Büro getrippelt kam und nachfragte: »Was hat sie gesagt?«

»Eigentlich nichts. Nur, dass Dieter tot ist. Der Wagen steht unten.«

»Wieso hat sie nichts gesagt?«, fragte Krause verwirrt.

»Sie hatte es wohl eben erst erfahren, sie war nicht bei sich, sie war geschockt. Ich habe eine Weile gebraucht, um zu kapieren, dass sie es war.«

»Ich bin dann mal weg.« Er nickte.

»Sie sollten aber das Jackett anziehen, Chef.«

Dieter war das Kind, das sie nie hatten.

Zusammen mit Essers Frau war Wally einem gemeinnützigen Verein beigetreten, dessen Mitglieder sich um die Ärmsten der Armen kümmerten, um Menschen, die schon schwerstbehindert auf die Welt kamen, die kaum einen Platz zum Leben fanden, deren Leben zuweilen gar keines war.

»Unsere gottverdammten Männer retten jeden Tag die Welt«, hatte Wally festgestellt. »Also retten wir wenigstens für Stunden einen Menschen.« Auch die Essers hatten keine Kinder. Essers Frau kümmerte sich um eine junge Frau, und für die

Krauses war es Dieter geworden. Vor drei Jahren hatte es begonnen.

Es war Wally gestattet worden, Dieter für Stunden in ihr Haus zu holen, ihn zu umsorgen, ihm DVDs mit Märchenverfilmungen einzulegen, von denen sie nicht einmal wusste, ob Dieter sie überhaupt als solche wahrnahm, ohne die er aber nicht mehr leben wollte.

Dieter konnte nicht einmal ein Wort sprechen, jaulte und röhrte nur chaotisch vor sich hin, konnte nicht Mama sagen, konnte den Kopf nicht aufrecht tragen, hatte keine Kontrolle über ganze Muskelgruppen, bewegte sich meist seitwärts wie eine zähflüssige Masse, konnte sich nirgendwo festklammern, weil seine Hände nicht wie Hände funktionierten. Wally hatte ihm ein Zimmer unter dem Dach eingerichtet und war schon stolz, wenn es ihr gelang, ihn über zwei kurze Treppen mühevoll in das Erdgeschoss zu bugsieren, um ihn dort mit Kuchen zu füttern, der ihm dauernd aus dem offenen Mund fiel.

Wally hatte begonnen, Dieter zu lieben und für ihn zu leben. Und Dieter hatte begonnen, nicht nur sie, sondern auch Krause heftig zu lieben. Er geriet bei seinem Anblick jedes Mal vollkommen außer Kontrolle vor Begeisterung, wurde dann ein tobendes, johlendes Bündel. Dabei konnte Dieter noch nicht einmal seinen Kopf und seine Augen steuern. Krause hatte zögerlich angefangen, den Jungen zu mögen, dann bedingungslos zu bejahen und verschreckt zu begreifen, dass Dieter ein Geschenk war, ein furchtbares, spätes Geschenk für ihn und seine Frau.

Die Ärzte haben immer gesagt, dass er ganz plötzlich eines Tages sterben wird, dachte Krause. Er wusste nicht genau, wie alt Dieter geworden war. Zweiundzwanzig? Dreiundzwanzig? Es war egal, es war vorbei, und seine Wally litt.

In die Kühle und Stille des großen Autos meldete sich Gillian. »Ich habe mir erlaubt, Professor Hagen zu informieren, und in der Klinik erfahren, dass er bereits bei Ihnen zu Hause ist.«

»Danke«, sagte Krause zittrig. Dann weinte er unverhohlen, und sein Fahrer starrte ihn fassungslos im Rückspiegel an.

»Machen Sie schnell«, sagte Krause mit einer wilden Bewegung beider Arme. »Nehmen Sie das verdammte Blaulicht.«

Es war schwierig, das Schlüsselloch der Haustür zu treffen, es war totenstill.

Krause fand Wally in der Küche. Sie lag zusammengekrümmt auf der Seite auf den Bodenfliesen und hatte ein ganz starres, schneeweißes Gesicht. Sie raunzte mit einer knarrenden, rauen Stimme: »Sie wollen ihn mir nicht geben.«

»Wally!«, flüsterte Krause gedehnt. Dann setzte er sich neben sie auf die Fliesen, und in einer Aufwallung von bitterem Sarkasmus dachte er: Ich bin ein kleiner fetter Spion an der kritischen Altersgrenze, und wir haben keine Zukunft mehr. Unser Sohn ist tot.

*

Es war einfach, den International Airport von Sanaa zu verlassen, da aus dem großen Frachtbereich mehrere schwer beladene Trucks langsam hintereinander hinausfuhren. Müller sprang auf das Trittbrett neben einem Fahrer und strahlte: »Kannst du mich mitnehmen in die Stadt?«

»Dann häng da nicht an meiner Tür herum, sondern steig ein, Mann«, sagte der Fahrer freundlich.

Es war 18.15 Uhr Ortszeit.

Goldhändchen hatte ihm über Google Earth ganz genau zeigen können, wo in der Altstadt Sanaas Stephen Alabi mit seiner Familie wohnte. Es waren zwei uralte, verwinkelte, malerische vierstöckige Wohnblocks, in denen ausnahmslos Universitätsprofessorinnen und -professoren mit ihren Familien wohnten. Stephen Alabi hatte das einmal ironisch »die Insel der Seligen« genannt.

»Da siehst du den Eingang im Erdgeschoss. Auf keinen Fall mit einem Fahrzeug anfahren, die Gasse ist zu schmal«, hatte Goldhändchen erläutert. »Merke dir nur die Farbe, das Mauerwerk ist lichtblau. Die Wohnung umfasst fünf Räume und geht über zwei Ebenen. Falls du einbrechen musst, tu es von der Rückseite her, da kann man dich weniger beobachten.«

»Warum sollte ich einbrechen?«

»Weil du das entscheidest«, hatte Goldhändchen unwillig bemerkt. »Das müssen wir jetzt nicht diskutieren. Deine einzige Chance ist eine Amah, eine Frau für alles. Manchmal kocht sie, meistens hält sie das Haus sauber, kümmert sich um die Kinder. Diese Amah ist ungefähr vierzig Jahre alt und heißt Idris – merk dir das. Ich nehme an, Idris weiß eine ganze Menge, ich nehme sogar an, Idris hat eine Ahnung, wo die Frau und die Kinder sind.«

»Weshalb das?«

»Wenn die Amis einen Einheimischen mit Bargeld gekauft haben, der die Frau und die Kinder kassiert hat, dann hat er keine Lust, sich um die Mutter und ihre Söhne zu kümmern. Er kassiert pro Tag ein Schweinegeld, er hält die drei in einem Zelt unter Verschluss, aber mehr tut er wahrscheinlich nicht. Frauen, mein Lieber, sind in diesem Land zwar lebensnotwendig, aber grundsätzlich lästig. Kann also gut sein, dass Idris etwas weiß, sich um Wäsche für die Herrin kümmert, um Deo und Höschen und den ganzen Schnickschnack. Um Plastikspielzeug für die Jungens. Kauf Idris, und kauf sie schnell.«

»Gibt es einen Hinweis, wo man die Frau und ihre Kinder gefangen hält?«

»Das könnte in dem steinigen Steppen- und Berggebiet östlich von Sanaa sein, das liegt jedenfalls nahe, ist aber Spekulation. Und noch etwas, mein Freund: Glaube keinem Menschen ein Wort, hau ihm lieber ungefragt sofort in die Schnauze.«

»Du baust mich ja richtig auf!«, hatte Müller bemerkt. »Haben wir ein Foto von Idris?«

»Nein.«

»Kommunikation?«

»Du hast zwei Smartphones. Das grüne funktioniert normal und ist brauchbar, falls du ein Netz hast, was du außerhalb von Sanaa selten finden wirst. Das rote verbindet dich ausschließlich mit mir. Es wird automatisch alle zwanzig Minuten von hier aus kontrolliert, falls meine Automatik es erreichen kann. Wenn du die Eins viermal drückst, bekommst du eine Verbindung zu mir, falls ein gütiger Satellit im Himmel über dir steht. Ideal wäre ein einheimischer Festnetzanschluss, aber auch den wirst du voraussichtlich auf fünfhundert Quadratkilometern nicht finden. Mein Rat: Versuche es immer und immer wieder, glaub fest an uns in Berlin, mein Junge.« Dazu hatte er leicht verlegen gelächelt. Es widerte ihn an, so wenig für Müllers Sicherheit tun zu können.

»Sonst noch irgendetwas?«, hatte Müller gefragt, um der Routine zu genügen.

»Ja, da ist noch etwas. Du solltest, egal, ob du erfolgreich oder erfolglos bist, nicht in Richtung Sanaa zurückfahren. Da könnte der vaterländische Geheimdienst tätig sein, der wie eine Mafia-Gruppierung funktioniert. Da könnten aber auch US-Amerikaner herumlungern. Versuche, nach Norden zu kommen in Richtung Saudi-Arabien. Da gibt es eine ausgebaute Straße und hin und wieder Dörfer, aber auch die Möglichkeit, nach rechts oder links ins Gelände abzubiegen und sich hinter einer Düne zu verstecken oder irgendetwas in der Art. Deine Richtung ist in jedem Fall Norden. Und ich weiß, wo ich dich suchen muss.«

Karl Müller ging es konzentriert und schnell an. Er suchte einen Autoverleih auf, dessen Besitzer für einen sieben Jahre alten Toyota RAV4 pro Tag achtzig Dollar verlangte. Müller handelte nicht, sondern zahlte gleich für vier Tage im Voraus, tankte voll und fuhr als Bram Stoker vom Hof. Dann kaufte er ein Pack Mineralwasser, zehnmal anderthalb Liter. Er füllte die beiden Feldflaschen voll und steckte sie in den Rucksack. Zusätzlich kaufte er zwanzig Schokoriegel, deren intensive Süße ihm nicht behagte, die aber garantierten, dass der Kreislauf gleichmäßig lief und selbst unter hohem körperlichem Druck keine Unterzuckerung auftrat.

Das war um 19.55 Uhr erledigt.

Wenige Minuten später erreichte er die lebendige Altstadt Sanaas, ein Gewirr aufsteigender und abfallender enger Gassen, gelegentlich ein kleiner, intimer Platz. Er parkte den Toyota in akzeptabler Nähe zur Wohnung der Alabis und machte sich auf den Weg. Die Stadt wirkte gemütlich, niemand rannte, die Menschen standen beieinander und sprachen gelassen, es ging auf den Abend zu, der Tag war getan.

Müller rief Goldhändchen an. »Ich bin vor dem Haus«, sagte er. »Gibt es etwas, das ich wissen muss?«

»Nichts im Moment. Dank Stephen Alabi wissen wir jetzt, wo das Hausmädchen wohnt. Idris. Hier ist seine Beschreibung: Du kommst aus der Haustür und wendest dich nach rechts, dann geht es auf einen kleinen Platz, zweite Gasse nach rechts, etwa einhundert Meter, linker Hand liegen niedrige Hütten. Dort musst du fragen.«

»Welcher von Alabis Nachbarn taugt etwas?«

»Links von ihrer Eingangstür, der Name ist Hawkins. Die Frau ist eine tratschende Schlampe, als Quelle dringend zu empfehlen. Hast du eine gute Legende für dich?«

»Nein. Brauche ich eine?« Müller lachte. »Mach es gut, Goldhändchen, und Gott befohlen.« Das hatte groteskerweise sein Vater, der Studienrat, immer gemurmelt, wenn er zu seinen Notenkonferenzen aufbrach. Müller empfand es als rundherum angenehm, dass sie sich in Berlin Sorgen um ihn machten. Sollten sie, er konnte das brauchen, es war die Watteschicht, die ihn von der kalten Einsamkeit trennte.

Es gab keine Klingeln an den Haustüren, es gab kleine Messingklopfer. Er klopfte mehrmals hintereinander bei ALABI. Nichts rührte sich. Nach einer Weile öffnete sich eine Tür ein paar Meter weiter, und eine Frau streckte ihren mit blonden wirren Haaren bedeckten Kopf heraus, zwischen den Lippen eine Zigarette.

»Kann ich helfen, Schätzchen? Ich heiße Hawkins.« Sie sprach englisch.

»Die Alabis sind wohl nicht da«, fragte Müller verwirrt. »Verstehe ich nicht. Ich habe vorgestern angerufen, und Ella sagte: Komm vorbei, wir sind zu Hause. Jetzt ist niemand da. Na ja, Pech gehabt. Wissen Sie, wann die wiederkommen?«

»Keine Ahnung, Schätzchen. Willst du einen Tee?« Sie war eine Weiße, hager und ausgezehrt, etwa fünfundvierzig Jahre alt. Sie hatte ein schmales, hartes Gesicht wie aus Leder, sie war grell und viel zu aufdringlich geschminkt, und sie wirkte mächtig gelangweilt. Ihre Augen waren wässrig blau und ausdruckslos wie Kiesel.

»Gerne«, sagte Müller lächelnd und trat auf sie zu.

»Ich verstehe das auch nicht«, plapperte die Frau und ging vor ihm her in einen Wohnraum, der gut in Londons Mayfair gepasst hätte. »Sie ist vormittags mit den Kindern abgeholt worden, dabei hat sie vorher gar nichts gesagt. Von Männern in Landestracht, Bauern, habe ich gedacht. Obwohl: Was soll Ella mit Bauern? Die wollen was einkaufen, habe ich gedacht, obwohl du in dieser Stadt nicht wirklich gut einkaufen kannst. Bist du ein Freund?« Sie goss ihm eine Tasse Tee ein.

»Ich kenne Stephen aus London«, erklärte Müller munter und nippte an der Tasse. »Von der Uni. Er hat immer wieder gesagt: Komm vorbei, wenn du in Sanaa bist! Wo ist er denn?«

»Ella hat gesagt, Singapur. Der Knabe hat ja dauernd Meetings. Und du?«

»Unikollege. Shakespeare, die Königsdramen und ihre historische Relevanz. Stephen hat ein altes Manuskript, das ich brauche. Mist, hast du ihre Handynummern?«

Sie schüttelte den Kopf. »Ich verstehe gar nicht, wo Ella hin ist. Und außerdem wollte Stephen heute zurück sein. Komisch. Willst du einen Sherry, Fremdling?«

Jetzt roch er ihre Whiskyfahne. »Hast du zufällig ihren Hausschlüssel?«, fragte er. »Dann könnte ich mir das Manuskript raussuchen.«

»Den habe ich nicht, Schätzchen. Und Idris ist ja auch nicht da, also die Haushaltshilfe. Die ist heute Morgen dabei gewesen, als sie abgeholt wurden. Die ist ja immer dabei.«

»Blöde!«, sagte Karl Müller enttäuscht wie ein Kind.

»Willst du nicht doch einen Sherry?«

»Nein danke. Ich verschwinde dann mal wieder. Und vielen Dank auch.« Er stellte die Tasse auf den Couchtisch.

»Das ist doch öde, Schätzchen, wo willst du denn hin?«

»In irgendein Hotel«, sagte Karl Müller dümmlich.

Dann gab es ein leicht kreischendes Geräusch, weit entfernt, und die Dame namens Hawkins strahlte plötzlich und sagte: »Das ist Ellas Küchenschrank. Sie sind wieder da.«

»Da habe ich aber Glück«, versicherte Müller treuherzig. »Vielen Dank.«

Er sprang auf, ganz der unbeholfene Brite, der ausschließlich seinen Shakespeare liebt, und trabte aus dem Haus. Die Dame Hawkins blieb dicht hinter ihm und wollte ihm etwas erzählen, was er nicht verstand. Er war froh, als die Haustür hinter ihm zuklackte.

Es war 20.45 Uhr. Hawkins hatte entschieden zu viel Zeit gekostet.

Müller klopfte bei ALABI.

Die Frau war klein, rabenschwarz und starrte ihn aus wachen, schnell huschenden Augen durch den Türspalt an.

»Hallo!«, sagte er. »Ist Ella da?«

»Nein, Sir«, antwortete die kleine Frau.

»Ist Stephen da? Stephen ist ein Freund aus London.«

»Auch nicht da, Sir«, sagte sie mit einer Kleinmädchenstimme.

»Dann lass mich, verdammt noch mal, rein!« Müller stieß die Tür mit aller Gewalt gegen sie, sodass sie zurücktaumelte und hilflos wie ein Bündel auf den Boden schlug. Sie blutete aus der Nase.

Müller schloss die Tür hinter sich. »Sei still!«, befahl er auf Arabisch in das Halbdunkel des Vorraums. »Ich weiß, dass du Idris bist. Sag mir, Idris, wo ist Ella?«

»Weiß ich nicht, Sir!«

»Aber du kommst jetzt von ihr, oder?«

»Nein, Sir, ich weiß nicht, Sir. Ich habe Angst, Sir, was wollen Sie, Sir?« Sie trug einen Kittel, sie nahm ein Paket Papiertaschentücher, zog eines heraus und hielt es sich vor die Nase. Sie schniefte.

»Zeig mir die Wohnung. Und zwar schnell. Ich schlage dich, wenn du nicht gehorchst.«

»Ja, Sir.« Sie ging vor ihm her, zeigte ihm Raum für Raum. Im Schlafzimmer der Eltern stand ein offener Koffer auf dem Bett, halb gefüllt mit Frauenkleidung, einer Hygienetasche, Schuhen, leichten Pullovern.

»Du packst die Sachen für Ella, nicht wahr?«

»Nein, Sir. Das tue ich nicht, ich weiß nichts.«

»Wo steht der Esstisch?«

»Nebenan, Sir. Ich weiß nichts.«

Müller bugsierte die Frau vor sich her an den Esstisch, schaltete das Licht ein und stellte den Rucksack auf den Tisch.

»Hör zu«, sagte er. »Hör mir gut zu. Setz dich auf den Stuhl da. Du wirst mir sagen, was du weißt, du wirst mir alles sagen. Und wenn du nicht gehorchst, schlage ich deinen Kopf gegen die Wand da. Hast du das gehört?«

Idris sagte nichts.

Er zog den Reißverschluss des doppelten Bodens des Rucksacks auf und nahm die Schaumstoffform mit den Waffen heraus. Er zog den Gürtel aus der Hose und fädelte die Lederschlaufen der Waffen ein, eine links, eine rechts.

Dann stand er auf und ließ die Hose herunter.

Er sah, wie die Frau auf dem Stuhl in überschießender Angst und Panik die Augen schloss und zu zittern begann.

Er nahm eine Plastikscheide aus dem Rucksack und befestigte sie mit einem schwarzen, breiten Tape an der Innenseite des linken Unterschenkels und steckte dann die Klinge hinein.

Dann zog er die Hosen wieder hoch und schloss den Gürtel.

»Du kannst mir helfen«, sagte er. »Ich bezahle dich. Ich bezahle dich gut. Wie viel willst du?«

»Ich will nichts, Sir.«

»Wer sind die Männer, die euch heute Morgen abgeholt haben?«

»Welche Männer, Sir? Ich kenne keine Männer.«

»Sie haben Ella. Sie haben Joshua, und sie haben Harry. Die liebst du doch, nicht wahr?«

»Die liebe ich, Sir, ja.«

»Wo sind sie jetzt?«

»Ich weiß nicht, Sir.«

»Du solltest mit mir zusammenarbeiten. Ich habe nicht viel Zeit und muss noch einiges erledigen.« Jetzt sprach er plötzlich vertraulich, jetzt war er der Kumpel, der um etwas bat. Jemand, der Verständnis haben würde, wenn Verständnis gefordert war.

Idris saß auf dem Stuhl und hielt die Augen geschlossen. Sie zitterte.

»Ich gebe dir einen Tausender«, sagte Müller. Er zog ein Bündel Hundertdollarscheine aus der Weste und blätterte zehn vor sie hin. »Nimm es«, sagte er. »Es gehört dir.«

Er sah auf die Uhr. Es war 21.10 Uhr.

Idris dauerte zu lange.

»Ich will kein Geld, Sir.«

»Was willst du denn?«

»Ich will, dass Sie gehen, Sir«, sagte Idris tapfer, voll grenzenloser Angst.

»Ich will Ella und die Kinder da herausholen«, erklärte Müller so gelassen wie möglich. Er dachte: Ich habe diesen widerlichen Auftritt satt!

Sie reagierte nicht.

»Sie haben sie heute Morgen abgeholt, und dich auch«, sagte er in leichtem Ton. »Dann seid ihr irgendwohin gefahren. Verhören sie Ella? Nehmen sie auch die Kinder ran? Sind sie brutal?«

»Ich weiß nicht, Sir.«

Er nahm das rote Handy und tippte viermal die Eins. »Verbinde mich sofort mit Stephen Alabi«, sagte er ohne Begrüßung. »Ich habe hier seine Amah Idris. Sie will mir nicht helfen. Alabi kann das ändern.«

»Bleib in der Leitung, nicht beenden. Was sage ich ihm?«

»Er soll Idris sagen, sie soll mir helfen. Sofort und ohne Einschränkung. Ich glaube, sie weiß, wo die Frau und die Kinder sind.«

»Okay, geh nicht aus der Leitung, warte, ist gleich so weit, nur noch ein Sekündchen, wenn's piept, kannst du mit ihm sprechen ... und deutlich reden, ich habe Interferenzen, da kann was verloren gehen.«

Es piepte nach endlosen dreißig Sekunden.

»Stephen Alabi, hier spricht ein Spezialist des BND. Ich bin in Ihrer Wohnung in Sanaa, sitze an Ihrem Esstisch unter der Keramiklampe mit dem blauen Schirm. Mir gegenüber sitzt Idris. Können Sie ihr sagen, sie soll mir sofort und ohne Einschränkung helfen? Würden Sie das tun?«

»Das tue ich. Geben Sie mir Idris.«

Müller reichte der Frau das Smartphone und sah zu, wie ihr Gesicht sich aufhellte. Ihr Mienenspiel wirkte wie eine Explosion der Freundlichkeit in Zeitlupe. Dann waren ihre Augen voll Tränen, und sie flüsterte: »Ja, Stephen, Sir«, und: »Nein, Stephen, Sir«, und: »Das mache ich, Stephen, Sir«. Dann gab sie Müller das Gerät zurück und setzte sich sehr gerade auf ihren Stuhl, straffte den Rücken, nahm ein neues Papiertaschentuch und schniefte endlos hinein. Ihre Nase blutete noch immer.

»Sie sind im Kettr-Tal«, sagte sie endlich. Sie legte eine Hand über die Dollar und schob sie zu Müller hinüber. »Ich will kein Geld, Sir.«

»Wie weit ist das entfernt?«

»Ich weiß nicht genau, Sir. Man braucht viele Stunden. Es ist im Osten, im Gebirge, in den Wadis. Es gibt nur Pfade, keine Straßen.«

»Wer hat dich hierher zurückgebracht?«

»Männer aus dem Camp, Sir. Zwei Männer. Sie hatten ein altes Auto, und es war dauernd kaputt. Wir brauchten sechs oder acht Stunden, glaube ich. Wir sind am späten Vormittag da losgefahren.«

Müller drückte viermal die Eins.

»Goldhändchen, stell fest, wo genau ein bestimmtes Tal liegt. Im Osten von Sanaa, meiner Einschätzung nach zwischen vierzig und sechzig Kilometer entfernt. Es heißt Kettr oder so ähnlich. Mach schnell, ich bleibe dran, ich habe keine Zeit mehr.« Er wartete und starrte auf die Uhr.

Dann war da plötzlich Essers Stimme, beruhigend wie das Gluckern eines Bachlaufs unter einer stillen Sonne. »Das Kettr-Tal. Nichts Besonderes, geografisch betrachtet. Ein kurzer Halbbogen von Süd nach Nord, meiner groben Schätzung nach nur etwa zwölf bis vierzehn Kilometer lang. Sehr steiler Einschnitt. Entfernung laut GPS von dir in Sanaa bis dort: zweiundsiebzig Kilometer. Aber es gibt keine erkennbaren Straßen. Deine Richtung muss Ostnordost sein. Was für einen Motor hat das Auto?«

»Zwei Komma sechs Liter, Sechs-Zylinder-Diesel«, antwortete Müller.

»Hm.« Jetzt ertönte Essers Stimme. »Der Lärm ist das größte Problem. Es wäre gut, wenn du den Motor ständig im Bereich unterhalb von tausendachthundert Umdrehungen fährst, das menschliche Ohr hört ihn dann am wenigsten. Und was darf ich Ihnen zum Frühstück servieren, Sir?«

»Drei Spiegeleier, gebratenen Speck und eine Handvoll Nürnberger Bratwürstchen«, sagte Müller grinsend. »Dazu einen Hektoliter Espresso.« Er unterbrach das Gespräch und richtete den Zeigefinger auf Idris. »Du musst dir etwas Praktisches anziehen«, sagte er. »Hosen vielleicht. Mein Name ist Charlie. Hast du Jeans?«

»Ja, Sir«, sagte sie. »Meine Putzsachen. Im Keller. Und der Koffer für die Kinder und Ella.«

»O nein!«, entgegnete Müller scharf. »Vergiss den Koffer, vergiss alles, was mehr wiegt als ein Kilo und dicker ist als eine Zeitung.« Dann korrigierte er sich. »Nimm den Koffer mit, aber nur den Koffer. Pack keine Klamotten rein.«

»Ja, Charlie, Sir.«

Er wartete, seine Knie flogen in schnellem Rhythmus auf und nieder, das Adrenalin befeuerte ihn.

Dann klopfte es hart an der Tür.

Von links tauchte Idris in dem Vorraum auf. Ihre Augen waren schreckgeweitet.

»Das sind die Männer aus dem Camp. Sie sagen, sie holen mich wieder ab. Sie sind zu zweit, Sir.«

»Mach ihnen auf, lass sie herein, ganz normal.« Er rannte die kurze Treppe hinauf in das Esszimmer und setzte sich auf einen Stuhl mit dem Gesicht zur Tür.

Die Männer sprachen leise, Idris antwortete irgendetwas und schob die Haustür wieder zu.

Idris plapperte in einem Dialekt, der Müller unbekannt war. Sie erzählte irgendetwas, sie versuchte krampfhaft, einen harmlosen Eindruck zu machen, sie kam vor den Männern die Treppe hinauf.

Einer der Männer hinter ihr, ein Junge mit erstaunlich heller Stimme, forderte: »Mach schnell, Frau, wir müssen sofort los!« Und Idris antwortete atemlos: »Jawohl, Sir, klar, Sir, zwei Minuten, Sir.« Dann stand sie in der Tür.

Müller dachte erschrocken den Bruchteil einer Sekunde lang, die Mission sei beendet, gescheitert, nicht mehr durchführbar. Idris deckte die Männer hinter ihr vollkommen ab, sie konnten schießen, sie konnten sogar verschwinden.

Dann glitt Idris zur Seite, und die beiden Männer sahen ihn und stockten.

»Hallo!«, sagte Müller und schoss einmal mit der linken Glock. Es war sehr laut, das alte Haus dröhnte.

Er traf den ersten Mann, den kleineren, hoch an der linken Schulter, er sagte scharf: »Auf den Boden!«

Es stank augenblicklich stechend nach Kordit, der Mann schrie unterdrückt und sank nach vorn auf die Knie.

»Ganz flach!«, sagte Müller ohne jede Betonung und Schärfe. »Auf das Gesicht!« Beide Waffen lagen vor ihm auf dem Tisch, er wirkte vollkommen unbeteiligt.

Sie waren Hirten, trugen einfache, billige, abgenutzte arabische Tracht und dunkle, schmierige Turbane. Ihre Gesichter waren sonnenverbrannt, ihre Bewegungen angestrengt bedächtig. Der Verwundete hielt sich die angeschossene rechte Schulter, das Gesicht im grünen Teppichboden. Er blutete stark.

»Ich töte euch«, stellte Müller kühl und unbeteiligt fest. »Ich töte euch schnell, wenn ihr Blödsinn macht. Zieht euch aus.« Dann sah er zu Idris hinüber, die sich auf einen Stuhl gesetzt hatte. »Hast du einen Erste-Hilfe-Kasten im Haus?«

»Ja, Sir, Charlie, so etwas Ähnliches. In der Küche. Ich hole ihn.« Sie stand auf, trat über die Männer hinweg und verschwand auf der Treppe.

»Legt die Klamotten ab«, sagte Müller tonlos. Er wandte sich direkt an den Jungen, der links von ihm lag, den Kopf zwischen den Beinen eines Stuhls. »Steh auf, zieh deinen Kumpel aus, damit wir ihn verbinden können.«

»Er ist mein Großvater«, erklärte der Junge matt.

»Zieh ihm das Gewand aus, wir müssen die Wunde sehen.«

»Warum hast du geschossen?«, sagte der Junge bekümmert. »Er ist ein guter Mann.«

»Verdammt noch mal!« Müller explodierte. »Zieh ihn aus und hör auf, dummes Zeug zu labern.«

Der Junge stand auf und bewegte sich zwei Schritte zu seinem Großvater, kniete neben ihm nieder. Er sagte leise etwas, was Müller nicht verstand, griff in das Brusttuch des Alten. Dann erklang seine Stimme ganz klar: »Hilf mit, sonst tut es dir weh.«

Der Verwundete rührte sich nicht.

»Er hat niemandem etwas getan«, sagte der Junge klagend.

»Ihr habt eine Frau und zwei Kinder entführt«, stellte Müller fest. »Ihr haltet sie gefangen. Ihr seid ehrlos, ihr seid Kidnapper.«

»Wir halten nur unseren Vertrag mit Oliver ein«, sagte der Junge. »Mehr haben wir nicht getan.«

»Zieh ihm das Zeug aus, los!«

Der Junge mühte sich ab, rücksichtsvoll zu sein und dem Großvater keine Schmerzen zu bereiten. Er bekam das Oberteil bis auf die Hüfte hinabgerollt, dann drehte er den Alten auf den Rücken. Er sagte: »Das sieht schlimm aus, das blutet sehr stark.«

»Geh zur Seite«, sagte Müller schroff und beugte sich über den alten Mann. »Das ist eine Fleischwunde, kaum ein Kratzer, bald verheilt.«

Idris stand in der Tür und hielt die Plastikschachtel mit der Erste-Hilfe-Ausrüstung in der Hand.

»Ich brauche Wundsalbe«, befahl Müller. »Und ein Papiertaschentuch zum Abtupfen. Ich brauche eine Rolle Verbandmull, dann eine Binde. Etwas, um die Wunde zu tapen, wenn die Salbe drauf ist. Gib mir die Rolle mit dem roten Tape.« Er stieß den Jungen mit dem Fuß kräftig in die Seite. »Hau ab hier, du bist im Weg, ich brauche Platz.«

Der Junge rückte zur Seite. Er setzte sich auf einen Stuhl links von Müller. Er saß direkt vor Müllers Waffen.

Müller drehte sich nach ihm um, nahm die Waffen vom Tisch und schob sie in seine Lederholster. Dann bückte er sich zu dem Alten und ließ sich von Idris die benötigten Dinge reichen. Er arbeitete schnell und konzentriert, er dachte an den Sanitäter, bei dem sie den Lehrgang gemacht hatten. »Schließen Sie eine frisch blutende Wunde niemals ganz nach außen ab, eine Wunde muss unbedingt atmen, sie braucht frische Luft!« Er achtete darauf, dass zwischen zwei Streifen des Tapes jeweils gute drei Millimeter freilagen. Der Alte unter ihm hielt die Augen geschlossen und rührte sich nicht.

»Und wenn er Schmerzen hat?«, fragte der Junge.

»Dann besorgst du ihm Ibuprofen«, antwortete Müller schroff, wenngleich er wusste, dass diese Leute vermutlich keine herkömmlichen Schmerzmittel kannten, geschweige denn so etwas wie eine Apotheke. Ja, Kräuter vielleicht, von denen ihre weisen alten Frauen wussten.

»Jetzt gib mir die weiße Binde da«, sagte er zu Idris.

In diesem Moment griff der Junge an, er machte es ungeschickt, unüberlegt und überhastet. Er kündigte es an, stand plötzlich auf seinem Stuhl und hielt die Luft an.

Genau das hörte der Berufsspion Karl Müller und reagierte vollkommen gelassen. Er war ohnehin genervt von diesem Haus, in dem er nichts ausrichten konnte.

Er drückte seinen rechten Ellenbogen hoch und ließ den Jungen dagegenfliegen. Er wischte brutal abgehackt mit dem linken Handrücken durch das Gesicht des Jungen, er hörte, wie der Nasenrücken brach, wie sein Angreifer neben ihm schwer zu Boden stürzte. Er äußerte leicht empört: »Der ist doch verrückt!« Dann legte er die Binde über die Schulter des Alten und befestigte sie, so gut es ging, unter dem Arm.

»Sie haben nur Ziegen zu Hause«, bemerkte Idris verächtlich. »Keine Kultur!«

»Wir verschwinden jetzt sofort«, bestimmte Karl Müller.

Es war 21.40 Uhr.

Er sagte: »Vergiss die Dollar nicht.«

»Ich will sie gar nicht, Sir, Charlie. Ich will Ella und die Kinder.«

»Aber es ist dein Geld. Es gehört dir.«

Sie sah ihn ungläubig an, und als er nickte, hob sie beide Hände offen vor den Körper. »Will ich nicht, nein.«

»Steck sie ein. Du kannst sie deiner Familie geben.«

»Tausend Dollar?« Was wollte dieser Weiße, was hatte er für ungesunde Ansichten?

»Steck sie einfach ein.« Müller lächelte kurz.

Also steckte sie das Geld in die Jeans und fühlte sich unbehaglich.

Sie traten aus dem Haus.

Im Nachbareingang stand die Dame Hawkins mit einer Zigarette im verschmierten Feld ihres Lippenstiftes und musste sich im Türrahmen festhalten. Sie war vollkommen betrunken, sie lallte: »Weshalb macht ihr so einen Krach?«

5. KAPITEL

Krause linste zu dem Psychiater hinüber, der in einem Sessel saß und einen erschöpften Eindruck machte. Sie kannten sich seit Jahren und hatten gelegentlich auch beruflich miteinander zu tun. An Hagen wandte Krause sich, wenn er schnell begreifen musste, wie ein Gegner dachte, warum er handelte, wie er handelte. Doch nun ging es um Wally, denn der Psychiater betreute auch den kleinen Verein, über den Dieter in ihr Leben getreten war.

»Wir sind jetzt fast vierzig Jahre miteinander verheiratet, die Wally und ich«, murmelte er leicht verlegen. »Wie kann so etwas passieren? Wieso jetzt, da wir schon alt sind? Wieso mit diesem Dieter, der eigentlich ... der eigentlich irgendwie gar nicht ... gar nicht ... kein Mensch war? Verstehst du so etwas?«

»Nein. Keine Standards von mir aus dem Katalog, mein Lieber. Ich bin ganz froh, dass ich keine passenden Antworten habe. Ich würde meine Neugier verlieren, das würde mich töten.« Der Psychiater grinste jungenhaft. »Nimm es so: Wir sind zwei alte Knacker, denen von deiner liebenswerten Frau eine Überraschung bereitet wurde.«

Die Überraschung lag auf dem zweiten Sofa zwischen ihnen.

Wally, die kleine, quirlige Wally, streichholzgroß, wie ihr Ehemann gelegentlich formulierte, ein neugieriger kleiner Clown, der gern lachte und gern über diese Welt spazierte. Wally mit dem brennend rot gefärbten kurzen Haarschopf. Der Psychiater hatte ihr etwas gespritzt, und zwei Minuten später war sie eingeschlafen.

Sie warteten auf einen Krankenwagen.

»Was glaubst du, wie lange sie in die Klinik muss?«

»Eine Woche, denke ich, wird reichen. Wir werden sie umgarnen und verwöhnen, sie kriegt das ganze Wellness-Paket, und meine Leute werden mit ihr reden und die Möbel in ihrem Hirn gerade rücken.« Er lachte unterdrückt. »Ich habe einen Praktikanten, klinische Psychologie, sechstes Semester. Der sitzt an deinem Bett, hat eine Kerze brennen und liest alte deutsche Heldensagen vor. Die Originalversion mit allem sprachlichen Schnickschnack. Es geht unentwegt um mythisch erhöhte edle Schwertträger, die unter deutschen Eichen sitzen, Fässer voll Met saufen wie Elefanten das Wasser und dazu schlimm dumme Sprüche ablassen.« Er lachte. »Komm sie also nicht dauernd besuchen, du könntest stören.«

»Im Ernst, mein Freund: Kann da etwas bleiben?«

»Keine Antwort, weil ich deine Frau nicht sonderlich gut kenne.«

Krause dachte: Da wird nichts bleiben, sie wird heulen, danach zutiefst verlegen sein, sie wird wieder einmal planen, mit mir in einem Auto in die Toskana zu reisen, obwohl wir beide die schlechtesten und zittrigsten Autofahrer von Berlin sind.

Der Psychiater hatte Krauses Frau erlebt, wie sie in ihrer Küche durchdrehte, herumwütete, Schränke aufriss, Geschirr auf die Fliesen feuerte, Pfannen und Töpfe durch ein geschlossenes Fenster zu werfen versuchte, heulte und jammerte, brüllte und schrie und immer wieder Sätze wie Geschosse abfeuerte: »Sie wollen ihn mir nicht geben!«, und: »Er ist mein Sohn, mein einziger geliebter Sohn!«

Schon um 8.00 Uhr in der Früh hatte die Krise begonnen, als eine freundliche Sekretärin des Vereins ohne Absprache mit dem ärztlichen Personal Wally angerufen hatte, um ihr mitzuteilen, leider sei Dieter eine Stunde zuvor plötzlich und unerwartet verstorben. Bis Wally gegen Mittag ihren Mann im Dienst anrief, war ein unentwirrbares Chaos geboren worden, in dem Menschen sich anschrien, sinnlose Entscheidungen trafen, Wally aus dem Haus zu werfen versuchten, die Türen des Vereins abschlossen, die Polizei zu rufen drohten und nicht mehr aus noch ein wussten.

Vierzig Minuten nach dem ersten Anruf war Wally mit einem Taxi im Haus des Vereins erschienen, um, wie sie resolut feststellte, »meinen Dieter zu waschen, herzurichten, einen Beerdigungsunternehmer zu bestellen, einen Sarg auszusuchen und mit der Friedhofsverwaltung einen Platz für das Grab festzulegen sowie mit einem Pfarrer in Verbindung zu treten, die Uhrzeit für eine kirchliche Feier zu bestimmen und Todesanzeigen und Briefe zu entwerfen«. Diese Rede hatte sie ohne Punkt und Komma vorgebracht, nur hin und wieder zwischendrin heftig aufschluchzend.

Anschließend war sie aus unerfindlichen Gründen in höchster Erregung unentwegt zwischen ihrem Haus und dem Haus des Vereins mit einem Taxi hin- und hergefahren, hatte im Laufe von drei Stunden mindestens viermal die Kleidung gewechselt und dem Taxifahrer jedes Mal bedeutet, er möge auf sie warten, sie brauche ihn noch. Sie drehte durch, sie wurde immer verrückter, sie entzog sich jeder Kontrolle.

Der absolute Höhepunkt des Geschehens ereignete sich am späten Vormittag, als es endlich gelungen war, Professor Hagen, den leitenden Psychiater des kleinen Vereins an der Charité, aufzutreiben und ihn händeringend zu bitten, herzukommen und das Chaos zu beenden.

Der Mann war erschienen, angesichts der tobenden Wally jedoch vollkommen gescheitert.

Sie schrie ihn an: »Geben Sie mir endlich meinen Sohn, ich will ihn christlich beerdigen!«

»Wieso Ihr Sohn?«, brüllte der Arzt zurück. »Sie sind nicht mal seine Krankenschwester. Sie sind schon gar nicht seine Mutter! Dieter war doch für Sie nur ein Spielzeug, ein Zeitvertreib!«

Es war noch übler geworden. Als der Psychiater und die Ehefrau Krauses zum dritten Mal aufeinandertrafen, als Wally hysterisch festgestellt hatte, dass dieser Verein ein Haufen peinlicher Kleinbürger sei, dass sie darauf bestehe, die Leiche ihres Sohnes entgegenzunehmen, um ihn dem Frieden Gottes zu übergeben, waren die Nerven des Arztes endgültig gerissen.

»Sie dummes Huhn!«, hatte er geschrien. »Sie können ihn nicht beerdigen, er ist nicht Ihr Sohn. Er ist mein Patient, und er ist versprochen!«

In die anschließende Stille hatte Wally ein schrilles »Wie bitte?« gesetzt.

Der Arzt hatte etwas ruhiger erklärt: »Dieter war ein Schwerstgeschädigter, ein Mensch ohne Herkunft, ohne Familie. Er hatte nur uns, nur den kleinen Verein Sonneninsel, der sich um Bürgernähe der Psychiatrie sorgt. Kommen Sie mit? Und Dieter ist versprochen. Kolleginnen und Kollegen warten auf ihn. Es gibt eine Liste, gute Frau. Die einen bekommen sein Gehirn, die anderen seine Augen, wieder andere die Beinmuskulatur, wieder andere die Leber und ihre Zugänge, wieder andere die Nieren und irgendwelche Spezialisten das Herz oder Teile der Nervenbahnen. Wir leben in einem geordneten Wissenschaftsbetrieb, wir sind nicht irgendwer. Dieter gehört der Wissenschaft, er wird nirgendwo in dieser Scheißstadt vergraben. Und jetzt gehen Sie mir endlich aus den Augen, verdammt noch mal!«

»Kann man da gar nichts machen?«, erkundigte sich Krause jetzt zaghaft.

»Na ja«, sagte der Spezialist für menschliches Elend. »Du kannst ein Beerdigungsunternehmen beauftragen, eine prächtige, mit Asche gefüllte Urne hier im Haus abzuliefern. Dann bekommt Dieter seine Beisetzung, deine Frau ihren Dieter, und es interessiert niemanden, wessen Asche in der Urne ist.«

»Und? Was brauche ich dazu?«

»Unendliche Geduld und den festen Willen, an Bürokraten zu glauben.« Er lachte wieder.

Der Krankenwagen kam, Wally wurde auf eine Trage gelegt, der Psychiater verschwand, und Krause rief hilflos sein Sekretariat an.

»Ich brauche Ihre Hilfe«, sagte er. »Meine Frau ist jetzt in der Klinik. Aber sie braucht irgendwelche Kleider, ich weiß nicht, welche. Und die Küche ist etwas ramponiert, wie ich betonen will.«

»Ich komme«, sagte Gillian, und wahrscheinlich grinste sie dreckig. »Der Präsident will Sie unbedingt persönlich sprechen. Heute noch. Er ist gegen Abend nach einer Konferenz der Mittelstandsvereinigung der CDU im Adenauer-Haus in seinem Büro. Er sagt, er rechnet fest mit Ihnen, er sagt, es ist wichtig.«

»Sagen Sie ihm zu.«

Krause setzte sich ins Wohnzimmer und starrte verloren in seinen vernachlässigten Garten, in dem nichts wuchs, wo und wie es wachsen sollte, wo der Rasen verfilzt und kniehoch stand, wo jede ordnende, pflegende Hand seit Monaten fehlte. Und alles wegen Dieter.

Dann klingelte es.

Ein hagerer junger Turnschuhtyp mit einem Bart wie Mohammed hielt Krause einen Zettel hin. »Die Frau hier hat gesagt, ich bekomm' die Rechnung bezahlt, wenn ich sie vorbeibringen tu«, äußerte er hoffnungsvoll. »Ich hab gesagt, ich kann nur gegen bar fahren, aber sie hatte nichts, kein Geld, keine Karte.«

»Wally«, sagte Krause zärtlich.

Er nahm den Zettel und las ihn.

Da stand mit Datum in einer ungeübten, krakeligen Schrift mit Bleistift: »Elvmal Friedrich-Ebert-Platts und zurück. Euro 334,–. MwSt. is drin.«

*

Sie waren am Spätnachmittag nach Hamburg geflogen, und sie hatten Glück: Die Mutter von Lievje Bruhns war bereit, sofort mit ihnen zu sprechen. Die Frau hatte schon am Telefon warnend die Stimme gehoben: »Machen Sie sich keine großen Hoffnungen, ich weiß so gut wie nichts.«

»Natürlich behauptet sie, sie weiß nichts«, bemerkte Svenja. »Das ist ihre Art, die eigene Unschuld zu beteuern.« Sie trug schwarze, knielange Stiefel zu Jeans, eine weiße Bluse, eine schwarze Strickjacke, ein buntes Tuch.

»Dann müssen wir sie eben aufs Kreuz legen«, sagte Thomas Dehner gut gelaunt. Er hatte sich für den klassischen Blazer aus braunem Tweed entschieden, Lederflecken auf den Ellenbogen, Jeans dazu, schwarze, klassische Schnürschuhe. Er bezeichnete das als Büroklamotten, nichtssagend und geschmacklos.

»Unser Problem heißt Kilt Brown«, sagte Svenja. »Er ist der Lockvogel, der die jungen Leute anzieht und auswählt. Wir wissen quasi nichts von diesem Mann. Es gibt nur die schwache Spur zu Geldern aus dem arabischen Raum. Keine Herkunft, kein Alter, keine Nationalität, kein Beruf, keine Geschichte ...«

»Fotos?«

»Ja, wie Sand am Meer. Aus Mallorca. Ich zeige dir welche.«

»Vielleicht hat der Lockvogel gar kein eigenes Leben«, murmelte Thomas Dehner. »Vielleicht ist er nur ein Gespenst?«

»Ein Gespenst, das Kinder um die halbe Welt schickt, um ihnen das Töten von Menschen beizubringen?«, fragte sie leicht empört.

»Deshalb sind wir hier, das wissen wir noch nicht genau. Fahren wir vorher noch im Hotel vorbei?«

»Nein«, bestimmte sie. »Die Betten haben wir ja schon, die laufen nicht weg.«

Sie nahmen ein Taxi.

Milchstraße, ein Hinterhof, ein altes, vierstöckiges Wohnhaus mit riesigen Wohnungen, erstklassig renoviert, für normale Mieter unerschwinglich. BRUHNS stand auf einem Messingschild, eine Frau quäkte durch einen Lautsprecher: »Erdgeschoss, kommen Sie einfach rein.«

Hohe Decken mit Stuckverzierungen, von weißen Rosetten herabhängende, gedimmte Kristalllüster, Seidentapeten, alte Ölbilder, die echt aussahen. Seiden-Isfahans auf dem Parkett. Ein Vermögen an uraltem Scheiß, dachte Dehner verächtlich.

»Wir gehen da vor den Kamin, wenn Sie mögen«, sagte die Frau.

Dann war hinter ihnen plötzlich ein leibhaftiger Butler, der mit angenehm dunkler Stimme fragte: »Was darf ich den Gästen zu trinken bringen?«

Dehner stand erstarrt, drehte die Augen zum Himmel und faltete die Hände.

Die Frau wirkte überdreht. Sie war groß, schwarzhaarig, schlank. Sie trug eine grellbunte Bluse über einem sehr kurzen pinkfarbenen Rock, dazu goldene Sandalen. Sie war erstklassig geschminkt, bewegte sich ein wenig hektisch und wedelte ununterbrochen mit beiden Armen, wobei sie die Hände in merkwürdige Winkel hielt. Sie flüsterte dauernd: »Das haben wir gleich.« Dabei rückte sie auf einem Messingtischchen Aschenbecher hin und her, richtete Zigarettendosen in exakt rechten Winkeln zum Tisch aus, rückte eine Vase mit einem tiefblauen Enzian erst ein wenig nach rechts, dann nach links, dann wieder nach rechts.

»Mein Name ist Mareike«, sagte sie mit flatternden Augenlidern und einem gequälten, kurzen Lächeln.

Die ist am Ende!, dachte Svenja.

Ich bin im falschen Film, dachte Dehner.

Er setzte sich vorsichtig auf das rostrote englische Leder eines Sessels, er erklärte freundlich: »Mein Name ist Thomas. Es geht um Ihre Tochter, Frau Bruhns, um die Lievje.«

Der Butler fuhrwerkte herum, schenkte Wasser ein, servierte seiner Chefin einen Espresso, zu dem er an der Bar einen kräftigen Schluck Cognac gab, rückte seinerseits Aschenbecher und Zigarettendosen zurecht, stellte den Enzian auf einen um vier Zentimeter versetzten Platz und zeigte ein versteinertes Gesicht.

»Sie sind von irgendeiner Stelle, nicht wahr? Also, von irgendeinem Amt. Oder habe ich das falsch verstanden?«

»Ich bin die Svenja«, sagte Svenja. »Ja, wir sind von einer Art Amt. Innenministerium der Bundesrepublik, Frau Bruhns. Es geht um verschwundene Kinder, wenn man so will. Wir suchen Ihre Tochter Lievje. Wissen Sie, wo sie sich aufhält?«

Die Frau senkte den Kopf. »Nein, das weiß ich nicht. Hat sie denn wieder mal was angestellt?«

»Rechtsbruch werfen wir ihr nicht vor«, sagte Dehner lächelnd. »Wir suchen sie auch nicht polizeilich, falls es das ist, was Sie befürchten. Wir müssen mit ihr sprechen. Sie kennt einen Mann namens Kilt Brown.«

»Ach, der Kilt«, hauchte Mareike Bruhns. »Hat der denn was Dummes angestellt?«

»Kennen Sie ihn?«, fragte Svenja schnell.

»Ja, sicher. Aber was soll mit Kilt sein?« Sie klang klagend.

»Wann haben Sie Lievje denn zum letzten Mal gesehen, Frau Bruhns?«, fragte Svenja.

»Das ist knapp eine Woche her«, begann Mareike Bruhns. »Da war sie in der Küche, also, ich traf sie zufällig in der Küche, und sie sagte, sie würde mit Geert ein bisschen auf die Insel fliegen, abhängen und so, nichts Besonderes, nur chillen. Also, das war schon ganz normal.«

»Hat Lievje Abitur?«, fragte Dehner und trank von seinem Wasser. »Will sie studieren? Will sie in einen Beruf? Läuft da irgendetwas? Immerhin ist sie schon achtzehn.«

»Also, davon weiß ich nichts«, antwortete die Mutter beinahe hoheitsvoll, als habe sie für derartige Kleinigkeiten keine Zeit. »Lievje und Schule gab es nie, Lievje und Zukunft auch nicht. Schwierig, das Kind.«

Svenja war wütend, sie mochte diese Mutter nicht, bemühte sich aber um Objektivität. Sie fragte ganz direkt: »Kann es sein, dass zwischen Lievje und Kilt etwas gelaufen ist? Bettgeschichten?«

»Das weiß ich nicht. Muss es denn immer gleich so etwas sein?« Sie wirkte beleidigt.

»Herrgott!«, schnaubte Svenja. »Nein, muss es nicht. Aber wir wissen doch alle, dass Lievje sich schon mit fünfzehn als Prostituierte versucht hat. Da wird man fragen dürfen.«

»Ja, ja, die Jugend ist eben ein wildes Land.« Dehner versuchte die Stimmung etwas freundlicher zu gestalten. »Also, keine Vögelei mit Herrn Brown?«

»Ich weiß das nicht«, klagte die Mutter. »Wahrscheinlich schon. Er nimmt, was er kriegt.«

»Mag Lievje den Brown denn?«, fragte Svenja. »Ist er nicht wichtig für sie?«

Bei dieser Frage schien sich Mareike Bruhns auf sicherem Boden zu wähnen. »Der Kilt ist doch Mode!«, sagte sie. »Seit zwei, drei Jahren, schätz ich mal. Jeder will Kilt, nichts läuft ohne ihn.«

»Wer, zum Teufel, ist dieser Kilt eigentlich?«, fragte Dehner aggressiv. »Ein Wundermann? Ein Zauberer?«

»Oder ein Begattungsorgan allererster Qualität?«, setzte Svenja ruppig hinzu.

»Schon gut, schon gut«, bemerkte Dehner lächelnd und hob beschwichtigend beide Hände. »Wir gehen vielleicht etwas zu hart ran, aber wir meinen es nur gut, Frau Bruhns.«

Es herrschte ein unangenehmes Schweigen, dann platzte die Mutter jammernd heraus: »Ich hatte doch nie Zeit für das Kind.« Sie schluchzte auf. »Was glauben Sie, was mein Mann aus mir gemacht hat?« Sie weinte tatsächlich.

»Was hat Ihr Mann denn aus Ihnen gemacht?«, fragte Svenja.

Sie nannten diese Methode »abtitschen«. Es ging darum, jemanden sehr schnell durch wichtige persönliche Problemfelder zu jagen und dabei undurchschaubar von Thema zu Thema zu springen. Sie hatten die Erfahrung gemacht, dass es Verhörten Angst bereitete, wenn kein Thema ausgelassen wurde, wenn nicht erkennbar war, welches Thema Priorität haben sollte, wenn im Dunkeln blieb, was sie eigentlich wollten. Die Methode war frontaler Angriff, und sie ermüdete die Befragten sehr schnell.

Mareike Bruhns goss sich noch einen guten Schuss Cognac in ihren kalten Espresso. Sie trank das Gebräu, erhaschte einen Zipfel von Mut. »Also, was er genau wollte, hat er selber nicht gewusst. Der Angeber. Mal musste ich Hausfrau sein, dann wieder ein bisschen Nutte, damit ein Konkurrent das Geschäft nicht machte. Dann durfte ich in der Maiandacht nicht fehlen, und wenn wir in New York waren, durfte ich zwar auf der Fifth Avenue shoppen, musste aber abends alles rausrücken. Er sagte dann immer: Das müssen wir gut einteilen, damit unsere Freunde es auch sehen. Ein Arsch eben. Und ...«

»Wie ging er mit Lievje um?«, fragte Svenja.

»Oh, ein ganz komisches Kapitel. Als sie so zehn war, als man erkennen konnte, dass sie wunderschön werden würde, hat er viel mit ihr geschmust. Meine Prinzessin, hat er dauernd gesagt, mir wurde angst und bange. Wenn ich seine Hände auf ihrer Haut sah, hat es mich geschubbert, wenn Sie verstehen, was ich meine. Irgendwann sagte meine Tochter mir im Vertrauen, er würde sie meistens ganz anders streicheln, tja, und überall, und dann ... Dann kam eben heraus, dass da was faul war. Und Lievje fand sich ganz schrecklich, tat so verschwiegen oder hatte Panik und so. Ich erwischte sie, wie sie versuchte, sich die Pulsader zu öffnen. Da war sie zwölf. Gott, war das blutig.«

»Gab es Therapeuten?«, fragte Dehner.

»Nein. Mein Ex sagte, wenn ich für mich und Lievje einen Therapeuten ansteuern würde, dann nur über seine Leiche. Er war, also er war ...«

»Von wem, zum Teufel, kommt denn das Geld in diesem Haus?«, fragte Svenja mit schmalen Augen.

»Also, das habe ich mitgebracht. Altes Geld, Schiffe und Hafen. Mein Ex hatte nix und hat nichts mehr.«

»In welcher Branche ist er denn?« Svenjas Fragen wurde schneller und drängender.

»Autohaus, oberes Segment«, antwortete sie knapp und ein wenig verächtlich. »Bentley, Maserati und all der Stumpfsinn. Er hat bei der Scheidung durchgesetzt, dass ich ihm ein bisschen was zahlen muss, eine Viertelmio im Jahr. Aber mehr eben nicht.«

»Hat er Kontakt zu Lievje?«

»Nein. Will sie nicht. Sie sagt, sie will ihn nie mehr sehen.«

»Was ist mit Ihnen? Will Lievje Sie sehen?« Das klang brutal, und Svenja tippte sich unwillkürlich mit der Hand gegen den Mund, als könne sie die Frage zurücknehmen.

»Manchmal. Alle Schaltjahre, sage ich immer.« Mareike Bruhns saß vor ihnen auf ihrem rostroten englischen Kaminsessel und weinte vollkommen lautlos. Sie hob nicht einmal die Hände vor das Gesicht, sie hatte sie auf den Knien abgelegt und starrte mit einem tränenüberströmten Gesicht in eine unbekannte Ferne.

»O Gott!«, sagte Svenja, stand auf und setzte sich auf die Sessellehne. Sie zog den Kopf der Frau zu sich heran und machte: »Sch-sch-sch.«

»Das Elend nimmt kein Ende nicht«, flüsterte Mareike Bruhns nach einer Weile.

»Warum haben Sie ihn nicht angezeigt?«, fragte Dehner mit Widerwillen und zusammengekniffenen Augen.

»Das bringt doch nichts«, erklärte sie trocken. »Er ist ein Schleimer, er wird nie etwas anderes sein. Er kriecht jedem in den Arsch, er kann gar nicht anders. Lievje würde es noch nicht einmal durchstehen, sich im selben Raum aufhalten zu müssen. Stell dir mal vor, ein Staatsanwalt fragt sie in einer Verhandlung: Wie oft hat Ihr Vater Ihre Scham berührt? Jeden Tag, einmal im Monat? Können Sie sich daran erinnern? Da geht gar nichts mehr, da fällt sie mir ohnmächtig vom Stuhl.«

»Was ist das für ein Verhältnis zwischen Lievje und Geert Neiders?«, fragte Svenja nach einer Pause. »Ich meine, die agieren doch wie Zwillinge.«

»Ach, der Geert. Ein Wilder, ein ganz Wilder. Genau wie meine Lievje. Die kennen sich aus Kindertagen, die haben zusammen Doktor gespielt, die habe ich beim Ficken hinten im Gartenschuppen gefunden, die haben alles zusammen gemacht, was man machen kann. Ich weiß nicht, wo sie jetzt sind. Sind sie nicht auf Mallorca?«

»Wir wissen es nicht«, antwortete Thomas Dehner. »Wir haben keine Ahnung.«

»Wie sind denn die Eltern von Geert Neiders?«, fragte Svenja. »Haben Sie da Kontakt?«

»Hatte ich noch nie. Komische Leute, maulfaul. Viel Geld, machen in Internationale Transporte. Ich habe die Mutter mal auf einen Kaffee eingeladen. Sie hat eine Stunde lang kein Wort gesprochen. Sie hat nur zweimal erwähnt, dass Jesus lebt und dass wir unseren Weg mit ihm zusammen gehen müssen. Die sind in irgendeiner Sekte, heißt es. Ich glaube nicht, dass der Geert ein gutes Zuhause hat. Hat er bestimmt nicht. Und er spricht auch nie darüber. Er hat einen Bruder, der das Geschäft erben soll, aber über den spricht er auch nie. Bei Geert finden die Eltern nicht statt, also, die gibt es nicht. Und mit Jesus hat er es auch nicht. Das weiß ich von Lievje, und die muss es ja wissen. Geert war auf einem Internat. Und wenn die Sommerferien kamen, hat er sich möglichst schnell eine Arbeit gesucht, damit er nicht zu Hause sein musste. Das hat er mir jedenfalls erzählt. Und Lievje hat mal gesagt, dass er jedes Mal ausrastet, wenn jemand fragt, wer denn sein Vater ist, woher er kommt und so weiter.«

Das deckte sich mit ihren Erfahrungen. Auf die Bitte eines Gespräches mit Geerts Eltern war keine Antwort gekommen, lediglich eine Feststellung per E-Mail, die an Leblosigkeit nicht zu übertreffen war: »Herr Geert Neiders ist nicht Angestellter unserer Firmen. Sein gegenwärtiger Aufenthaltsort ist uns nicht bekannt, über sein Privatleben wissen wir nichts. M. f. G. NEIDERS GmbH.«

»Wann war denn Kilt Brown zum letzten Mal hier?«, fragte Svenja.

Mareike Bruhns war ganz weit weg, hörte vielleicht irgendwelche Stimmen, sah irgendwelche Bilder. Dann zuckte sie zusammen. Ihre Stimme klang ausweichend. »Ich brauche noch einen Cognac. Wollen Sie auch einen? Wieso sehen Sie eigentlich so asiatisch aus?« Letzteres sagte sie zu Svenja, die immer noch auf ihrem Sesselrand saß.

Sie wollten keinen Cognac.

Svenja erzählte mit knappen Worten von ihrer Herkunft, von dem deutsch-japanischen Vater und der Mutter aus Kasachstan. »Also, wann war Kilt Brown zum letzten Mal hier?«, wiederholte sie.

»Das war vor einer Woche. Er kam auf ein Gläschen vorbei.«

Der rechte kleine Finger von Svenja kam heraus, stand steil ab von ihrer Hand. Sie signalisierte etwas, sie wollte etwas Entscheidendes feststellen, sie glaubte, auf einer Spur zu sein.

»Wenn Kilt Brown auf ein Gläschen vorbeikommt, heißt das, dass Sie mit ihm schlafen?«

»Das kommt vor«, sagte sie. »Aber immer seltener.« Sie starrte auf den Teppich zu ihren Füßen.

»Ach, Frau«, murmelte Svenja mit dunkler Stimme. »Da stimmt doch einfach gar nichts mehr, da ist doch alles durcheinander.«

»Und wenn er hier ist und Sie mit ihm schlafen, wird viel über Lievje gesprochen, nicht wahr?«, hakte Dehner nach.

»Er fragt immer nach ihr, er will alles Mögliche wissen. Was sie denkt, was sie tut, was sie treibt, wie sie so unterwegs ist. Ob der Geert auch dabei ist. Wieso? Ist das irgendwie komisch?« Sie wirkte jetzt naiv, als sei sie soeben erst in ihrem Leben angekommen.

»Das kann sicher sehr komisch sein«, bemerkte Svenja sarkastisch. »Jedenfalls läuft da irgendetwas. Das macht uns Sorgen. Wir glauben, dass Kilt Brown Ihre Tochter missbraucht. Nicht sexuell, sondern wahrscheinlich politisch.«

»Politisch?« Das klang schrill. Das machte sie unsicher, das verstand sie nicht.

»Es kann sein, dass er Lievje als Werkzeug benutzt. Wie man einen Hammer benutzt. Man schlägt zu, etwas bricht, jemand stirbt.« Svenja dachte: Wir müssen Mareike Bruhns unbedingt für eine Weile verschwinden lassen.

Thomas Dehner dachte: Wenn die Ratte hierherkommt und diese Frau ausquetscht, wird nicht mehr viel übrig bleiben. Er sagte: »Wie lebt dieser Kilt Brown eigentlich? Hat er hier in Hamburg ein Haus? Oder wohnt er im Hotel? Was für eine Nationalität hat er? Hat er Sie jemals um Geld gebeten?«

Svenja wartete die Antwort nicht ab. »Wir müssen alles über diesen Mann erfahren, alles, was Sie wissen, Mareike«, fügte sie hinzu. »Wo kommt er her, wie verdient er sein Geld? Wen kennt er? Wo verkehrt er? Wenn Sie mit ihm schlafen, werden Sie einiges wissen. Sagen Sie es uns.«

Eine Weile herrschte Schweigen.

»Aber ich rede nicht gern über meine Freunde«, erklärte Mareike Bruhns geziert. »Das ist nun wirklich nicht meine Art.«

»Sie machen mich echt sauer, Mädchen«, schnappte Svenja rüde. »Sie reden seit fast einer Stunde pausenlos über Intimes.

Sie reden sich um Kopf und Kragen, Sie reden über Gott und die Welt. Und plötzlich sind Sie sich zu fein? Wie denn das?«

Mareike Bruhns zuckte bei jedem Wort zusammen. Dann flüsterte sie: »Kilt ist doch ein Freund. Na ja, seit er hier ist. Also, er ist bei STAT-OIL, er vertritt den Ölmulti aus Rotterdam. Er ist für ganz Nordeuropa samt England zuständig. Er braucht kein Geld, er hat genug davon, das läuft wie das Öl, sagt er immer. Er kommt, warte mal, er kommt aus Arabien, irgendwo. Er sagte mal, er hat tausend Väter, und alle sind sie Prinzen. Er ist ja immer so lustig. Er hat ein Haus draußen in Blankenese, mit Büro und allem Drum und Dran. Aber meistens ist er irgendwo, also auf Partys, am liebsten da, wo die Jugend sich rumtreibt. Er steht auf Jugendliche, aber er ist ja auch selbst noch jung. Also, achtunddreißig, schätze ich mal. Und er sieht aus wie ein Araber. Also, ich meine nicht, dass er sich so kleidet, aber an seinem Gesicht erkennt man es auf den ersten Blick. Manchmal fliegt er nach Rotterdam, meistens Montag und Dienstag. Und einmal kriegte er Besuch von der Familie. Sie haben das halbe Atlantik gemietet, und die Paparazzi haben von morgens bis abends fotografiert. Da war er aufgeregt.«

»Wer ist dieser Butler?«, fragte Thomas Dehner dazwischen.

»Hasso? Hasso ist seit fünfundzwanzig Jahren bei mir. Stammt noch von Großmutter. Bestimmt mein Leben, plant meine Tage und so, wäscht Höschen und macht Termine, der Junge ist ein Crossover.«

»Ist er gut?«, fragte Svenja.

»Er ist verdammt gut.« Mareike Bruhns nickte.

»Sagt er die Wahrheit?«, fragte Thomas Dehner.

»Das tut er.«

»Dann rufen Sie ihn rein«, sagte Svenja.

»Hasso!«, rief Mareike Bruhns matt.

Irgendwo ging eine Tür auf, Schritte kamen heran.

»Was kann ich tun, Madame?«

»Wir schließen dieses Haus für mindestens vierzehn Tage«, bestimmte Thomas Dehner und bemerkte zufrieden, wie Svenja nickte. »Niemand, Hasso, wirklich niemand erfährt, wohin Sie mit Frau Bruhns verschwinden. Ist das klar?«

»Selbstverständlich, Herr Dehner.«

»Gut«, fuhr Svenja fort. »Sie sprechen mit niemandem, Sie kündigen nichts an. Sie beide sind von jetzt auf gleich einfach verschwunden. Sie nehmen keinen Bentley und keinen Rolls Royce, sondern ein ganz normales Auto. Falls in diesem Haushalt so etwas vorhanden ist. Und Sie mieten sich in einem guten Hotel ein, in dem Sie noch niemals gewesen sind, in einer Gegend, die Sie nicht kennen und die Sie nicht kennt. Mieten Sie von mir aus das ganze Hotel. Keine Handys, keine Smartphones, grundsätzlich nur Festnetzanschlüsse. Keine Kreditkarten, keine Bankkarten, nur Bargeld. Sie können unter eigenem Namen reisen, aber erzählen Sie den Leuten nichts über sich. Wir geben Ihnen Telefonnummern, an die Sie sich wenden können, wenn irgendetwas unklar ist und besprochen werden muss.«

»Moment mal«, bemerkte Mareike Bruhns aufgebracht. »Da brauche ich aber ein paar Tage Vorbereitung. Und: geht Sylt?«

»So fangen wir gar nicht erst an!«, bemerkte Dehner scharf. »Auf keinen Fall Sylt. Und das Frühstück erleben Sie nicht mehr hier in diesem Haus. Ist das klar, Hasso?«

»Ja«, sagte der Butler und strahlte.

»Und wer macht die Post? Und wer redet mit den Freunden?« Mareike Bruhns' Stimme war schrill.

»Hasso regelt das mit jemandem, dem er vertraut. Den Freunden wird gesagt, Sie sind ein paar Tage verreist, fertig«, bestimmte Dehner. »Wenn wir hier rausgehen, packen Sie Ihre Koffer.«

»Aber warum denn das ganze Durcheinander?«, fragte Mareike Bruhns quengelig.

»Weil wir glauben, dass Ihre Tochter Lievje in eine verdammt miese Geschichte hineingezogen wurde. Wir sind ziemlich sicher, dass Kilt Brown eine große Rolle spielt. Und leider haben wir allen Grund zu befürchten, dass es Tote geben könnte.« Svenja konzentrierte sich. »Fahren Sie erst einmal nach Rügen, melden Sie sich, wenn Sie ein Hotel haben. Und immer dran denken, keinerlei Auskünfte an Neugierige. Es kann sein, dass irgendjemand Sie trotzdem auftreibt. Dann müssen Sie das Hotel wechseln. Sie sind massiv gefährdet. Alles andere regeln wir telefonisch.«

»Tote? Und wieso denn miese Geschichte? Du lieber Gott!« Mareike Bruhns klang jämmerlich. »Suchen Sie denn auch nach meiner Lievje? Und wenn Sie sie haben, geben Sie mir dann Bescheid, ja? Erfahre ich überhaupt, wozu dieser ganze Quatsch gut ist?«

»Es ist kein Quatsch!«, betonte Thomas Dehner sanft. »Hasso? Hören Sie mich? Hasso, es ist kein Quatsch!«

»Sehr wohl, Herr Dehner.« Hasso strahlte noch immer. Wahrscheinlich war sein Leben bis zu diesem Tage entmutigend farblos gewesen.

»Dann will ich noch etwas abklären«, sagte Svenja. »Frau Bruhns, Mareike, wie viel Geld hat Lievje geklaut? Wie viel hat sie mitgehen lassen?«

»Nicht doch, nicht doch!«, wehrte Mareike Bruhns mit schreckgeweiteten Augen ab.

»Wie viel?«, fragte Dehner.

»Aber das ist doch nicht wichtig«, sagte die verwirrte Mutter.

»Und wie wichtig das ist!«, schnauzte Svenja.

»Also, wir haben hier eine Haushaltskasse«, erklärte sie. »Weil man immer mal Bares braucht. Irgendwas ist günstig zu haben, aber du musst schnell sein. Dafür ist die Kasse. Ich habe neulich einen Roten Afghan gekauft, Sondergröße, sieben mal zwölf Meter, für das Studio. Und sie wollten nur zweiundzwanzigtausend dafür, aber sofort und in bar, und ich sagte, also ich …«

»Mareike, machen Sie uns nicht verrückt mit diesem Scheißteppich!«, schnauzte Thomas Dehner. »Wie viel hat Lievje mitgehen lassen?«

»Also alles.«

Aus dem Hintergrund meldete sich Hasso. »Es waren genau siebenundvierzigtausenddreihundertsechsundzwanzig Euro.«

6. KAPITEL

Um drei Uhr morgens nahm Müller zum ersten Mal ein Speed. Er stand an sein Auto gelehnt, pinkelte auf die Steine, schloss erleichtert die Hose und griff dann nach einer der Feldflaschen mit dem Wasser. Das Wasser war lauwarm.

Es herrschte absolute Stille, kein Mensch weit und breit, kein Fahrzeug, keine Viehherden, kein bellender Hund irgendwo, keine Anzeichen von Siedlungen, keine Dörfer, kein Zelt, nicht ein einziges Auto. Nur eine wilde, schroffe, abweisende Landschaft aus Kalkstein mit gelegentlichen Büschen und Bäumen, eine öde Piste mit unendlich vielen knietiefen Schlaglöchern, dauernd Hügel in Front, um die Müller blind vor Überanstrengung herumkurven musste. Die Nacht war warm, der Himmel klar und ohne eine einzige Wolke.

Idris hatte ihre Sache gut gemacht. Sie hatte unentwegt das Smartphone in ihrem Schoß beobachtet.

Müller hatte ihr die Kompassfunktion des Gerätes erklärt. »Wir müssen nach Ostnordost, das ist unsere Richtung. Das ist die grüne Linie. Wir selbst sind der rote Punkt an der Spitze der roten Linie. Wenn sie sich decken, ist es okay, wenn sie auseinanderlaufen, musst du mich korrigieren. Manchmal laufen sie sehr weit auseinander, zum Beispiel, wenn ich um einen Hügel herumfahren muss. Aber das macht nichts, hinterher korrigieren wir den Kurs so lange, bis die Linien sich wieder annähern und decken.«

Anfangs hatte sie geschwiegen, nur einmal gefragt, ob er eine Zigarette für sie habe. Er hatte ihr eine Schachtel gegeben und gemurmelt: »Die sind uralt, ich rauche eigentlich gar nicht. Du kannst sie behalten.«

»Können wir bei dieser Sache sterben?«, hatte sie gefragt.

»Ja«, hatte Müller geantwortet.

Tatsächlich hatte er überlegt, ob es nicht besser sei, Idris irgendwo zurückzulassen, um die Frau und die Kinder im Alleingang zu holen. Und er war sich sicher, dass man ihn das in Berlin auch fragen würde. Er hatte sich dagegen entschieden, weil er Idris dringend brauchte. Mit einer Ehefrau und zwei kleinen Kindern in einem Auto, das ständig bockend in Schlaglöcher rumpelte, und bei all den Unklarheiten einer wahrscheinlich schnellen Flucht schien es unmöglich, dass er das allein schaffen konnte.

Sie hatte genickt: »Dann ist das eben so.«

Sie hatte stockend von sich und ihrem Leben zu erzählen begonnen, und Müller hatte das anfangs mit Widerwillen erfüllt. Zu viel Nähe zu zufälligen Mitspielern ist immer kontraproduktiv, hieß es. Um Gottes willen keine Verbrüderung! Aber diese Nacht war so ausweglos und träge, wie für Lebenslinien bestimmt, still, klar und ohne ein Ende, dazu gedacht, Auskunft zu geben, auch wenn der andere die gar nicht wollte, auch wenn sie nur dazu diente, sich selbst zu erzählen, wie es gelaufen war.

So, als mache jeder Satz ihr Mühe, als sei sie dabei, einen Scherbenhaufen klirrend zusammenzukehren, berichtete Idris von einer Jugend ohne Zukunft und in Namenlosigkeit. Von einer Tante, die versucht hatte, sie als Zwölfjährige an einen Puff zu verkaufen. Von einer lieblos arrangierten Heirat mit einem viel zu alten unbekannten Mann, der ihr drei Kinder machte, noch ehe sie sechzehn war. Von einem kleinen, verkrüppelten Großvater, der sie dauernd schlug und befummelte, während ihr Ehemann schallend lachte. »Zwei Söhne und eine Tochter hatte ich. Hübsche Kinder. Sie sind gegangen. Sie wollten unbedingt nach Europa, weil da alles besser ist und man genug zu essen hat. Ich habe sie niemals wiedergesehen oder von ihnen gehört. Sie wollten lesen und schreiben lernen, sie wollten arbeiten und mir Geld schicken. Und sie wollten gleich am Anfang Leute bitten, mir zu schreiben, dass sie leben und wo sie leben. Es wäre doch wunderbar, wenn ich nachkäme und für sie kochen würde. Alle diese furchtbaren, verdammten, blöden, nutzlosen Träume. Das ist jetzt schon sehr, sehr lange her. Aber manchmal spüre ich, dass sie noch atmen. Besonders Echna, der Kleine, der niemals Ruhe gab, ehe er nicht bekam, was er unbedingt haben wollte.« Sie hatte zärtlich gelacht.

Sie hatten Pausen gemacht, sie mussten Pausen machen, denn die Fahrt war eine Tortur, sie litten unter Rückenschmerzen. Einmal hatte Müller geglaubt, sie befänden sich dicht neben einer ausgebauten Straße. Er hatte sogar geglaubt, schwere Lkw-Motoren zu hören. Er war mehrere Kilometer in die Irre gefahren und hatte nur mühsam wieder in die Wildnis auf dem Smartphone zurückgefunden. Keine Spur von Straße, nur eine fast höhnisch wirkende Landschaft, in der die Fahrspur zuweilen vollkommen im Grau und Weiß des Steingerölls verschwamm.

Er hatte immer wieder versucht, Kontakt nach Berlin herzustellen, aber außer Knattern und Heulen war nichts aus dem Gerät gekommen, nur die Feststellung im Display: Kein Netz!

Dann war ein Wunder passiert. Idris hatte zaghaft gefragt: »Was hast du für ein Leben, Charlie, Sir?«

Müller hatte zögerlich Auskunft gegeben, weil er jede Mitteilung, die ihn selbst betraf, mit Misstrauen betrachtete, als bürokratisches Monster. Was für ein Leben.

»Gute Frage. Ich bin ein Agent meines Staates, ich sammele Nachrichten überall auf der Welt. Manchmal kann ich dabei helfen, Menschen zu helfen, so wie jetzt Ella und den Kindern und dir. Hoffen wir. Aber das ist selten. Ja, eine Familie hatte ich auch einmal. Ein paar Jahre lang. Das war ziemlich öde, wie ich heute weiß. Wir haben uns scheiden lassen. Ich habe eine Tochter, die ist jetzt dreizehn, heißt Anna-Maria, und ich sehe sie viel zu selten. Jetzt habe ich eine Frau ohne Heirat, eine Gefährtin. Sie ist eine Kollegin, auch eine Agentin. Ich liebe sie sehr. Wir haben nicht viel Zeit miteinander. Wenn du mich fragst, ob ich glücklich bin, muss ich antworten: glücklich sicher nicht, aber zufrieden. Zufrieden sein ist schon viel. So, wie du zufrieden bist mit Ella und Stephen und den Kindern.« Mein Gott, Müller, du Arsch. Was bist du so betulich? Das ist doch kein Leben.

»O nein, nicht zufrieden«, widersprach Idris heftig. »Ich bin glücklich. Ich habe zu essen, ich habe ein wenig Geld, ich habe einen Platz zum Schlafen, ich habe genug Kleider, ich kann lesen und schreiben, weil Ella und Stephen dafür gesorgt haben. Ich war mit ihnen auch schon in London. Ich kann meine verfickte Scheißfamilie in den elenden Hütten und ihre zwei Marktstände für Süßkartoffeln endlich vergessen. Meine Verwandten leben ein Leben, das ich nie mehr möchte: In ihrer Armseligkeit haben sie nichts Besseres zu tun, als endlos über andere herzuziehen. Kleinherzige Arschlöcher!«

Nach einer Weile hatte sie im Ton großer Zufriedenheit angefügt: »Wenn du so einen Job hast wie ich, dann hast du keine Sorgen mehr. Ella sagt immer: Du gehörst zu uns, Idris, du bist unser Glücksfall.« Dann hatte sie vor Rührung geschluchzt. »Das ist so unfassbar!«

»Wir haben jetzt fünfundfünfzig Kilometer«, stellte Müller fest. »Und wir haben einen kaputten Rücken, und dein Land hat grauenhafte Pisten. Und wir sollten vielleicht einen Schokoriegel essen.«

»Ja, Charlie, Sir«, murmelte Idris träge auf dem Beifahrersitz. Dann stieg sie aus, ging an das Heck des RAV4, hockte sich hin, pinkelte und summte irgendeinen Schlager.

»Ella sagt immer, Schokolade macht dick«, teilte sie der Nacht mit. »Sie sagt, sie wird schon dick, wenn sie nur an Schokolade denkt. Ich kann so viel Schokolade essen, wie ich will, ich werde nicht dick.«

»Du stammst eben von einfachen Leuten ab. Wahrscheinlich kamen deine Vorfahren aus Somalia in den Jemen. Mit der Idee, hier sei alles besser.« Müller grinste. »Kann das sein?«

»Was meinst du damit?«, fragte Idris.

»Nun ja, deine Familie ist arm, deine Väter waren arm, deine Großväter waren arm. Schon in Somalia hattet ihr nichts zu essen. Auf diese Weise hast du niemals die Chance bekommen, dick zu sein.«

»Das ist sehr richtig, Charlie, Sir.« Sie lachte.

»Das ist eigentlich völliger Blödsinn«, brummelte er gutmütig. »Das ist Soziologie für sehr einfache Gemüter. Manchmal spotte ich, tut mir leid.«

»Das ist schon recht, Sir.« Idris tauchte wieder auf und setzte sich neben ihn.

Sie hockten nebeneinander und aßen Schokoriegel.

»Also, du sagst, es ist eine steile Schlucht. Sie bildet in der Mitte einen Kessel. Darin liegt das Camp. Es besteht aus ein paar alten Holzhütten und drei oder sechs großen runden

Zelten. Ella ist mit den Kindern in einem dieser Zelte. Das Zelt wurde immer verschnürt, sagst du, immer zugemacht. Die Campleute haben Ziegen, du glaubst, es sind viele, mindestens fünfhundert. Ist das richtig?«

»Ja, das ist richtig.«

»Hast du jemals in deinem Leben Ziegen gezählt, Idris?«

Für Sekunden herrschte Erschrecken, dann gluckste sie, dann neigte sie den Kopf nach vorn, schlug die Hände vor das Gesicht und begann ganz hoch und kaum unterdrückt zu lachen. Sie keuchte.

»Nein, Sir, Charlie, nein.« Sie legte ihm schnell eine Hand auf seine.

»Wenn wir Ella und die Kinder haben, zählen wir die Ziegen«, beschloss sie erheitert.

»Du hast einen Oliver erwähnt. Der jüngere Mann in Stephens Haus, dem ich die Nase brechen musste, hat gesagt, Oliver wäre ein Mann, mit dem sie ein Vertrag verbindet, den sie erfüllen müssten. Du sagst, er ist Amerikaner, denn er spricht wie ein Amerikaner, und ist ungefähr so alt wie Stephen, also um die vierzig. Und außerdem ist er der Boss und redet mit den Campleuten und gibt ihnen Anweisungen. Und er redet mit Ella. Ist das richtig so?«

»Das ist richtig, Charlie«, bestätigte Idris geduldig.

»Hast du gesehen, ob er bewaffnet ist?«

»Nein, das habe ich nicht. Aber sie sind alle bewaffnet, die Campleute auch. Das ist doch so üblich hier draußen. Das sagt man bei uns in Sanaa. Ich habe gesehen, dass die Männer Uzis über der Schulter hängen hatten.«

»Wie groß ist dieser Oliver?«

»Etwas kleiner als du. Aber etwas breiter.«

»Weißt du, ob er in einer der Hütten wohnt oder in einem Zelt?«

»Das weiß ich nicht, Sir. Ich war ja nicht lange im Camp, bis sie mich mit den Männern wegschickten, um für Ella und die Kinder Kleider zu holen. Und die meiste Zeit habe ich im Zelt verbracht.«

»Du weißt also nicht, wie viele Menschen in dem Camp leben?«

»Keine Ahnung, Charlie. Da waren Frauen, da waren eine Menge Kinder, da waren viele Männer. Alles wuselte durcheinander.«

Sie sprachen das jetzt zum dritten Mal durch. Müller hatte ihr geduldig erklärt, jede Kleinigkeit könne den Unterschied zwischen Leben und Tod bedeuten.

»Wie war das in dem Zelt von dem alten Mann?«

»Also, wir kamen an, und wir wurden in das Zelt geführt. Es war ein großes, rundes Zelt, die Seitenwände waren hochgeschlagen, damit es frische Luft gab. Das Zelt war voller Teppiche, billige Teppiche. Der Mann war alt, vielleicht siebzig oder achtzig. Es war niemand da außer ihm. Er saß auf einem Scherensessel, wie man sie dort benutzt. Er trug eine goldene Kette, ich dachte, die muss ein Kilo wiegen. Die Leute, die uns aus Sanaa geholt hatten, sprachen mit dem alten Mann. Wir verstanden ihre Sprache nicht, sie sprachen eine Wüstensprache. Der alte Mann betrachtete uns und stellte seinen Leuten ein paar Fragen. Dann kam dieser Oliver rein. Ich erinnere mich jetzt: Er hatte eine Uzi über der Schulter, und er sprach ihre Sprache. Dann entschied der alte Mann: Okay, okay, bringt sie weg! Irgendwie wollte er gar nichts mit uns zu tun haben, wir waren ihm wohl lästig oder so. Man brachte uns in dieses Zelt, und ich machte sofort ein Müsli für die Kinder und uns, wir hatten großen Hunger. Das Müsli wurde von einer dicken Frau gebracht, die sehr freundlich wirkte. Es waren Haferflocken und getrocknete Pflaumen, ich fand das komisch hier in der Wüste. Auf dem Boden lagen einfache Schlafsäcke für uns, in Blau. Später kam es zum Streit, sie warfen den Männern, die uns geholt hatten, vor, sie hätten die Sachen für die Kinder und Ella vergessen, sie seien dumme Narren, sie hätten kein Hirn im Kopf. Der alte verkrüppelte Mann in dem Scherensessel schrie sie an, sie seien nutzlos für die Familie. Am nächsten Morgen ganz früh holten sie mich und fuhren mit mir nach Sanaa.«

»Aber vorher kam noch Oliver in das Zelt.«

»Ja. Aber er sah sich nur um, nickte und ging wieder hinaus. Ella sagte: Er ist wohl der Hotelboss hier. Ich musste lachen.«

»Hat Ella sonst irgendetwas gesagt? Irgendetwas zu dieser Entführung? Hat sie Fragen gestellt?«

»Das habe ich schon erzählt, Charlie, Sir. Sie hat nur einmal auf dem Weg von Sanaa in dieses Camp in dem großen Auto gefragt: Ihr habt auch Stephen, nicht wahr? Aber niemand hat geantwortet.«

Müller rollte an einem scharfen Felsgrat entlang, der sie um ungefähr zehn Meter überragte. Dann erblickten sie den Wegweiser. Es war ein Holzpfahl, der oben einen Pfeil trug. Auf dem Pfeil stand in weißen unbeholfenen Buchstaben: Hollywood California 9789 Miles.

»Hier war jemand mit Galgenhumor«, stellte Müller fest.

Dann hielt er den Wagen an, stieg aus und wartete, bis sie neben ihm stand.

»Wir müssen festlegen, wie wir vorgehen«, begann er behutsam. »Es ist im Grunde sehr einfach.«

Idris starrte ihn an, und ihre Augen waren vor Erstaunen stark geweitet. »Einfach. Ja, Charlie, Sir«, flüsterte sie.

»Wir haben nur eine Chance«, fuhr er fort. »Wir gehen rein, holen Ella und die Kinder und gehen wieder raus.«

Ihr Mund war ein Strich, er drückte tiefe Empörung aus: Was redete dieser Mann da?

»Wir müssen schnell sein«, sagte Müller. »Das ist alles. Wenn wir Ella und die Kinder haben, kümmere dich nicht um das, was um dich herum vorgeht. Achte auf keinen Menschen. Wenn jemand dich etwas fragt, antworte nicht, geh einfach weiter. Wenn jemand schreit, weil er was von dir will, oder dich bedroht, achte nicht auf ihn. Geh strikt und schnell hinter mir her, sonst nichts. Wir kommen zu dem Zelt, wir gelangen irgendwie hinein, wir reden nicht. Oder nur so viel wie nötig. Ein Wort nur, das reicht. Dann gehen wir wieder raus. Mit Ella und den Kindern. Das ist eigentlich alles.«

»Das ist alles«, wiederholte Idris hohl.

Er schwieg sehr lange.

»Noch etwas«, fügte er an. »Hier ist eine Waffe, du wirst sie immer in der Hand halten.« Er legte ihr die Glock in die Hände. »Wenn es nicht anders geht, wirst du schießen. Ohne Panik, einfach so. Die Waffe ist sanft, sie hat keinen starken Rückstoß. Du wirst treffen, und du musst dann sofort weitergehen. Immer hinter mir her.« Er sagte noch: »Schieß nicht zu oft und zähle mit: Du hast nur neun Kugeln.«

»Ja, Charlie.«

»Da ist ein kleiner Hebel an der Seite. Jetzt kannst du nicht schießen. Wenn du den Hebel mit dem Daumen umlegst, siehst du einen roten Punkt. Dann kannst du schießen. Leg den Hebel immer auf Sperre, der Abzug läuft sehr leicht, da kann schnell etwas schiefgehen. Lass deinen Daumen auf dem Sicherungshebel, so bekommst du ein Gefühl für die Waffe. Siehst du ihn?«

»Ja, Charlie.«

»Dann ist da noch etwas: Sollte ich verletzt werden oder irgendwie plötzlich weg sein, geh weiter. Dreh dich nicht um, geh einfach weiter. Und versuche unter allen Umständen, zu den Ziegen zu kommen. Zwischen den Tieren kannst du in Deckung gehen.« Er legte ihr eine Hand auf die Schulter. »Und noch etwas: Sei nicht allzu mutig, sei keine Heldin. Wenn sie dich haben, halte einfach still. Dann wird die Prügel nicht so hart.«

»Aber die Kinder werden schreien, Charlie.«

»Ja, werden sie.«

»Ella wird hysterisch sein.«

»Ja. Vielleicht. Geh einfach weiter.«

»Das geht doch so nicht, Charlie.«

»Es geht nur so.« Müller nickte lächelnd. »Glaube mir, es geht nur so. Du musst so tun, als gehörst du hierher. Ganz natürlich. Und denk dran: Es kann nachher alles ganz anders kommen. Was steht auf deinem Kompass?«

»Noch zwei Komma eins Kilometer.«

»Also dann«, sagte er. Sie stiegen wieder ein, und er startete den Motor, schaltete aber die Scheinwerfer nicht ein. Er blieb sorgsam unter 1800 Umdrehungen, er fuhr quälend langsam, das Auto schaukelte wie ein zu kleines Schiff in mächtiger See.

Das Terrain begann vor ihnen abzufallen. Sie hielten, stiegen aus und gingen bis an den Rand der Schlucht.

Sie konnten den Grund des Tales gut erkennen. Tatsächlich zählte er sieben einfache Holzhütten und neun große runde Zelte. Auf einem kleinen freien Platz vor den Zelten qualmte ein Holzfeuer, es roch angenehm. Rechts vom Camp weideten die Ziegen. Es waren nach Müllers Einschätzung mehr als fünfhundert, eher an die siebenhundert, sie bedeckten eine Fläche von zwei Fußballfeldern. Ihr gelegentliches Meckern klang unaufgeregt, so als dösten sie noch. Menschen waren keine zu sehen. Links vom Camp standen Autos nebeneinander. Sieben, die meisten Pick-ups. Und ein Hummer der Sorte Zwölf-Zylinder mit irgendetwas um die vierhundert PS. Müller dachte an den Amerikaner mit dem Namen Oliver.

Der Grund der Schlucht lag nach Müllers Einschätzung etwa achtzig Meter unter ihnen. Da gab es Büsche, da gab es eine Quelle mit einer kleinen, offenen Wasserfläche. Das Ganze wirkte ungemein friedlich – wie Spielzeugland.

»Ist das ihr Camp?«, fragte Müller.

»Ja, ich denke«, antwortete Idris.

Sie machten sich die Mühe, nach Abstiegen zu suchen, und sie fanden zwei, die ihnen geeignet erschienen. Wahrscheinlich waren hier schon seit Generationen Menschen in die Schlucht hinabgestiegen, die Pfade waren gut zu erkennen.

Der erste Versuch schlug fehl, weil nach etwa fünfzig Metern ein riesiger, vollkommen glatter, steiler granitgrauer Felsblock im Weg lag, der für junge Hirten überwindbar sein mochte, nicht aber für Untrainierte.

»Wir kehren um und versuchen es nebenan«, entschied Müller schnell. »Dieser Weg hier ist nichts für Ella und die Kinder.«

Der zweite Weg war schmal und führte in vielen Schleifen den Steilhang hinunter. Müller sah aufmerksam auf die Uhr, der Abstieg dauerte bei zügigem Tempo acht Minuten. Er schätzte, sie würden bergauf mit den Kindern mehr als eine Viertelstunde brauchen.

Sie standen jetzt auf dem Talboden, unmittelbar hinter den Zelten, das nächste war nur zehn Meter entfernt. Die Holzhütten lagen auf der anderen Seite im Schatten der gegenüberliegenden Felswand, die Entfernung betrug etwa fünfzig Meter. Das Feuer qualmte links von ihnen in sechzig bis achtzig Metern Entfernung. Die Ziegen standen etwa einhundert

Meter entfernt zur Rechten und waren von hohen Holzzäunen umpfercht. Sie wirkten ruhig.

»Welches Zelt?«, fragte Müller hauchend.

»Ich weiß nicht«, antwortete Idris.

Es war jetzt 5.22 Uhr, im Osten lag der erste Schimmer des neuen Tages, ein paar Sterne binkten im unendlichen Blau.

»Das ist komisch«, flüsterte Müller. »Keine Hunde.«

Er ging vor ihr her, erreichte das erste Zelt, beugte sich vor und prüfte das Material. Es war hartes Segeltuch. Müller setzte sich, schob das linke Hosenbein hoch und zog das lange Messer heraus. Er stach es in das Segeltuch und machte einen kurzen, senkrechten Schnitt. Dann kniete er sich hin und zog das Zelttuch einen Spalt auseinander.

Die warme Luft, die ihm entgegenströmte, stank widerlich. Er konnte nicht viel erkennen, nur ein holperiges Durcheinander am Boden, viele kleine Wellen und Falten aus Stoffen. In einer Ecke flimmerte ein LED-Licht. Er legte das Ohr an den Schlitz. Da atmeten viele Menschen, manche röchelten, einige schnarchten.

In diesem Augenblick klopfte Idris ihm hart auf den Rücken.

Er drehte sich herum, er sah die Hunde. Es waren zwei. Kurzhaarig, kniehoch, braun mit breiten Schnauzen. Reine Muskelbündel. Sie standen vollkommen lautlos drei Meter entfernt leicht gegeneinander versetzt und bleckten die Zähne. Sie wollten angreifen, sie waren gut erzogene Hirtenhunde, sie bellten nicht, sie wirkten kalt und wütend, sie hatten eine Aufgabe.

Müller reagierte nicht sofort, er verwendete eine Sekunde auf die Überlegung, ob er aufstehen sollte. Er verzichtete darauf, es war besser, die Tiere nicht springen zu lassen, er musste sie am Boden halten.

Er ging auf die Knie, das Messer in der Rechten. Er ließ die Waffe aus seiner Linken in das Holster gleiten, er dachte melancholisch: Es ist wie eine Lotterie – du kannst Glück haben, aber du musst nicht.

Der erste Hund, der auf der linken Seite, duckte sich tief und kam wie von einer Sehne geschnellt herangeflogen. Müller wechselte im gleichen Moment das Messer in die linke Hand, machte sich so breit wie möglich, war mit dem Kopf auf gleicher Höhe. Er stach mit dem Messer waagerecht von links nach rechts und traf das Tier. Er fing es mit der rechten Hand und dem rechten Arm ab, richtete sich steil auf und schmetterte es mit aller Gewalt zu Boden. Dann war er sofort wieder auf den Knien. Er fand die Kehle, schnitt mit dem Messer einen blitzschnellen Kreis. Es kam ein Schwall von Blut, es sprudelte hörbar. In seinem Gesicht war es plötzlich warm, das Tier starb ohne einen Laut, Müller musste husten, weil er Blut des Tieres im Mund hatte. Er spuckte es aus, er wandte sich zur Seite.

Idris hatte die Waffe ausgestreckt, auf den zweiten Hund gerichtet. Müller machte: »Sch! Sch! Sch!«, und drückte ihren Arm mit der Waffe sanft herunter. Das Tier fletschte die Zähne, sprang aber nicht, robbte auch nicht auf sie zu, griff nicht an.

Müller stand resolut, aggressiv und sehr schnell auf, griff den Kadaver des getöteten Hundes, ließ ihn am Schwanz und Beinen um seinen Kopf kreisen und warf ihn so weit es ging in Richtung des zweiten Hundes. Er klatschte neben dem Tier in den Staub, der Hund winselte einmal hoch und kurz, drehte sich um und lief davon.

»Hunde sind klug«, flüsterte Müller.

»Wie schön«, flüsterte Idris. »Ich mach mir gleich in die Hose.«

»Das ist unpraktisch. Welches Zelt?«

»Ich weiß es nicht, Charlie, Sir. Ich weiß es nicht.«

Dann kamen zwei Frauen, und er bemerkte die beiden erst spät, weil sie nicht miteinander sprachen. Sie kamen aus einem der Zelte und schleppten einen Kessel zwischen sich.

Sie gingen zu der Feuerstelle. Sie stellten den Kessel ab, schichteten erst dünnes, dann dickes Holz auf die qualmende Glut, dann richteten sie ein eisernes Dreibein auf und hängten den Kessel daran. Jetzt schwätzten sie leise miteinander.

»Frühstück«, hauchte Idris. »Warte mal.«

Sie stand auf und ging langsam auf die Frauen zu, sie schlenderte fast. Als sie näher kam, sagte sie gut gelaunt: »Alahu Akbar. Ich bin wieder da. Wo sind Ella und die Kinder?«

»Drittes Zelt«, gab eine der Frauen zur Antwort, ohne aufzublicken.

»Danke, Schwester«, sagte Idris und kam zurückgeschlendert.

Müller grinste ihr verkrampft und völlig verdattert entgegen. Dann hob der Fachmann den Daumen, lobte sie so über alle Maßen, hauchte knapp ein »Danke!«, während er noch fassungslos den Kopf schüttelte.

*

Das Haus war still, es war kurz vor 21.00 Uhr. Keine Tür knarzte, keine gedämpften Laute aus den Büros, keine hastigen Gespräche mit Akten unter dem Arm. Das Monster, das ihr ganzes Leben maßlos, selbstverständlich und allumfassend erobert hatte, war in seinen kurzen Nachtschlaf gesunken. Ein paar dickliche Putzfrauen schoben Wagen mit Reinigungsmitteln über die Korridore und zogen Staubsauger hinter sich her. Sie hoben nicht einmal die Köpfe. Sie sprachen auch nicht miteinander, sie waren müde von ihren Tagesjobs und wollten nur, dass das Müdesein aufhörte.

Krause nahm sich die Zeit, sehr langsam zum Büro des Präsidenten zu schlendern und dabei zweimal für fünf Atemzüge auf einem der Plastiksesselchen Pause zu machen, die einsam und vollkommen unangebracht im Schatten hochragender Grünpflanzen in Korridorecken standen. Er würde sich anhören, was der Präsident zu sagen hatte, dann würde er sich ein Taxi bestellen und zu Wally in die Klinik fahren. Er wollte ihre Hand halten, er wollte sie heilen.

Wahrscheinlich würde es um eine kritische Personalie gehen oder einen strittigen Rentenanspruch oder um eine fragwürdige Einzelheit in einem Etat. Es ging fast immer um etwas Unangenehmes, wenn der Präsident ihn zu sich bat.

Das Büro war von der schweigsamen zweiköpfigen Nachtschicht erobert worden. Krause strich an den beiden Männern vorbei wie ein Gespenst, grüßte nicht einmal, wie es sonst seine Art war, sondern dachte an Wally.

Er öffnete die Tür, trat hindurch, schloss sie hinter sich, sagte kurz innehaltend: »Herr Präsident«, und setzte sich in einen Ledersessel in der Besucherecke. Er saß immer dort.

Es irritierte ihn, dass der Chef keine Akte auf dem Tisch liegen hatte, es irritierte ihn auch, dass der Chef vor sich hin lächelte, auf eine hundsgemeine Art, als bereite er sich darauf vor, einen guten schmutzigen Witz zu erzählen, obwohl schmutzige Witze nach Ansicht Krauses gar keine guten sein konnten.

»Setz dich, alter Knabe«, sagte der Chef glucksend.

»Was ist?«, fragte Krause irritiert. Er war es nicht gewohnt, dass der Mann ihn duzte. Er hatte nichts dagegen, aber es kam nie vor. Nur einmal war es passiert, als Wally vor ungefähr fünfunddreißig Jahren eine Fehlgeburt hatte und Krause nach einer Nacht im Krankenhaus völlig zerschlagen in Tränen ausgebrochen war. »Junge«, hatte der damalige Eleve der Spionage klug bemerkt, »du hast noch eine Menge Versuche!«

»Vorige Woche in Washington kam der alte Glen Tosa zu mir ins Hotel, du weißt schon, der Sicherheitsfritze. Er sagte, er müsse mich etwas fragen, aber ich müsse unbedingt den Mund halten, dürfe mit niemandem darüber reden.« Er schwieg unvermittelt.

»Ja, und?«, fragte Krause. Er war müde, er wollte zu Wally.

»Er ist ein Fuchs, und er ist gefährlich«, fuhr der Präsident fort. »Wenn ich ihn sehe, halte ich immer meine Brieftasche fest. Aber er ist ein Ass in Sachen Geheimdienste, das müssen wir ihm lassen. Und was glaubst du? Der Mann ließ den Zimmerservice kommen und bestellte Erdbeertörtchen und eine Flasche echten Schampus. Stell dir das vor! Vorsicht!, dachte ich, er will mir Washington verkaufen. Und das wollte er auch.«

»Der US-Präsident bittet uns um politisches Asyl«, mutmaßte Krause voll Sarkasmus.

Der Präsident war erheitert. »Das ist eine sehr gute Idee, aber es war noch etwas anderes.« Er machte eine Pause, wahrscheinlich überlegte er einen Gag, entschied sich dann aber für ungehemmten Purismus.

»Sie wollen dich kaufen, Junge.« Darauf begann er schallend zu lachen, beugte sich weit über seinen Schreibtisch und musste husten.

»Das verstehe ich nicht«, erwiderte Krause naiv.

»Du wirst es gleich verstehen, alter Freund. Unser lieber Glen tat so, als wolle er mir seine Unschuld schenken, zierte sich, mampfte sein Erdbeertörtchen, schlürfte seinen Schampus und war richtig aufgeregt. Dann bestellte er sogar eine

Zigarre, obwohl er mit seinen achtzig Jahren verdammt kurzatmig ist und keine Treppe mehr schafft. Er sagte: Die NSA geht uns auf den Keks! Wir wollen etwas ändern! Das fängt ja gut an, dachte ich.«

»Ach, ja?«, sagte Krause plötzlich aufmerksam.

»Ich mache dir später ein Gedächtnisprotokoll«, versprach der Präsident.

Im Normalfall war er ein ruhiger, besonnener Mann, jetzt machte er den Eindruck, als sei etwas in ihm außer Kontrolle geraten, als könne er alle gelassene Normalität vergessen. »Also, kurz gesagt: Sie haben die NSA zu groß werden lassen. Sie sagen, die Datenmengen, die sie herbeischaffen, sind nicht mehr zu bewältigen. Sie bauen dafür sogar neue Rechenzentren, damit sie wissen, was morgen vielleicht eine Spur sein könnte, heute aber noch nicht einzuordnen ist. Sie arbeiten in dem Glauben, dass alles, was sie heute abfischen, übermorgen vielleicht verdächtig sein könnte. Sie sagen, sie können das zwar, aber es kostet unheimlich viel Geld, macht allen Nachbarn Angst und bringt am Ende nichts. Sie sagen, dass ihre Computergenies mit dem ganzen abgefischten Material nichts anfangen, weil sie nicht wissen, was sie damit anfangen sollen. Sie sagen, dass die Datenmengen noch niemals dabei behilflich waren, einen terroristischen Angriff zu entdecken und zu vereiteln. Sie bauen also neue Supercomputer und haben schon jetzt Angst davor. Sie zahlen ihren Computerspezialisten Hunderte Millionen Dollar an Jahreshonoraren, aber die können ihnen nicht verraten, warum ein mieser, popeliger, kleiner muslimischer Dorfchef in Pakistan einen amerikanischen Fliegerhorst angreift. Sie sagen: Uns fehlen die menschlichen Komponenten, wir kennen die Geschichten der Menschen dahinter nicht, wir wissen nicht, warum sie uns hassen, obwohl sie doch von uns leben.

Alle solche Dinge.« Er seufzte tief auf und ließ beide Hände auf die Schreibtischplatte fallen, als sei er am Ende seines Lateins.

»Der Meinung war ich immer schon«, bemerkte Krause trocken mit spitzem Mund. »Das ist keine tiefgreifende Erkenntnis, das ist Allgemeinwissen.«

»Ja, gut, aber Glen Tosa und seine Mitstreiter haben offenbar lange diskutiert und nachgedacht. Kurzum, ich sage es dir, und ich bitte dich, nicht ohnmächtig vom Sessel zu fallen: Sie wollen dich, Krause! Sie wollen dich!«

»Das ist doch ...«, stotterte Krause. »Das ist doch irre!«

»Dachte ich auch«, bestätigte der Präsident. »Aber dann war klar, dass sie es genau so meinen. Sie machen keinen Spaß, sie sind die Speerspitze einer neuen Richtung, sie wollen, dass die NSA begreifen lernt, dass da draußen außer Computern tatsächlich Menschen leben. Obwohl nach bisheriger Überzeugung daran echte Zweifel bestehen.«

»Eine sehr überraschende Erkenntnis!«, giftete Krause. Dann legte er die Fingerspitzen gegeneinander und begann mit seinem Vortrag. »Anfangs haben sie alle über mich gelacht. Ich habe von Beginn an gesagt: HUMINT ist wichtig, alles andere ist Zugabe, oder Scheiß! Human Intelligence, die Geschichten der Leute da draußen, ihr Alltagsleben, ihre Städte, ihre Dörfer, ihre Gewohnheiten, ihre Art zu denken, ihre Traditionen. Wenn du lernst, darin zu lesen, kannst du einen Geheimdienst aufbauen. Du weißt dann, wonach du fragen musst.«

Er spürte, dass er dozierte, denn er sagte sofort reumütig: »Tut mir leid!« Aber in der gleichen Sekunde war er wieder wütend. »Wir sind deutsche Geheimdienstbeamte!«, raunzte er. »Kein Mensch kann uns engagieren, kaufen schon gar nicht.«

»Das ist denen völlig egal«, entgegnete der Präsident hoheitsvoll mit dem Wissen der Mächtigen. »Du sollst dort eine Abteilung aufbauen, die genauso arbeitet wie unsere unter deiner Leitung. Eins zu eins, verstehst du? Nur: Sie soll von Anfang an etwa um das Zwanzigfache größer sein als wir hier. Dein Etat wäre praktisch unbegrenzt, du kannst Leute nach deinen Wünschen anheuern, du kannst aus dem Vollen schöpfen. Amerikaner natürlich. Für jeden von euch ist das die Chance seines Lebens ...«

»Ich gehe in zwei Jahren in Rente!«, erklärte Krause angeekelt.

»Das finden sie ausgesprochen hervorragend. Sie sagen, du kannst so lange für sie arbeiten, wie dein Gehirn mitmacht. Unbegrenzt. Sie sagen: Du bist jetzt erst in Höchstform.«

»Warum erzählst du mir das alles?« Da war Misstrauen, da war Fassungslosigkeit.

»Glen Tosa hat mich gebeten, mit dir darüber zu sprechen. Er möchte, dass du nach Washington kommst. Er meint es ernst, Krause.« Das kam sehr sachlich daher.

»Und du? Würdest du mich ziehen lassen?«

»Das habe ich nicht gesagt.« Der Präsident schien sich zu winden wie ein Röhrenwurm.

»Aber du spielst mit der Idee? Aus reiner Abenteuerlust, oder?«

»Nein, mein Lieber, tu ich nicht. Aber überlege mal, was heutzutage alles möglich ist. Nein, nein, nicht, was du denkst. Ich finde es aber irre, welche Wahnsinnsüberlegungen angestellt werden können, um so etwas wie einen Geheimdienst auf die Beine zu stellen. Ich meine, unseren Geheimdienst.«

»Die haben doch keine Ahnung«, schnaufte Krause. »Man kann sich keinen Geheimdienst schnitzen. Das ist eine sehr kindliche Auffassung, das hat doch mit der Realität nichts zu tun. Ich meine, sie haben seit Jahren auf der menschlichen Seite versagt, sie werden getrieben von geradezu abenteuerlicher Naivität. Sie finanzieren einen Datenmoloch, und sie behaupten, das Tier lebt ...«

»Weißt du, was er mich gefragt hat? Du ahnst es nicht. Er fragte: Was wird der Knabe Goldhändchen verlangen, wenn er uns ein Computerprogramm schreiben soll? Wie denn das?, habe ich gestottert. Ich wurde richtig sauer, sagte: Sein Programm ist langsam wie ein Baum gewachsen, das kann man nicht fortschreiben wie eine Fibel für Kommunikationsidioten! Was stellen Sie sich eigentlich vor, Glen? Und weißt du, was er geantwortet hat? Man kann alles weitergeben. Es gibt für alles Gutachten, für absolut alles.«

»Ja, natürlich.« Krause nickte böse. »Sogar für den eigenen Niedergang. Aber das würden die Amis nicht mal merken.«

Dann strahlte der Präsident unversehens, und die Heiterkeit schlug über ihm zusammen. Er fragte: »Wie wäre es jetzt mit einem strammen Whisky? Den haben wir uns verdient.«

Auch das war schon vorgekommen. Als sie einen besonders hartnäckigen Ring von kommunistischen Infiltratoren in Westeuropa erledigt hatten, war Whisky angesagt gewesen. Sie hatten beide anschließend drei Tage lang todkrank im Bett gelegen.

»Lieber nicht«, warnte Krause, der sich nicht einmal an den Geschmack erinnern wollte.

Dann kam der Schlenker angesichts der eigenen drohenden Leere. »Das ist schon klar: Wenn du gehst, stehe ich hier auf dem Schlauch. Aber das wäre überbrückbar. Dein Nachfolger steht fest. Es ist der geniale Esser. Was Esser, Sowinski und Goldhändchen mit dem Angebot, als Gutachter tätig zu werden, machen, müssen sie letztlich selbst entscheiden. Auf jeden Fall werden sie damit ein Schweinegeld verdienen können. Das muss man sich mal reinziehen: Der mächtigste Geheimdienst der Welt belegt bei uns in Berlin eine Weiterbildung und kauft unseren Chef vom Spezialprogramm. Wo bleibt denn dann unser kleiner, feiner Verein, frage ich dich? Na, das ist jetzt nicht das Thema. Also, jedenfalls ist es intern, rein unter uns Brüdern bereits offiziell: Der Amerikaner will alle eure Köpfe haben. Er bietet für den Übergang Beraterverträge. Und frag mich um Gottes willen nicht nach der Bezahlung. Sie scheißen dich mit Dollar zu, mein Alter. Du wirst mir richtig unheimlich. Wir müssen darüber reden.«

Krause war sehr verwirrt, er starrte auf den Teppich zu seinen Füßen. »Kannst du nicht einfach absagen? Sag ihm, wir hätten nicht das geringste Interesse, für einen amerikanischen Geheimdienst eine neue HUMINT-Abteilung aufzubauen. Ich meine, das geht doch gar nicht.«

»Wenn du wüsstest, was heutzutage alles geht!«, widersprach sein Vorgesetzter, entzückt von den schillernden Möglichkeiten der Gegenwart, und strahlte ihn an.

Da endlich begriff Krause, was den Mann so in den Himmel hob: Es war Stolz, reiner, blanker, strahlender Stolz. Und die Macht, in einer Schlüsselposition zu sitzen.

»Was soll das? Ich meine, was sollen Beraterverträge? Was sollen Esser und Sowinski und Goldhändchen bei den Amis? Ich meine, wollen die gleich die ganze Sonderkommission kaufen?«

Der Chef starrte ihn an und dachte an etwas in weiter Ferne. Dann zuckte er zusammen, kam zu sich und sagte bedeutsam: »Das wäre ihnen am liebsten, aber sie wissen, dass das nicht geht. Einfach ausgedrückt stellen sie sich vor, dass du in Fort Meade eine kleine Abteilung auf die Beine stellst, mit der du anfängst. Esser, Sowinski und Goldhändchen sollen ihre jeweiligen Aufgaben in Programme zusammenfassen, die in deine Arbeit einfließen. Sie sollen deine Arbeit unter die Lupe nehmen und ihre Arbeit integrieren. Sie sollen den Aufbau, den du in den USA leistest, fachlich begleiten.«

Das Schweigen war sehr lang.

»Du hast gesagt, sie zahlen gut. Was heißt das?«

»Sie bieten dir drei Millionen pro Jahr. Nach Steuer, versteht sich. Sie bieten Esser, Sowinski und Goldhändchen je eine Viertelmillion Dollar pro Jahr, garantiert für drei Jahre. Unabhängig von ihrer Position hier bei mir. Vor Steuer, versteht sich. Ich sagte doch schon: Sie scheißen euch mit Geld zu.«

Krause stand unvermittelt auf und schüttelte den Kopf. Er wusste nichts zu sagen, er dachte fiebrig: Ich will hier raus! Er ging zur Tür, öffnete sie und schloss sie hinter sich.

Als er über die düsteren Flure in sein Büro zurückging, hüpfte er plötzlich fünf Zentimeter in die Luft und legte die Beine schräg. Es ging schief, er stolperte, fing sich aber. Er trällerte eine mächtige, weltbekannte Opernphrase ohne Text. Es war Richard Wagner. Dabei hatte er sein Leben lang behauptet, Wagner sei nichts als schwülstig.

7. KAPITEL

Karl Müller und Idris gingen zum dritten Zelt.

Der Eingang, der mit einer groben Plastikkordel sorgsam verschnürt war, lag zur Mitte des Tals hin.

Schlecht für sie. Jeder könnte sie sehen, wenn sie rein- und wieder rausgingen.

Es war jetzt 5.44 Uhr.

»Wir müssen rein«, entschied Müller. »Wir müssen nehmen, was wir haben.«

Während Idris die Kordel löste, stand Müller still und kontrollierte den Platz. Die Frauen am Feuer sprachen miteinander und waren offensichtlich gut gelaunt.

»Okay«, sagte Idris. Dann verschwand sie im Halbdunkel des Zeltes.

Müller dachte: Vielleicht wäre es gut, den Hummer zu klauen. Die haben eine angepasste automatische Teleskop-Federung, da hätte ich noch eine Chance auf ein heiles Rückgrat. Er hatte starke Schmerzen im Lendenwirbelbereich, und irgendetwas mit seinem rechten Turnschuh war nicht in Ordnung. Dann tauchte auch er im Zelt unter.

Sie lagen in einem Berg von blauen Schlafsäcken, und sie schliefen unruhig, bewegten sich fortwährend.

»Ella«, sagte Idris leise.

Ella Alabi hatte ein rundes, niedliches Mädchengesicht mit

einem herzförmigen Mund. Ihre langen Haare waren weißblond gefärbt, hatten ihren Glanz verloren, wirkten strähnig und ein wenig nuttenhaft. Sie war aber alles in allem ein Engel auf Erden, für dieses Umfeld geradezu überirdisch schön. Müller konnte sich gut vorstellen, wie Stephen Alabi nach Luft geschnappt hatte, als er sie zum ersten Mal sah.

Sie schreckte hoch, sie öffnete blaue Augen. Idris legte ihr leicht die Hand auf den Mund.

Erst lag Entsetzen in ihrem Blick, sie wollte die Hand wegwischen, bis sie Idris erkannte. Dann sah sie die hochragende Gestalt von Müller, war nun hellwach und richtete sich schnell auf.

Müller legte den Zeigefinger auf den Mund.

»Was ist?« Sie hatte eine erstaunlich tiefe Stimme, einen sehr erwachsen wirkenden Alt, eine Stimme, die absolut nicht zu ihrer Erscheinung passte.

»Wir wollen euch holen«, sagte Idris. »Wie geht es ihnen?« Sie deutete auf die Kinder.

»Harry hat ein bisschen Fieber, das Übliche. Joshua ist okay. Wer ist dieser Mann?« Sie wirkte sachlich.

»Grüße von Stephen. Wenig reden«, mahnte Müller leise. »Raus hier!«

Ella Alabi reichte Müller nicht mal bis an die Schulter. Sie kniete auf einem billigen Teppich, sie streichelte ihre Kinder wach, sie flüsterte: »Pst!«

Die Kinder reagierten träge, wollten nicht wach werden, verkrochen sich tiefer in die Schlafsäcke. Als sie zu nörgeln begannen und richtig laut zu werden drohten, bestimmte Idris scharf: »Verdammt noch mal, leise! Kein Ton mehr!«

»Gut so!«, lobte Müller.

Daraufhin fing der vierjährige Harry an zu weinen.

»Leise, verdammt!«, forderte Müller resigniert.

»So was Blödes!«, sagte Joshua, sechs Jahre alt, im Ton tiefer Verachtung.

»Rede nicht, du hast keine Ahnung!«, bemerkte Idris immer noch streng, lächelte ihn aber an.

»So was Blödes!«, wiederholte der Junge. Dann fiel ihm wohl auf, dass Idris eine leibhaftige Waffe in der Hand hielt, und dieser lange Mann auch. Er bekam große Augen, er fragte: »Was ist denn überhaupt?«

»Du hältst jetzt die nächste halbe Stunde den Mund!«, zischte Müller gewollt böse. »Kein Wort mehr!«

»Wer ist der denn?«, fragte Joshua angewidert.

»Er ist ein Freund eures Vaters, und ihr müsst jetzt tun, was er sagt.« Idris' Stimme war voll Autorität.

»Wir gehen jetzt hier heraus«, bestimmte Müller. »Absolute Stille! Verstanden? Es besteht Lebensgefahr, sie werden schießen.«

Er fand seine Wortwahl dümmlich.

Harry weinte nicht mehr, er war verblüfft.

Sie waren die beiden lieblichsten Kinder, die Müller je zu Gesicht bekommen hatte, Traumfiguren für jedes Märchenbuch, milchkaffeebraun mit blauen Augen und rabenschwarzen, kurz geschnittenen Locken.

Die gibt es nicht, das muss schiefgehen, dachte er.

»Wir gehen«, sagte Idris.

Der Tag zog auf, die beiden Frauen am Feuer waren nicht mehr allein, ein paar Kinder und Jugendliche waren bei ihnen, sie plapperten miteinander. Eines der Zelte, das sie passieren mussten, stand offen. Drinnen unterhielten sich Männer vergnügt und lachend miteinander.

Idris ging voran, Ella trug Harry, dann folgte Joshua, am Ende Müller. Idris erreichte zügig den Pfad, der in den Steilhang führte, niemand sprach ein Wort.

Als die ersten zehn Höhenmeter geschafft waren, die ersten drei Schleifen hinter ihnen lagen, ging es los.

Unten auf der Talsohle hinter dem letzten Zelt stand ein junger Mann in einem weißen Hemd, der mit verzerrtem Gesicht aus vollem Hals etwas brüllte und gleichzeitig seine Kalaschnikow in Anschlag brachte.

»Weiter!«, befahl Müller hart.

Der brüllende Mann schoss sofort. Eine Salve klatschte in die Steine, Splitter rasten durch die Luft, es zirpte, es sang, es zischte, Staub zog hoch.

»Runter!«, schrie Müller.

Er legte die rechte Waffe waagerecht in beide Hände, er richtete sich auf, bekam den zappelnden, schießenden Mann sehr gut in den Blick. Er drückte ab, der Mann fiel um, die anschließende Stille war überwältigend.

Die zweite Salve kam etwas höher, stammte von einem anderen Mann, der um eines der Zelte gerannt kam.

Harry schrie unvermittelt auf und wollte nicht aufhören damit.

Joshua war plötzlich zwischen Müllers Beinen. Der sagte hastig: »Langsam, langsam!«, drückte den Jungen mit einem Ruck zu Boden, legte sich halb über ihn.

»Nicht bewegen«, sagte Müller in die Stille. Er spürte, wie Joshua dicht neben ihm mit dem Kopf an seiner Brust vollkommen haltlos weinte. Die Scheißspiele der Erwachsenen!, dachte Müller wütend.

»Ella, wie geht's?«

»Es war schon gemütlicher«, stellte Ella fest. Ihre Stimme war voller Spott. »Harry hat eine Wunde am rechten Arm, er blutet. Aber nicht schlimm.«

Harry jammerte.

»Idris? Bei dir?«

»Geht so«, erklang ihre Stimme.

Ein neuer Feuerstoß. Dann tauchten mehr Männer auf, einige von ihnen in Badehosen. Sie schossen wild und ungezielt. Müller dachte flüchtig: Genau so sieht Krieg im Fernsehen aus.

In diesem Augenblick überlegte er kurz und kühl, ob es nicht besser sei, einfach aufzustehen und die Hände hinter den Kopf zu legen. Darauf zu hoffen, dass sich später eine Fluchtmöglichkeit ergeben würde. Sie hatten nur diese zwei lächerlichen Glocks, ein lumpiges Messer, zwei Kinder ohne den Hauch einer Chance, eine Mutter ohne Erfahrung und mit wenig Nerven, Idris am Rande ihrer Kraft. Sie hatten zu wenig, sie hatten im Grunde nichts.

»Nicht bewegen«, warnte er. »Hinter Steinen bleiben. Idris, ich brauche deine Waffe.«

»Ja, Charlie, Sir«, bestätigte sie erstaunlich sachlich. »Ich gebe sie runter.«

Die Waffe kam über Ella zu Müller.

Müller drückte seinen Körper hoch und schob Joshua unter sich ein wenig zur Seite, sodass der freier atmen konnte. »Lass deinen Kopf unten«, erklärte er gelassen. »Mach dich lang, beweg dich nicht.«

»Ja«, sagte Joshua zittrig.

Kinder und Krieg, dachte Müller dumpf. Es ist immer dasselbe, es ändert sich nie: Kinder und Krieg, und sie krepieren ohne Chance.

Harry begann wieder zu schreien, Ella wimmerte ganz hoch. Es klang nicht nach Treffer, es klang nach blankliegenden Nerven.

Sie hatten alle Waffen, sie feuerten sich an, sie machten sich heiß, sie brüllten ohrenbetäubend und sie schossen. Für die nächsten zwanzig Sekunden herrschte die Hölle, ein grauenhafter, unerträglicher Lärm, der ihnen eine Albtraumsekunde nach der nächsten bereitete.

Plötzlich brüllte eine männliche Stimme: »Aufhören!« Viermal hintereinander. Dann war es still.

»Was wollen Sie?«, fragte eine erkennbar amerikanische Stimme auf Arabisch.

»Danke, ich habe schon alles«, antwortete Müller. »Oliver, nicht wahr?«

»Ja. Wer sind Sie?«

»Das geht Sie einen Scheiß an. Mir reicht es, wenn Sie sterben.«

Idris kiekste laut, als könne sie es nicht glauben, so viel Blödsinn zu hören. Oder fand sie Müller witzig?

Der Junge an seiner Brust atmete jetzt ruhiger. Harry schrie auch nicht mehr.

Idris sagte: »Ella, nimm das Tape hier und kleb was auf Harrys Wunde.«

Stille.

»Ich will mit Ihnen reden«, erklärte Oliver ruhig auf Englisch. »Wir können uns einigen.«

»Was wollen Sie denn?«, fragte Müller. Er war dankbar für die Pause. Gott sei Dank, dass sie all die Felsbrocken auf dem Pfad hatten, Gott sei Dank, dass sie vorübergehend in ruhigeres Fahrwasser kamen, dass er überlegen und zu einem Schluss kommen konnte.

»Die schießen, und ich bin tot«, sagte der Junge an seiner Brust. Er sprach zittrig, wahrscheinlich war seine Angst überwältigend.

»Du musst aufmerksam sein. Du musst einfach atmen wollen. Irgendein Weg ist immer.« Ein Oscar für meine Scheißsprüche, dachte Müller.

»Hm«, machte der Junge.

»Ist es nicht besser, sich zu ergeben, wegen der Kinder?«, fragte Ella laut. »Ich meine, Sir, es macht doch keinen Sinn …«

»Langsam«, sagte Müller. »Ich bin nicht Sir, ich heiße Charlie.«

»Wir müssen reden«, sagte Oliver laut und drängend. »In wessen Auftrag handeln Sie?«

Müller konnte ihn gut sehen, Olivers Figur wurde von zwei gelben Hahnenfußblüten eingerahmt, die dicht vor Müllers Gesicht standen. Sein Gesicht war irgendwie stromlinienförmig, ohne besondere Merkmale, ernst und voller Glauben, man könne schlicht alles managen und zurechtbiegen. Er hatte einen Sechstagebart, aber er wirkte wie ein Milchbubi, unausgegoren, kindlich.

»Ich arbeite freischaffend«, antwortete Müller sarkastisch. Er fragte sich wütend, was dieses Wortgeplänkel bringen könnte. Doch plötzlich hatte er eine Idee, wusste aber nicht, ob sie etwas taugte.

»Ich arbeite freischaffend und will auch ein Stück vom Kuchen haben«, erklärte er.

Müller ahnte, dass diese Chance nur hauchdünn war, aber er wusste auch, dass es keine andere geben würde.

»Ich habe Geld«, sagte Oliver drängend. »Ich kaufe diese Leute zurück.« Er wirkte perfekt neutral, er wirkte so durchgestylt, dass er keinen Charakter mehr zu haben schien. Er war wie ein Mann aus einem Cyber-Spiel.

Das glaube ich dir sogar, dachte Müller. Du kannst es dir gar nicht erlauben, Ella und die Kinder zu verlieren. Verlierst du sie, fällst du in die ewige Verdammnis der Verstoßenen, auch Loser genannt. Du wirst auf ewig auf einer roten Liste stehen und nicht einmal mehr Kopierer benutzen dürfen. Du wirst für alle Zeiten für Spülküchen in amerikanischen Militärbasen zuständig sein, weil du allen deinen Vorgesetzten ein wunderbares Spiel kaputt gemacht hast.

Und ich bin hier, um dir dieses Spiel aus der Hand zu nehmen.

»Diese Frau hat dich informiert, diese Idris, nicht wahr?«, fragte Oliver.

»Genau«, erwiderte Karl Müller gemütlich.

»Wie viel willst du?«

»Zweihunderttausend US«, teilte Müller lapidar mit. Nimm es oder ersticke daran, dachte er. Zwei Zitronenfalter taumelten lautlos durch die Sonne.

»Habe ich nicht hier«, stellte Oliver fest. »Nur die Hälfte, oder nein, warte, ich habe hundertzehn Riesen.«

In die Stille sagte Idris: »Dann könnten wir endlich nach Europa, Darling.«

Die Bemerkung kam so verblüffend daher, dass Müller heftig schlucken musste. Diese Idris war ein Aas, ein richtig gutes, hinterhältiges, gemeines Aas. Und sie lernte schnell.

»Die Riesen will ich sehen«, sagte Müller.

»Ich hole die Kohle«, sagte Oliver. Er zischte auf Arabisch: »Nicht schießen. Wer schießt, ist tot!« Dann herrschte Stille.

»Verändert eure Position, atmet durch«, befahl Müller leise. »Sucht euch größere Steine als Deckung, macht euch lang, kommt mit dem Arsch nicht hoch. Und du legst dich hinter mich, Joshua. Weiteratmen!«

Oliver kam zwischen den Zelten hindurch und trug einen schmalen braunen Aktenkoffer. Er klappte den Koffer auf, er hob ihn an. »Hier ist das Geld. Alles sauber, Einsatzgelder.«

»Komm hier hoch«, befahl Müller.

»Geht nicht. Ich lasse den Koffer hier auf dem Stein liegen.«

»Du kommst hier hoch, Oliver. Du kommst zu mir. Du bist doch nicht feige, oder?«

»Bin ich nicht«, sagte Oliver, und es klang überzeugt.

»Wir machen es so: Idris wird die englische Lady und die Kinder erschießen, wenn hier irgendwelche Tricks laufen. Ich werde jeden erschießen, der die Waffe anhebt. Damit das klar ist: Du trägst keine Waffe, du kommst hier hoch zu mir, Oliver. Mit dem Geld. Siehst du den großen Stein auf der linken Seite, der halbhoch und oben ganz flach ist? Darauf legst du den Koffer, du öffnest ihn, damit ich das Geld sehen kann. Du bleibst daneben stehen. Du sagst deinen Leuten, sie sollen etwas zurückgehen. Zehn Schritte genau. Und damit fangen wir jetzt an. Kapiert, Oliver?«

»Kapiert«, murmelte Oliver. Er wandte sich zu den Männern um, die ihre Waffen in den Händen haltend die Verhandlungen beobachteten, und sagte auf Arabisch: »Tut, was er verlangt. Tretet zurück, und keiner schießt, vor allem nicht auf die blonde Frau und die Kinder. Klar?«

Es waren sieben Männer. Sie gingen alle etwa zehn Meter zurück, sie hielten die Waffen gesenkt, aber sie waren nicht gewillt, das Spiel zu verlieren. Sie wollten beweisen, dass sie gute Geschäftspartner waren.

»Da sind noch zwei, ganz links außen«, meldete Idris leise.

»Schon gesehen«, sagte Müller. »Das passt mir.«

Hinter einem fast mannshohen Felsbrocken standen zwei mit Kalaschnikows bewaffnete Jemeniten. Manchmal konnte man Teile ihrer Köpfe sehen. Sie bewegten sich nicht, sie traten auch nicht zehn Schritte zurück, sie verließen den Felsbrocken gar nicht, sie waren das fünfte Ass im Spiel.

»Okay«, sagte Müller energisch. »Dann wollen wir mal.«

Er hatte drei Kehren nach unten zu laufen, es waren ungefähr vierzig Meter Weg. Die Entfernungen in diesem Bühnenbild waren allesamt lächerlich. Von den Männern mit den Maschinenpistolen bis zu den Frauen waren es sicher nicht mehr als fünfzig bis sechzig Meter, extrem verkürzt durch den Steilhang, in dem sie lagen. Von Müller bis zu dem Amerikaner und seinem Geld waren es bestenfalls zwölf bis vierzehn Meter Luftlinie, verlängert nur durch die Serpentinen des Pfades. Von Müller bis zu den beiden verdeckten Männern hinter dem Felsblock, die sich nicht geregt hatten, waren es zwanzig Meter, nicht mehr. Es war eine sehr kleine Welt, sie vibrierte vor Spannung, und sie konnte jede Sekunde explodieren.

Müller klopfte Joshua beruhigend auf den Hintern und ging los. Er wirkte massiv bedrohlich mit den schweren Neun-Millimeter-Waffen in beiden Händen. Nach eigener Ansicht wirkte er in dieser Pose lächerlich, hatte etwas von geistlos ballernden amerikanischen Helden. Er hatte aber begreifen müssen, dass es eindeutig einschüchternd wirkte.

Ein Ausbilder hatte einmal über Müllers mangelhafte Selbsteinschätzung geseufzt: »Du wirkst richtig stark, verlass dich doch endlich einmal darauf!« Müllers heillose Selbstironie stand ihm zeit seines Lebens im Weg. Und trotz aller Kritik war er dankbar dafür, weil sie ihn zuweilen davon abhielt, sich für den lieben Gott zu halten. Er hatte einmal gesagt: »Mein Name ist Arnold Karl Schwarzenegger Müller.« Und Krause hatte hinzugefügt: »Nicht zu verwechseln mit der Karikatur aus Los Angeles.«

Er erreichte Oliver, er geriet in das Schussfeld der beiden Hirten links hinter dem massiven Felsblock, er sah dort Licht auf Metall blitzen, er drehte sich leicht nach links ein, hob beide Waffen und schoss zweimal. Das alles mit knappen, gleitenden, sicheren Bewegungen.

Er sagte in die nachfolgende atemlose Stille: »Du hast mich beschissen, Oliver, du spielst falsch.«

Dann schrie einer der beiden getroffenen Männer hoch und dünn.

Die beiden Männer am Fuß des Felsens sanken auf den Boden. Beide waren getroffen. Nach Müllers Einschätzung in die Schulter oder den linken Oberarm. Man hörte ihr Röcheln, ihre heftigen, rasselnden Atemzüge und ihr schmerzerfülltes Heulen.

»Oliver, hol mir die Waffen der beiden«, murmelte Müller fast gemütlich. »Und versuche keinen Trick mehr, weil ich dich sofort erschießen werde.«

Oliver hatte ein graues Gesicht, er wirkte jetzt fahrig, seine Augen zuckten hin und her, seine Hände bewegten sich unruhig. Er ging zu den Männern und holte die Maschinenpistolen. Er bemühte sich, jede schnelle Bewegung zu vermeiden, weil man ihm das so beigebracht hatte. Er legte die Waffen vor Müller auf den Pfad.

»So ist es gut«, sagte Müller. »Klapp den Aktenkoffer zu, lass die Schlösser einrasten, ich will das hören. Dann mache ich mich auf den Weg und lasse dir die Lady und die Kinder zurück. Ist das gut so?«

»Das ist gut«, bestätigte Oliver. Er räusperte sich, er mühte sich vergeblich, gelassen zu erscheinen.

»Idris.« Müllers Stimme klang jetzt eilfertig, wie die eines Krämers im Tante-Emma-Laden. »Ich gehe jetzt los. Du kommst mit Ella und den Kindern den Hang herunter. Langsam das Ganze, damit niemand die Nerven verliert. Dann verschwinden wir.«

»Ist recht«, sagte Idris.

Müller stand zwei Schritte von Oliver entfernt. »Tut mir leid«, sagte er lächelnd und schoss ihm in den rechten Fuß.

Olivers Oberkörper klappte nach vorn, er schrie hoch und grell und sank auf die Knie. Seine Hände krampften sich in die Steine auf dem Pfad. Er schrie so sehr, dass ihm die Stimme versagte, dann verlor er das Bewusstsein und schrammte mit dem Gesicht durch den Split.

»Idris, ihr könnt jetzt aufsteigen!«, rief Müller. Er nahm eine der Waffen hoch, stellte sie auf Dauerfeuer und schickte die erste Salve über die Köpfe der Männer. Es war höllisch laut. Sie duckten sich alle ab, sie wirkten eindeutig panisch.

»Haut ab!«, schrie Müller und schoss weiter.

Es war wüst und laut. Gesteinssplitter zischten umher, Geschosse knallten in Zeltbahnen, prallten vom Gestein ab, fuhren grell singend durch die Luft. Die Männer drehten sich, rannten in Panik in das Camp hinein und verschwanden hinter den Zelten. Müller hielt die Waffe leicht angewinkelt nach oben, er wollte niemanden treffen.

Oliver kam zu sich, er wimmerte ganz hoch.

»Du ziehst am besten nach Hause, Junge.« Müllers Stimme klang beinahe liebevoll.

Er steckte die Pistolen an den Gürtel, klemmte sich den Geldkoffer unter den Arm, hängte sich die Waffen über die Schulter und folgte den Frauen und den Kindern.

Müller wusste, dass Eile geboten war, aber er wusste auch, dass in der Eile leicht Fehler unterliefen. Ihm war klar, dass das Camp über Walkie-Talkies verfügte, die in bergigen Gegenden locker zwanzig Kilometer überbrücken konnten. Er wusste, dass die Männer mit mindestens sieben Autos die Verfolgung aufnehmen konnten, er wusste, dass sie die Gegend wesentlich besser kannten, dass sie sich Abkürzungen im Gewirr der Pisten suchen konnten, dass sie fächerförmig fahren konnten, um bei der Suche nach ihm eine größere Fläche abzudecken. Sie waren Hirten und hatten wahrscheinlich CB-Funk in ihren Fahrzeugen eingebaut. Es war anzunehmen, dass das Camp sich von altmodischen oder vielleicht auch von ganz neuen Satellitentelefonen helfen ließ, die immer noch Leben retten konnten, wenn Unfälle geschehen waren. Also hatten die Leute im Camp ebenso wie Oliver die Möglichkeit, mit Helfern in Sanaa zu sprechen, mit Dorfchefs auf dem Weg dorthin, notfalls sogar mit militärischen Einheiten, die kurzen Prozess machen könnten und überhaupt keine Rücksicht zu nehmen brauchten, nicht einmal auf Oliver von der CIA.

Die entscheidende Frage war nicht, für welche Himmelsrichtung sich Müller entschied, die entscheidende Frage war, ob und wie lange er seine Richtung verbergen konnte. Goldhändchen hatte gefordert: Deine Richtung soll Norden sein! Also dachte er: Ich werde strikt nach Westen auf Sanaa zufahren, dann scharf nach Norden einbiegen. Er ging davon aus, dass er vor den Fahrzeugen des Camps einen Vorsprung von dreißig bis vierzig Minuten haben würde. Sie mussten erst ihre Fahrzeuge aus dem Tal heraus und auf das Plateau bringen. Esser hatte gesagt: »Das Tal bildet einen Halbbogen von etwa zwölf bis vierzehn Kilometer Länge.«

Viel gefährlicher aber war die Möglichkeit, dass Helfer des Camps ihnen aus Richtung Sanaa entgegenkamen. Und die waren nicht rechtzeitig zu erkennen, geschweige denn zu kontrollieren. Es war Poker mit einem miesen Blatt und ohne die Möglichkeit, einfach auszusteigen.

Er sah Esser lächeln und hörte ihn sagen: »Jetzt wird es eng, mein Freund. Aber du schaffst das schon.«

Er holte die beiden Frauen mit den Kindern ein, als sie schon fast oben waren. Sie hatten für den Steilhang neun Minuten gebraucht. »Das habt ihr sehr gut gemacht«, sagte er lobend. »Und jetzt fahren wir sofort los, die Kinder hinten mit ihrer Mama, Idris vorne. Wir lassen die Scheiben geschlossen, Gott erhalte uns die Klimaanlage.«

Das Erste, was Joshua erledigte, war eine gründliche Untersuchung des elektrischen Fensterhebers auf seiner Seite. Seine Mutter sagte heftig: »Lass das, ein für alle Mal.« Er versuchte es noch ein paarmal, aber als niemand reagierte, wurde es langweilig. Harry schlief.

Nach wenigen Minuten Fahrt fragte Müller: »Ella, Sie haben nicht zufällig ab und zu Familienausflüge in diese Gegend gemacht?«

Im Rückspiegel sah er ihren abweisenden Blick. »Wissen Sie, mein Mann ist ein Uni-Mann, Philosophie und schöne Literatur. Er fährt nicht mit der Familie in solche abartigen Gegenden, sondern lieber nach London. Außerdem ist hier der Hund begraben, das ist der Arsch der Welt.« Der letzte Satz klang arrogant, aber auch als lächele sie beim Sprechen.

»Das ist richtig«, stimmte Müller zu. »Na gut, es gibt kein Programm. Wir fahren auf Sanaa zu, dann nach Norden in Richtung Saudi-Arabien. Wir müssen sehen, wie es weitergeht. Ich würde euch bitten, auf alles zu achten, was euch auffällt, und mir alles sofort mitzuteilen. Autos aller Art, Leute, irgendwelche Dörfer, irgendwelche Camps, alles kann wichtig sein. Idris, du nimmst das rote Handy und wählst viermal die Eins. Das machst du alle fünf Minuten. Das andere benutzen wir wieder als Kompass, das stelle ich dir auf Westen ein. Wir fahren erst mal geradeaus, dann Richtung Norden, sobald wir einen Hinweis kriegen. Ella, achten Sie auf die Gegend hinter uns, ich bekomme wegen der Schlaglöcher und dem Geschaukel praktisch nichts von dem mit, was hinter uns los ist. Ich erwarte, dass wir Verfolger haben, ich erwarte aber auch, dass uns Leute entgegenkommen, weil die Hirten sie benachrichtigt haben. Es kann alles Mögliche passieren, also dürfen wir unter keinen Umständen die Augen schließen. Wenn wir unter Beschuss geraten, gilt die Regel: Das Fahrzeug auf der vom Beschuss abgewandten Seite verlassen, eng am Fahrzeug bleiben, aber niemals darunterkriechen, weil die Gefahr besteht, dass es zu brennen beginnt.«

»Sie sind ein harter Knochen, nicht wahr? Und ziemlich brutal auch, wenn ich das richtig mitgekriegt habe.« Ella blaffte Müller an, sie klang richtig mies, ihre Nerven waren dünn.

Idris drehte sich erstaunt zu ihr um, niemand sagte etwas.

Joshua ließ wieder das Fenster hoch- und runtersausen.

»Hör auf damit!«, schrie Ella und schlug ihm ins Gesicht. Dann schluchzte sie auf.

»Momma!«, flüsterte Idris beschwichtigend.

»Weiteratmen«, riet Müller gelassen. »Das war alles zu viel für jeden von uns.«

»Tut mir leid«, schluchzte Ella. Dann versuchte sie, Joshua in die Arme zu nehmen, aber der Junge wehrte sich heftig.

»Es wird wieder«, sagte Müller. »Idris, versuche mal einen Kontakt.«

»Ja, Charlie, Sir«, flüsterte sie.

Idris bekam keinen Kontakt. Nur einmal, nach mühevollen zehn Kilometern murmelte sie: »Eben klang es so, als baute sich was auf. Aber dann wieder nichts.«

Müllers Schmerzen im Lendenbereich nahmen zu. Er versuchte, seine Sitzposition zu verändern, aber das half nicht. Er hatte auch massive Schmerzen im rechten Fuß, wollte sich aber nicht die Zeit nehmen, den Fuß anzusehen. »Sichtbare Verwundungen«, hatte ein Ausbilder erklärt, »können die Kampfeinstellung negativ behindern.« Nicht hingucken, nicht leiden.

Etwa bei Kilometer achtzehn eröffnete Ella ihnen, Harrys Fieber sei jetzt gestiegen. Müller hielt an, öffnete eine der Plastikflaschen Wasser, zog dem Kleinen die Schuhe aus und durchnässte seine Socken. »Kühl um die Füße ist gut«, sagte er. »Lauwarm, aber vielleicht hilfreich.«

»Ich meinte das nicht so«, sagte Ella mit ganz kleiner Stimme.

»Es ist schon okay.« Er nahm eine zweite Speed-Tablette und gab Idris und Ella ebenfalls eine.

Als ein uralter Range Rover ihnen entgegenkam, lag die Außentemperatur bei 36 Grad.

Das Fahrzeug war beigefarben, mit zwei Männern besetzt. Der Fahrer stellte das Fahrzeug abrupt quer auf die Spur und zwang Müller zum Ausweichen. Müller zog scharf nach rechts und stand dann mit starker Querneigung auf einem Hang, fühlte sich verunsichert, gab Gas und erklärte: »Die wollen was von uns.«

Er fuhr, bis er das Fahrzeug aus den Spiegeln verlor, und stoppte dann. »Ich sehe mal nach«, sagte er. Er ließ eine der Pistolen bei Idris und nahm eine Kalaschnikow mit. Er rannte zu einem Punkt, an dem er den Range Rover sehen konnte. Die Männer waren mit Gewehren bewaffnet und hatten das Fahrzeug schon verlassen. Sie gingen zügig am Fuß des Hangs entlang, sie nahmen also an, dass Müller nicht weit gefahren sein konnte.

Als sie auf seiner Höhe waren, rief Müller laut: »Hallo!«

Sie drehten sich seitwärts und begannen, ohne die Waffen hochzunehmen sofort aus der Hüfte zu schießen.

»Scheiße!«, schrie Müller wütend. Er riss sich die Maschinenpistole hoch vor das Gesicht und feuerte. Als sie fielen, rannte er zu ihnen, schob ihre Waffen mit dem Fuß beiseite, hörte nicht auf ihr schmerzerfülltes, jämmerliches Geschrei, registrierte, dass er sie in den Beinen erwischt hatte, und wandte sich ihrem Fahrzeug zu.

Sie waren mit CB-Funk ausgerüstet, das Gerät lief. Müller nahm das Mikrofon, drückte den Knopf und sagte mit der notwendigen Aufregung in der Stimme: »Das Arschloch fährt mit den Weibern nach Südwest. Muss südlich von Sanaa rauskommen.« Er wiederholte seinen Spruch noch zweimal und mühte sich dabei um ein verknautschtes Arabisch, um der Nachricht Glaubwürdigkeit zu verleihen. Dann brach er das Gerät von der Konsole herunter und zerschlug es.

Er stieg aus und stellte sich an die Flanke des Fahrzeugs. Er hatte eine ungefähre Vorstellung, wo und wie der Tank eingebaut war. Er drehte den Tankverschluss ab, schoss zweimal durch das Blech der Karosserie, wartete geduldig ab, bis der Dieselkraftstoff in zwei satten Strahlen auslief, nahm ein Feuerzeug und zündete die Strahlen an. Dann ging er den Hügel hinauf zu seinem Fahrzeug.

Rechts von ihm stöhnten und schrien die beiden Männer und versuchten, mit den Schmerzen klarzukommen. Hinter ihm explodierte der Range Rover.

»Wir können weiter«, stellte er leichthin fest, als sei er nur mal eben zum Pinkeln verschwunden. Dann: »Ich muss noch kurz was nachsehen.«

Er setzte sich hin und zog den rechten Schuh aus. Vom rechten Ballen bis in die Fußwölbung hinein zog sich eine dicke, ekelhaft dunkle Blutblase. Sie schmerzte intensiv.

Er wusste, dass das der Beginn einer Vergiftung sein konnte, und er reagierte mit der einzig verbleibenden Möglichkeit. Er löste den Dolch von der linken Wade und schnitt so tief er konnte in die Blase. Es rauschte in seinen Ohren, einen Augenblick lang hatte er das Gefühl, ohnmächtig zu werden. Dann kam er wieder zu sich.

Er versuchte aufzustehen, schwankte leicht und musste sich am Auto festhalten. Unmittelbar vor ihm war Ellas Gesicht hinter der Scheibe. Er versuchte zu lächeln. Er griff in den Sand und streute etwas davon auf die Wunde. Ella sagte irgendetwas, aber er verstand sie nicht.

Er zog den zweiten Schuh aus und warf ihn fort. Er kletterte barfuß auf den Fahrersitz, fühlte sich benommen, sagte:

»Das wird schon wieder!«, und startete den Motor. Langsam rollte der Wagen an.

»Ich habe noch keinen Kontakt«, meldete Idris. »Was hast du am Fuß, Charlie, Sir?«

»Das wird schon wieder!«, wiederholte Müller zuversichtlich.

»Dein Fuß sieht übel aus«, bemerkte Idris. Dann fragte sie: »Wollten die uns haben?«

»Ja, ich denke schon. Sie waren zu zweit, und sie hatten es auf uns abgesehen.« Er nickte. »Alles klar dahinten?«

»Ich muss mir nur noch die Nase pudern«, sagte Ella. »Sind die Männer tot?«

»Sind sie nicht«, sagte Müller.

»Idris hat recht, dein Fuß sieht übel aus. War das Blut?«

»Das wird schon wieder.« Müller fühlte sich wie eine Gebetsmühle.

Harry schlief, Joshua döste. Von dem brennenden Fahrzeug stieg eine tiefschwarze Wolke in den Himmel. Müller fuhr weiter.

Den ersten Kontakt mit Berlin bekamen sie nach vierunddreißig Kilometern. »Wo seid ihr?«, fragte eine Stimme, die Müller wegen starken Rauschens nicht erkennen konnte.

»Ich nehme an, ich erreiche die Straße nach Norden in einer Stunde«, sagte Müller. »Auf dieser Piste kann ich nicht fahren, ich kann nur schaukeln.«

»Hast du die Leute?« Es war Esser, es war eindeutig Esser.

»Habe ich«, sagte Müller. »Wisst ihr, wie es weitergeht?«

»Das weiß ich noch nicht, soviel ich weiß. Seine Heiligkeit Goldhändchen I. deichselt irgendetwas«, antwortete Esser. »Herzlichen Glückwunsch! Grüß mir Ella vor allem von Stephen.«

»Habt ihr uns auf dem Schirm?«

»Keine Angst. Ich habe euch, ihr könnt mir nicht mehr entkommen.«

»Over!«, sagte Müller.

Er erreichte den ersten Hinweis auf Saudi-Arabien nach weiteren zweiundsiebzig Minuten. Es war ein Brett, auf das jemand mit schwarzer Farbe das Wort »NORTH« gepinselt hatte und darunter einen Pfeil. Er erreichte die erste schmale Straße, die höhere Geschwindigkeiten erlaubte, exakt drei Stunden und vierundzwanzig Minuten nach ihrem Aufbruch vom Kettr-Tal.

»Ich muss aufs Klo«, sagte Joshua, und Müller hielt an.

»Wer pinkeln muss, sollte das jetzt tun«, sagte er.

Die Frauen stiegen aus.

»Hallo, seid ihr noch da, meine Kinder?« Das war Goldhändchen.

Und ohne eine Antwort abzuwarten, fuhr er fort: »Nach Adam Riese erreichst du in elf Minuten die große Straße nach Norden. Dort wirst du auf Norman treffen.«

»Wer ist Norman?«

»Das wirst du schon sehen«, erwiderte Goldhändchen dunkel. »Er ist jedenfalls ein erfreulicher Anblick. Wir sehen uns.«

»Sag Svenja Bescheid«, bat Müller.

»Die ist unterwegs in Hamburg«, teilte Goldhändchen mit. »Aber wenn ich sie höre, sag ich ihr, dass du heil zurück bist.«

Frauen und Kinder stiegen wieder ein. Sie sahen erschöpft aus, sie hatten ihre Grenzen längst überschritten.

Sein Rücken schmerzte, sein Fuß schmerzte. Trotz des Speed erfasste Müller jetzt eine bedrohliche Mattigkeit, und er hoffte, nicht mehr allzu lange fahren zu müssen, bis dieser Norman auftauchte. Aber vielleicht war das auch nur der Name einer Raststätte. Immerhin hätte man dort vielleicht ein Bett für ihn. Vielleicht wäre das das Ende der Qual.

Auf der großen Straße nach Norden gab es viele Trucks. Müller reihte sich ein und vermied Überholvorgänge, er blinzelte jetzt oft und rieb sich die Augen.

»Da ist ein Flugzeug«, sagte Joshua erstaunt, war aber viel zu müde, um aufgeregt zu sein.

Das Flugzeug hing über ihnen. Es war klein, blau-weiß lackiert und wackelte mit den Tragflächen.

»Goldhändchen, du Prachtarsch!«, murmelte Müller gerührt.

Er schob sich nach links raus, um sich einen Überblick zu verschaffen. Etwa sechs Lkws weiter erblickte er eine große Lücke. Er setzte zum Überholen an, gab Vollgas, zog an den Trucks vorbei und brachte möglichst viel Raum zwischen sich und die nachfolgenden Fahrzeuge. Dann jagte er den Wagen in drei schnellen, scharfen Kurven die Fahrbahn entlang und signalisierte dem Flugzeug so, es könne landen.

»Der kommt runter, der kommt tatsächlich runter«, sagte Ella schrill. »Mein Gott, der ist ja irre!«

Das Flugzeug schlingerte wild, Trucks hupten panisch. Die Maschine machte einen keineswegs soliden Eindruck, sie wirkte angegraut, uralt wie ein Museumsstück. Müller scherte aus der Fahrzeugkolonne aus und brachte den Toyota zum Stehen.

Der Pilot ließ die Maschine noch einige Meter neben der Fahrbahn entlanghoppeln, hielt an und kletterte heraus. Er trug ein Hawaiihemd und blassblaue zerschlissene Jeans, dazu Flipflops. Er war ein Strich, braun gebrannt mit einer spiegelnden Glatze, und er grinste etwas scheu. Eine hagere Schlotterfigur, klein wie ein Zwerg, ohne Bauch und ohne Hintern. Er war vielleicht siebzig Jahre alt.

»Ich bin Norman«, kündigte er sich auf Englisch an. »Goldhändchen schickt mich. Dabei kenne ich den gar nicht.«

»Was ist denn das für ein Gerät?«, fragte Müller.

»Eine Beechcraft Super King Air 350, ein gutes altes Mädchen, nicht kaputt zu kriegen. Zweitausendsechshundert Kilometer Reichweite, fünfhundertfünfzig Stundenkilometer schnell. Die kriegst du sogar in deinem Vorgarten in die Luft, und du kannst ihr in den Tank pissen.«

»Will ich alles gar nicht«, versicherte Müller. »Und wohin fliegen wir?«

»Ganz einfach«, sagte der Zwerg. »Quer über das Rote Meer nach Port Sudan, Afrika.«

»Da bin ich schon länger nicht mehr gewesen.« Müller nickte. Er hatte eine Spur seiner guten Laune wiedergefunden. Er würde in den ersten ruhigen fünf Minuten Svenja anrufen, dann würde er in irgendein größeres Flugzeug klettern und bis Berlin schlafen.

Aber zunächst einmal wisperte Idris: »Du bist mein Held.«

Müller war augenblicklich so verlegen, dass er wahrscheinlich errötete. Er kramte in seiner Weste, er nahm ein Opiat, Norman würde es richten.

8. KAPITEL

Sie frühstückten schon um 7.00 Uhr, weil der Termin mit Kriminalhauptkommissar Volkmar Thiel im LKA Hamburg für 8.00 Uhr angesetzt war.

Svenja wirkte muffig und in sich gekehrt, weil es absolut keine Nachricht von Müller gab und niemand ihr sagen konnte oder wollte, wie die Sache im Jemen lief. Thomas Dehner machte einen zerschlagenen Eindruck, so, als habe er keine Minute geschlafen. Also schwiegen sie sich an und pickten missmutig an ihrem Frühstück herum wie zwei verkaterte Menschen, die sich an nichts erinnern wollen.

»Ich brauche für ein halbes Brötchen zwanzig Minuten, der Kaffee schmeckt wie Aspirin, und der fahlweiße Typ da drüben, diese Riesenmade, guckt mich an, als wolle er fragen, was ich koste«, stellte Svenja fest. »Kein guter Tag. Und du siehst aus, als hättest du durchgemacht.«

»Habe ich auch«, sagte er.

»Tatsächlich?«

»Ja. Ich habe ein paar alte Freunde hier, Leute, die früher in Berlin gearbeitet haben und jetzt hier leben. Dummerweise habe ich einen davon heute Nacht noch angerufen. Und dann hat das Leben mich weggespült. Ich bin erst um sechs Uhr ins Hotel zurückgekommen, und außer der Dusche habe ich nichts gesehen.«

»Na, du warst doch bestimmt super zurückhaltend, hast so gut wie nichts getrunken und heute Morgen eine halbe Stunde Yoga gemacht.«

»Nein. Ich bin schwul und unter Schwulen versackt. Also mach mich nicht an und versuch nicht, mich auszuhorchen.«

»Will ich gar nicht.«

»Ich würde auch nichts sagen.«

»Deine Schwulitäten will ich nicht hören.«

»Deine Heten-Sachen sind auch nicht anders.«

»Anders nicht, aber schöner.«

Dann grinsten sie sich an und kicherten.

Sie waren an diesem Morgen ein dunkles Paar. Svenja trug zu dunklen Tuchhosen einen dünnen schwarzen Rollkragenpullover. Darüber ein schwarzes Jackett aus Leinen, keinen Schmuck, kein Make-up. Schwarze Ballerinas.

Thomas Dehner war ein Typ, der seine Betrachter gerne zu der Bezeichnung adrett verleitete. Nichts als adrett. Schwarze Jeans zu schwarzen englischen Schuhen mit Lochmuster, ein einfacher grauer Pulli unter einem sportlichen dunkelblauen Jackett, die Haare rabenschwarz und kurz. Er war ein hübscher Mann, und er wusste das, er bewegte sich so.

Was ihn zu einem guten Agenten machte, war die Tatsache, dass alle diese Einzelheiten sich im Bruchteil einer Sekunde in nichts auflösten, wenn er angegriffen wurde oder sich in brenzligen Situationen befand. Dann stimmte nichts mehr an dem glatten, höflichen, zurückhaltenden Typen, der im Dienst gelegentlich als »Mamas schönster Schwiegersohn« oder als »der Schönling von nebenan« bezeichnet wurde. Dann wirbelte er, zeigte eine erstaunliche Bereitschaft zu hohem körperlichen Risiko, das Fehlen jeglicher Angst und die Fähigkeit, rechts wie links zu schießen und kompromisslos auf Sieg zu setzen. Er konnte brutal sein. Svenja und Müller hatten den unglaublichen Augenblick erlebt, als Thomas Dehner in New York auf einem dreiundvierzigstöckigen Gebäude an der äußersten Kante der Dachterrasse einen Handstand gemacht und dabei fröhlich gekräht hatte: »Der Welt schönster Anblick: Erleben Sie Dehner live!«

Ein kaum wahrnehmbares Beben war durch den Dienst gegangen, als dieser Mann in einer Selbstbeschreibung angegeben hatte, er sei BS – bekennender Schwuler. Er hatte mit einer beklemmenden Tradition gebrochen, dass nämlich gute Agenten grundsätzlich heterosexuell zu sein hätten, am besten Machos der ersten Garnitur. Es hatte wilde Diskussionen gegeben, ob es überhaupt möglich sei, so jemanden einzustellen, in dieser wichtigen Position des Außenagenten, bis Krause allen Zögerlichkeiten ein Ende gesetzt und gefordert hatte: »Ich will den Mann!« Dehner war ein schmaler Typ, zäh, mit einer raschen Auffassungsgabe gesegnet und einem breit gefächerten Wissen. Er beherrschte sechs Sprachen, und man sagte ihm nach, er könne die Angst des Gegners über Kilometer riechen. Tatsächlich legte er Wert auf die Feststellung: Ich lebe durch meine Intuition! Er war Anfang dreißig und überlegte gelegentlich, ob er sich die ersten grauen Haare an den Schläfen färben sollte.

»Ich habe noch mal über Lievje Bruhns nachgedacht«, sagte er. »Fast fünfzigtausend aus der Haushaltskasse zu klauen ist nicht von schlechten Eltern. Und mir kam der Gedanke: Die jungen Leute finanzieren ihre Ausbildung selbst.«

»Das würde passen«, stimmte Svenja zu. »Das fordert sie, das macht sie heiß. Die eigene Laufbahn als Märtyrer des Propheten vorzufinanzieren, das hat was. Das macht die Lehrzeit in jeder Hinsicht so wertvoll. Obwohl ich es absolut obszön finde, eine Haushaltskasse mit fünfzigtausend Euro zu unterhalten. Was denken die Leute eigentlich?«

»Sie denken nicht«, urteilte Thomas Dehner.

Sie nahmen ein Taxi.

Die Bürowand hinter Volkmar Thiel hing voll mit Erinnerungen an Weiterbildungen und Besuche beim FBI in den USA. Thiel war ein leicht korpulenter, offen wirkender Typ, der in gepflegter Freizeitkleidung hinter seinem Schreibtisch saß und sich offensichtlich wohlfühlte. Großes, ovales, gutmütiges Gesicht, wache hellgraue Augen, ein Mund. der zum Lachen neigte, viele Falten, ein Rest von schlohweißen Haaren auf einem länglichen Kopf.

»Danke, dass wir reden können«, sagte Thomas Dehner, nachdem sie sich vorgestellt hatten. »Wann fiel Ihnen Lievje Bruhns eigentlich zum ersten Mal auf?«

»Der Fall lag bei den Kollegen vom Jugendamt in Hamburg, bei der Kripo im Jugenddezernat. Ich wusste nichts von dem Mädchen. Ich bin erst aufmerksam geworden, als Kilt Brown auftauchte. Das ist jetzt fast drei Jahre her. Kaffee? Oder lieber was anderes?«

Sie wollten ein Wasser.

»Also, sie war das klassische wilde Mädchen aus reichem Haus. Kein Mensch konnte sie unter Kontrolle bringen. Sie machte, was sie wollte, war rücksichtslos und brutal, griff zu Drogen, verkaufte sich, die Eltern fanden nicht statt. Schule war etwas, bei dem man in der Pause zwischen den Toiletten eine Nummer schob. Nicht zu bändigen, dieses Wesen.« Dann wurde er plötzlich abweisend. »Moment mal, ist das hier eine Voruntersuchung für ein gerichtliches Verfahren? Ich meine, ich unterliege ...«

»Keine Bedenken«, winkte Svenja lächelnd ab. Sie warf einen Dienstausweis auf den Schreibtisch. Er lautete auf einen ihrer Aliasnamen und bezeichnete sie als Oberinspektorin. »Wir waren gar nicht hier, Herr Kollege, und ein Gericht wird sich nicht dafür interessieren. Innenministerium.«

Das war die übliche Floskel, das war das Zauberwort, das kannte Thiel aus vielen Jahren Polizeiarbeit, das hatte er oft gehört.

Er überlegte das, betrachtete den Arbeitsausweis und lächelte plötzlich: »Sie schlagen die Brücke ins Ausland, nicht wahr?« Dann seufzte er tief und setzte hinzu: »Das habe ich in diesem Fall immer vermutet.«

»So kann man sagen«, sagte Thomas Dehner. »Wir nennen Kilt Brown die Ratte. Er ist nach unserer Ansicht Teil einer Maschine. Und diese Maschine wollen wir ... nun ja, untersuchen. Aber wir wissen nicht, wo sie steht.«

»Vielleicht bei den Leuten, die Crystal Meth produzieren und steuern?«, entgegnete Thiel schnell. »Könnte man jedenfalls denken.«

»Kein Zweifel?«, fragte Svenja hell.

»Gar kein Zweifel bei mir. Brown will damit einen großen Markt in Europa schaffen. Das Zeug ist Heroinersatz, und dabei viel billiger als Heroin, es ersetzt auch Kokain, ist leicht herzustellen und das Ding der Zukunft. Und es kommt aus Europa. Ich mag mir gar nicht vorstellen, was das in Indien oder China oder Pakistan anrichten kann. Die Ratte, ja, das ist ein guter Markenname. Das passt. Auf jeden Fall hatte Brown vor drei Monaten Besuch aus Tschechien. Der Besucher war ein Mann, den alle Drogenbeamten der deutschen Kripo von einem Foto kennen: Pjotr. Schöner alter russischer Männername: Peter. Von dem weiß man nicht viel, aber was man weiß, ist nicht gut. Pjotr lebt in Prag, ist Großhändler für Crystal Meth und sehr mächtig. Wenn der zu Besuch kommt, hat man das Gefühl, die Straßen müssten beflaggt werden. Die beiden waren drei Tage im Hamburger Interconti zusammen, sie sprachen viel. Ich gehe jede Wette ein, dass Kilt Brown bei Crystal einsteigen wird.«

»Wie kamen Sie auf ihn?« Svenja trieb den Mann, sie wollte sehen, wie er ins Erzählen geriet, wie sicher er sich war, um herauszufinden, an welchen Punkten er irrte, wo seine Zweifel lagen.

»Es gab die Warnung eines befreundeten Kollegen aus Paris. Der meldete eines schönen Tages: STAT-OIL wechselt die zweite Ebene aus. Das klingt nach nichts, aber Spezialisten fanden das spannend. STAT-OIL ist eine Firma in Amsterdam, die mit Rohöl handelt. Für jedes europäische Land hat sie zuständige Manager, meist junge Leute, die bilden die sogenannte zweite Ebene. Sie sind alle etwa dreißig bis vierzig Jahre alt und im jeweiligen Land stationiert. Sie handeln mit Rohöl, was absolut kein aufregendes Geschäft ist. Aber sie alle versuchen hin und wieder, Geld unterzubringen. Denn ihre Chefs in Abu Dhabi oder Katar haben sehr viel davon und möchten es vermehren. Diese zweite Managementebene dient also auch dazu, systematisch nach neuen Geschäftsfeldern zu suchen. Und dabei sind die jungen Männer nicht pingelig. Sie investieren schon mal in krumme Geschäfte oder in illegalen Branchen. Prostitution, Drogenhandel, Drogenherstellung, Drogenschmuggel, Arbeitsmigranten, die sie aus Südosteuropa in die EU schleusen lassen, Handel und Schmuggel mit Edelhölzern aus Südamerika, Menschenhandel mit Schwarzen aus Afrika – es gibt eigentlich nichts, was sie nicht ins Visier nehmen. Nette, äußerst kreative Mitbürger. Wenn mal was schiefgeht, ist das nicht schlimm, denn Geld ist genug da, und ein Verlust wird als Reibungsverlust hingenommen. Also, was soll's? Das Leben ist schön, packen wir's an!«

»Kam es je zu Anklagen oder Verhandlungen?«, fragte Dehner.

»Nein, nie. Das ist ärgerlich, ich weiß, aber eben nicht selten. Kriminelle Geschäfte werden heutzutage mit einer Geschwindigkeit angebahnt und durchgezogen, dass es einem schwindelig werden kann. In der Zeit, die früher ein Kellner brauchte, um mit Block und Kuli einen Tisch Skatspieler abzurechnen, kann man heute zwanzig Millionen Euro in siebzehn Tranchen über sechs Stationen rund um den Erdball verlagern. Man legt einfach Rechnungen vor von Leuten an Leute, die es nicht gibt, über Waren, die nicht existierten. Man weist nach, dass Geld geflossen ist, kann aber gleichzeitig alle Zahlungen annullieren oder verdoppeln. Das Ganze mit richtigen Bankcodes. Man kann die Welt verrückt machen, und der Staatsanwalt, der behauptet, er habe den Durchblick, der lügt.« Dann lächelte er. »Entschuldigung, ich bin an der Stelle etwas genervt von der schönen neuen Zeit.«

»Also gut, da kommt ein gewisser Kilt Brown in Ihr Berufsleben spaziert und macht sich breit«, sagte Dehner. »Unterscheidet diesen Mann irgendetwas von den anderen Jungmanagern, die Sie kennen?«

»Ja. Er ist schmutziger und öliger. Er ist eiskalt, gefühllos, er hat keinen einzigen Freund. Er kriecht dir in den Arsch und überlegt gleichzeitig, wie er dich fertigmachen kann. Und er diskutiert mit dir über die Schönheiten des Lebens und sorgt gleichzeitig dafür, dass keine Bank deine Kreditwünsche akzeptiert. Er ist ein Schwein, so einfach ist das. Es gibt böse Menschen, auch wenn wir ständig hören, dass in jedem Menschen etwas Gutes steckt. Er ist einer.«

»Haben Sie irgendetwas unternommen?«, fragte Svenja.

»Nichts. Konnte ich nicht. Ich habe ihn einfach abgespeichert und gedacht: Den lass ich nicht aus den Augen. Mal sehen, was der so treibt.«

»Und: Was treibt er so?« Svenja lächelte.

»Was mir sofort auffiel, war sein Hang zu Jugendlichen. Er umgab sich von Beginn an am liebsten mit Jugendlichen, und ich habe mich gefragt, was das soll. Ich gebe zu, ich war verwirrt. Schließlich verkauft er Rohöl, keine Jeans und Handtaschen. Er trieb sich in den Discos und Kneipen und Bars herum. Im QU 7 zum Beispiel, das sie hier Café Untergang nennen. Er spendierte ohne Ende Whisky, gab richtig viel Geld aus. Bis zu zehn Flaschen pro Nacht. Anfangs hatte ich den Verdacht: Der holt seine Jugend nach, der hatte schlimme Eltern. Dann dachte ich, er sei sexuell so gepolt. Aber das war es auch nicht. Er selbst trinkt übrigens nicht viel, eher sparsam würde ich sagen. Er ließ die Leute auf seine Kosten trinken, verbrachte möglichst viel Zeit mit ihnen und schien dabei auf der Suche nach irgendetwas zu sein. Er machte sich richtig Mühe, heuerte an den Theken oder Bars eine Bedienung an, drückt der einen Hunderter in die Hand und sagte: Tu mal was für uns heute Nacht! Ein normaler Mensch macht das ein Mal im Leben, reiche Leute vielleicht ab und zu, aber Brown macht das jede Nacht. Ich begann mich zu fragen, woher diese Kohle kam und worin die Verbindung zu Rohöl und Geldvermehrung bestehen könnte. Außerdem fiel mir auf: Der Mann zahlt grundsätzlich bar. Ich habe selbst ein paarmal erlebt, dass er am Morgen nach einer durchzechten Nacht zweitausend Eier und mehr hinblättern musste. Und wieso zahlt er nicht mit Karte? Ich war hin- und hergerissen, schließlich wurde mir klar: Kilt Brown ist im Auftrag des Herrn unterwegs und hat unbegrenzte Barmittel zur Verfügung. Kardinalfrage: Wer ist der Herr wirklich? Ich weiß es bislang nicht. Sicher, Jugendliche sind dankbar für starke Typen, die Geld haben, Jugendliche sind Bewunderer. Brown badet also in der Anbetung dieser jungen Menschen. Aber darum ging es ihm nicht in erster Linie, denn dazu benahm er sich viel zu distanziert. Mit der Zeit erkannte ich immerhin ein Muster: Eure Ratte hat es auf ganz bestimmte Typen abgesehen, mit ganz bestimmten Eigenschaften. Sie müssen wild sein, ungebändigt, revolutionär, rücksichtslos und besonders clever.«

Dann schaltete er plötzlich um und lächelte sie scheu an: »Wissen Sie denn, wohin Lievje Bruhns und Geert Neiders verschwunden sind?«

»Wir wissen es nicht genau«, antwortete Svenja. »Der letzte Aufenthalt, den wir nachweisen können, war Mallorca. Dann ging es vermutlich über Abu Dhabi nach Karatschi, Pakistan. Wir wissen nicht, ob sie dort ankamen, aber unser Verdacht geht dahin, dass sie geschult werden sollen.«

»So«, hauchte Thiel. »Und worin geschult, bitte schön?«

»Terrorismus«, sagte Dehner. Es klang schlicht.

»Sieh einer an!« Er hatte kugelrunde Augen. »Ja, auch das könnte passen. Aber warum ausgerechnet Jugendliche?«

»Weil sie besonders gut zu steuern sind und weil man ihnen genau sagen kann, wen sie zu hassen haben«, formulierte Svenja. »Wie war eigentlich dieser Vater von Lievje, dieser Autohändler?«

»Kein Mensch hat so einen Vater verdient. Brutal, egoistisch, dumm. Das Mädchen ist viel zu klug für den. Sie hasst ihn.«

»Sie hat die Haushaltskasse mitgehen lassen«, erzählte Dehner. »Fast fünfzigtausend.«

»Auch das passt.« Thiel nickte und lachte.

»Wenn ich das richtig verstanden habe, ist Kilt Brown ein geheimnisvoller Mittdreißiger mit genügend Kohle, einem lässigen Dasein und einer streng geheimen Mission.« Svenja hielt die Augen geschlossen, um sich zu konzentrieren.

»So kann man das beschreiben, ja. Und wie gesagt, der Mann knickert nicht rum. Er gibt auch elitäre Partys in kleinstem Kreis mit aufwendiger Bewirtung, mit Champagner, mit Live-Bands und manchmal Kaviar. Ich kann mich leider nicht dauernd darum kümmern, ich habe ja noch einen Beruf. Aber er umgibt sich und seine Gefolgsleute mit so einer Aura des Besonderen. Wenn man zu seinem Zirkel dazugehört, ist man zweifelsfrei in. Und diese Masche fährt er immer noch. Soweit ich weiß, sucht Kilt Brown nach wie vor Kontakt zu jungen Leuten.«

»Woher kommt er eigentlich?«, fragte Svenja.

»Er stammt, soweit wir das recherchieren konnten, aus den Vereinigten Arabischen Emiraten, Katar wahrscheinlich. Dort wurde jedenfalls der Personalausweis ausgestellt, der ihn als Halbwüchsigen zeigt. Die Eltern sind unbedeutend, Angestellte des Palastes. Er wurde auf einer englischsprachigen Schule ausgebildet und dann zum Volkswirtschaftsstudium nach Frankreich geschickt. Er machte seinen Doktor, kehrte für ein paar Jahre nach Hause zurück, besuchte Wirtschaftskollegs, heuerte bei STAT-OIL an. Er hasst Juden, er hasst Schwule und Lesben, er hasst Amerikaner, er hasst alles, was westlich ist. Aber gleichzeitig liebt er es offensichtlich, denn er scheint gern hier zu leben. Er sagt: Europa ist dekadent und zum Untergang verurteilt, und wir werden es übernehmen! Er ist gefährlich, er würde seine eigenen Eltern verkaufen, wenn es ihm nutzt. Alles in allem ein Mensch, auf den ich gut und gerne verzichten könnte. Ein einziges Mal soll er geäußert haben: Ich bin der Gesandte meines Propheten. Na ja, und dazu sieht der Junge auch noch gut aus.«

»Was ist mit Frauen?«, fragte Dehner

»Wie Sand am Meer. Er ist gern im Bett mit ihnen, und sie haben auch nichts dagegen. Aber keine extremen Auffälligkeiten, eher bieder, Missionarsstellung, schnell rein, schnell raus.«

»Hat er viel mit seinem Rohölgeschäft zu tun?«, fragte Dehner weiter.

»Nein. Er hat ein Büro, er hat Leute, er hat die richtigen Computer. Seine Geschäfte laufen ohne große Anstrengung.

Und das ist natürlich ideal für seine andere Beschäftigung: Er hat Zeit für die jungen Leute.«

»Sind denn noch nie irgendwelche besorgten Eltern aufgetaucht?«, wollte Svenja wissen.

»Nein. Was sicher auch damit zu tun hat, dass ihn besonders die interessieren, deren Elternhäuser – sagen wir mal – angeschlagen sind. Also wie bei Lievje und Geert. Ein Teil seiner Masche besteht darin, den Jugendlichen geduldig zuzuhören, wenn sie sich stundenlang über ihre ahnungslosen, dummen, peinlichen Eltern auslassen. Das ist seine Rolle, das weiß er auszunutzen.« Dann klatschte er unvermittelt leicht in die Hände und fragte: »Haben Sie ein paar Minuten Zeit? Ich möchte Ihnen etwas zeigen.«

»Kein Problem«, murmelte Svenja.

Er brachte sie auf die Straße, ließ sie in sein Auto einsteigen und fuhr etwa zehn Minuten. Dann ging es in einen großen Hinterhof, in einen Lastenaufzug, zwei Stockwerke in die Tiefe. Es war kühl, es wehte ein kalter Wind, die Gänge wirkten trostlos, an der Decke kurze Neonröhren, die ein erbarmungsloses blauweißes Licht über sie gossen. An einer großen Stahltür saß ein Mann in einem Kabuff neben einer großen Schalttafel.

»Moin, Kruse«, sagte Thiel zu dem Mann. »Zweiundsiebzig und dreiundsiebzig. Wir haben telefoniert.«

»Ist recht«, sagte der Mann. »Du nimmst Raum sechs. Und diesmal machst du gefälligst das Licht aus, wenn du wieder gehst.«

Raum sechs war groß wie ein Tanzsaal und wurde beherrscht von sechs Stahltischen mit großen, runden Scheinwerfern darüber. Der Fußboden war grau gefliest, die Wände in einem öligen mittleren Grün gehalten. Es war ein Raum zum Davonlaufen.

»Der Identifikationsraum«, erklärte Thiel.

Zwei Tische waren belegt mit zwei nackten Leichen, eine Frau, ein Mann. Die Leichname schimmerten blassgrau und bläulich, wirkten seltsam fremdartig, wie ausgestellte Aliens. Es war schwierig, sich vorzustellen, dass diese beiden Körper einmal lebendig gewesen sein sollten. Svenja fror einen Moment.

»Jörg, genannt die Kralle. Siebzehn Jahre alt. Kathi, genannt Dose. Sechzehn Jahre alt. Beides ganz arme Schweine, ich glaube nicht wirklich, dass jemand sie vermisst. Sie haben am äußersten Rand der Gesellschaft gelebt. Abfallkinder. Sie sehen, dass beide mit einem Kehlschnitt getötet wurden. Ein scharfes Messer wurde ihnen von hinten um den Hals gezogen. Meine Tötungsspezialisten sagten mir, dass es zwei Täter waren. Das kann man aus der Lage und Richtung der Einschnitte und aus ihrer Tiefe schließen. Der Mörder oder die Mörderin dieses Jungen war einen Kopf größer als die Person, die das Mädchen tötete. Die Leute von der Mordkommission nehmen an, dass sie Opfer von Brutalos wurden, die genau wussten, dass niemand nach diesen Toten krähen wird. Irgendwelche menschlichen Tiere, die ausprobieren wollten, wie ein Kehlschnitt geht. Aber ich glaube inzwischen etwas vollkommen anderes. Lassen Sie sich Zeit!«

Zeit wozu?, dachte Thomas Dehner wütend. Direkt nach dem Frühstück ist dieser Anblick einfach eine Zumutung. Lassen Sie sich Zeit! – das ist ja wohl die Höhe! Der ist verrückt, der Kerl, der verhagelt mir den Tag mit seinen scheußlichen Toten.

»Wurde bei beiden dasselbe Messer benutzt?«, fragte Svenja.

»Nein«, lautete die Antwort. »Es waren zwei Messer.«

»Und der Todeszeitpunkt?«

»In der vergangenen Woche in der Nacht von Dienstag auf Mittwoch. Anschließend wurden sie in einen Kanal geworfen. Passanten haben sie am Mittwochmittag gefunden.«

»Weiß man, ob sie am gleichen Ort und zum gleichen Zeitpunkt getötet wurden?« Svenja fragte weiter, sie wollte alles über die Toten wissen.

»Zum gleichen Zeitpunkt sicher. Am gleichen Ort sehr wahrscheinlich, nur wenige Meter voneinander getrennt.«

»Eine parallele Tötung?«

»Ziemlich sicher.«

»Dann will ich mehr über diese Toten wissen«, forderte Svenja.

Thiel räusperte sich. »Sie sind tot, und im Tod sehen sie alle gleich aus – wird jedenfalls behauptet. Aber das ist Blödsinn. Schauen Sie genau hin. Das sind fast noch Kinder, einfältig, ja, fast dumm. Und das waren sie. Wir mögen alle nicht gerne daran erinnert werden, dass es Menschen gibt, die von Anfang ihres Lebens an nie wirklich eine Chance haben. Wie die zwei. Zusammen haben sie anderthalb Jahre Volksschule hinter sich gebracht. Und das nicht freiwillig. Sie konnten nicht lesen und nicht schreiben. Und ein richtiges Elternhaus hatten sie nie. Sie sind herumgeschubst worden, waren überall im Weg, sie hatten keinen Schlafplatz. Und wenn sie sich selbst einen suchten, kam wieder jemand, der sie wegschubste. Sie waren Pflegebefohlene. Im Auftrag des Jugendamtes der Stadt Hamburg hatte ein Pfleger ihre Pflegschaft übernommen, jemand, der außer diesen beiden schon einhundertsechsundvierzig Pflegschaften ausübte, jemand, der sich mühte, jemand, der alles richtig machen wollte, der aber scheiterte, weil diese beiden Kinder wollten, dass er scheiterte. Sie entzogen sich einfach, das hatten sie gelernt. Genau genommen lehnten diese Kinder jeden Menschen ab, der sich um sie kümmerte, weil es ihrer Meinung nach überhaupt keinen Menschen geben konnte, der sich wirklich um sie kümmerte. Sie sorgten also für sich selbst. Manchmal, wenn es kalt war, zogen sie Rinde von jungen Weiden und kochten sie über offenem Feuer, sie nannten das Ergebnis Suppe. Manchmal klauten sie irgendwo eine Prise Salz. Sie haben auch Igel in den Stadtparks gefangen, gebraten und gegessen. Ja, gelegentlich auch Ratten. Sie haben bei Kleingärtnern Kaninchen geklaut.« Er sah Thomas Dehner an, begriff dessen instinktive Abwehr, und so etwas wie eine höllische Freude schimmerte in seinen Augen. »Ja, ich weiß, das passt uns alles nicht. Aus irgendeinem Grund sind wir der irrigen Ansicht, dass solche Menschen in unserer Zivilisation eigentlich nicht vorkommen dürften, aber das ist natürlich reine Sozialromantik. Es gibt sie. Sie wurden in Ehen hineingeboren, die keine waren. Vater und Mutter soffen wie die Stinte, Vater und Mutter waren kriminell, Vater und Mutter machten erst gar nicht den Versuch, sich zu kümmern. Also lernten sie, dass nur das ihnen etwas brachte, was sie sich einfach nahmen.«

»Jesus Maria«, hauchte Svenja.

»Sie in die Schule zu schicken schlug fehl. Sie kamen in Heime, sie rissen aus, sie wurden zurückgebracht, sie rissen wieder aus, sie kamen in ein anderes Heim, sie rissen aus, sie kamen in Jugendhaft, sie rissen aus, sie bettelten, sie stahlen, sie täuschten, kamen in ein neues Heim. Und wenn sie draußen waren, klauten sie, was nicht niet- und nagelfest war, oder boten sich alten Männern als Frischfleisch an. Irgendwann hatte jeder, der mit ihnen zu tun bekam, die Nase restlos voll. Jörg, die Kralle, und Kathi, die Dose, waren so etwas wie Unberührbare. Irgendwann wollte sich auch niemand mehr um sie kümmern, denn das hatte alles keinen Sinn. Wenn jemand ihnen freundlich oder gar liebevoll kam, ergriffen sie panisch die Flucht. Wenn jemand ihnen eine Chance zeigte, schauten sie erst recht nicht hin. Es gibt Menschen, denen nicht zu helfen ist.«

»Das ist nicht sehr schön«, sagte Thomas Dehner hölzern.

»Es ist furchtbar, verdammt noch mal«, sagte Svenja wütend.

»Das kann Sie beide doch nicht wirklich überraschen«, erklärte Thiel. »Sie haben Pakistan erwähnt. Haben Sie sich jemals in pakistanischen Großstädten umgesehen? Auch da gibt es Jörg und Kathi. An jeder Ecke. Aber natürlich ist es wesentlich gesünder wegzusehen.« Thiel krönte seinen sarkastischen Kommentar mit grellem Gelächter.

»Das regt mich auf!«, knurrte Thomas Dehner. »Auf was wollen Sie eigentlich hinaus, Mann? Das Elend der Welt erklären? Aber ja wohl nicht ausgerechnet uns!«

»Warum denn nicht?«, fragte Thiel. Er stand da, starrte auf die Fliesen am Boden, hatte ein graues Gesicht und wahrscheinlich das Gefühl, etwas gesagt zu haben, was er eigentlich nicht sagen wollte. Also setzte er hinzu: »Tut mir leid.«

»Es muss Ihnen nicht leidtun«, wehrte Svenja ab. »Sie haben ja recht, wenn Sie an diese unbekannte Welt erinnern. Aber ich nehme an, das ist nur ein Teil der Geschichte.«

»Wir dürfen hier keine Zeit vertun!«, mahnte Dehner. Er war stinksauer, er wollte unbedingt raus aus diesem Raum, weg von diesen Toten.

»Ich will die Geschichte der beiden aber hören«, beharrte Svenja.

»Herrgott, so ein Scheiß!«, sagte Dehner zornig und wandte sich ab.

»Bisher konnte ich das alles nicht richtig einordnen. Mir ist ehrlich gestanden erst ein Licht aufgegangen, als Sie den Begriff Terrorismus ins Spiel brachten. Für mich war Kilt Brown bisher der Mann für Crystal Meth. Sie werden mich gleich verstehen, aber Sie werden auch schnell einsehen, dass es so etwas wie einen Beweis niemals geben wird. Jörg und Kathi können keine Auskunft mehr geben. Für mich sind sie so etwas wie die Heilige Einfalt, spätes Erbe meines katholischen Elternhauses.« Er grinste schüchtern. »Nun gut, ich will es kurz machen und Sie nicht länger aufhalten.« Er schwang sich erstaunlich behände auf einen der Stahltische und ließ die Beine baumeln. Auf einmal wirkte er wie ein Mann, der gemütlich eine Geschichte aus seiner Jugend zum Besten geben wollte.

»Ich erwähnte schon das Café Untergang hier in Hamburg. Kilt Brown ist dort oft mit seiner Entourage aus Jugendlichen. Er diskutiert, er gibt Unmengen an Getränken aus, er hört zu, und er hat irgendeinen Plan. Er muss einen Plan haben, denn das ganze Leben dieses Mannes wäre sonst sinnlos.« Er räusperte sich noch einmal gründlich und putzte sich die Nase. »Das Café wird von Leuten angesteuert, die nachts nicht schlafen können, die von einer Feier kommen und noch nicht heimwollen oder noch nicht betrunken genug sind, um schlafen zu können. Oder die noch einen Partner für die Nacht suchen, oder ein Bett. Es ist ein Ort, an dem sogar die ganz Einsamen Kontakt finden. Er besteht aus zwei alten Tanzsälen aus den Dreißigern des vorigen Jahrhunderts. Es ist ein nächtlicher Brennpunkt, jede Großstadt hat so etwas. Für Jörg, die Kralle, und Kathi, die Dose, war das Café Untergang der nächtliche Mittelpunkt ihres Lebens. Sie sind übrigens ganz in der Nähe getötet worden, um die Ecke gewissermaßen. Im Café fanden sie alles. Sie konnten halb volle Gläser abstauben, sie konnten die Reste von Big Macs klauen, sie konnten sich an die Toiletten stellen und grinsend die Hand aufhalten. Sie konnten einen Haufen Flaschen an die Theken tragen und für jede zehn Cent kassieren, sie konnten den Mann mit den Rosen, der immer nach Mitternacht kommt, durch die Räume geleiten und rufen: Leute! Kauft Blumen! Morgen geht die Welt unter! Anfangs hat der Besitzer des Ladens ihr Potenzial nicht erkannt und sie regelmäßig rausgeschmissen. Sagte: Ich kann diese Halbaffen hier nicht dulden! Bis jemand sagte: Ich finde die aber niedlich! Und als sich die wohlwollenden Stimmen mehrten, gehörten sie irgendwann quasi zum Betrieb. Sie staubten ihre zehn Cent hier und da ab, und sie spielten Zettel-Botschafter. Wenn ein Mann einer Frau signalisieren wollte, dass er gern mit ihr sprechen oder tanzen würde, schrieb er das auf einen Zettel, rief Jörg oder Kathi, und die brachten den Zettel zum Empfänger. Kurz und gut: Sie gehörten dazu. Und irgendwann war es sogar so weit, dass Jörg und Kathi am frühen Morgen nach Betriebsschluss in einer Besenkammer schlafen durften, bis der Putzfrauentrupp kam und sie weckte. Sie hatten ihr Paradies gefunden.«

Thiel hörte unvermittelt auf, als habe er Angst vor dem Ende.

»Ich nehme an, wir kommen jetzt zur Nacht vom Dienstag auf den Mittwoch vergangener Woche«, sagte Svenja. »Lassen Sie es raus!«

»Wenn man das Café Untergang verlässt und scharf nach rechts um die Ecke biegt, erreicht man eine schmale, mit Katzenkopfpflaster belegte Gasse, die für alle Fahrzeuge gesperrt ist. Diese Gasse führt über zwei nahe beieinanderliegende Wasserarme, die früher die Hamburger Kontorhäuser bedienten. Auf der zweiten Brücke, ungefähr dreihundert Meter vom Untergang entfernt, wurden Jörg und Kathi getötet und ins Wasser geworfen. Ich bekomme die Todesfälle rein routinehalber auf den Schreibtisch und wurde sofort aufmerksam. Café Untergang, Jörg und Kathi, Kilt Brown und seine Korona.

Ich hatte ein komisches Gefühl dabei. Ich fuhr ins Untergang und ließ mir die Filme aus der Überwachungskamera zeigen. Kurz vor ihrem Tod standen Jörg, die Kralle, und Kathi, die Dose, zusammen mit Lievje Bruhns, Geert Neiders und Kilt Brown an einer der Theken, tranken mit ihnen Bier und hatten offensichtlich Spaß. Das muss rund eine halbe Stunde vor ihrem Tod gewesen sein. Kein Mensch kann aus diesen Aufnahmen Beweise stricken. Das weiß ich, und zaubern kann ich auch nicht, und es ist auch gut denkbar, dass meine Kollegen von der Mordkommission recht haben und es irgendwelche Brutalos waren. Aber ich sehe die Geschichte ganz anders.«

Thomas Dehner hatte schmale Augen, scharrte unruhig mit dem rechten Fuß. »Also okay, zwei Mordfälle in der Nähe dieses Cafés«, sagte er. »Die Opfer: zwei extreme Unterschichtkinder, die sich stehlend und schnorrend durchs Leben schlagen. Gefilmt von einer Überwachungskamera rund dreißig Minuten vor ihrer Ermordung, zusammen mit Kilt Brown und unseren beiden Kandidaten Lievje Bruhns und Geert Neiders beim Biertrinken. An einer Theke, an der noch andere stehen. In einer Disco mit was weiß ich wie viel Gästen, von denen etliche Jörg und Kathi seit Langem kennen. Was heißt das denn? Ich gehe jede Wette ein, dass sie nicht zum ersten Mal zusammenstanden und Bier tranken. Brown ist längst Stammgast in dem Schuppen, die beiden anderen auch. Es ist, verdammt noch mal, nicht unsere Aufgabe, unklare Mordfälle aufzuklären, wir suchen nach Informationen über Brown und diese Jugendlichen, nach Hinweisen auf Pläne und Absichten der drei. Wir müssen Antworten geben, wenn unser Land gefährdet ist. Aber wir sind doch nicht die Polizei, Herr Thiel.«

»Das behauptet er auch gar nicht«, sagte Svenja betont langsam. »Er hat ja nur den Verdacht geäußert, dass möglicherweise Lievje Bruhns und Geert Neiders in der Nacht von

Dienstag auf Mittwoch der vergangenen Woche die Aufgabe bekamen, übungshalber zwei Menschen zu töten, bevor sie in ein Camp zur Terroristenschulung aufbrachen. Gesellenprüfung würde ich das nennen.«

»Genau das meine ich, genau das.« Kriminalhauptkommissar Volkmar Thiel war sehr erleichtert, dass diese schöne junge Frau ihn verstanden hatte.

9. KAPITEL

Krause war hundemüde, er hatte in dem viel zu kleinen Besuchersessel am Bett seiner Frau in einer kleinen psychiatrischen Klinik draußen in Grunewald höchstens zwei Stunden geschlafen. Und das höchst unkomfortabel.

Er hatte sanft mit ihr sprechen wollen, nachdem sie bei Dieters Tod so ausgerastet war, unbedingt den Leichnam haben wollte, die Welt angebrüllt hatte wegen der schrecklichen Ungerechtigkeit des Todes. Er hatte ihr sagen wollen: »Deine Trauer ist ehrlich und ehrenwert!« Er hatte ihr sagen wollen: »Du hast ihn geliebt, also darfst du ausflippen!« Er hatte so vieles sagen wollen, was man beim Tod eines geliebten Menschen sagen konnte. Aber er war nicht zu ihr durchgedrungen. Sie hatte nicht zugehört, nicht zuhören können. Und jetzt gegen Mittag in seinem Büro dachte er: Gut, dass meine hohlen Worte ungehört blieben, gut, sonst müsste sie sich womöglich auch noch mit diesem Mist herumquälen.

Zu später Stunde war ein aufdringlich kalter Arzt erschienen, der ihm mit Fistelstimme eröffnet hatte: »Eigentlich haben wir das nicht so gerne, wenn Angehörige bei einem Notfall am Bett sitzen und so tun, als seien sie nötig. Sie sind es nicht.« Der Mann war entschieden zu dick, hatte drei Wabbelkinne, erstaunlich unsympathische, kurze, dicke Finger mit einem Siegelring auf der rechten Hand, der ihm den Neid jedes katholischen Erzbischofs eingetragen hätte. Der Mann hatte Fischaugen.

Krause, der sowieso sauer war, wenn auch auf sich selbst, weil er sich genau wie seine Frau schwertat, Dieters Tod zu akzeptieren, hatte steif und mit ganz spitzem Mund erwidert: »Junger Mann, sehen Sie zu, dass Sie ein paar Kilo abnehmen, und fummeln Sie mir nicht in meiner Ehe herum.«

Das wiederum hatte zur Folge, dass man Krause rachsüchtig allein am Bett von Wally sitzen ließ und nur von Zeit zu Zeit eine Praktikantin vorbeischickte, die kontrollierte, ob die Infusion gut lief. Die Aufgabe der Praktikantin bestand darüber hinaus darin, Krause zu erklären, dass es sinnlos sei, an Wallys Bett zu wachen, da sie unter erheblichen Dosen an Diazepam stehe und sich erst einmal gründlich ausruhen müsse. Das trug die Frau viermal vor, dann war die Nacht endlich herum, und Krause fühlte sich zerschlagen.

Jetzt gegen Mittag hockte er in seinem Büro, während Gillian ihm die täglichen Nachrichten überbrachte. »Erstens, Chef, habe ich mitzuteilen, dass Müller mit den Alabis auf dem Rückflug ist«, sagte sie. »Wir haben dafür gesorgt, dass die Maschine, die sie nach Berlin bringt, nach dem Aussteigen der Passagiere auf eine Parkposition geschoben wird, an der unsere Leute unbemerkt aussteigen können.« Sie legte eine bedeutungsschwangere Pause ein, was besagte, dass es jetzt erst richtig kam. »Dann habe ich Regina aus der Registratur angeheuert und mit ihr zusammen Ihre Küche sauber gemacht, Chef. Das Fenster war nicht mehr zu reparieren, ich habe ein neues bestellt und einsetzen lassen. Dann sind ein paar Töpfe und Pfannen kaputtgegangen, die habe ich ebenfalls nachbestellt, sie werden geliefert. Die Rechnungen gehen an Sie. Regina habe ich einen Fuffi spendiert, es war wirklich Knochenarbeit. Wir haben fast vier Stunden gebraucht. Ach so, ja, außerdem musste das gesamte Geschirr ersetzt werden, denn es war ja praktisch alles kaputt. Ich habe ein Angebot von IKEA in Anspruch genommen. Und schließlich hat Goldhändchen sich beschwert und wünscht eine Audienz. Er ist beleidigt. Er findet, dass seine Arbeit nicht genügend beachtet wird.«

»Ja, ja«, war alles, was Krause von sich gab. Er war am Boden zerstört. Dann bemerkte er lächelnd: »Dass mein Müller das erledigen konnte, ist sehr lobenswert.«

Das fand Gillian mehr als sparsam und bemerkte: »Er ist ein Ass, Chef, ein einsames Ass.«

»Und Goldhändchen? Wieso ist er beleidigt?«

»Das wird er Ihnen selbst sagen«, beschied ihm Gillian.

Krause wusste, unausgesprochen hing die Frage in der Luft: Was zum Teufel hat Ihre Wally da eigentlich in der Küche veranstaltet? Aber Gillian verfügte über eiserne Selbstdisziplin, und die Frage blieb ungestellt. Krause war nach wie vor der Meinung, dass das niemanden etwas anging. Wie er überhaupt der Meinung war, dass das Private des Menschen unbedingt das strikt Private bleiben müsse. Esser hatte einmal geäußert: »Unser Privatleben ist dermaßen privat, dass es sowieso nicht stattfindet.« Krause war überzeugt, dass niemand auf der Welt Einsicht in das kleine Einfamilienhaus hatte, in dem er mit Wally hauste. Aber tatsächlich gab es kaum etwas Unbekanntes in ihrem Leben, denn wann immer privates Leben bei den Krauses durcheinandergewirbelt wurde, stand Krause hilflos lächelnd im Sturm und musste akzeptieren, dass Gillian ihn in Sicherheit brachte.

Heute Morgen, zum Beispiel. Da hatte er ratlos und erschöpft vor einem Kleiderschrank gestanden und Gillian mit kleiner Stimme angerufen. »Ich finde die Anzüge nicht.« Die Antwort: »Die frisch gereinigten hängen im linken Wandschrank.« Das Neue für Krause an diesem Tag war, dass sein Haus einen Wandschrank hatte. Sowinski hatte vor Jahren ironisch geäußert: »Der Mann träumt vierundzwanzig Stunden am Tag.«

Es gab auch eine Geschichte, in der Krause total verwirrt versucht hatte, Geld aus einem Automaten zu ziehen. Er hatte Gillian angerufen und gestammelt: »Als Nächstes müsste ich eine Geheimnummer eingeben, steht hier. Aber die habe ich nicht.« Ungerührt hatte Gillian diktiert: »Sie lautet ...«

Da der Tag ohnehin angeschlagen schien, war Krause der Meinung, die unangenehmen Punkte so schnell wie möglich erledigen zu müssen. »Schicken Sie mir Goldhändchen«, bat er.

Goldhändchen erschien ihm wie die Figur aus einem Traumzirkus. Er trug ein karmesinrotes Rohseidenhemd mit einem schwarzen Seidenschal. Dazu schwarze Tuchhosen und schneeweiße Sneakers. Er glitt wie ein Balletttänzer in Krauses Zimmer in einen Sessel der Besucherecke. »Ich bin hier, weil meine Arbeit nicht wertgeschätzt wird«, hauchte er. »Das will ich mit allem Nachdruck feststellen.«

Krause ließ ihn erst einmal auf dieser Mitteilung sitzen, er wusste, dass Goldhändchens Beleidigtsein normalerweise krassen Anfallscharakter hatte. Es kam und ging, und niemand wusste es so recht einzuordnen oder damit umzugehen. Sowinski hatte es auf den Punkt gebracht: »Er ist genial, also lernen wir, mit seinen Schrullen zu leben.«

»Es ist so, dass ich das mit Kilt Brown nicht wissen konnte«, erklärte Goldhändchen eingeschnappt. »Was weiß ich denn, was dieser Mann alles plant und macht.«

»Kilt Brown, Hamburg«, sagte Krause. »Dieses merkwürdige Arrangement mit den Jugendlichen, die Reise nach Asien. Die beiden Toten.«

»Nicht nur das«, sagte Goldhändchen. »Diese ganzen Ahnungen. Vor allem die Toten. Auch die Toten, und alles das, was dranhängt.«

»Und an welchem Punkt lautet Ihre Diagnose auf fehlende Wertschätzung?«

»Bei dem Punkt Pjotr«, antwortete Goldhändchen trotzig wie ein ganz kleiner Junge. Keine weitere Erläuterung.

»Mann!«, schnaubte Krause. »Ich habe keine Lust auf ein Quiz. Reden Sie mit mir.«

»Also, es war so, dass Svenja anrief, also sie war bei mir auf dem Schirm und sagte irgendwie rotzig: Es geht um Crystal Meth. Kümmere dich mal um Pjotr, aber schnell! Und schon war sie wieder weg.«

»Ja, und?«

»Ja, und? Nichts! Einfach nichts! Sie war weg.« Er hatte vor Empörung ganz große, runde Augen.

»Wer ist Pjotr?«

»Das ist der Punkt!«, sagte Goldhändchen zutiefst betrübt. »Was soll ich mit Pjotr? Der russische Vorname für Peter kommt in unseren Fällen der letzten vier Jahre sechsundneunzigmal vor. Bin ich Jesus?«

»Das mit Sicherheit nicht«, erklärte Krause. »Warum weint Ihr Seelchen?«

»Weil Svenja sagt: Mach mal! Nicht bitte, nichts. Pjotr! Das ist alles! Fertig! Was ich tue, nimmt man hin, man achtet es nicht, es ist selbstverständlich wie ... wie ... wie Lokuspapier.«

»Mann!«, stöhnte Krause. »Verschonen Sie mich mit Ihren gottverdammten Vergleichen. Wieso Lokuspapier? Ich bin doch kein Hygienebeamter. Raus hier, Kaffee trinken, arbeiten, Kopf durchlüften. Und Pjotr abklären.«

»Das brauchte ich eigentlich gar nicht.« Das klang jetzt geradezu hoheitsvoll. »Als sie Pjotr sagte und dazu Methylamphetamin erwähnte, dachte ich an Prag und ... nun ja, eben an Pjotr.«

»Was wollen Sie dann hier bei mir?«

»Man schätzt mich nicht!«, beharrte Goldhändchen.

Krause schwoll der Kamm. »Raus hier! Aber sofort. Und bemühen Sie sich in Ihrer Freizeit, erwachsen zu werden! Da gibt es Fortbildungen.«

Als Goldhändchen mit hochrotem Kopf entschwunden war, sagte Krause missmutig in das Mikrofon: »Falls wir noch einen Fall wie Goldhändchen im Programm haben, bitte nicht heute! Und vielen Dank für meine Küche.«

»Kein Goldhändchen mehr. Aber Svenja in der Leitung mit einer Frage.«

»Her damit.«

»Ich bin's«, sagte Svenja. »Wir sollten uns auch fragen, ob Kilt Brown die Jugendlichen zu Dealern oder womöglich Einkäufern von Drogen ausbilden will. Die Verbindung zu diesem Pjotr in Prag gibt mir zu denken. Das sieht übel aus. Terrorismus wird eine Rolle spielen, aber Drogen sind ertragreicher. Beides zusammen ist ein Albtraum. Es wäre eine denkbare Doppelstrategie, Drogen genauso wie Terrorismus im Auge zu haben.«

»Richtig. Das würde aber bedeuten, dass man nach Pakistan geht und sich die Sache anschaut.«

»Das ist richtig. Falls es überhaupt Pakistan ist. Aber erst nach Prag.«

»Schreiben Sie mir auf, was Sie denken.« Er unterbrach die Verbindung.

Er war stolz auf diese Frau. Sie war weit mehr als eine Agentin, sie dachte mit, sie versuchte wie die zu denken, die sie zuweilen rund um den Erdball jagte.

»Ich brauche eine Verbindung zu meinem Müller.«

Nach einer kurzen Weile kam ein Rauschen, dann einigermaßen klar Müllers Stimme.

»Ich will mich bei Ihnen bedanken«, sagte Krause ohne jede Feierlichkeit. »Das haben Sie sehr gut gemacht. Alles klar bei Ihnen?«

»Alles klar. Wir sind in der Luft.«

»Rechnen Sie mit schnellen Reaktionen?«

Müller lachte. »Unbedingt. Ich rechne mit einem Aufschrei. Ich habe bei diesem Coup den zufällig mitmischenden Gelegenheitsgangster gegeben. Dabei ist mir als Friedensangebot und Lösegeld für die Geiseln ein Aktenkoffer übergeben worden. CIA-Einsatzgelder in Höhe von einhundertzehntausend US-Dollar. Ich dachte, die darf man nicht rumliegen lassen.«

»Oha!«

»Sollen wir sie an die Brüder zurückgeben?«

»Nein. Damit finanziere ich die Abteilung schwere Unfallschäden.«

»Sehr schön«, lobte Müller.

Krause unterbrach die Verbindung. »Irgendwann wird Gregor von der CIA anrufen«, sagte er zu Gillian durchs Mikrofon. »Er wird wütend sein. Verbinden Sie mich, aber mit der sehr spitzen Bemerkung, dass ich keine Zeit habe.«

»Das ist die reinste Wahrheit.« Gillian räusperte sich. »Äh, Chef, ich habe ein paar Blumen in die Klinik bringen lassen.«

»Das ist sehr lieb, danke schön. Und Esser soll auftauchen, bitte. So kleine Sträußchen? Wie sie es liebt?«

»Ja, Biedermeiersträußchen«, bestätigte Gillian geduldig. »Sechs davon, damit überall im Zimmer eines steht.«

»Die hat sie so gern«, teilte er mit, als sage er etwas völlig Neues. »Und jetzt bitte Esser.«

Esser kam herein und teilte mit: »Es geht um Kilt Brown.«

»Richtig. Also, Kilt Brown. Ich denke, wir sollten nicht den Fehler machen, Hamburg als etwas Isoliertes zu betrachten. Hamburg kann nicht allein das Spielfeld sein, und Kilt Brown ist auch nicht der einzige Mitspieler. Wenn diese Firma STATOIL in allen europäischen Großstädten Niederlassungen hat, dann wird sie auch überall einen Kilt Brown haben. Stimmst du mir zu?«

»Ich stimme zu. Schicken wir Goldhändchen auf die Reise. Das sollten wir sofort tun. Wie geht es deiner Wally?«

»Spricht sich das überall herum?«

»Mit Schallgeschwindigkeit.« Esser nickte.

»Ich weiß nicht, wie es ihr geht. Sie steht unter schweren Medikamenten. Ich fahre gegen Abend zu ihr. Wir müssen Pakistan ins Auge fassen, möglicherweise das Grenzgebiet zu Afghanistan. Wegen der jungen Menschen.«

»Und wir brauchen Informationen über Crystal Meth. Wenn Kilt Brown in den Drogenhandel einsteigt, haben wir ein Problem in Tschechien, möglicherweise in Europa. Goldhändchen ist schon dran.«

»Glaubst du in diesem Fall an Drogen oder an Terrorismus?«

»Sicherheitshalber an beides«, murmelte Esser.

»Sicherheit ist gut.« Jetzt nickte Krause. »Ich stelle mir vor, wie diese Jugendlichen nach Europa zurückgeschickt werden. Mit vielen, vielen Kilogramm TNT oder C4.«

»Ein Albtraum«, hauchte Esser.

*

Gegen 14.30 Uhr tauchte zur allgemeinen Überraschung Sowinski auf. Er war betrunken.

»Ein betrunkener Sowinski?«, fragte Krause hell erstaunt. »Den muss ich mir angucken, das ist eine echte Sensation. Was macht der Mann überhaupt bei uns im Amt?«

Es verstieß eindeutig gegen die guten Sitten, den betrunkenen Sowinski wie eine Jahrmarktssensation zu bestaunen.

Es verstieß überhaupt gegen die guten Sitten, irgendjemanden im Dienst zu bestaunen. Aber ein betrunkener Sowinski hatte den Status eines grün-rot karierten Elefanten, weshalb ausnahmslos alle sehr vorsichtig und gänzlich harmlos an der offen stehenden Bürotür des Betrunkenen vorbeischlichen, allen voran Krause.

Immerhin hatte er auch den Mut, das Büro zu betreten. Nach ihm kam Gillian, die als gütige Mutter der Kompanie ihre wachen grauen Augen überall hatte. Der Dritte, der das Zimmer auf Zehenspitzen betrat, war Wolfgang, ein Buchhalter, sein Leben lang damit beschäftigt, mehr Geld auf der Sollseite zu verbuchen, als er eigentlich je haben konnte. Esser war der Vierte. Er stellte sich mit dem Rücken an die Wand und grinste dreckig.

Sowinski nahm von diesem Auflauf in seinem Büro keinerlei Notiz. Er war gerade dabei, sich von Jackett und Krawatte zu befreien, und warf diese lästigen Anhängsel lässig neben den Bürosessel auf den Boden, um selbst mit einem beglückten, lang gedehnten »Puuhh« in den Sessel zu sinken.

Dann bekamen die gierigen Zuschauer einen kleinen feinen Monolog geliefert, den sie ihr Leben lang nicht vergessen sollten.

»Freunde, das Leben ist voller schöner Überraschungen. Ich hatte meine Silberhochzeit, zusammen mit meiner lieben Frau. Und ich hatte versprochen, wir fahren ein paar Tage fort und lassen es uns gut gehen. Wellness und so. Also: Ich hatte eine Bringschuld!« Die Aussprache des letzten Wortes bereitete ihm hörbar Schwierigkeiten. »Aber dann!« Er breitete die Arme aus. »Sagt meine Frau: Komm, wir machen einen drauf! Sagt sie einfach. Und dann sind wir los. Abendessen, piekfein. Und anschließend von Kneipe zu Kneipe gezogen. Überall haben wir Alkoholisches verkostet. Feinen Stoff!«

Dann hielt er unvermittelt inne, und seine Stimme kiekste ganz hell. »Und ich sage euch, meine Frau ist mein bester Kumpel. Der beste Kumpel überhaupt.«

Danach herrschte eine geradezu gespenstische Stille.

»Wie geht es denn der Frau?«, fragte Krause.

»Die liegt auf dem Sofa und pennt«, krähte Sowinski fröhlich. »Und sie ist der beste Kumpel, sage ich, der beste Kumpel überhaupt.« Und dann heulte er Rotz und Wasser.

»Wir schieben die Sessel zusammen und lassen ihn schlafen«, entschied Gillian sachlich.

»Die Eintrittskarten behalten ihre Gültigkeit«, bestimmte Krause lächelnd.

*

Eine Stunde später kam Goldhändchen mit den ersten Ergebnissen seiner umfangreichen Suche nach Einzelheiten aus dem Leben eines gewissen Pjotr Wasilewski, fünfundfünfzig Jahre alt, bekannt als Pjotr der Russe, dringend verdächtigt, eine Hauptrolle bei der Herstellung und Verteilung der harten Droge Crystal Meth in Europa zu spielen.

»Da werden wir allerdings in Schwierigkeiten geraten, Chef«, sagte er einleitend so sanft, als handele es sich um eine vertrauliche Mitteilung. »Wir werden mit diesem Pjotr leider nicht mehr sprechen können. Er ist tot. Wie Europol soeben meldet, wurde Pjotr zusammen mit zwei seiner engsten Begleiter in einem Hotelappartement in der Prager Altstadt erschossen. Ich denke ...«

»Wie lange ist das her?«, unterbrach Krause schnell.

»Neunzig Minuten etwa.«

»Dann machen Sie mir eine Verbindung zu der tschechischen Einheit, die diesen Fall bearbeitet. Ich will einen zuständigen

Kollegen in Tschechien sprechen. Besorgen Sie umgehend Flüge für Takamoto und Dehner von Hamburg nach Prag, egal wie. Das muss jetzt schnell gehen, alles sehr schnell.«

Acht Minuten später kam Goldhändchens sachliche Stimme. »Der Mann heißt Jiri Span, Chef. Er ist ein hohes Tier, und er ist sehr nett.«

»Krause ist mein Name«, bellte Krause in das Mikrofon. »Ich denke, wir haben gemeinsame Interessen, Herr Kollege Span.«

»Sie können deutsch sprechen«, sagte Jiri Span auf eine heitere, unbekümmerte Weise. »Ich bin gebürtiger Prager, und meine Familie spricht seit vier Generationen deutsch. Ich kenne Ihren Namen, falls es Ihr richtiger Name ist, was ich nicht annehme, was aber auch gleichgültig ist. Meine Hochachtung.«

»Kein Weihrauch, bitte«, erwiderte Krause. »Es geht um Pjotr. Wie kam er ums Leben?«

»Maschinenpistolen. Meine Waffenspezialisten sagen: Kalaschnikow. Zwei Waffen, Dauerfeuer. Am helllichten Tag in der Prager Altstadt. In einem beliebten Hotel. Wahrscheinlich die Konkurrenz, nehmen wir an.«

»Wie lange halten Sie den Tatort offen?«

»Ich will nicht das geringste Risiko eingehen, ich habe meine Spurenleute angewiesen, gründlicher als gründlich zu sein. Wir werden noch sechs bis sieben Stunden brauchen. Mindestens.«

»Wenn Sie nichts dagegen haben, schicke ich zwei Leute von mir. Sie werden sich melden. Sie werden nicht stören, sie haben möglicherweise hilfreiche Nachrichten für Sie. Es sind nette Leute, meine besten. Bitte halten Sie den Tatort so lange wie möglich in situ, die Toten inklusive. Kennen Sie einen Mann namens Kilt Brown?«

»Nein. Sollte ich?«

»Das könnte hilfreich sein. Wir haben da Einzelheiten. Meine Leute werden Sie informieren. Ich danke Ihnen sehr. Alles Gute!«

Dann fragte er: »Gillian, wie lange braucht Goldhändchen, um die zwei von Hamburg nach Prag zu befördern?«

»Viereinhalb Stunden genau. Zwei Cargomaschinen. Eine nach Köln-Wahn, eine weitere nach Prag. Svenja hat die Prager Adresse schon.«

»Und richten Sie Dehner und Takamoto aus, dass wir ihnen danken. Die kommen ja überhaupt nicht mehr zur Ruhe.«

»So ist dieser Job«, murmelte Gillian. »Und jetzt wie zum Hohn einmal Holzklasse nach Prag mit Umsteigen.« Sie schaltete sich mit einem leisen Knacken ab. Dann war sie unvermittelt wieder in der Leitung und sagte: »Hier ist Gregor von der CIA, Chef. Sind Sie da?«

»Ich bin da«, teilte Krause mit. »Wir hören mit, wir schneiden mit.«

»Mein Lieber«, eröffnete Gregor sehr sachlich und sehr leise. »Ich nehme an, du hast einen Koffer voller US-Gelder für mich.«

»Der Sinn deiner Rede ist dunkel, mein Freund. Aber ich nehme an, du wirst mich gleich aufklären.« Krause atmete ganz flach.

»Das kannst du haben.« Jetzt war der Amerikaner leiser als leise. »Dein Mann hat die Alabi-Familie aus dem Camp im Jemen rausgeholt. Mit Waffengewalt. Dabei hat er ohne Warnung und ohne jeden vernünftigen Grund einem meiner Jungen durch den Fuß geschossen. Ist dein Mann ein Perverser? Kann sein, dass mein Mann ein Krüppel bleibt. Dann hat er einen Koffer mit wichtigen Einsatzgeldern mitgenommen, genau einhundertzehntausend Dollar.« Er wurde noch leiser. »Das nehme ich nicht hin. Das ist zu viel.«

»Ehrlich gestanden weiß ich nichts von so einem Einsatz. Ich hatte keinen Mann im Jemen. Aber ich hatte dich gebeten, uns die Frau und die beiden Kinder zu übergeben, weil deine beschissene Art, mit Menschen umzugehen, uns hier sauer macht. Das ist nicht passiert. Stattdessen hältst du die Frau und ihre Kinder irgendwo fest, weil sie angeblich in eurem beschissenen Kreuzzug gegen den Terrorismus eine wichtige Rolle spielen. Das ist nicht so, denn die wissen nichts. Ich zittere nicht vor Onkel Sam, mein Lieber, und ich habe auch keine Lust, dieses Gespräch weiterzuführen. Im Erfinden wilder Geschichten seid ihr immer schon gut gewesen.«

»Du willst also sagen, dass du nichts damit zu tun hattest, dass du ...«

»Ich will damit sagen, dass du mich am Arsch lecken kannst, mein Freund. Deutlicher kann ich es nicht formulieren. Nichts weiter. Und dass ich zur Hilfe bereit bin, falls du die Ehefrau und die beiden Kinder freilassen möchtest. Ich bin nach wie vor sehr daran interessiert, die Familie zusammenzuführen.«

Gregor blieb leise. »Pass auf: Ich will Stephen Alabi, ich will seine Ehefrau, und ich will die beiden Kinder. Und ich will die Gelder. Und ich gebe dir vierundzwanzig Stunden Zeit. Nicht mehr.« Dann bekam er seine unbändige Wut nicht mehr in den Griff und fing an zu schreien. »Ich verlange von dir, dass du das in Ordnung bringst. Ohne Wenn und Aber. Und zwar sofort! Und hör auf, mir Scheiß zu erzählen.« Das Wort Scheiß verunglückte ihm, es klang wie ein dünner Schrei.

»Zum letzten Mal!«, donnerte Krause. »Merk dir ein für alle Mal, du machst mir mit deinen wilden Erzählungen keine Angst. Ich hatte keinen Mann im Jemen, ich weiß nicht, von welchem Camp du sprichst, ich will auch ganz sicher diese komischen Gelder nicht kommentieren. Stecken die vielleicht in einer amerikanischen Plastiktüte? Du bist ein trauriger Fall, mein Freund. Nur noch ein trauriger Fall.«

Jetzt war es ein entfesselter Gregor. »Ich setze deinen gottverdammten Mann, es war bestimmt dieser Karl Müller, auf eine sehr, sehr schwarze Liste. Wir nehmen ihn fest, wir nehmen ihn vom Spielfeld, und wir lassen ihn irgendwo in einem Urwald in Montana verfaulen. Ihr gottverdammten kleinen Pisser, ihr Möchtegernspione, ihr ahnungslosen kleinen Scheißer, ihr Nullnummern!«

Es herrschte ein sehr langes Schweigen.

»Also, mein letztes Wort«, flüsterte Krause. »Ich weiß nicht, wovon du sprichst. Und es ist mir scheißegal, ob du mir glaubst oder nicht. Aber wenn ein Mann von uns einem deiner Männer durch den Fuß geschossen hat, die Frau Alabi und ihre Kinder mitnahm und außerdem einen Haufen von eurem schmutzigen Geldabgegriffen hat, dann ist das eine Story, über die du besser kein Wort verlieren solltest. Die kannst du weder deinen Vorgesetzten noch irgendwelchen großmäuligen Politikern in Washington guten Gewissens erzählen. Denn diese Geschichte blamiert dich und deine Leute bis auf die Knochen. Und, was dich vielleicht noch härter ankommen wird: Die gesamte Geheimdienstwelt wird sich schallend darüber kaputtlachen. Du machst dich damit zum Narren. Und fass meinen Müller nicht an. Wehe, du kommst auch nur in seine Nähe, dann lasse ich eine Eierhandgranate unter deinen Sessel rollen. Du bist tatsächlich ein Arsch, Gregor, du solltest endlich in Rente gehen. Und jetzt Schluss mit dem Affentheater.« Er unterbrach die Verbindung.

»Du warst sehr gut«, kam Essers Stimme trocken.

»Sie haben viel zu viel gesagt, Chef, und zuletzt zu laut und zu vulgär«, widersprach Gillian tapfer. »Absolut unter Ihrem Niveau, Chef. Aber wirksam. Er hat jetzt richtig Angst.«

»Die Jungens waren aber beide sehr sauer!«, sagte Esser voll Bewunderung. »Richtig, richtig ordinär!«

»Ich habe die Schnauze voll von all dem Gesülze«, stellte Krause gekränkt und beschämt fest.

*

Sie saßen hinter den Piloten im Cockpit einer alten A320 auf dem Flug nach Köln-Wahn. Immerhin konnten sie sich leise unterhalten, froren nicht, saßen im Warmen und knabberten an Schokoriegeln herum. Die Piloten hatten ihnen große Porzellanbecher mit heißem Kaffee spendiert. Die Ladung im Rumpf war eine Gemischtwarensammlung, Kisten, Pakete, Postsäcke aller Größen. Der Flug verlief ruhig.

»Ich freue mich auf Prag«, sagte Thomas Dehner versonnen. »Meine Mutter liebte Prag und schleppte jeden ihrer Liebhaber dorthin. Dreimal nahm sie mich mit. Ich finde die Stadt schön und irgendwie sehr jung.«

»Du klingst poetisch«, sagte Svenja leicht ironisch.

»O ja«, sagte er. »Einen ihrer Liebhaber, einen gewissen Carlos, hat sie in Prag in den Orbit geschossen. Der Mann war ein widerlicher Schleimer.« Er grinste. »Alle ihre Liebhaber waren ekelhafte Typen, klar. Ich mochte Carlos nicht, er war ziemlich brutal. Ich habe tagelang darüber nachgedacht, dass ich Gift besorge und es ihm ins Bier kippe und dann zusehe, wie er krepiert. Er hat mir eine runtergehauen, als ich eine blöde Bemerkung machte. Und was macht meine schöne Mutter? Sie steht auf und haut dem Schwachkopf ein Teekännchen um die Ohren. Sie sagt: Mach dich vom Acker! Das war sehr schön.« Er kicherte und genoss seine Erinnerung.

»Du hattest eine gute Mama«, sagte Svenja behutsam.

»Na ja«, kommentierte er lächelnd. »Sie war eine wilde Hummel, sie sagte immer, das Leben ist ein Karussell, hat manchmal einen Motorschaden, läuft aber immer weiter. Sie hat mich sehr geliebt.«

»Und Prag auch?«

»Sie sagte: Das ist meine Stadt! Sie mochte die Altstadt, die Kneipen, die Restaurants, die Menschen, die sich dort tummelten. Sie mochte den Hradschin und die Burg und die Karlsbrücke. In Prag war sie eine andere Frau als in Berlin. Sie sagte immer: Hier kann ich gelassen herumschlendern.«

»War sie Jüdin?«

»Nein. Vielleicht heimliche Jüdin. Sie behauptete immer, mein Vater wäre fast ein Jude gewesen, aber erklären wollte sie das nicht. Fast ein Jude. Das klang sehr geheimnisvoll für mich. Sie hat gelacht, wenn ich sie danach gefragt habe. Aber in den Papieren habe ich nie Hinweise auf eine jüdische Herkunft entdeckt. Aber Israel hat sie auch geliebt. Sie war mehrmals dort, sie hatte dort Liebhaber. Zwei zur gleichen Zeit. Sie war wirklich eine wilde Hummel. Sie hat mir davon erzählt.«

Er beugte sich nach vorn und schloss die Augen, um sich besser konzentrieren zu können. »Weißt du, sie wollte ihr Leben lang etwas wiedergutmachen und wurde jedes Mal ganz meschugge, wenn sie über die Hitlerzeit sprach. Sie fühlte sich persönlich schuldig. Als sie mir den Alten Jüdischen Friedhof in Prag zeigte, war sie ganz fahrig: Und hier waren sie auch schon! Und hier waren sie auch schon!, hat sie immer wieder gesagt. Bis sie mir endlich erklärte, was sie meinte. Adolf Eichmann, der Todesbote des Todesboten Hitler, hatte direkt neben dem Friedhof 1943 ein Jüdisches Zentralmuseum eingerichtet. Als die SS es einweihte, nannten sie es das ›Museum einer untergegangenen Rasse‹.«

»Sie hat wohl sehr gelitten«, sagte Svenja.

»Ja, hat sie. Sie setzte sich auf diesem Friedhof auf einen Stein und starrte ewig lang still vor sich hin. Sie bewegte die Lippen, aber zu hören war nichts. Später erklärte sie mir: Ich spreche mit ihnen! Das war sehr unheimlich für mich. Bis ich es genauso machte und feststellte, man kann wirklich mit ihnen sprechen. Ich war damals rundherum sehr verwirrt, ich war siebzehn, und ich hatte gerade entdeckt, dass ich Männer liebte. Das warf meine ganze Weltsicht über den Haufen.« Er ließ seine Hände tanzen, er war unruhig.

»Es ist eben ein verrückter Ort«, fuhr er sachlich fort. Nur einen Hektar groß, im frühen 15. Jahrhundert eingerichtet. Der Friedhof konnte nie erweitert werden, weil alle angrenzenden Grundstücke bebaut waren. Sie haben die Toten in zwölf Schichten beerdigt, und der kleine Platz wurde immer buckliger. Über zwölftausend Grabsteine stehen dort, unvorstellbar, der früheste ist aus dem Jahr 1439. Man schätzt, dass auf diesem winzigen Stück Land rund einhunderttausend Menschen beerdigt wurden.« Er nahm die Hände vor sein Gesicht und bedeckte es für einige Sekunden, um seine tiefen Gefühle zu verbergen. »Du musst natürlich wissen, dass im 14. und 15. Jahrhundert sehr viele deutsche und jüdische Kaufleute nach Prag einwanderten. Die Stadt war Boomtown, jeder wollte dort hin und Geschäfte machen. Meine Mutter brachte mir auch bei, dass man ein Steinchen auf einen Grabstein legt zum Zeichen, dass man da war. Ich weiß noch, dass ich nicht wusste, was ich tun sollte, weil es doch so viele Gräber waren. Nimm irgendeinen, hat sie geantwortet, die Toten werden das verstehen. Es ist ja verdammt komisch, aber der Tod hat sich auf diese Weise etwas besser angefühlt. Er war friedlicher.«

»Thomas, mein Gott!«, sagte Svenja betroffen. Sie kannte ihn als sachlichen Menschen, als einen harten Knochen. Seine Geschichte vom Alten Jüdischen Friedhof in Prag brachte ihr Bild von ihm ins Wanken.

Dehner war verlegen. »Tut mir leid. Ich rede sonst nicht so viel«, bemerkte er.

10. KAPITEL

»Wann ist es passiert?«, fragte Svenja.

»Nach Zeugenaussagen gegen vierzehn Uhr«, antwortete Jiri Span. Er war ein hochgewachsener Mann in den Vierzigern mit einem schmalen, energischen Gesicht. Er trug einen der weißen Plastikanzüge der Männer der kriminaltechnischen Untersuchungsgruppe. »Ganz genau werden wir es nie wissen. Vier Männer kamen unten an die Rezeption und fragten höflich nach Pjotr Wasilewski. Das einzig Auffällige an ihnen waren die Mäntel. Sie trugen helle, dünne Mäntel, Gabardine wahrscheinlich, obwohl es nicht kühl war und nicht regnete. Die Sonne schien. Vermutlich trugen sie unter den Mänteln ihre Waffen.«

»Dann gingen sie nach oben?«, fragte Dehner.

»Nein. Nicht alle. Zwei der Männer traten hinter die Empfangstheke, legten der Rezeptionistin Handschellen an und klebten ihr den Mund mit einem Klebeband zu. Mit dem jungen Mann, der im Hotelbüro saß, hinter dem Fenster da, verfuhren sie genauso. Dann warteten sie. Die beiden anderen Männer gingen hinauf. Oben im ersten Stock ertönte ein gewaltiger Krach. Wir haben festgestellt, dass die beiden anderen Männer im ersten Stock die Tür mit einem Stemmeisen aufbrachen. Das knallt natürlich. Dann kamen die Kalaschnikows zum Einsatz. Dauerfeuer. Wenig später war alles vorbei, die beiden Schützen gingen nach unten, und die vier Männer verschwanden auf die Straße hinaus. Inzwischen wissen wir ziemlich sicher, dass sie ihre Gesichter verändert hatten. Wahrscheinlich mithilfe durchsichtiger Plastikfolie, wie sie im Haushalt verwendet wird. Die junge Frau sagte, die Gesichter der vier Männer wirkten alle wie verklebt und schillerten. Das ist eine sehr wirksame Tarnungsmethode. Laut Zeugenaussagen sind die Täter zwischen dreißig und vierzig Jahre alt. Keiner von ihnen fiel besonders auf oder aus der Reihe. Das ist alles, also eigentlich gar nichts.«

»Wurde irgendetwas gesprochen? Tschechisch? Russisch?«, fragte Svenja.

»Tschechisch. Als einer von ihnen nach Pjotr fragte. Kein ausländischer Akzent.«

»Hat dieser Pjotr hier im Haus gelebt?«, fragte Dehner.

»Ja, er zahlte monatlich. Ein Vermögen. Der Hotelmanager sagt, er war ein ruhiger, sehr freundlicher Mieter. Zusammen mit seinen Leuten bewohnte er die ganze Etage. War großzügig, was Trinkgelder angeht. Niemals auffällig, niemals laut, immer vornehm reserviert. Das ist auch das, was meine Kollegen vom Drogendezernat sagen: Er lebte leise, fiel nicht auf, war zurückhaltend und ausgesprochen höflich.«

»Hatte er Macken?« Dehner lächelte freundlich.

»Das müssen Sie meinen Kollegen vom Drogendezernat fragen.«

»Gibt es die Toten noch?«

»Aber ja. Ihr Chef hat mich gebeten, mit dem Abtransport zu warten, bis Sie hier sind. Gehen wir hinauf?«

»Das machen wir.« Svenja nickte. »Wie lange hat die Aktion gedauert?«

»Drei bis vier Minuten etwa«, antwortete Span. »Es können auch fünf Minuten gewesen sein. Alles ging sehr schnell und ohne jede Verzögerung. Profis. Ich muss Sie leider bitten, sich diese Schutzanzüge überzuziehen. Und vielleicht sollten Sie etwas Mentholsalbe für die Nasen nehmen. Es riecht streng da oben.«

Sie zogen die Plastikanzüge über und schmierten sich Salbe in die Nasenlöcher. Dann stiegen sie die Treppe hinauf.

»Es sind drei Türen auf der linken Seite«, erläuterte ihr Führer. »Das Schlafzimmer, ein Ankleidezimmer, ein kleines Empfangszimmer. Dann der große Salon. Da ist es geschehen.«

Viel Messing, massive Kronleuchter, schwere Brokatvorhänge, edle Hölzer bei den Möbeln, Blumenstrukturen in den lichtbeigen Tapeten: Alles schrie nach viel Geld.

Es stank bestialisch.

Auf den ersten Blick war die Szenerie unübersichtlich, weil sie sowohl übereinanderlagen als auch hinter einem großen Konferenztisch. Erst auf den zweiten Blick klärte sich das Bild.

»Pjotr ist der mit der hellen Weste«, erläuterte Span. »Er liegt obenauf, ihn hat es am schwersten erwischt. Vier Schüsse im Kopfbereich, völlig zerschmettert. Lago, kannst du mal kommen?«

Die Wand hinter den Männern zwischen zwei hohen Fenstern war vollkommen verschmiert von Blut.

Ein dicklicher Mann kniete vor einem Stuhl, hatte eine Pinzette in der Hand, vor sich Phiolen in einem Holzständer.

Er erhob sich jetzt. Er hatte eine schwere Brasilzigarre zwischen den Lippen und zündete sie in aller Gemütsruhe an, ehe er einen Schritt tat.

»Das ist mein Kollege Lago. Spezialist für Drogen. Das sind die Herrschaften aus Deutschland, Schwester und Bruder. Keine staatsanwaltschaftliche Anfrage, keine gerichtliche Grundlage. Sie interessieren sich für Pjotr.«

»Dafür ist es jetzt möglicherweise zu spät«, grinste Lago. Er war vielleicht Mitte vierzig, seine Zigarre stank erbärmlich, er wirkte freundlich, zugewandt und listig. »Ich versaue meinen Kollegen mit der Asche dauernd die Spuren«, erklärte er grinsend. »Aber ich kann nicht ohne. Was wollen Sie wissen?«

»Hatte Pjotr Verbindungen nach Deutschland?«, fragte Thomas Dehner.

»Hatte er. Aber darüber wissen wir nichts. Er war vor einer Weile drei Tage in Deutschland.«

»Er war vor drei Monaten in Hamburg«, sagte Svenja. »Wir kommen gerade daher. Er traf einen Mann namens Kilt Brown. Sagt Ihnen der Name etwas?«

»Nein, sagt mir nichts. Aus dem Gewerbe?«

»Eher nein«, antwortete Svenja. »Aber vielleicht planten sie etwas, Kilt und Pjotr. Was wissen Sie von Pjotr?«

»Im Grunde wenig. Ich habe ihn dreimal zu Verhören geladen, er ist jedes Mal pünktlich erschienen, aber gesagt hat er nichts. Er weiß nichts, hat er gesagt, rein gar nichts. Unschuldig ist er natürlich sowieso. Auf die Frage, womit er handelt, antwortete er: Mit allem! Und tatsächlich machte er hin und wieder ganz normale Geschäfte in ganz normalen Branchen. Aber das ist so üblich in diesem Gewerbe. Meiner Kenntnis nach setzte er mit Crystal Meth ungefähr vier Millionen Euro pro Monat um, er hatte ein richtig gutes Geschäft. Bargeld, fast alles Bargeld.«

»Was machte er genau?«, fragte Dehner. »Kochte er Crystal Meth und verscheuerte es?«

»Nein, mit so etwas Lächerlichem hat er sich nicht abgegeben. In einer Küche hat er selbst nie gestanden. Und auch den Dealer hat er nie gegeben, die Kunden waren ihm nicht nur egal, sondern auch völlig fremd. Er war der Typ, der nie auf die Idee gekommen wäre, seine eigene Droge auszuprobieren. Ein Geschäftsmann, ein reiner Geschäftsmann.« Er zog an der Zigarre, sie war wieder ausgegangen. Er zündete sie erneut an. »Vielleicht setzen wir uns. Im Empfangszimmer stehen Stühle.« Er drehte ab und ging die wenigen Schritte bis zu einer nächsten, offen stehenden Tür. An einem kleinen Tisch standen vier grotesk zierliche Stühle.

»Pjotr war ein anderes Kaliber«, erklärte er. »Er war der Mann, der im Hintergrund Ephedrin besorgte, also den Rohstoff, aus dem die begehrten kleinen Kristalle gewonnen werden. Es ist ein ganz einfacher Vorgang, das können Sie überall im Internet nachlesen. Das Kokain für Arme wird es oft genannt. In amerikanischen Großstädten hat es ganze Viertel ausgerottet.« Er kniff die Augen zusammen, zog heftig an seiner Zigarre und inhalierte den Qualm. Während er ihn langsam aus seinen Lungen entweichen ließ, betrachtete er sie plötzlich kritisch und fragte unschuldig blinzelnd: »Sagen Sie mal, haben Sie eigentlich eine Ahnung, wovon Sie sprechen, wenn Sie Crystal Meth sagen?«

»Nicht so richtig«, sagte Svenja lächelnd.

»Könnte mehr sein«, bestätigte Thomas Dehner. »Partydroge und so.«

»Partydroge ist ein Begriff, der das Übel leider völlig verniedlicht, junger Mann«, wies Lago ihn zurecht. »Sie haben in Deutschland in Sachsen und Bayern seit Jahren zweistellige Zuwachsraten, in den Großstädten Berlin, Frankfurt, München sieht es ebenfalls immer schlechter aus. Es ist eine harte Droge. Sie macht sehr schnell abhängig, die gesundheitlichen Folgen sind immens. Die Droge wird eingeatmet, gespritzt, geschluckt, geraucht.« Er sprach englisch, zuweilen suchte er nach einem Wort, aber immer vermittelte er den Eindruck eines absoluten Profis. Kaum ein Lächeln, kaum eine Abweichung. Er machte einen unerbittlichen Eindruck, er arbeitete Fakten ab, er hatte eine böse Botschaft.

»Ich gebe Ihnen zwei Beispiele, damit Sie wissen, über welchen Stoff wir reden. Alltägliche Beispiele. Eine junge Mutter, zweiundzwanzig Jahre alt, alleinerziehend. Der Vater zahlt nicht. Sie muss also arbeiten und das Kind versorgen, sie hat niemanden. Sie greift zu dem Stoff, weil sie unbedingt einen bestimmten Job bekommen will, den sie aber nur kriegen kann, wenn sie ihre Leistung immens steigert. Eine Freundin gibt ihr den Tipp: Nimm einfach Crystal, dann schaffst du es! Sie folgt dem Rat und bekommt prompt den Job. Steht ihn aber nicht lange durch, weil die Droge übermächtig ist. Sie leidet unter Halluzinationen, gerät in eine Psychose, hat massive gesundheitliche Beschwerden. Sie kann sich nicht mehr um das Kind kümmern. Ein Nachbar entdeckt die beiden zufällig, sie und das Kind können gerettet werden. Aber nur, weil sie in eine Langzeittherapie geht. Ein zweiter Fall. Ein junger Mann, sechzehn Jahre alt, leidet unter Fettsucht. Was immer er isst, er nimmt zu. Ein klassischer Adipositas-Fall. Die Folge ist: Er wird gehänselt, findet keine Freunde, schon gar keine Partnerin. Sein Leben ist die Hölle, er lebt isoliert. Seine Eltern fallen aus, sie können ihm nicht helfen. Er versagt in seinem Lehrberuf, er versucht eine neue Lehre, versagt auch da. Er arbeitet als einfacher Arbeiter, wird aber gefeuert, weil er den körperlichen Anforderungen nicht gewachsen ist. Er wird immer fetter. Schließlich ist er Hilfsarbeiter in einem technischen Betrieb, kann aber für Aufgaben mit Eigenverantwortung nicht eingesetzt werden. Er ist im Grunde ein Krüppel. Jemand macht ihn auf Crystal Meth aufmerksam. Man sagt ihm, er würde garantiert abnehmen, er würde garantiert Leistung bringen, sein ganzes Leben würde sich ändern. Das stimmt alles, das trifft alles zu, und unser Freund ist im siebten Himmel. Aber dann kommen massive Kreislaufprobleme, Zähne faulen ab, fallen aus, er leidet unter Verfolgungswahn, der ganze Kerl wird zum Wrack. Wohlgemerkt: Das alles verläuft in Monaten, nicht in Jahren. Hinzu kommen massive Depressionen. Nur mit Glück wird ein Selbstmordversuch vereitelt. Für eine kurze Zeitspanne scheint er gerettet, ist ein fröhlicher Dicker, dann nimmt er sich das Leben. Crystal Meth ist eine sehr harte Droge. Und das Schlimmste ist: Sie ist bezahlbar. Der Rausch kostet nicht mehr als maximal zwanzig Euro, oft gibt es noch Lockangebote, sogar für die Hälfte.«

»Und das Zeug kommt aus Tschechien?«, fragte Svenja.

»Ja. Die Grundlage ist Ephedrin, ein Mittel, das besonders gegen Asthma und andere Lungenkrankheiten und gegen Kreislaufschwäche, also Hypotonie, eingesetzt wird. Es steckt in vielen Schnupfen- und Grippemitteln. Man findet es aber auch in Appetitzüglern. Es wirkt euphorisierend, unterdrückt Hunger und Schmerz. Es törnt Menschen an, sexuell meine ich, und es macht fröhlich. Es wird unter vielen Bezeichnungen gehandelt. Unter C oder ICE oder TINA. Es wird aus Pflanzen der Gattung Ephedra gewonnen. Meerträubel heißt eine, Mormonentee, der berühmte Ma-Huang-Tee aus China. Wir kennen fünfundvierzig Arten dieser Pflanze. Mittlerweile allerdings kann man den Grundstoff auch chemisch herstellen, gänzlich ohne Pflanze. Und genau an diesem Punkt stoßen wir auf Pjotr, denn mit genau diesem Grundstoff hat er in großem Stil gehandelt.«

»Also, er hat eine Tonne gekauft und daraus zwanzigtausend Portionen Crystal Meth gemacht. Oder wie muss ich mir das vorstellen?«, fragte Svenja.

Lago lächelte breit. »Etwas größer, junge Frau, etwas größer. Er hat fünfzig Tonnen gekauft und die dann weiterverkauft an illegale Labore.«

»Moment!«, unterbrach Thomas Dehner. »Er kann doch nicht zu illegalen Zwecken tonnenweise von dem Zeug kaufen.«

»Die Macht des Geldes und die gierige chemische Industrie.« Der Mann lächelte böse. »Das ist eine Geschichte, die niemals endet, junger Mann. Wenn ich mit schnellem Bargeld winke, dann erstirbt jede Moral.«

»Er hat bar bezahlt?«, fragte Svenja ungläubig.

»Er war ein besonders guter Kunde!« Lago nickte.

»Kennen Sie die Chemieunternehmen, die an ihn verkauft haben?«, fragte Dehner.

»Ja, aber die Beweise fehlen. Darunter sind auch Hersteller in Deutschland.«

»Und dieser Pjotr lebte hier in diesem Luxus«, sagte Svenja grübelnd. »Er muss doch auch privat gelebt haben. Freunde, Bekannte, Frauen, Männer, Gleichgesinnte, irgendwelche Hobbys.«

»Nada!«, sagte Lago. »Da gibt es einfach nichts. Er ist wirklich rätselhaft.«

»Hat er vor seinem Geld gesessen und sich bewundert?« Svenja klang ungläubig.

»Vielleicht, vielleicht auch nicht.«

»Wie hat er seine Geschäfte abgewickelt?«

»Mit dem Handy. Aber nur angebahnt. Er hatte immer zwei oder drei und wechselte sie ständig aus. Aber wenn es wirklich spannend wurde, vergaß er alle Handys, sprach persönlich mit den Partnern oder per Kurzinformation über Festnetz. Wir saßen da und waren nur noch wütend.«

»Hat er niemals Urlaub gemacht?« Auch Dehner konnte nicht an ein derartig karges Leben glauben.

»Doch. Einmal im Jahr flog er für zwei Wochen nach Barbados. Dann schlief er nur, und wir saßen in einer billigen Pension daneben und bewachten seinen Schlaf.«

»Wirklich überhaupt keine Schwäche?«

»Doch. Eine. Heißt mit Vornamen Jan. Jan ist so etwas wie ein Sohn. Zweiunddreißig Jahre alt, ein Baum von einem Kerl, fast zwei Meter groß. Kann sich aufblasen wie ein Berg. Aber Jan ist nicht bei den Toten, Jan ist spurlos verschwunden. Und das gibt uns zu denken.«

»Kann es sein, dass Jan Pjotr verraten hat?«, fragte Svenja.

Lago überlegte und nickte. »Das kann sein, ist aber eher unwahrscheinlich. Jan liebte Pjotr, und Pjotr liebte Jan. Das spricht gegen einen Verrat, aber wir wissen spätestens seit Shakespeare, dass so etwas trotzdem immer wieder vorkommt. Ich weiß es nicht, ich habe keine Lösung. Jan war immer bei Pjotr, auch auf Barbados. Einen Pjotr ohne Jan gab es nicht. Aber Sexualität kam zwischen den beiden nicht vor, falls Sie das denken. Das hätten wir mitbekommen.«

»Können wir davon ausgehen, dass Jan seinen Pjotr begleitet hat, als der vor drei Monaten in Hamburg war?«, wollte Dehner wissen.

»Davon können Sie sicher ausgehen. Pjotr reiste niemals ohne Jan.«

»Wo könnte dieser Jan sein? Angenommen, er ist bei dem Massaker entkommen, angenommen, er war gerade auf der Toilette. Angenommen, er hat gerade noch die Kurve gekriegt. Wohin könnte er verschwunden sein?« Thomas Dehner wollte am liebsten schleunigst den Raum verlassen, Thomas Dehner fühlte sich elend.

»Passau in Deutschland«, sagte Lago schnell. »Jan hat da eine Freundin, sie heißt Lizzie, sie ist eine Bardame oder so. Die Kneipe heißt River Boat, das wissen wir sicher. Wir haben die Kollegen in Passau schon um Hilfe gebeten, nach Jan wird gefahndet.«

»Was ist mit Frauen in Pjotrs Leben?«, fragte Thomas Dehner.

»Frauen eigentlich gar nicht«, erwiderte Lago knapp. »Ich denke, Pjotr war schwul.«

»Aktiv schwul?«

»Nein, eher nicht. Auf Barbados ist er zwei- oder dreimal in einer Schwulenbar aufgekreuzt, aber passiert ist nichts. Da hockte er vor einem bunten Cocktail, und manchmal hatte ich den Verdacht, er zwinkert mir zu. Aber er wirkte eigentlich vor allem einsam und ein bisschen traurig.«

»Er wusste also«, stellte Thomas Dehner fest, »dass Sie hinter ihm her waren.«

»O ja, das hat er gewusst.« Er grinste matt. »Wahrscheinlich hat das seinem Leben Farbe gegeben.«

»War es wirklich nicht möglich, ihn über seine Gelder festzunageln?«, fragte Svenja.

»Nein. Er wechselte die Banken und alle banktechnischen Einzelheiten wie das tägliche Hemd. Einmal hat er es fertiggebracht, zehn Millionen Euro auf einer Kreissparkasse im Thüringer Wald zu platzieren. Die Leute haben gedacht, sie werden verrückt. Für ganze sechs Stunden. Er hat ein paar normale Konten, sowohl auf tschechischer Seite wie auch im westeuropäischen Ausland. Aber da ist nichts los, da wickelte er seinen normalen kleinen Bankverkehr ab. Ich glaube, genau das hat ihm Befriedigung verschafft. Er führte uns andauernd in die Irre, er hat mindestens zwei Staatsanwälte in den Wahnsinn getrieben.« An der Stelle verließ ihn plötzlich seine Sachlichkeit, und er begann breit zu lachen.

»Sie wissen also nicht, wo alle seine Gelder stecken?« Dehner klang sachlich.

»Keine Ahnung«, sagte er und hob beide Hände. »Er war ein Multimillionär, kein Zweifel. Aber wo die Kohle steckt, weiß ich nicht.«

»Wenn Sie mir jetzt noch erzählen, dass er ein lieber, älterer Herr war, der nur sein Leben genießen wollte, gern einen Rotwein trank und Gelder für Kinder mit Krebsleiden spendete, kommen mir die Tränen«, bemerkte Svenja bitter.

»Durchaus nicht. Wir machen ihn für mindestens drei Morde verantwortlich, begangen von seinem Lieblingssohn Jan.«

»Sieh einer an«, hauchte Thomas Dehner.

»Wen traf es?«, fragte Svenja.

»Konkurrenten, die sein Geschäft wollten. Kleinere Fische duldete er. Er wusste, dass sie ihn schützten, weil die Polizei durch sie abgelenkt wurde. Aber scharfe Konkurrenten hatten keine Überlebenschance.«

»Und das erledigte Jan? Wie denn?«

»Er benutzte immer dieselbe Waffe. Eine alte Walther PPK. Er tauchte auf, schoss und verschwand wieder.«

»Keine Handhabe?«, fragte Dehner misstrauisch.

»Keine. Und keine Zeugen. Er hatte jedes Mal ein wasserdichtes Alibi, das nicht zu knacken war.«

»Wer hat Pjotr jetzt getötet? Und wo ist Jan?« Svenja hatte das Gefühl, dass sie auf der Stelle traten.

»Zwei gute Fragen«, sagte Lago. »Wir kennen keinen Konkurrenten hier in Tschechien, der zu solch einer Tat fähig wäre. Kann sein, dass jemand aus dem Ausland auf sein Geschäft aus war. Aber auch da haben wir keinen Namen. Wir wissen es einfach nicht. Wir müssen Jan finden. Deshalb vielleicht Passau.« Dann sah er sie an und fragte: »Weshalb sind Sie hier? Was sollte die Frage nach diesem ... Sie haben da einen Namen erwähnt.«

»Kilt Brown«, half Thomas Dehner.

»Wir erzählen Ihnen, was wir wissen«, fügte Svenja an.

Was sie zu berichten hatten, war spärlich. Im Grunde wussten sie nicht viel.

Svenja erklärte abschließend: »Es kann also sein, dass Kilt Brown in ein Drogengeschäft einsteigen wollte.«

Dehner ergänzte: »Das würde passen, weil Kilt Brown nach neuen Geschäftsfeldern sucht.«

Lago hielt dagegen. »Das halte ich für unwahrscheinlich. Pjotr wird doch nicht so dumm sein, sich einen potenten Konkurrenten ins Boot zu holen. Da wird etwas anderes gelaufen sein.«

»Es ist durchaus möglich, dass Kilt Brown einen ganz neuen Markt erschließen wollte«, gab Svenja zu bedenken. »Pakistan, zum Beispiel. Indien, zum Beispiel. Das wissen wir nicht, wir nehmen es an.« Svenja war nicht zufrieden, Kilt Brown blieb ein Rätsel.

*

»Ist mein Müller schon hier?«

»Ist er«, antwortete Gillian. »Er befindet sich auf dem Weg zu seiner Badewanne. Er hat einen Koffer für Sie. Einhundertzehntausend US-Dollar.«

»Es reicht, wenn er mir den morgen mitbringt. Ist er ärztlich untersucht und versorgt?«

»Ist er. Gleich am Flughafen. Er hat sich eine Blutblase am Fuß selbst aufgeschnitten, der Arzt sagte, er hat Glück gehabt.«

»Wer schneidet sich selbst eine Blutblase auf?«, fragte Krause verblüfft.

»Unser Müller«, antwortete Gillian knapp. »Immer sehr gründlich.«

»Kann ich jetzt verschwinden, ohne Aufsehen zu erregen?«

»Können Sie. Der Wagen wartet. Und Sie sollten sich anschließend schlafen legen. Falls etwas ist, rufe ich Sie an.«

»Was bedeutet, dass Sie nicht schlafen gehen.«

»Ich mache noch die Nachtschicht.«

»Das sollte die Gewerkschaft nicht hören. Bis morgen dann.«

Er ließ sich in die kleine Klinik im Grunewald fahren und hoffte darauf, dass Wally ihm die Hälfte ihres Abendessens spendieren würde. Er genoss die beinahe lautlose Fahrt in der großen Limousine.

Da lag sie, klein, mit wildem rotem Haarschopf. Sie hauchte ganz erschöpft: »Ich bin so kaputt, als hätte ich unser Haus vom Keller bis zum Dachboden in einem Rutsch geschrubbt.«

Er dachte an die völlig zerdepperte Küche und nickte. »Das hast du auch. Irgendwie. Und es war vollkommen in Ordnung.« Er beugte sich über sie und spürte, wie sie sich mit beiden Händen in seine Schultern krampfte.

»Ich habe nicht geglaubt, dass ich dermaßen durchdrehen würde«, klagte sie. »Aber das war alles sehr plötzlich und schmerzhaft. Sie geben mir viel Beruhigungszeug und sagen, ich muss schlafen. Dabei will ich gar nicht schlafen. Ich träume so viel Quatsch. Wie geht es dir?«

»Mir geht es gut. Abgesehen davon, dass du mir fehlst, geht es mir eigentlich gut.«

Wally fragte nicht nach, und sie schwiegen eine Weile.

»Und was machen wir jetzt?«, fragte sie endlich.

»Du erholst dich noch eine Weile, und dann kommst du heim und kümmerst dich um deinen Ehemann.«

»Ich meine wegen Dieter«, beharrte sie.

Er sah sie an, drehte sich um, ging zu einem kleinen Sessel und setzte sich mit Bedacht. Er legte die Fingerspritzen gegeneinander.

Sie hielt den Kopf zur Seite geneigt, die Augen geschlossen. »Ich meine, sie entnehmen ihm alle möglichen Organe, wollen sie untersuchen, legen ihn stückweise unter ihre Mikroskope. Ich will das nicht, das kann ich nicht ertragen.«

»Ich weiß.«

»Er hat keine Eltern. Er hatte nur mich, nur uns. Sonst hatte er doch nichts. Die Institutsleute, sie verwalten ihn einfach nur, und sie ...«

»Ich weiß«, wiederholte Krause.

»Sie haben mir gesagt, ich darf mich um ihn kümmern. Ich durfte ihn sogar mit nach Hause nehmen. Und jetzt haben wir ihn verloren.«

»Wir haben ihn nicht verloren«, versprach er und fügte hinzu: »Er ist bei uns.«

»Ist Gott auch für die Krüppel zuständig?«, fragte sie nach einer Weile.

»Ich denke sogar, dass bei Zuständigkeitsfragen des lieben Gottes Krüppel eine besondere Rolle spielen«, antwortete er.

»Na ja, du hast es ja nicht so mit Gott.« Sie seufzte.

»Ich habe mir den Zirkus eine Weile angeguckt, dann kamen mir Zweifel«, antwortete Krause. »Ich bin aber dankbar, wenn du an ihn glauben kannst.«

Nach einer Weile richtete sie sich auf und sagte energisch: »Ich brauche kaltes Wasser.« Sie kletterte aus dem Bett und trippelte auf nackten Füßen in das Bad. Er hörte das Wasser rauschen, er hörte, wie sie es sich ins Gesicht schaufelte und prustete. Er dachte: Es ist geschafft, Gott sei Dank.

Sie kam zurück, das Gesicht leicht gerötet, die Augen blitzten aufmerksam. Sie kletterte wieder in ihr Bett.

»Was ist in deinem Job? Ich sehe doch, dass da was ist.«

»In der Tat, da ist etwas.« Er stand auf und deckte sie zu. Dann setzte er sich wieder.

»Würdest du in den USA leben wollen?«

»Jetzt? Für eine Weile? Oder wie meinst du das?« Sie war augenblicklich aufgeregt, setzte sich kerzengrade auf.

»Ich meine Folgendes: Mein Präsident hat mir berichtet, dass die Amerikaner eine neue Kommission einrichten wollen, die genauso arbeitet wie die, die ich führe. Sie wollen sich künftig stärker auf menschliche Nachrichtenquellen konzentrieren. Die haben sie vernachlässigt. Sie wollen mich, sie wollen mich kaufen, um eine entsprechende Abteilung einzurichten.«

»Aber das geht doch gar nicht. Da ist Vater Staat doch strikt dagegen.«

»Wieso das? Was soll Vater Staat da ausrichten?«

»Du bist Beamter«, erklärte sie schnippisch. »Die sind nicht käuflich.«

»Nimm einmal an, meine Regierung beschließt, dass ich käuflich bin.«

Sie trug ein Nachthemd, das am Hals mit einem Bändchen verschlossen war. Das löste sie jetzt, dann band sie es wieder zu, löste es erneut, band es zu.

»Du sagst mir nicht alles, was du weißt.«

»Das konnte ich noch gar nicht.«

»Dann sag mir erst alles, dann kriegst du meine Antwort«, stellte sie fest.

»Es ist so, dass die Amerikaner auf elektronische Aufklärung setzen. Die National Security Agency, die NSA, beherrscht das Internet. Sie kontrollieren alles, sie haben überall Zugriff. Wenn ich sage alles und überall, dann meine ich das auch genau so. Sie können auf diese Weise Terroristen in aller Welt kontrollieren, notfalls festnehmen, notfalls töten, notfalls Drohnenangriffe starten. Das sagen sie, aber in Wirklichkeit stimmt es nicht, das ist gelogen. Terrorismus ist nicht kontrollierbar, und es geht eigentlich gar nicht um Terrorismus. Es geht unter anderem auch um einen geheimen Krieg gegen die Chinesen, die die gleichen Ziele verfolgen. Russland ist abgehängt, von Russland spricht kein Mensch mehr. Es geht um die Weltherrschaft im Internet, es geht um die Herrschaft in deinem Smartphone. Sie können jedes deiner Gespräche abhören, wenn sie wollen, sie können ...«

»Ich habe gar kein Smartphone«, sagte Wally klar und deutlich. »Aber ich hätte gern eines.«

»Sie können dein Smartphone mitlesen, SMS, Fotos, Bankverbindungen, deine Interessen. Alles, was du tust.« Er wollte in seinem Beispiel bleiben, er war hartnäckig. »Sie finden heraus, dass du meine Ehefrau bist, sie finden auf diese Weise heraus, wer ich bin, wo ich arbeite, was ich mache. Ihre Macht ist schier grenzenlos. Sie kontrollieren Staaten auf diese Weise, Staaten und ihre Regierungen. Sie hören Frau Merkel ab, wie du weißt. Sie sind unersättlich. Die Engländer sind an ihrer Seite, die Kanadier, die Neuseeländer, die Australier. *Big Five* nennen sie sich, oder *Five Eyes*. Auch mein BND arbeitete eng mit ihnen zusammen. Sie behaupten, dass sie vierundfünfzig terroristische Anschläge auf diese hysterische Weise verhindert haben, aber das ist gelogen. Sie haben nicht einmal den Anschlag beim Boston Marathon verhindert, und sie haben nach wie vor beschämend wenig Ahnung.«

»Ich denke, ich soll in den USA leben«, sagte sie spitz.

»Ja«, bestätigte er. »Darauf liefe es hinaus.«

»Wie wollen sie das machen?«

»Ich nehme an, auf Regierungsebene. Sie einigen sich mit Berlin, ich gehe in die Staaten und baue dort diese Abteilung auf. Sie sind Amerikaner, und sie sind ein wenig naiv. Sie glauben, dass man so eine Abteilung einfach so neu einrichten kann. Rein fachlich geht das nicht, rein fachlich brauchst du Jahre, damit das funktioniert.«

»Das willst du nicht«, sagte sie fest.

»Ich muss es dir sagen.«

»Ja, das musst du. Aber du willst es nicht.«

»Bist du sicher?«, fragte er.

»Ich kenne dich«, sagte sie mit geschlossenen Augen. »Außerdem stehen wir vor der Pensionierung.«

Sie schwiegen eine Weile.

»Der Gedanke ist ganz hübsch«, murmelte sie dann. »Ein neues Land, eine neue Stadt, neue Leute. Aber dich kriege ich nicht mehr zu Gesicht, bis sie dich heimbringen, weil du zusammengeklappt bist. Was zahlen sie denn?«

»Viel Geld«, antwortete er.

»Wie viel Geld?«

»Drei Millionen Dollar im Jahr, die Steuern zahlen sie.«

Sie kicherte ganz hoch. »Zehn Prozent, und ich manage dich. Das ist doch obszön.«

»Ja, ist es. Aber sie haben genug Kohle. Und sie bieten Sowinski, Esser und Goldhändchen je eine Viertelmillion für die notwendigen Kontrollen.«

»Wer von deinen Leuten wird das machen?«

»Ich weiß es nicht, ich muss mit ihnen reden.«

»Wir könnten ein Auto kaufen und durch die Staaten fahren. Yellowstone Park, Colorado River, solche Sachen. Nein, könnten wir nicht, du könntest das nicht. Keine Zeit. Und lässt sich nun deine Abteilung irgendwo anders ... nachbauen oder nicht?«

»Nein. Genau das ist ihr Denkfehler.«

»Warum überlegst du dann?«

»Es ist ein gutes Gefühl, dass sie mich zum Nachbauen wollen«, erklärte er einfach. »Der Chef ist stolz wie Oskar.«

»Du auch?«

»Ein bisschen schon.«

»Aber du machst es nicht«, stellte sie fest.

»Aber warum mache ich es eigentlich nicht?«, fragte er verunsichert.

»Es liegt an diesem Land«, stellte sie sanft fest. »Deshalb nicht.«

»Ich liebe dich wohl«, sagte er nach einer Weile.

11. KAPITEL

Es war gegen 0.00 Uhr in dieser Nacht, als Krause nach Hause kam und Esser ihn um einen Rückruf bat.

»Dehner und Takamoto sind auf dem Rückweg. Sie haben Prag unter die Lupe genommen. Wir müssen davon ausgehen, dass Kilt Brown etwas auf dem Gebiet der Drogen plant. Auch wenn wir nicht genau wissen, was er vorhat, sollten wir wachsam sein. Es gibt da noch eine weitere Spur. Ein gewisser Jan, seines Zeichens Ziehsohn des toten Pjotr. Jan Obat, sechsunddreißig Jahre alt, Vorstrafen, Knast, Herkunft, Geschichte, alles hier vorhanden. Tscheche. Hat sich wahrscheinlich nach Passau zurückgezogen. Karl Müller schwingt die Hufe und sieht ihn sich an. Er nimmt morgen früh einen Flieger nach München, dann ein Auto.« Nach einem langen Zögern: »Der Präsident hat mit mir gesprochen. Wegen der amerikanischen Anfrage. Hast du eine Entscheidung getroffen?«

»Ja und nein. Wir reden morgen oder übermorgen, wenn es recht ist. Ich weiß nur eins, Spionage ist nicht beliebig.«

»Das hast du fein gesagt.«

Krause suchte etwas zu essen. Wally hatte ihr Abendessen lustlos vor sich hin gemampft, ihm in ihrer Zerstreutheit und Erschöpfung aber nichts angeboten. In der Küche fand er in einer Schublade eine Tüte Salzstangen. Er aß ein paar und ging ins Bett.

Gegen 3.00 Uhr meldete sich Goldhändchen und entschuldigte sich tausendmal wegen der nächtlichen Störung.

»Wir müssen eine Entscheidung treffen, Chef. Kilt Brown hat gestern Abend Hamburg überraschend verlassen. Er ist mit einer Abendmaschine nach München geflogen. Er hat dort zwei junge Leute aufgenommen und ist mit ihnen weitergeflogen. Nach Karatschi, Pakistan.«

»Kennen wir die beiden jungen Leute?«

»Nein. Noch nicht. Ich habe den langen Adam an der Sache. Und ich nehme an, ich kriege Filme von Überwachungskameras. Aber ich rufe an, weil ich eine Entscheidung brauche. Wir brauchen Leute in Karatschi, das sieht gefährlich aus, Chef.«

»Wer könnte?«

»Svenja und Thomas. Wenn sie unterwegs schlafen können. Sie nehmen einfach neue Klamotten auf und fliegen weiter.«

»Genehmigt. Haben wir die Maschine unter Kontrolle, mit der Kilt Brown fliegt?«

»Ja, einigermaßen. Sadrat in Karatschi wird sie empfangen und mit seinen Leuten beschatten. Das ist zwar nicht allererste Sahne, aber immerhin bleibt der Kontakt aufrecht. Pech ist, dass Müller nach Passau soll, aber zaubern kann ich auch nicht. Er wäre die bessere Lösung.«

»Ich will Passau erledigt wissen, ich will wissen, weshalb Pjotr erschossen wurde. Müller erledigt zuerst Passau. Wir brauchen etwas Geduld hier in Berlin. Die Welt steht morgen auch noch.«

»Ihr Wort in Gottes Ohr, Chef, Ihr Wort in Gottes Ohr.«

»Das Ohr wird besetzt sein.«

Krause legte einen Streifzug durch das Haus ein und konzentrierte sich dabei auf die Küche und die kleine Kammer für den Nachschub. Er entdeckte hartgekochte Eier in einem Pappkarton, sechs Stück, bunt wie an Ostern. Er schälte drei, zerschnitt sie, legte sie auf eine Scheibe Brot, fand scharfen Senf, benutzte reichlich Salz, zündete sich – welch ein gigantischer Überfluss! – eine Kerze an und servierte sich eine Flasche Weißwein. Nach fast einer Stunde hatte er die Eier und den Weißwein geschafft und fühlte sich träge.

Dann rief er seine Frau in der Klinik an, von der er annahm, dass sie aus lauter Langeweile nicht schlafen konnte.

»Ich habe eine ganze Flasche Wein getrunken«, eröffnete Krause.

»Du läufst mir aus dem Ruder!«, stellte sie fest.

Sie kicherten zusammen.

*

Morgens um 6.00 Uhr schlich Svenja in ihre Wohnung. Sie bemühte sich, leise zu sein, sie freute sich auf Müller. Sie ließ ihre Taschen fallen.

Müller stand vor dem Spiegel im Bad und rasierte sich.

»Wir machen Homesharing«, stellte er fest. »Ich gehe, du kommst. Herzlich willkommen.«

»Falsch. Du gehst, ich komme, ich packe um und gehe auch. Ich bin so kaputt, Charlie, ich habe die Nase voll. Ich habe drei Stunden.«

»Ich habe eineinhalb.« Er hatte ein dunkles Badetuch um die Hüften geschlungen.

»Was ist mit deinem rechten Fuß da, mit dem Verband?«

»Blutblase. Ist mir noch nie passiert. Ist schon versorgt.«

»Humpelst du?«

»Ein wenig.«

»Goldhändchen sagt, du bist ein Held.«

»Achte nicht darauf, so schlimm war es gar nicht.«

»Vielleicht haben wir zehn Minuten?«

»Die haben wir, verdammt noch mal.« Er drehte sich zu ihr und nahm sie fest in die Arme. »Guten Morgen, mein Liebling.«

Sie gingen in das Schlafzimmer und ließen sich auf das Bett sinken. Svenja legte ihren Kopf auf Müllers Bauch.

»Ich hätte gern eine Grippe«, sagte sie.

»Dann bestell zwei«, sagte er. »Wohin?«

»Karatschi.«

»Diese Kilt-Brown-Geschichte?«

»Genau die. Und du?«

»Kilt Brown. Passau.«

»Dann weiß ich Bescheid.«

Müller war beunruhigt und ein wenig verlegen. Er dachte in der letzten Zeit häufig an die Möglichkeit, Svenja zu heiraten und ein Kind mit ihr zu bekommen. Oder zumindest ein Kind mit ihr zu haben, wenn auch nicht unbedingt verheiratet zu sein. Das erschreckte ihn, weil er wusste, dass dieser Gedanke in ihrer Wirklichkeit keinen Platz finden würde. Er fragte sich, ob Svenja zuweilen das Gleiche dachte.

Er hörte auf ihren ruhigen Atem. Sie war mit dem Kopf auf seinem Bauch eingeschlafen. Das erfüllte ihn mit einer geradezu federleichten, wunderbaren Gelassenheit.

*

Das River Boat in Passau war in unmittelbarer Nachbarschaft der langen Kaimauer, an der die Kreuzfahrtschiffe anlegten, errichtet worden – ein bayrisch-heimelig anmutendes Holzhaus auf einer Betonplatte. Es handelte sich offensichtlich nicht um eine Bar. Man bot den Touristen die übliche Mischung aus Pizza, Nudelgerichten und bayrischer Brotzeit an, auf den Tischen lagen rot karierte Decken.

Müller entdeckte keinen freien Tisch, weder im Lokal noch draußen auf der kleinen geranienumrankten Terrasse. Er setzte sich auf eine Bank gegenüber und beobachtete die umherschlendernden Touristen. Er hatte es nicht eilig. Ausnahmsweise hatte Goldhändchen mal keinen Druck gemacht, nur gesagt: »Hauptsache, du spürst diesen Jan Obat auf und presst ihn gründlich aus.«

Nach einer halben Stunde sah er, dass ein Paar im hinteren Bereich der Terrasse bezahlte. Er trat heran und nahm den kleinen Tisch in Besitz. Nachdem er die Karte ausgiebig studiert hatte, bestellte er eine Scheibe Leberkäse mit bayrischem Kartoffelsalat, dazu ein Wasser und einen doppelten Espresso. Er sagte: »Ich hätte gern Lizzie gesprochen.«

Die Bedienung war ein schmaler, junger Mann, der müde aussah und etwas schnoddrig erwiderte: »Das wollen viele. Frau Elisabeth Wagner hat keine Zeit, oder sind Sie etwa ein glühender Verehrer?«

»Es ist geschäftlich, junger Mann. Also keine Faxen bitte.«

»Sie steht hinter der Theke«, erklärte der Kellner gleichmütig. »Wenn Sie sich also dorthin bemühen wollen, aber mit Vertretern spricht sie eigentlich nur vormittags.«

»Erst einmal der Espresso«, sagte Müller.

Es war 12.35 Uhr, er war gut durchgekommen.

Er trank den Espresso im Stehen, betrat dann das Holzhaus.

Elisabeth Wagner stand hinter dem Tresen. Sie war eine schlanke, gut aussehende schwarzhaarige Frau, die die Haare hochgesteckt hatte, damit sie ihr beim Arbeiten nicht ins Gesicht fielen. Sie wirkte gut gelaunt, trug ein blaues bayrisches Dirndl. Sie hatte rote Gummihandschuhe übergezogen und fuhrwerkte mit einer Unmenge an Gläsern in den Spülbecken herum. Sie war um die vierzig Jahre alt, und ihr Gesicht war vor Anstrengung gerötet. Sie fragte: »Ja, bitte?«

»Ich frage nach Jan Obat«, sagte Müller leichthin. »Ich brauche ein paar Auskünfte, die Pjotr in Prag betreffen.«

»Jan ist aber nicht hier«, sagte sie abweisend und war augenblicklich wachsam.

»Das ist zwar gelogen, aber fürs Erste kann ich damit leben«, erklärte Müller lächelnd. »Ich komme jedenfalls nicht von der Polizei.«

»Aber Jan ist nicht hier. Ich weiß nicht, wo er ist. Ich denke, er ist in Prag bei Pjotr.«

»Das nehme ich Ihnen nicht ab«, sagte Müller betont freundlich. »Meine Logik sagt mir, Pjotr ist tot und Jan ist hier.«

»Da kann ich nichts machen«, sagte sie tonlos und endgültig.

»Doch, können Sie«, entgegnete Müller. »Jan wird mit internationalem Haftbefehl gesucht. Es ist nur eine Frage der Zeit. Er sollte mit mir reden. Ich nehme ihn nicht fest, ich bin nicht bewaffnet.«

»Also, ich weiß nicht, warum Sie darauf rumreiten. Jan ist nicht bei mir.« Sie hatte hellbraune Augen, sie war sehr hübsch.

»Ich esse jetzt gebratenen Leberkäse, dann trinke ich noch einen Espresso. Anschließend will ich mit Jan sprechen, dann gehe ich wieder. So ist die Reihenfolge.«

»Wer sind Sie überhaupt?«

»Doktor Kai Dieckmann, Berater der Bundesregierung«, erwiderte Müller und reichte ihr eine Visitenkarte. Manchmal wirkte es, manchmal nicht.

Dann war er unvermittelt der Schlechtgelaunte. »Passen Sie auf, junge Frau. Jan Obat ist hier, das diskutiere ich nicht einmal. Ich könnte auch warten, bis man ihn verhaftet. Aber ich möchte vorher mit ihm sprechen. Das ist einfacher. Sie finden mich auf der Terrasse.« Dann drehte er sich um und ging hinaus.

Er hatte den Leberkäse noch nicht vertilgt, als sie auf die Terrasse kam und neben ihm stehen blieb. »Deggendorfer Landstraße«, sagte sie. »Ziemlich weit draußen. Nummer 245 auf der rechten Seite. Kleines, weißes Haus. Und tun Sie ihm nicht weh, er hat es sowieso schwer.«

»Danke«, sagte Müller.

*

»Jetzt bin ich dran!«, rief Goldhändchen explosiv in die Mikrofonanlage. »Ich habe die zwei Mädchen.«

»Das verstehe ich nicht«, erwiderte Esser gelassen.

»Ich meine die beiden jungen Frauen, die Kilt Brown in München aufgesammelt hat und mit denen er auf dem Weg nach Karatschi ist. Souza Thomas und Tia Bensen, beide achtzehn Jahre alt. Näheres weiß ich noch nicht.«

»Fotos?«, fragte Krause.

»Noch keine. Aber die kriege ich in Echtzeit aus der Maschine.«

»So etwas kannst du?«, fragte Sowinski.

»So etwas kann ich. Ich bin weitaus besser als die amerikanischen Brüder, weitaus besser. Nicht mal die Piloten werden etwas merken.«

»Das ist auch anzuraten«, bemerkte Krause. »Und die Hintergründe? Wann bekommen wir die?«

»Der lange Adam ist noch damit beschäftigt. Vielleicht kann er noch bei den Eltern der Mädchen vorbeischauen.«

»Gut so«, kommentierte Sowinski. »Die Frage ist grundsätzlich, wie weit wir die Behörden von unserem Verdacht unterrichten sollten.«

»Nicht verschleppen!«, mahnte Krause. »Macht keinen Sinn. Wir schauen genau hin und unterrichten sie dann. Wenigstens die Polizei. Warten wir ab, wie diese Eltern in München reagieren. Wissen wir, ob Kilt Brown die beiden Mädchen schon kannte, oder fungiert er nur als Begleiter?«

Niemand antwortete.

»Dann sollten wir unbedingt an dem Fall bleiben und so schnell wie möglich reagieren«, schloss Krause. »Over.«

*

Müller ließ seinen Leihwagen gemächlich ausrollen. Es konnte sein, dass Jan längst ausgeflogen war. Die Frau hatte ihn ziemlich sicher vorgewarnt. Zeit genug, um zu verschwinden, hatte er also gehabt. Aber es konnte genauso gut sein, dass er geduldig wartete. Das allerdings war unwahrscheinlich. Es war am wahrscheinlichsten, dass er Angst hatte und sich für eine Flucht wappnete, sich aber nur wenig Chancen ausrechnete. Es war auch gut möglich, dass er Müller als Quelle benutzen wollte, um zu erfahren, wie seine Chancen standen. Es war in jedem Fall eine Frage von Stunden, bis die Polizei bei ihm auftauchte und dafür sorgte, dass er schnellstmöglich zurück nach Prag gebracht wurde. Es war wie immer eine Frage der Nerven.

Das Haus lag inmitten einer ungemähten Wiese vor einem Kiefernwald. Es war klein, stammte wahrscheinlich aus den Sechzigern und war für Elisabeth Wagner vermutlich so etwas wie ein idealer Rückzugsort ins Private. Jetzt war es das Versteck von Jan Obat.

Müller parkte quer vor dem Haus, damit man den Wagen gut einsehen konnte. Dann stieg er aus und sah sich um. Es gab einen geschlossenen Schuppen, an dem ein großer Stapel Brennholz errichtet worden war, dann einen alten Käfer, etwa aus dem Jahr 1975, der sehr gepflegt schien. Und eine schwarze

350er Kawasaki, eindeutig schnell. Deutsches Kennzeichen. Jan war also mit dem Motorrad unterwegs und schnell.

Es gab keine Klingel, es gab keinen Klopfer, Müller pochte ein paarmal an eine Milchglasscheibe in der Tür.

Jemand antwortete dumpf: »Ja, reinkommen.«

Müller öffnete die Tür und ließ sie weit aufschwingen.

»Komm rein hier«, sagte der Mann.

Die Stimme kam aus einem Raum links hinter der zweiten Tür. Die Tür stand weit offen.

»Ich komme ohne Waffe«, sagte Müller.

»Macht nix«, sagte der Mann.

Es war eine Küche, modern eingerichtet in lichtblauen und weinroten Tönen und mit Beschlägen aus gebürstetem Stahl. Jan Obat saß an einem kleinen Esstisch und hatte eine Waffe vor sich liegen. Es war eine doppelläufige abgesägte Schrotflinte. Mit Hunderter Schrot geladen wahrscheinlich, dachte Müller automatisch, auf kurze und mittlere Distanz unbedingt tödlich.

»Kann ich mich setzen?«, fragte er.

»Ja.« Jan Obat nickte.

Er war ein unauffälliger Mann, er sah aus wie ein harmloser, gut verheirateter zweifacher Vater und subalterner Bankangestellter. Er mochte groß sein, aber er wirkte nicht einschüchternd. Sein Gesicht war südeuropäisch, oval mit großen braunen Augen, sein Haar war kurz, leicht schütter und dunkel, seine Kleidung einfach. Ein dunkelgrüner Pulli, ein dunkelblaues Jackett, dunkelblaue Jeans.

Auf den ersten Blick wirkte er ruhig, aber die Fassade war leicht zu durchschauen. Seine Kiefermuskeln mahlten, sein rechtes Knie zitterte, nur die Hände lagen ruhig an der Waffe.

»Pass auf, er kann ausrasten!«, hatte Goldhändchen gesagt. »Er ist brutal, wenn man ihn lässt.«

Müller zog den Stuhl ein Stück weit vom Tisch ab. Er wollte, dass nichts von ihm hinter dem Tisch verborgen blieb, er wollte, dass Jan ihn ganz sah. Er setzte sich.

»Wer bist du?«, fragte Jan.

»Ich bin Sicherheitsberater der Bundesregierung Deutschland«, antwortete Müller. »Kann ich eine Visitenkarte aus der Tasche ziehen?«

»Schon gut. Ist das Polizei?« Seine Sprache war tief und stark gebrochen mit einem harten Akzent. »Was machst du? Bringst du Geld?«

»Nein«, antwortete Müller. »Keine Polizei. Geld habe ich nicht. Brauchst du Geld?«

»Nein. Was willst du?«

»Ich will wissen, wer Pjotr erschossen hat. Und warum.«

»Wer schon? Gegner, böse Leute von Russland.«

»Wer aus Russland?«

»Slawik. Ist ein Gangster. War mit seinen Männern in Ukraine, Ostukraine, ist ein Söldnerschwein. Jemand hat ihn gerufen, und er ist gekommen. Habe ich gesehen.«

»Wieso lebst du noch?«

»Slawik kam Treppe hoch mit Georgou, auch ein Gangster. Ich war gerade unten, habe geholt Wodka. Ich kam hoch, da habe ich gesehen. Hatte keine Waffe.«

»Es gibt Leute, die sagen, dass du Pjotr geliefert hast.«

»Ich niemals. Ich nix verrat.« Er wurde nicht wütend, er wurde im Gegenteil ruhiger, der Vorwurf traf ihn nicht. »Pjotr mein Chef, mein Freund. Ewig.« Das war eine sachliche Feststellung. Seine Augen wirkten ruhig.

»Ich glaube dir. Hat Slawik einen Vornamen?«

»Rolja heißen. Rolja Slawik. War in Ukraine, ist Söldner, schießt gegen Geld. Gangster.«

»Rolja Slawik also. Er hatte einen Auftrag?«

»Ja.«

»Von wem?«

»Von Betrügerschwein. Ist ein Gangster. Schlechter Mann. Bald tot. Ich mache tot.«

»Warum Betrüger?«

»Weil viel Geld.« Jan bewegte sich jetzt unruhig, tippte mit dem Zeigefinger auf die Waffe vor sich auf dem Tisch und bewegte sie etwas hin und her. Es war keine überlegte Bewegung.

»Du warst in Hamburg dabei, nicht wahr? Du in Hamburg?«

Jan ließ die Waffe los und legte beide Hände flach auf den Tisch. »Ja, ich in Hamburg.«

»Wie war der Deal, Jan? Vor drei Monaten.«

»Drei Monat?« Er überlegte. Dann zeigte sein Gesicht zum ersten Mal eine Regung. Aber es war kein Lächeln, es war ein Schatten. »Ja, drei Monat. Ich mit Pjotr in Hamburg. Mann wollte Ephedrin. Für T, für Ice, für Crystal.«

»Wie viel Ephedrin, Jan?«

»Viel, sehr viel. Wollte viel. Pjotr sagt: Okay. Du kannst haben. Bar bei Lieferung.«

»Wir reden von Kilt Brown, nicht wahr?«

»Keine Namen! Ist ein Schwein.« Das kam sehr hart.

»Wie viel Ephedrin?«

»Viel. Große Ladung.«

»Die Ladung ging nach Hamburg?«

»Nein. Nach Prag. War so abgemacht.«

»Warum Prag?«

»War abgemacht. Keine Kontrolle in Prag. Partner wollte so. Kam mit Schiff in Moldauhafen.«

»Wie viel war es, Jan?«

»Viel.«

»Wie viel Geld?«

»Sehr viel. Sehr viel.« Jetzt zitterte sein linkes Knie auch.

»Warum Prag?«

»War sicherer. Zöllner Freunde.«

Das konnte die Wahrheit sein.

»Der Partner kam mit Geld.«

»Nein, nein, nein. Kam nicht. Schickte Slawik. Gangster.«

»Das war gestern?«

»Ja.«

»Wie lief das ab? Was ist passiert?«

»Du sagst der Polizei?«

Müller überlegte das. Der Ablauf würde normal sein. Er nahm das Gespräch mit dem Smartphone auf, Goldhändchen zog es ab auf den Computer und druckte es aus. Krause entschied, wer aus welcher Behörde informiert wurde. Gewöhnlich dauerte das etwa drei Tage.

»Nicht sofort«, antwortete er. »Du hast Zeit. Ein paar Tage.« Er sagte das so beiläufig, dass Jan ihm glauben konnte.

Jan Obat überlegte und nickte. »Ich gehe Wodka holen, ich komme zurück, Slawik ist da, hat geschossen. War abgemacht, dass Leute kommen und Ladung prüfen. Steht in Container in Moldauhafen. Leute kommen, prüfen Ladung. Sagen: Ist okay. Gangster soll kommen mit Geld in Hotel. Gangster kommt nicht, kommt Slawik. Ich aus dem Haus gerannt, gefahren zu Containern. Ich schlechtes Gefühl. Container nicht mehr da, Container weg.«

Kilt Brown hat es geklaut, dachte Müller augenblicklich. Er hat es, verdammt noch mal, einfach geklaut, er hat Pjotr gelinkt. Und er hat sein Todesurteil unterschrieben.

»Wie viel Ephedrin?«

»Viel. Drei Container, dreimal fünfundachtzig Tonnen.«

»Wie viel Geld?«

»Neun Millionen Euro.«

»Ihr transportiert Geld wie andere Leute schmutzige Wäsche.«

»Ist nur Geld.«

»Hat Kilt Brown gesagt, was er mit dem Ephedrin anfangen will?«

»Hat gesagt: Für Ausland.«

»Welches Land?«

»Hat nicht gesagt.«

»Weißt du, was auf den Containern stand? Irgendeine Schrift? Irgendetwas wie MAERSK oder CHINA SHIPPING oder eine andere Reederei?«

»Rote Container, keine Schrift.«

»Wie ist das Zeug verpackt? Welche Transportform?«

»Ist wie dickes Öl. In Plastikbehälter. Aber du musst nicht Container suchen. Ist zwecklos. Laden um und fertig.«

»Wer hat es hergestellt?«

»Deutsch und tschechisch. Weiß nicht genau.«

»Wo hat Pjotr sein Geld?«

»Weiß nicht.«

»Was willst du jetzt machen?«

»Weiß nicht.« Dann hob er unvermittelt den Kopf und sah Müller an. »Machen? Weiß nicht.«

»Wie viele Jahre warst du bei Pjotr?«

»Elf. Ich Knast wegen Schlägerei. Pjotr sagt: Kannst für mich arbeiten. Seitdem.«

»Hast du Familie?«

»Nein. Vater nicht da, Mutter scheiße. Keine Familie.« Er hatte plötzlich Tränen in den Augen und beugte sich weit nach vorn, um das zu verbergen. Dann schoss er plötzlich hoch, sein Stuhl fiel um. Er hatte die Waffe in beiden Händen und drehte sich zur Wand. Da stand ein gläserner Schrank mit Geschirr und einer Unmenge von Gläsern. Er schoss beide Läufe ab und zuckte im gleichen Atemzug mit dem Kopf stark nach links.

Jan Obat schrie mörderisch, der Lärm war grell und laut, das Pulver stank.

Müller spürte, wie etwas an seinem linken Arm einschlug. Querschläger, dachte er automatisch.

»Ich mach ihn tot«, sagte Jan in die Stille. Es kam keuchend. »Ich gehe, ich mach ihn tot.«

Müller sagte nichts.

Jan stand auf, das Glas knirschte unter seinen Schuhen. »Ich mach ihn tot«, sagte er. Auf seiner rechten Wange war ein Riss, der stark blutete.

Müller blieb an dem Tisch sitzen, sagte nichts, nickte nur bedächtig.

Jan ging aus der Küche und eine Treppe hoch. Als er wieder runterkam, trug er zwei schwere Satteltaschen fürs Motorrad und trat hinaus auf den Hof. Es dauerte eine Weile, dann kam er zurück, ging wieder die Treppe hoch. Müller hörte ihn herumkramen, es war totenstill.

Jan kam die Treppe herunter. Er hatte die Lederkluft des Motorradfahrers angezogen, er trug seinen schwarzen Helm in der linken Hand. Er sagte kein Wort.

»Was sage ich der Frau?«, fragte Müller.

»Ich bin weg«, erwiderte Jan. »Nichts sagen, nichts wissen. Ist gut.«

»Du kommst nicht weit«, sagte Müller.

»Kann nicht sitzen und warten.«

Jan ging hinaus, startete die Maschine und fuhr vom Hof. Er fuhr nicht schnell, er fuhr so gemächlich, als überlege er noch einmal in Ruhe seine Chancen.

Müller saß an dem Küchentisch und rief Goldhändchen an. Er sagte: »Da fährt eine Zeitbombe durch die Gegend. Mein Standort ist ...«

12. KAPITEL

Sadrat war ein kleiner, dicker Mann mit einem bekümmerten Gesicht, als laste die ganze Welt auf seinen Schultern. Alles an ihm war rund, das Gesicht, die Schultern, der Bauch, sogar die dünnen Beine. Er war vielleicht vierzig Jahre alt und rasierte sich den Schädel. Der Schädel glänzte und war rostbraun.

»Die Pakistani haben die Nase voll von Afghanistan«, erklärte er und unterlegte das durch ungemein elegante Handbewegungen. »Die Amis ziehen ihre Truppen und ihr Gerät aus Afghanistan ab, und alles geht durch Pakistan bis hierher nach Karatschi. Dort wird es auf Schiffe verladen. Die Konvois werden dauernd angegriffen, die Pakistani sind wütend. Mein Land ist stinksauer wegen der hohen Sicherheitsbelastungen, mein Land ist stinksauer wegen der Drohnen, die die Amis von Belutschistan aus steuern und auch im Grenzgebiet zu Afghanistan einsetzen. Sie wollen bis Ende 2016 abgezogen sein. Afghanistan fühlt sich alleingelassen, wir fühlen uns alleingelassen. Mein Land ist stinksauer, weil wir keinen Krieg führen, aber einen Krieg haben. Wir haben die Amis von Herzen satt, aber die tun so, als seien wir dicke Freunde. Als Mister Bush gegen alle Regeln der Logik beschloss, gegen Afghanistan Krieg zu führen, irrte er gewaltig. Aber er korrigierte sich niemals, er war eben Mister Bush, er machte weiter.

Sie haben Afghanistan kaputt gemacht, und sie haben Pakistan kaputt gemacht, sie hinterlassen ein Chaos, aber das ist ihnen scheißegal.«

Sie saßen in Svenjas Hotelzimmer an einem kleinen Tisch und tranken Wasser. Schon am Vormittag war es brüllend heiß, und die Klimaanlage lief auf vollen Touren.

»Gibt es im Grenzgebiet zu Afghanistan Camps?«, fragte Svenja. »Und wenn ja, wo? Und was sind das für Camps? Amerikanische, afghanische, pakistanische?«

»Es sind muslimische Camps mit vielen schlimmen Leuten, es sind Camps von Unterstützern der afghanischen Freiheitskämpfer. Es sind sehr viele Camps, und manche davon sind von Al Kaida und einfach gegen alles. Amerikaner haben nur Camps für Nachschub. Was sucht ihr?«

»Wie steht es mit Kilt Brown?«, fragte Thomas Dehner ausweichend. »Wo steckt er? Wo sind die beiden Mädchen?«

»Pineapple, so heißt das Hotel. Klein, aber fein. Nicht weit von hier. Ich habe ihn unter Kontrolle, meine Leute sind dran. Er kann uns nicht entwischen. Aber!« Er blickte in den Himmel. »Es ist teuer, verdammt noch mal. Sechs Leute rund um die Uhr. Da kommt was zusammen.«

Es war klar: Sadrat wollte einen kräftigen Zuschuss.

»Zurück zu deiner Frage«, sagte Svenja langsam. »Wir sind beunruhigt, weil wir glauben, dass Kilt Brown junge Leute aus Europa auswählt, sie hierherbringt, um sie zu schulen, und sie dann als mögliche Bomben einsetzt. Diese jungen Leute haben wahrscheinlich kein ausgeprägtes politisches Bewusstsein, aber sie wollen Helden sein, ruhmreiche Helden. Sie wollen Stars werden. Sie wollen Europa zu Boden bomben und auf den Titelseiten der Zeitungen stehen.«

»Das wäre mal was anderes«, kommentierte Sadrat nicht sonderlich beeindruckt. »Und ihr denkt an ein Camp?«

»Das würde passen«, bestätigte Svenja.

»Hat dieser Brown Geld?«

»Hat er. Weißt du, wen er angeheuert hat?«

»Ja, weiß ich. Shaitan. Das ist nicht gut. Shaitan ist ein großer, brutaler Gangster, der über jede Menge Leute verfügt. Er ist richtig teuer. Zwei Männer sind im Hotel, sechs sind draußen. Es ist schwierig, sie passen auf. Sie bilden einen Kreis um Brown, sie schirmen ihn ab.«

»Du willst mehr Geld?«, fragte Dehner. »Was hat dir die Zentrale zugesagt?«

»Zweitausend Dollar pro Tag, das ist nicht viel für alle meine Männer. Das ist sogar viel zu wenig. Sowinski muss sparen, sagt er. Was geht mich das an, wenn Sowinski sparen muss?« Er hatte ganz große, runde Augen vor Kummer.

»Wir zahlen dir noch einmal tausend pro Tag«, entschied Svenja. Sie wollte seine Habgier befriedigen und ihn möglichst schnell zum Schweigen bringen. Sie hatten keine Zeit zu feilschen.

»Was ist mit Fotos?«, fragte Thomas Dehner.

»Habe ich.« Sadrat griff in die Innentasche seines Jacketts und holte einen kleinen Stapel Fotografien heraus. »Ich habe sie machen lassen, damit ihr was in der Hand habt. Aber ihr könnt sie auch von meinem Tablet herunterladen, wenn das besser ist. Ihr seht Kilt Brown und die beiden Frauen. Die eine, Souza Thomas, ist schön wie eine Fee aus Hollywood. Die andere ein bisschen weniger. Sie hat so einen Schmollmund und krumme Beine. Kann ich nicht leiden. Beide weißblond, wie es Mode ist. Sollen die wirklich mit C4 in Europa herumlaufen und U-Bahnen sprengen? Ist doch viel zu schade.«

»Könnte sein«, sagte Thomas Dehner.

»Hatte Kilt Brown schon einen Kontakt hier in Karatschi?«, fragte Svenja.

»Bis jetzt nicht«, antwortete Sadrat. »Ich denke, sie schlafen erst mal ihren Jetlag aus.«

»Wie ist Brown denn an diesen Shaitan gekommen?«

»Das weiß ich nicht. Shaitan kam am Flughafen auf Brown zu. Meine Leute haben das fotografiert, es ist bei den Bildern. Es sah nicht so aus, als hätten sie sich vorher schon einmal gesehen. Sie berührten sich nicht, kein Handschlag oder so was. Ging wahrscheinlich über Internet oder auf Empfehlung, was weiß ich.«

»Sind Shaitans Leute bewaffnet?«, fragte Svenja.

»Sind sie. Kleine Handfeuerwaffen, amerikanisch, sehr praktisch.«

»Wir wollen sofort unterrichtet werden, wenn Kilt Brown jemanden trifft«, sagte Thomas Dehner. »Sofort! In der gleichen Minute.«

»Das geht klar.« Sadrat nickte.

»Und wir müssen augenblicklich informiert werden, wenn er sein Hotel verlässt. Diese Stadt ist verrückt. Zehn Meter Vorsprung, und du bist verschwunden.« Svenja mochte Karatschi nicht, und sie machte keinen Hehl daraus.

»Karatschi ist sehr verrückt!«, bestätigte Sadrat mit kummervollem Gesicht.

»Ich gebe dir Geld für vier Tage«, sagte Svenja.

In diesem Moment läuteten mehrere Handys, und Sadrat griff hektisch in sein Jackett. Er fummelte gleichzeitig mit drei Apparaten herum, entschied sich dann für einen. Er sagte nur: »Ja!«, und hörte dann zu. Sein Gesicht verzog sich, dann haspelte er mehrere Male »Okay, okay, okay«, während er sie schmerzerfüllt anblickte.

»Eine der Frauen ist weg«, erklärte er. »Tia Bensen. Sie haben es sehr geschickt gemacht, sehr schnell. Sie saßen im Innenhof bei Eis und Kaffee. Da kam ein Motorradfahrer. Die Frau stand auf, stieg auf das Motorrad, und weg war sie. Einfach so. Tut mir leid.«

Svenja blieb sachlich. »Da wirst du ab jetzt zwei Leute mit Motorrad bereitstellen«, bestimmte sie. »Sie warten, Tag und Nacht. Wir müssen den Schweinehund festnageln, er darf keinen Schritt mehr tun, ohne dass wir es wissen. Ist das klar, Sadrat?«

»Was ist, wenn Shaitan schießt?«, fragte er verschreckt.

»Dann schießt er eben, verdammt noch mal!«, fluchte Thomas Dehner. »Wir sind doch nicht die Heilsarmee!«

»Das ist wohl wahr«, erwiderte Sadrat kleinlaut.

*

»Sie sitzen in Karatschi fest und haben null Ahnung!«, schrie Goldhändchen empört und warf ein altes Handtuch gegen die Bildschirme.

»Das kommt doch vor«, murmelte Esser besänftigend.

»Ja, schon. Aber nicht so total ahnungslos wie die beiden. Sie wissen absolut nichts, sag ich, nada, niente! Das ist der Tiefpunkt meiner Karriere: Ich habe zwei Leute in Karatschi bei der Verfolgung dieses Kilt Brown, und sie kennen nicht einmal seine menschlichen und technischen Verbindungen! Seine Möglichkeiten. Nichts!« Es klang wie ein kindliches Wehgeschrei.

»Vielleicht haben sie gedacht, dass du das herausfindest«, wandte Esser ein. Er hockte auf dem unbequemen, uralten Küchenstuhl, den Goldhändchen zu Füßen seines Pilotensitzes vor den Bildschirmen aufgestellt hatte. Wahrscheinlich in der sicheren Hoffnung, dass jedermann so schnell wie möglich wieder von diesem grauenhaften Sitzmöbel aufstehen und freiwillig die Flucht ergreifen würde.

»Wie soll ich das herausfinden, wenn Kilt Brown nichts hat außer ein paar Dollar auf dubiosen Konten?« Er warf beide Arme in die Luft, als sei die Welt voller Idioten, die sich gegen ihn verschworen hätten.

»Mit deinem göttlichen Gehirn«, grinste Esser. »Es ist nicht anzunehmen, dass Kilt Brown mit den Frauen nach Karatschi geflogen ist und keine Ahnung hatte, wohin er genau will. Es ist weiterhin nicht anzunehmen, dass er ziellos unterwegs ist. Es ist schon gar nicht anzunehmen, dass er in eine der größten Städte der Welt reist, ohne genau zu wissen, an wen er sich wenden muss, wenn Fragen aufkommen. Wenn ich sanft darauf aufmerksam machen darf: Diese Stadt hat als Agglomeration – wie man das heute nennt – mehr als sechzehn Millionen Einwohner. Da kommt einer mit kühlem Kopf nicht einfach an und steht orientierungslos in der Gegend herum. Das alles deutet darauf hin, dass dein Gehirn gefragt ist. Also, mach was draus.«

»Aber ich bin hilflos ohne Einzelheiten«, jammerte Goldhändchen.

»Du schickst ein Flugzeug, das du nicht kennst, mit einem Piloten, den du nicht kennst, quer über das Arabische Meer, um Müller in der Wüste abzugreifen. Und du fragst mich ernsthaft, woher du bei Kilt Brown Einzelheiten bekommen sollst?« Esser atmete mit einem deutlichen Pffff aus. Eigentlich war er nur bei Goldhändchen aufgekreuzt, um sich die Beine zu vertreten.

Aber Goldhändchen zierte sich, Goldhändchen sprang nicht an. Stattdessen vergrub er sein Gesicht in beiden Händen und sagte: »Svenja hätte ruhig ein paar mehr Informationen sammeln können.«

»Du alter Quatschkopf!«, sagte Esser liebevoll.

Das kannten sie. Von Zeit zu Zeit wollte Goldhändchen demonstrieren, was er aus dem Nichts auf die Beine stellen konnte. Aber dazu brauchte er die richtige Gelegenheit und das richtige Publikum.

Esser war als Zeuge allererste Sahne, und die Gelegenheit war günstig.

Goldhändchen strich sich demonstrativ mit dem rechten Zeigefinger über den Nasenrücken, hielt die Augen geschlossen und fragte in die Stille: »Wenn ich in Abu Dhabi sitze und ein Interesse daran habe, dass Kilt Brown in Karatschi erfolgreich ist, dann muss ich doch wohl hin und wieder mit ihm telefonieren, nicht wahr? Binsenweisheit. Über welches Netz in Karatschi gehe ich dann? Warte mal!« Er bewegte seine Finger mit aberwitziger Geschwindigkeit über eine Tastatur. Vier der zwanzig Bildschirme begannen zu leben, legten endlose Kolonnen von Zahlen auf. »Ich nehme die von AT&T. Ist nicht gerade elitär, aber bequem und stabil. In Pakistan sehr solide. Haben wir konstante Verbindungen?« Er glitt wieder mit zehn Fingern über die Tastatur. »Wir haben da gegenwärtig zehn stehende stark frequentierte Verbindungen. Drei in Karatschi, nein, vier in Karatschi. Zwei gehören zu King Services. Und wer ist das?« Er klatschte in die Hände. »Das ist ein Hersteller von Plastikflaschen und -schüsseln aller Art bis hin zu Wannen. Und dieser Hersteller wiederum gehört denselben Leuten in Abu Dhabi.« Wieder das schnelle Gleiten über die Tastatur. »King Services wird vertreten von einer, warte mal, warte mal, von einer Anwaltskanzlei. Englische Namen. Hier haben wir sie. Kind, Procher, Tube und May. Adresse in Karatschi. Und deren Mutterhaus wiederum ist im ehrwürdigen London zu finden, wie du hier sehen kannst. Da gibt es drei Verzweigungen in Karatschi. Merkwürdig, diese Bezeichnungen. SON I, SON II, SON III.«

»Das ist bestimmt Kilt Brown«, sagte Esser. »Der Sohn, der draußen in der Welt die große edle Sache vertritt. Könnte doch sein. Kannst du da rein?«

»Nein, kann ich nicht. Ist verschlüsselt. Da brauchen meine Mädels ein paar Minuten, ist aber in Arbeit. Ich gehe mal zurück zu den Anwälten. Ich nehme an, dass sie auf irgendeine Art und Weise mit Kilt Brown kommunizieren. Nicht nur telefonisch. Sie brauchen Menschen, um ihn und die Frau aufzunehmen und irgendwohin zu geleiten. Richtig? Richtig! Das kann man nicht mit Handys erledigen, dazu braucht man richtige Menschen. Ich nehme an, das könnte eine Gruppe von Männern sein, die sich seit Jahren um die Plastikfirma verdient gemacht haben. Legal und illegal, nehme ich an. Und diese Menschen werden gesteuert. Stimmst du zu? Du stimmst zu. Ich brauche Svenja, ich brauche dringend meine Svenja.«

»Moment, Moment«, schob Esser hastig ein. »Was willst du denn jetzt machen?«

Goldhändchen sah ihn in leichter Empörung an. »Hast du dein Gehirn an der Garderobe abgegeben, mein Freund? Svenja und Thomas sitzen in Karatschi fest. Sie haben keine Ahnung, wie Kilt Browns Verbindungen aussehen. Sie wissen nicht, was er tun wird, sie wissen nicht, wann er verschwinden wird und wohin. Wenn ich all das nicht weiß, muss ich meine Gegner auf mich aufmerksam machen. Ich muss sagen: Hey, Leute, passt auf, ihr steht unter Beobachtung! Ich muss so tun, als wüsste ich genau, was ablaufen wird. Stimmst du zu? Natürlich stimmst du zu. Warum stimmst du zu? Weil der Gegner unbedingt glauben soll, dass zuerst Agenten erledigt werden müssen, ehe man Kilt Brown mitsamt dieser Frau irgendwohin schickt. Ich schicke unseren Gegner in einen kleinen Krieg gegen zwei erfundene Leute. Und gleichzeitig hacke ich mit zwanzig Rechnern sowohl diese Plastikfirma als auch die Anwälte in Karatschi. Ich lege sie lahm. Ich werde sie aufscheuchen, ich werde ihnen Feuer unterm Arsch machen. Ich werde ihnen verkünden: Ihr habt Feinde! Zwei hochgefährliche Männer. Ich weiß nicht genau, wer diese Feinde sind und wer sie geschickt hat, aber sie sind mächtig, und sie wissen viel! Also, räumt sie beiseite! Bist du einverstanden, mein Freund?« Er grinste schmal und fies.

»Jetzt verstehe ich endlich deinen miesen Charakter«, sagte Esser.

*

Müller hatte die Nacht in München verbracht. Goldhändchen hatte ihn angewiesen, sich bei Bedarf noch im Umfeld der beiden Mädchen umzusehen, mit denen Kilt Brown nach Karatschi geflogen war. Zunächst einmal hatte er eine Runde ausschlafen dürfen. Müller kam aus der Dusche, als sein Handy klingelte.

Krause war am Apparat.

»Hören Sie, Müller, ich weiß, Sie sind seit Tagen im Dauereinsatz, aber ich brauche Sie noch mal. Der lange Adam hat der krebskranken Mutter dieser Souza Thomas einen Besuch abgestattet. Viel hat er nicht erfahren, im Großen und Ganzen ergibt sich da ein ähnliches Bild von den Familienverhältnissen wie bei dieser Lievje aus Hamburg. Frau Thomas ist offenbar völlig mit sich selbst beschäftigt, der Vater spielt keine Rolle, Geld, wie es aussieht, auch nicht. Aber wir wissen ja, dass Geld allein die jungen Leute auch nicht glücklich macht. Jedenfalls hat sich Souza wohl regelmäßig die Nächte um die Ohren geschlagen und sich zu Hause kaum noch blicken lassen. Bis sie eines Tages einen reichen Typen kennenlernte, einen gewissen Cardozo, von dem sie seither unzertrennlich war. Die Mutter glaubt, dass der Mann einen schlechten Einfluss auf das Mädchen hat und sie ausnutzt. Goldhändchen checkt diesen Cardozo gerade. Wenn er vielversprechend ist, möchte ich, dass Sie ihn unter die Lupe nehmen.«

»Alles klar, aber kann ich hier erst noch eine Runde drehen? Ich brauch was zum Anziehen.«

»Ja, aber halten Sie sich bereit, wir melden uns, sobald wir etwas wissen.«

*

Es gab einiges Durcheinander, weil sie in einen kleinen Konferenzraum wechselten, weil Gillian frischen Kaffee servierte, weil Goldhändchen dazustoßen wollte und weil es unversehens feierlich wurde.

»Es wäre schön, wenn wir Puddingteilchen haben könnten«, bemerkte Krause.

»Die habe ich vorsichtshalber kommen lassen.« Gillian nickte lächelnd.

»Ich definiere, was die Amerikaner von uns wollen«, begann Krause und hielt in der etwas zittrigen Rechten ein Puddingteilchen. »Sie wollen, dass ich meinen Stuhl hier verlasse und in die Staaten komme. Ich soll nach dem Muster dieser Abteilung für die amerikanischen Brüder eine Abteilung aufbauen. Ihr sollt mich von hier aus kontrollieren und steuern, soweit eure speziellen Kenntnisse gefragt sind. Ich soll viel Geld bekommen, sehr viel Geld. Ihr sollt für eure Beratung von hier aus ebenfalls viel Geld bekommen. Das ist zunächst einmal eine hirnrissige Planung, weil wir nicht nur leitende Angestellte, sondern auch Beamte sind. Aber das wäre nach Ansicht dieses Hauses kein Hindernis, weil über die Bundesregierung geregelt werden könnte, dass man uns und unser Wissen gewissermaßen ausleiht. Das ist der Stand der Dinge. Ich will mit euch darüber sprechen, damit der eine vom anderen weiß, was der will und tun wird.«

Sie starrten ihn an, und in ihren Gesichtern stand die Frage: »Warum verschweigst du uns, was du tun willst?«

Krause nickte betulich. »Ich habe mit meiner Frau gesprochen. Für uns würde das bedeuten, dass ich gegen Ende meines Berufslebens in die Staaten wechsle und wahrscheinlich dort weiterarbeite, bis ich Schimmel ansetze. Ohne euch. Das würde mir sehr, sehr schwerfallen. Das Geld, so viel kann ich sagen, spielt bei mir keine Rolle. Meine Frau hat angeboten, gegen zehn Prozent mein Management zu übernehmen.«

Goldhändchens Lachen erklang glucksend.

Sowinski grinste breit.

Esser hüstelte. Dann kam sein rechter Zeigefinger hoch, und er fragte: »Bedeutet das Ablehnung?«

»Ja«, sagte Krause. »Ich werde ablehnen.«

»Wenn du ablehnst, erübrigt sich die Diskussion«, stellte Sowinski fest.

»Nein, nein«, widersprach Esser schnell. »Sie sind hartnäckig. Wenn sie etwas kaufen wollen, geben sie nicht so schnell auf. Wenn sie Krause nicht kriegen, kommen sie auf die Idee, dass einer von uns das übernehmen könnte.«

»Mich bekommen sie nicht!«, erklärte Goldhändchen. »Und ich habe keine Frau, mit der ich das absprechen muss.«

»Warum bekommen sie dich nicht?«, fragte Krause.

Goldhändchen ließ sich ziemlich lange Zeit mit einer Antwort. »Ich bin skeptisch, ich glaube nicht an diesen Plan«, sagte er schließlich. »Sie werden klotzen, nicht kleckern, sie werden viel Geld bereitstellen, sie werden großzügig sein, und trotzdem werden sie scheitern. Sie müssen scheitern.«

»An welchem Punkt?«, fragte Sowinski.

»An den berühmten Kleinigkeiten«, antwortete Goldhändchen sehr sicher. »Wir haben uns Zeit gelassen, wir mussten uns Zeit lassen und unermüdlich lernen. Die Zeit würde ich bei den Amerikanern nicht haben. Sie verwechseln ständig Macht mit Masse, Geld mit Macht. Im Geheimdienst funktioniert das nicht. Wie willst du unser System hier auf ihr System übertragen? Und was würde passieren, wenn sie eines Morgens behaupten: Das Problem X haben wir erledigt, wir verfügen über alle Daten! Was dann? Dann musst du ziemlich sicher widersprechen, nach dem Motto: Daten besagen gar nichts, Inhalte unter Umständen auch nicht. So eine Situation wird kommen. Und nicht nur ein Mal, sondern dauernd.«

»Werfen wir ihnen etwas vor?«, fragte Krause.

Eine Weile herrschte Schweigen.

»Ich werfe ihnen vor, dass sie die kleinen wichtigen menschlichen Eigenschaften gezielt übersehen. Sie scheren über den großen Kamm, sie haben gar keine Zeit, anders zu reagieren, sie sind Getriebene. Der kleine Spion kommt bei ihnen nicht vor, wenngleich er immer häufiger nötig ist. Ihr System ist inkompatibel.« Esser hielt die Augen beim Sprechen geschlossen.

»Nehmen wir den Fall Alabi«, sagte Sowinski polternd. »Sie hätten die Familie zunächst gnadenlos zerrissen und anschließend versucht, sie wieder zusammenzuführen. Mit unabsehbaren Kollateralschäden. Sie hätten zuerst zerstört, statt behutsam auszuforschen.«

Goldhändchen hob den rechten Arm. »Sie behaupten, sie hätten seit Einführung der Schleppnetzfahndung mit ihrer gewaltigen Datenausbeute mindestens vierundfünfzig Fälle von geplantem Terrorismus verhindert. Meine Fachleute sagen: Es waren bestenfalls vier. Aber immerhin haben sie vermutlich inzwischen verstanden, dass ihnen etwas Wichtiges fehlt.«

»Ich werde es ihnen nicht liefern«, murmelte Krause. »Kommen wir mal zum Geld. Sie winken mit sehr viel Geld.«

»Ja, mit verdammt viel Geld«, sagte Sowinski. »Aber irgendeiner wird mir ganz sicher flüstern, dass ich es als Beamter gar nicht annehmen darf, obwohl, selbst das würden sie vermutlich irgendwie deichseln. Bei genauem Hinsehen reicht mir das, was ich habe, allerdings vollkommen aus. Und eines ist sicher: Bei jedem Extra, jeder Weltreise, jeder Finanzspritze für die Kinder hätte ich ein mieses Gefühl.«

»Wieso das?«, fragte Esser.

»Weil ich den Amerikanern gar nicht geben kann, was sie kaufen wollen. Bleiben wir doch einmal bei dir: Du steuerst Agenten, du versorgst sie mit dem nötigen Hintergrund. Du hast das mehr als zwei Jahrzehnte lang getan, unermüdlich gelernt.« Jetzt hob er den Zeigefinger. »Und zwar für dieses Land. Wie solltest du das auf einmal für Amerika tun? Das funktioniert doch gar nicht.«

»Ich kann ihnen auch nicht geben, was sie kaufen wollen.« Goldhändchen war erregt. »Ich gehe Daten klauen, ich hacke Unternehmen, ich öffne Türen, die auf ewig verschlossen sein sollten. Ich bin kriminell, wenn es sein muss. Aber ich tue das für euch, für meine Leute. Und nicht für irgendwen, der mich dafür bezahlt.« Er fuchtelte mit beiden Armen vor dem Körper herum. »Gut möglich, dass es auch was mit diesem Land zu tun hat.« Er schlug die Augen nieder, weil er verlegen war.

»Du hast es gesagt«, sagte Esser in Richtung Krause. »Spionage ist eben nicht beliebig.«

13. KAPITEL

Goldhändchen war dank einer speziellen Schaltmöglichkeit in seiner elektronischen Unterwelt auf eine Viererkonferenz gekommen. Gegen 14.00 Uhr Ortszeit Berlin sprach er, zusammen mit Esser, mit Svenja und Thomas in Karatschi.

»Ich habe einen Buhmann aufgebaut«, erklärte er bester Laune. »Nach meinen Recherchen hat Kilt Browns Geldgeber einen scharfen Konkurrenten, einen Ölprinzen, ebenfalls aus Katar. Der verfolgt nur ein Ziel: besser zu sein als Browns mächtiger Arbeitgeber. Er verfolgt dieses Ziel mit allen nur denkbaren legalen und illegalen Möglichkeiten. Eine Möglichkeit sind zwei Agenten von ganz besonders fieser Struktur. Sagen wir also mal Agent X und Y ...«

»Einspruch!«, unterbrach Svenja hart. »Ich brauche dein kompliziertes Gesülze nicht. Wir stehen hier unter Strom und hängen gleichzeitig am letzten Seil. Ich will wissen, wie wir Kilt Brown so unter Kontrolle bringen können, dass er uns nicht in den nächsten fünf Minuten durch die Lappen geht.«

Goldhändchen war augenblicklich beleidigt.

»Ich bin durchaus kein Mann für kompliziertes Gesülze! Merk dir das! Und im Übrigen kann ich eure Steuerung gern aus der Hand geben.« Seine Stimme wurde immer schriller. »Aber wenn du als schwache Natur den Stress da draußen nicht mehr aushältst, kannst du ja den Antrag stellen, dich an einen Schreibtisch versetzen zu lassen. Dann kannst du auch keine größeren Katastrophen mehr anrichten. Und überhaupt, mein liebes Zitterchen, möchte ich dir noch sagen, dass du ...«

Esser musste eingreifen. Er war schon froh, dass ein paar Zehntausend Kilometer zwischen den streitenden Parteien lagen, er kannte diese Hitzköpfe.

»Ich bitte um Disziplin! Goldhändchens Plan ist einfach und überzeugend. Er suggeriert der Gegenseite, dass zwei Agenten angesetzt wurden, um Mr. Browns Pläne zu unterlaufen. Diese Agenten bezeichnen wir als X und Y. Es sind zwei Männer. Goldhändchen meldet sich dabei unter der Firmenadresse eines engen Geschäftsfreundes, von dem man nur Gutes weiß. Gleichzeitig unterstreicht Goldhändchen diesen Agenteneinsatz, indem er sowohl die Plastikfirma des Geldgebers aus Katar wie auch seinen offiziellen Statthalter, die Anwaltskanzlei in Karatschi, massiv hackt. Er legt beide Unternehmen vollkommen lahm. Das unterstreicht die Wahrscheinlichkeit des Agenteneinsatzes, das macht sie massiv. Wir erreichen dadurch, dass Kilt Brown die Order bekommt, sich nicht zu rühren, solange dieser Alarmzustand anhält. Das hoffen wir zumindest. Wirklich einfach und sehr gut ausgedacht, wie ich betonen will.«

Das Schweigen war ein wenig peinlich.

»Ich entschuldige mich«, bemerkte Svenja spröde.

»Du kannst nicht immer wissen, wie gut ich bin«, sagte Goldhändchen arrogant. »Das sei dir verziehen.«

»Ich brauche noch Aufklärung«, kam Thomas Dehners Stimme. »Wir haben in den letzten Tagen viel über Crystal Meth gehört. Was steckt dahinter? Und was kann das für uns hier in Karatschi bedeuten?«

»Das kann bedeuten, dass Kilt Brown in Pakistan eine Crystal-Produktion auf die Beine stellen will. Von Behördenseite steht dem nicht allzu viel im Wege, weil allgemein Korruption herrscht. Das Zeug ist billig, das Zeug wäre ideal. Es ersetzt Kokain, und es ersetzt Heroin. Er hat aktuell dreimal fünfundachtzig Tonnen des Grundstoffes Ephedrin auf eine ziemlich makabre Weise übernommen. Er hat deswegen Menschen erschossen. Wir dürfen nicht vergessen, Kilt Brown ist in erster Linie Geschäftsmann. Er könnte versuchen, in Karatschi einen Testmarkt zu eröffnen.« Esser war in seinem Element, er packte sein Hintergrundwissen aus.

»Dreimal fünfundachtzig Tonnen Ephedrin verschwinden doch nicht so einfach«, bemerkte Svenja spitz.

»Das beileibe nicht!«, bestätigte Esser. »Aber sie waren in drei Containern, und diese Container sind verschwunden. Da die Ladung inzwischen offenbar in anderen Containern steckt, deren Kennung unbekannt ist, sehen wir schlecht aus. Gehen wir davon aus, dass rund siebenundzwanzig Millionen Standardcontainer auf der Welt in Bewegung sind, haben wir eine ungefähre Vorstellung davon, wonach wir suchen. Da sehe ich, ehrlich gestanden, kaum Hoffnung.«

»Aber wieso Pakistan?«, fragte Thomas Dehner sachlich.

»Die Pakistani sind aufgrund ihrer Lebensumstände anfällig. Armes Land, viel Elend, viel zu vergessen. Da zeigen sich durchaus Parallelen. In Nordkorea zum Beispiel hat die Bevölkerung wegen ständiger Nahrungsmängel und Versorgungsengpässe auch viel zu vergessen. Kürzlich hat man erfahren, dass Ephedrin von China aus illegal in das Land eingeführt wird. Das Wall Street Journal schreibt, dass vierzig bis fünfzig Prozent aller Nordkoreaner mittlerweile Crystal nehmen. Das bedeutet bei der katastrophalen Wirtschaftslage des Landes aber auch, dass das Zeug sagenhaft billig angeboten wird, denn eigentlich haben die Leute ja kein Geld. Der lächerliche Dicke an der Spitze wird also dankbar sein, dass Crystal Meth ihm ein paar Probleme abnimmt. Die Schlussfolgerung ist einfach: Für ein Land wie Pakistan könnte Crystal Meth ein nationales Unglück bedeuten, zusätzlich zu den Kriegszuständen, zusätzlich zu den Al-Kaida-Terroristen, zusätzlich zu den Kriegswirren in den Grenzgebieten zu Afghanistan und dem Iran.«

»Da war doch irgendetwas mit Adolf-Hitler-Pillen«, sagte Svenja.

»Das ist richtig«, bestätigte Esser. »Das Ephedrin kam in den Zwanzigerjahren des vorigen Jahrhunderts auf, das Medikament hieß Pervitin. In Hitlers Blitzkriegen zu Beginn des Zweiten Weltkrieges kam das Zeug zum Einsatz. Es machte Mut, es machte fröhlich, es unterdrückte Hunger und stärkte die Leistungsbereitschaft. Sie nannten es Panzerschokolade, weil es Panzerbesatzungen dazu verhalf, schlaflos lange Feldzüge durchzustehen. Außerdem wurde es auch Hermann-Göring-Pille genannt, weil Piloten mit seiner Hilfe länger konzentriert fliegen konnten. Da gibt es eine Zahl, die mir richtig Angst macht: Vom April bis Juni 1940, also in nur drei Monaten, bezogen die deutsche Wehrmacht und die Luftwaffe fünfunddreißig Millionen dieser Pillen. Es gab nach 1945 sogar eine ernsthafte Untersuchung in den Staaten, ob Hitler nicht pervitinabhängig gewesen ist.«

»Zurück zu unserem Auftrag: Unser Ziel heißt also zunächst ausschließlich Kilt Brown und die Souza Thomas?«, fragte Svenja.

»Ich würde gern vierzehn Tage schlafen«, sagte Thomas Dehner.

»In vierzehn Tagen wird das möglich sein!«, versicherte Goldhändchen. »Aber zunächst einmal müssen wir festlegen, wann das Theater seinen Anfang nimmt. Ich schlage vor, ich fange in genau zwei Stunden mit meinem Störmanöver an.

Ich arbeite parallel. Ich gebe die Nachricht, dass zwei Agenten unmittelbar an Kilt Brown dran sind. Und ich störe die Kommunikation sowohl der Plastikfabrik wie auch die der Kanzlei. Das wird bedeuten, dass sie wahrscheinlich schnell reagieren. Ich nehme an, dass sie zuerst die Kommunikation abschalten, um herauszufinden, was los ist. Dann werden sie der Nachricht nachgehen und Kilt Brown ruhigstellen. Außerdem bekommt ihr ab sofort Hilfe von einer Frau. Es ist eine Thai. Sie heißt Silk, ist dreißig Jahre alt und stammt aus dem Asienstall der CIA. Eine unheimlich harte Nuss. Sie hat zwei Aufgaben: Sie stellt Brown unter enge Dauerbeobachtung, sodass er euch nicht mehr entwischen kann. Und sie hält engen Kontakt zu euch. Ihr rührt euch am besten gar nicht aus dem Zimmer. Wir vermeiden dadurch Risiken. Ist das angekommen?«

»Okay!«, bestätigte Svenja.

*

Müller suchte sich seinen Weg zum Kriminaldauerdienst in München durch die schmalen Seitenstraßen. Er wollte zu Fuß gehen, er wollte sich auslüften, wie er das nannte. Er ging schnell mit vorgeneigten Schultern, aber aufmerksam, es entging ihm nichts.

Hier war es an diesem Freitagvormittag verhältnismäßig ruhig, aber durch die benachbarte Kaufingerstraße schoben sich schon die Menschenmassen: kaufwütige Touristen, Einheimische aus dem ganzen Einzugsgebiet, die Besorgungen machten, und jede Menge Jugendliche, die vor den Eingängen der Klamottenläden zusammenstanden. Er dachte an seine Tochter Anna-Maria und fragte sich, was sie jetzt tun mochte. War sie auch shoppen? Lag sie auf ihrem Bett und hörte Musik?

War sie verliebt? Sie war dreizehn, da konnte das vorkommen. Er versuchte, sich ihr Gesicht vorzustellen, und es gelang ihm nicht. Hatte sie zurzeit kurze Haare, lange Haare, gefärbte Haare? Würde sie immer noch bei ihm leben wollen? Würde sie immer noch für ihn kochen wollen? Morgens, mittags und abends? Und plötzlich hatte er ihr verträumtes Gesicht vor Augen. Er lächelte.

Dann dachte er unwillkürlich an das Gesprächsprotokoll des langen Adam, der mit der Mutter dieser Souza gesprochen hatte. Das Ganze las sich wie die Geschichte einer grausamen Entfremdung zwischen Mutter und Tochter, am Ende hatte es nur noch Hass und Ekel zwischen den beiden gegeben. Vom Vater war keine Rede gewesen. Müller schluckte.

Es war 11.30 Uhr, als Karl Müller beim Kriminaldauerdienst in München eintraf und nach Sven Diebrich fragte.

Der Kriminalhauptkommissar war ein kleiner, zäh wirkender Mann mit einem schmalen Gesicht, das von sehr dunklen Augen beherrscht und von schulterlangen grauen, lockigen Haaren eingerahmt wurde.

»Sie bringen wahrscheinlich schlechte Nachrichten«, eröffnete er melancholisch.

»Das kommt auf den Blickwinkel an.« Müller nahm lächelnd sein Tablet aus der Aktentasche, klappte es auf und zeigte ein Bild der beiden durch Kehlschnitte getöteten Jugendlichen aus Hamburg.

Seine Stimme klang monoton, als müsse er sich hüten, so etwas wie Anteilnahme zu entwickeln. »Absolute Unterschicht, zwei Streuner, schlugen sich mühsam durch, Analphabeten. Nicht kontrollierbar. Wurden nachts getötet, unweit einer Disco, in der sie regelmäßig herumlungerten. Dann ins Wasser geworfen. Keinerlei Motivation zu erkennen. Sehr sinnlos, festzustellen ist nichts als eiskalte Brutalität bei beiden Taten. Und genau die hat uns auf eine mögliche Spur gesetzt. Es kann sein, dass diese beiden Morde als eine Art Aufnahmeprüfung für zwei junge Menschen galten, die sich damit als würdige Mitstreiter einer terroristischen Gruppierung erweisen sollten. Ich mache unter uns Kollegen darauf aufmerksam, dass das bisher eine Theorie ist, aber alles in allem spricht vieles dafür.«

Diebrich starrte auf die Fotos der Toten und seufzte tief. »Bedeutet das gleichzeitig, dass wir es mit atypischen Serienmördern zu tun haben?« Er wartete die Antwort nicht ab. Er bemerkte knapp: »Ich zeige Ihnen das Münchner Beispiel. Das können wir zu Fuß machen.«

Es waren nur ein paar Hundert Meter. Das Gebäude wirkte trostlos und heruntergekommen. Der ältliche Pförtner in seinem Glaskasten blickte in eine Zeitung vor sich, daneben lag aufgeschlagen ein Buch, in dem in Tabellen Handschriftliches eingetragen war. Diebrich begrüßte den Mann beiläufig, trat hinter ihn und nahm von einem Schlüsselbrett ein Schlüsselbund herunter.

Sie sprachen kaum miteinander, waren wortkarg und verschlossen, zwei Männer im Job, die taten, was getan werden musste. Zuweilen bemerkte Diebrich: »Hier entlang bitte.«

Er schloss eine Stahltür auf, die Luft wurde merklich kühl, dann kalt. An der Decke flammten mit einem Klacken und Flackern Neonröhren auf und tauchten den Raum in ein eiskaltes, blaugrünes Licht.

»So etwas habe ich leider schon fast erwartet«, murmelte Müller beim Anblick der Toten.

»Sie sehen hier zwei Tote, zwei Männer. Fundort: Stadtteil Giesing. Sie nächtigten seit Wochen in einem aufgegebenen Neubau. Der eine, links, ist vierundfünfzig Jahre alt, berufslos, lebt seit achtundzwanzig Jahren auf der Straße. Wir nennen ihn Bernie, den Dummbeutel. Bernie tat immer so, als verstehe er nichts und niemanden auf der Welt. Dazu grinste er blöde. Ob er wirklich so beschränkt war, weiß ich nicht. Vielleicht war es sein Überlebenstrick. Der andere, rechts, ist zweiundfünfzig Jahre alt und heißt Doktor Rutger Trimmholtz. Er war sozusagen unser Lieblingspenner, lebte seit zwanzig Jahren auf der Straße. Er arbeitete früher als Allgemeinmediziner, war beliebt, hatte eine große Praxis. Dann passierte irgendetwas in seiner Familie, seine Frau hat ihn verlassen. Rugie, so haben wir ihn genannt, wusste nicht mehr weiter. Seitdem lebte er auf der Straße. War gutmütig, immer freundlich. Jetzt das.«

»Zwei Kehlschnitte?«, fragte Müller.

»Zwei Kehlschnitte«, bestätigte Diebrich. »Aber offensichtlich zwei Messer, das eine grausam stumpf. Und eindeutig zwei Täter. Das sagen jedenfalls die Pathologen nach Begutachtung der Schnitte.«

»Gibt es erkennbare Kampfspuren?«

»Nein, bei keinem der beiden. Der eine, der Arzt, schlief im Erdgeschoss, der andere in der Etage darüber. Beide mitten in ihren alten Wolldecken und hundert uralten Pullovern und langen Unterhosen und weiß der Teufel was noch alles. Sie sind vermutlich beide nicht einmal wach geworden, als sie am Hals gepackt wurden. Sie haben nicht einmal Zeit gehabt, Angst zu empfinden, nehme ich an.«

»Wann ist das passiert?«

»Vor etwas mehr als sechsunddreißig Stunden. Bringen Sie mir etwa die Täter?«

»Leider nicht ganz. Es handelt sich wahrscheinlich um zwei junge Frauen, beide aus München, beide achtzehn Jahre alt, beide ziemlich wild und sehr ehrgeizig. Mit Eltern gesegnet, die versagten. Es könnte allerdings böse weitere Folgen haben. Deshalb bin ich hier.«

Müller erklärte Diebrich den Stand der Dinge.

»Heißt das, wir bekommen eine neue Sorte Terroristen?«

»Das kann durchaus sein. Wir wollen nur auf dem letzten Stand sein und warnen, dass so etwas Scheußliches passieren kann. Propheten sind wir nicht. Sollten wir recht behalten, wird es schlimm genug.«

Müller verabschiedete sich von Kriminalhauptkommissar Diebrich und verließ den eisigen Raum. Erleichtert trat er auf die helle Straße, energisch schob er die deprimierenden Bilder von sich. Er brauchte etwas zum Anziehen, und ein Geschenk für Anna-Maria.

*

Krause sagte ins Mikrofon: »Geben Sie mir Müller.«

Einen Moment später vernahm er die Stimme seines Mannes aus München.

»Sie müssen diesen Cardozo unter die Lupe nehmen«, sagte Krause. »Er ist vierunddreißig Jahre alt und, man glaubt es kaum, genau wie Kilt Brown angestellter Manager bei STATOIL in Rotterdam. Er verkauft tagsüber ganz harmlos Rohöl und entsprechende Produkte und ist zuständig für Süddeutschland. Dieser Cardozo muss die beiden jungen Frauen beigesteuert haben, die achtzehnjährigen Souza Thomas und Tia Bensen. Tia Bensen hat Karatschi bereits verlassen. Sie wurde, völlig überraschend, von einem Motorradfahrer aufgenommen und weggebracht. Das kann ein Test gewesen sein. Wir haben keine Ahnung, warum das geschah. Souza Thomas ist noch bei Kilt Brown. Wir haben nur diese beiden Figuren. Sie sind unsere einzige Verbindung in die Zukunft, wir können es uns nicht leisten, sie zu verlieren. Wir haben keine Ahnung von Kilt Browns Zielort. Diesen Zustand möchte ich so schnell wie möglich ändern, vielleicht bringt uns dieser Cardozo ja weiter.«

»Alles klar. Hintergrund wie immer über Goldhändchen?«, fragte Müller.

»Wie immer«, erklärte Krause kurz und bündig. »Ihr Termin ist um zwanzig Uhr. Melden Sie sich anschließend.«

Krause beendete das Gespräch. Wieder sprach er ins Mikrofon: »Das wär's erst mal, oder, Gillian? Ich kann nämlich meine Frau aus der Klinik abholen. Hagen meint, sie sei schon wieder ganz stabil. Ich benutze ausnahmsweise den Wagen. Ist sonst noch was?«

Gillian lachte leise. »Ausnahmsweise ja, Chef. Goldhändchen macht darauf aufmerksam, dass ein Öl-Manager, angestellt bei STAT-OIL Rotterdam, sich in Begleitung zweier junger Männer aus London auf dem Flug nach Karatschi befindet. Von Leichen mit den Spuren des Aufnahmerituals ist aber noch nichts bekannt. Namen und Adressen liegen hier. Außerdem kontaktiert Silk in Karatschi gerade Takamoto und Dehner. Soweit bekannt, hält Kilt Brown sich im Hotel auf und rührt sich nicht. Die Firma in Pakistan, die Plastikgefäße herstellt, ist momentan durch Goldhändchen ebenso lahmgelegt wie die Anwaltskanzlei, die diese Firma offiziell vertritt. Das Gerücht, dass zwei Agenten Kilt Brown jagen, ist gestreut und zeitigt erhebliche Unruhe. Die Firmen reagieren panisch, was von uns so gewollt war. Wir vermuten, dass Brown sich deswegen nicht rührt. Dann ist noch zu erwähnen ...«

»Chef! Chef!«, platzte Goldhändchens schrille Stimme plötzlich aus dem Mikro. »Wir haben einen bewaffneten Angriff auf Jinnah International Airport in Karatschi. Soll ich Svenja und Thomas aus dem Verkehr ziehen?«

»Nein, noch nicht. Abwarten. Aber sie sollen die Blumen in den Tapeten zählen und um Himmels willen stillhalten.

Verdammt noch mal, was ist mit dieser Abteilung los? Wir verwalten doch keine Rentner! Wir sind doch kein Sonnenschein-Verein!«

Es war ein sehr seltener, heftiger und anscheinend völlig unsachlicher Ausbruch.

»Weiß der Teufel, was ihn geritten hat«, würde Goldhändchen Monate später kommentieren. »Aber während er schimpft und zetert, zaubern Schwerbewaffnete auf dem Flughafen fast fünfzig Tote. Und warum das alles? Weil die blöden Pakistani von Belutschistan aus die Stammesgebiete vor Afghanistan mit Bomben eingedeckt haben: Rache dafür!, brüllen die anderen und stürmen den Flughafen. Die Pakistani haben nur Schwein, dass keine A380 beim Landen explodierte. Und mittendrin meine Svenja und der Thomas. Gott sei ihren Seelen gnädig.« Den letzten Satz hatte er von Krause geklaut.

Aber jetzt gab er nicht auf. »Chef, ich könnte es irgendwie deichseln, dass Svenja und Thomas vielleicht in einem schnellen Leihwagen aus der Misere steuern, also aufs Land raus.«

»Nein! Verdammt noch mal! Sie bleiben an Ort und Stelle. Keine Panik, um Gottes willen, keine Hysterie! Kilt Brown wartet, also warten wir auch! Und jetzt den Wagen, bitte, Gillian.«

»Das ist eindeutig riskant«, sagte Esser. »Aber es ist die beste aller denkbaren Möglichkeiten.«

14. KAPITEL

»Mein Name ist Silk«, sagte die Frau leicht nuschelnd. Sie hatte eine tiefe Altstimme.

»Ich bin Katie«, erwiderte Svenja. Dehner und sie hatten sich wie von Krause gefordert den ganzen Tag nicht gerührt. Eben hatten sie zusammen auf ihrem Zimmer zu Abend gegessen. »Nimm doch Platz. Was war los da draußen?«

»Ich wollte nur mal schnell Hallo sagen!«, betonte Silk, als sei das etwas Besonderes. »Ich passe auf euch auf.« Sie stand in der offenen Tür, was im Gewerbe als ausgesprochen dilettantisch galt.

Thomas Dehner war mit drei Schritten bei ihr, zog sie leicht zu sich und schloss die Tür hinter ihr. »So macht man das«, sagte er giftig.

»Wie viele Männer hast du?«, fragte Svenja.

Sie waren in Svenjas Hotelzimmer. Thomas Dehner saß in einem kleinen Sessel, Svenja saß auf dem Doppelbett.

»Ich habe sechs«, antwortete Silk. »Plus zwei Taxis, plus zwei Bikefahrer, plus ein Minivan. Mit Fahrer. Mein Mittelsmann sagt, ihr seid wichtig.«

»Das ist richtig«, sagte Svenja. »Du kannst dich setzen. Was ist mit dem Angriff auf dem Flughafen?«

»Das Spektakel ist schon vorbei, sie zählen die Toten, glaube ich. Ist aber nichts Besonderes hier, irgendetwas passiert immer.

Die Sicherheitskreise sind ein bisschen nervös, aber das ist auch nichts Besonderes, sie sind immer nervös.«

Sie war eine Frau, die sich offensichtlich bemühte, so durchschnittlich wie möglich zu erscheinen. Sie trug normale blaue Jeans zu grasfarbenen Leinenturnschuhen mit grellroten Schnürbändern, ein schwarzes Top, darüber eine Jeansjacke. Ihr Haar trug sie kurz, es wuselte in bauschigen Locken um ihren Kopf. Sie war nicht geschminkt, hatte nicht einmal die Augenbrauen gezupft. Sie hatte ein weiches, sehr frauliches Gesicht mit großen, ruhig wirkenden grauen Augen und einem sehr vollen, sinnlichen Mund. Sie wollte nicht auffallen, nichts aus sich machen, aber Svenja sah sofort, dass sie eine Schönheit war. Etwa einen Meter fünfundsiebzig groß, schmal, gut gebaut, nicht mager.

»Wie kommst du an diesen Job?«, fragte sie.

»Ganz normal«, antwortete Silk. »Mein Vater hat in Kaufhäusern Diebe gejagt und gefangen, ich verkaufe Sicherheit. Ganz normal, alles easy.«

»Na ja, alles ist eben nicht easy«, grinste Dehner. »Hast du Kilt Brown auf dem Schirm?«

»Sitzt im Hotel um die Ecke und ist ruhig wie ein toter Fisch. Die junge Frau ist bei ihm. Dann noch ein weiterer Mann.«

»Nach unserer Kenntnis sind zwei weitere junge Männer aus London unterwegs hierher«, sagte Svenja. »Sie sind in Begleitung eines dritten Mannes, eines Öl-Managers aus London. Wenn sie eintreffen, brauchen wir eine Nachricht.«

»Geht in Ordnung. Habt ihr irgendeine Vorstellung, was dieser Brown mit den jungen Leuten tut? Was genau er von denen will? Wohin er sich bewegen wird?«

»Das wissen wir nicht«, gab Dehner Auskunft. »Wir gehen davon aus, dass die jungen Leute zu Terroristen gemacht werden sollen. Etwas anderes erscheint im Moment nicht denkbar. Wir glauben, dass sie möglicherweise in Gebiete gebracht werden, wo jede Kontrolle durch Behörden fehlt. Das erscheint uns logisch, muss aber nicht zwingend sein. Wenn jemand bessere Ideen hat, bitte sehr.«

Silk schwieg einen Moment. Dann strich sie sich mit einem Finger über die Augen und sagte: »Es kann aber im Grunde genauso gut sein, dass sie hier in Karatschi trainiert und eingewiesen werden. Oder?«

»Das kann sein«, bestätigte Svenja. »Ich halte das aber für äußerst unwahrscheinlich.«

»Irgendwelche abgelegenen Stammesgebiete erscheinen mir nicht logischer«, sagte Silk.

»Wieso sprichst du von Logik?«, fragte Dehner.

»Jedenfalls ist Karatschi das reine Chaos«, antwortete Silk. »Wenn ich junge Leute zu Terroristen machen wollte, dann würde ich sie hier an diesem Chaosplatz trainieren. Hier kannst du lernen, ein Niemand zu sein, hier wirfst du keinen Schatten, hier sieht dich niemand, der dich nicht sehen soll. Es sind zu viele Menschen hier, verstehst du?«

»Sie müssen töten lernen«, sagte Svenja. »Sie müssen lernen, sich an die richtige Stelle zu begeben, schnell zu verschwinden, biegsam zu sein wie langes Gras, schnell zu reagieren und sehr schnell zu töten, wenn es notwendig ist.«

»Kannst du alles hier in Karatschi üben«, sagte Silk.

»Ich würde in die Stammesgebiete gehen«, lächelte Svenja.

»Da hast du mehr Mörder auf einem Haufen, als du zählen kannst.« Silk wurde heftig. »Du hast Al Kaida, du hast alle die Extremisten, du hast Gruppierungen, von denen du zum ersten Mal hörst, wenn du schon tot bist. Und du hast die Drohnen der Amerikaner. Wenn du lebensmüde bist, ein

Selbstmordkandidat, dann gehst du in die Stammesgebiete. Es ist die schnellste Methode, sich aus der Welt zu schaffen.«

*

Enrique Cardozo wohnte nicht, er residierte. Es war eine der stillen Wohnstraßen in München-Bogenhausen, die nur frühmorgens und abends kurz aus ihrer Ruhe erwachen, wenn die Herren der Schöpfung zu ihren Schreibtischen aufbrechen und davon zurückkehren.

Das Haus stand weit von der Straßenfront zurück und war von uralten Bäumen umgeben, darunter eine Trauerweide, die wie eine schlappe grüne Fahne wirkte. Das Haus war zweistöckig und hatte ein ausgebautes Dachgeschoss. An der Klingel, die in eine Kupferschale eingelassen war, stand kein Name, nur ein kleines Schild mit den Initialen E. C.

Goldhändchens Quellen hatten nicht viel hergegeben.

Cardozo war nicht vorbestraft und auch in keiner polizeilichen oder richterlichen Untersuchung aufgetaucht. Sein Lebenslauf klang nichtssagend. Der Sohn eines Eisdielenbetreibers war vor vierunddreißig Jahren in München geboren worden, hatte normale Schulen durchlaufen, das Abitur auf einem neusprachlichen Gymnasium gemacht, anschließend Psychologie studiert, aber nicht abgeschlossen. Er war vor sechs Jahren bei STAT-OIL eingestiegen, sein Leumund als Kaufmann und Manager war einwandfrei.

Er war nicht verheiratet, das Foto zeigte einen schwarzhaarigen, schlanken Mann mit einem Dreitagebart, der zurückhaltend mit sehr weißen Zähnen lächelte. Er war etwa einen Meter fünfundsiebzig groß. In einer internen Beurteilung seitens der Industrie- und Handelskammer hieß es: Lebt zurückgezogen, gilt als harter Verhandler, keinerlei Neigung zu fragwürdigen Umfeldern. Höflich, ängstlich bemüht, nicht aufzufallen. Sexuelle Vorlieben nicht bekannt, Freundin (elegant) durchgehend seit sechs Jahren.

Müller drückte auf die Klingel, jemand fragte: »Ja, bitte?«, und Müller sagte brav und zurückhaltend: »Ich bin angemeldet. Dieckmann.«

Der Mann, der die Haustüre öffnete, trieb offenbar exzessiv Bodybuilding, sein Körper wirkte wie zwei mit den Spitzen aufeinandergesetzte Dreiecke. Er war ungefähr dreißig Jahre alt, und sein Lächeln war ölig. Er hatte einen wuchtigen Kopf auf wuchtigen Schultern. Er trug eine blaue Jeans und ein weißes Hemd. Obwohl er einen Kopf kleiner als Müller war, würde er ein schneller, gefährlicher Gegner sein. Er hatte Echsenaugen, ein seltsames Gelbgrün.

»Herr Doktor Dieckmann, herzlich willkommen. Sie werden bereits erwartet. Ich führe Sie.« Er ging vor Müller her und sagte über die Schulter zurück: »Mein Name ist Marcel.«

»Aha!«, erwiderte Müller.

Es ging eine breite Treppe hinauf in das erste Geschoss.

Auf einem Treppenabsatz stand ein junger Mann, vielleicht fünfundzwanzig Jahre alt. Blaue Jeans, weißes Hemd. Er wirkte ebenso durchtrainiert wie Marcel. Auch er lächelte zurückhaltend und drückte sich an die Wand, als sei er gar nicht vorhanden.

»Mister Cardozo ist im Kaminzimmer!«, informierte Marcel wieder über die Schulter zurück.

»Na, denn«, murmelte Müller.

Vor der Tür, durch die Marcel ging, stand wieder ein junger Mann. Hellblaue Jeans, weißes Hemd. Er wirkte breit und bullig und zeigte ein gänzlich ausdrucksloses Gesicht, das südamerikanisch anmutete. Vielleicht Peru, dachte Müller.

Das hier ist eine Festung, dachte er erstaunt und erinnerte sich irritiert an Goldhändchens Worte: gänzlich harmloser Haushalt.

»Doktor Kai Dieckmann!«, verkündete Marcel in den Raum hinein.

Cardozo hatte ein offenes, frisches Gesicht mit dunklen Augen unter einem tiefschwarzen Haarschopf. Die Haare fielen ihm in einer großen Welle über die Stirn. Er trug ein weißes Oberhemd ohne Krawatte und hatte die Ärmel zweimal umgeschlagen. Dazu eine schwarze Tuchhose und schwarze englische Schuhe. Müller fiel auf, dass er am rechten Handgelenk eine einfache runde Tissot mit großen römischen Ziffern trug.

Die Augen irritierten Müller. Sie waren dunkelbraun und zeigten keine Spur von Leben. Wie Steine.

»Herr Doktor Dieckmann.« Es klang herzlich. »Wie komme ich zu der Ehre? Nehmen Sie doch Platz.«

Müller wählte einen roten Ledersessel, seitlich von den zwei Fenstertüren zur Terrasse hin, sodass er das Zimmer unter Kontrolle hatte, und erwiderte: »Eigentlich nur Routine. Nichts weiter.« Ich muss es langsam angehen lassen, dachte Müller, damit die Kerle da draußen mir nicht gleich an die Gurgel gehen.

Das Zimmer war groß und irgendwie öde. Es enthielt außer der roten Sitzecke nur einen kleinen Schreibtisch mit mehreren Telefonen darauf und einen schwarzen, ledernen Bürostuhl. Der Raum wirkte deprimierend kahl, so als sei er nie bezogen worden. Auch die Wände waren kahl, kein Bild, kein Foto, keine Wandleuchte, kein Kamin. Durch die Fenstertüren sah man die hohen Bäume wie in einem Park.

»Ein Sicherheitsberater der Bundesregierung ist für dieses Haus absolut keine Routine«, widersprach Cardozo. Hatte er einen Tick? Sein linkes Augenlid zuckte.

»Solche muss es auch geben«, sagte Müller vage. »Ich würde Sie nur bitten, offen mit mir zu sprechen.«

Cardozo stand eine Sekunde still, dann setzte er sich in den Sessel an der Seite eines kleinen Tischchens und stellte fest: »Eine merkwürdige Ansage.«

»Das ist Standard«, lächelte Müller. »Sicherheitsberater erzeugen anfangs immer Unsicherheit. So einfach ist das.«

»Da bin ich aber mal gespannt«, bemerkte Cardozo cool.

»Es geht um eine Bekannte von Ihnen, eine gewisse Souza Thomas.«

»Souza, Souza ... ich weiß, ja, aber besonders gut kenne ich sie nicht«, sagte Cardozo.

Marcel stand neben der geschlossenen Tür und war bemüht, sich nicht zu rühren. Er hielt die Hände auf dem Rücken und stand leicht breitbeinig.

»Er stört mich«, sagte Müller mit einer ungefähren Handbewegung zu Marcel hin.

»Ja, ja«, sagte Cardozo mit einem matten, herablassenden Lächeln. »Er wartet auf die Bestellung. Kaffee, ein Wasser, eine Cola, etwas erfrischendes Leichtes?«

»Ein Wasser«, bat Müller.

Marcel drehte sich um und verschwand hinter der Tür. Sie klackte zu.

»Es geht um Ihre Bekannte, Souza Thomas, und um andere Jugendliche«, wiederholte Müller. »Lievje Bruhns und Geert Neiders aus Hamburg zum Beispiel. Tia Bensen, auch aus München zum Beispiel. Und etliche andere junge Menschen aus anderen europäischen Hauptstädten, aber das nur am Rand. Diese vier hier sind jedenfalls nach Karatschi abgeflogen.«

»Die anderen Namen sind mir nicht bekannt«, sagte Cardozo schnell.

»Wir haben stundenlang mit der Mutter von Souza Thomas gesprochen. Das Einzige, was sie nicht wusste, war, ob der ehrenwerte Herr Cardozo mit ihrer Tochter geschlafen hat, wie oft und ob es Spaß gemacht hat.«

Die Tür wurde aufgedrückt, Marcel kam mit einem kleinen Tablett in den Raum. Cardozo bekam einen Kaffee, Müller das Wasser. Marcel stellte sich neben die Tür und starrte irgendwohin.

»Er stört mich«, sagte Müller.

»Souza gehört zu einer Clique junger Leute, die in denselben Lokalen verkehren wie ich«, sagte Cardozo tonlos. Er war jetzt sehr wachsam und saß leicht nach vorn gebeugt, während er sprach. »Man kennt sich halt. Souza ist ziemlich verdreht, wollte unbedingt ganz groß rauskommen, als Sängerin. Castingshows und so.«

»Marcel stört mich«, sagte Müller.

»Marcel! Geh hinaus. Ich rufe dich, wenn wir dich brauchen.« Ein schnelles, verächtliches Lächeln.

Marcel drehte sich um, die Tür klackte hinter ihm zu.

»Das ist eine sehr seltsame Sache hier«, sagte Cardozo. »Ich weiß immer noch nicht, was Sie von mir wollen.«

»Ich habe Sie gebeten, offen zu sein.« Müller lächelte noch immer.

»Wollen Sie allen Ernstes wissen, wie oft ich das Mädchen getroffen habe?«, sagte Cardozo mit zusammengekniffenen Augen. »Mit ihrem Verschwinden habe ich jedenfalls nichts zu tun. Sie haben doch selbst gesagt, sie ist in Karatschi. Ich bin hier.«

»Ich helfe Ihnen auf die Sprünge«, erklärte Müller munter. »Es geht da um ein gewisses Programm. Junge, wilde Europäer ohne familiären Anhang werden erst gefügig und dann heißgemacht. Das Geld kommt aus Katar, der Absender ist ein gewisser Hadsch al-Ben Ahiri, Mitglied des Königshauses, abgestellt für STAT-OIL in Rotterdam. Es geht um die Ausbreitung des islamischen Glaubens in seiner strengsten Form.

Islamistischer Terror, um es einfach zu formulieren, Salafismus. Die jungen Menschen werden zu Schulungszwecken zunächst nach Pakistan geflogen. Ich erwarte, dass Sie mir die ganze Geschichte erzählen. Kurz und knackig.«

»Ich bin Ölhändler«, sagte Cardozo scheinbar fassungslos. Gleichzeitig tanzte ein irres Lächeln um seinen Mund.

»Tia Bensen ist sehr schnell verschwunden«, erzählte Müller in gemütlichem Ton. »Kommt ein Motorrad vorbei, und weg ist sie. Ist sie schon am Zielort, im Camp? Dort, wo sich alle versammeln? Oder hat sie eine Sondermission zu erfüllen?«

»Ich kenne diese Tia nicht.«

»Sie haben sie rekrutiert«, sagte Müller. »Mann des Propheten, machen Sie es mir nicht so schwer. Erzählen Sie mir einfach von dem Programm und den jugendlichen Missionaren, die Sie nach Europa ausschicken wollen.«

Cardozo bewegte sich unruhig in seinem Sessel, senkte den Kopf, seufzte tief, breitete die Arme leicht aus, wollte etwas sagen, schwieg dann aber.

Durch die Fenstertüren glaubte Müller aus dem Augenwinkel eine Bewegung auf der Terrasse zu sehen. Aber er war sich nicht sicher.

Er beugte sich weit vor und stieß mit der rechten Hand das Glas Wasser um, das auf einem niedrigen Tischchen stand. Es war ein dünnwandiges Glas und zerschellte klirrend auf dem alten Parkett.

Die Tür zum Treppenhaus schwang lautlos auf, und Marcel kam schnell wie ein Schatten herangeflogen. Er stockte drei Meter vor Müller, als er keine Bewegung sah.

Müller hob langsam die rechte Hand und rührte sich nicht.

»Es ist nichts«, zischte Cardozo hastig und wütend. »Wisch es einfach auf und kehr es zusammen.« Er war blass, aber er wirkte nicht verunsichert oder nervös.

Marcel war sauer, und er zeigte es ganz offen. Er trat laut auf, verschwand irgendwohin, kehrte mit einem kleinen Handbesen und einer Kehrschaufel zurück, kniete sich hin und entfernte die Scherben. Er arbeitete laut und ungeniert, als sei er allein in dem Raum. Cardozo schwieg scheinbar peinlich berührt, Müller wippte mit dem rechten Bein und lächelte unentwegt.

»Wird nicht wieder passieren«, versprach Müller. »Ich merke, Sie haben Schwierigkeiten mit dem Personal.«

»Ich bitte Sie«, sagte Cardozo tonlos.

Sie warteten, bis Marcel die Reste zusammengekehrt und den Boden gewischt hatte. Dann verschwand er und ließ die Tür heftig hinter sich zufallen.

Cardozo bewegte sich in seinem Sessel. »Ich habe nichts damit zu tun. Sein Glaube und ein wie auch immer geartetes Engagement dafür sind die sehr private Weltsicht meines Arbeitgebers in Katar.«

»Was Sie da sagen, klingt nach Pfeifen im Walde. Dabei versprechen Sie Ihren Schäfchen doch ein glorreiches Leben auf der Seite eins aller Zeitungen. Eine Performance für die Ewigkeit. Dabei sorgen Sie dafür, dass Ihre Schäfchen zwei Penner töten. Aufnahmeritual in den Kreis der Erlauchten mit Kehlschnitt. Wir haben vier dieser Toten allein in Deutschland.«

»Davon weiß ich nichts.«

»Ich bin enttäuscht«, stellte Müller fest. »Sie sind ein Feigling!«

Cardozo sah ihn ausdruckslos an. »Das bin ich nicht«, stellte er knapp fest.

»Ich könnte Ihnen Entgegenkommen anbieten. Für den Fall, dass Sie mit uns kooperieren. Weitgehende Zusagen.«

Cardozos Lächeln war strahlend, aber seine Augen lächelten nicht mit. »Ich bin erwachsen«, stellte er fest.

»Das ist eine leichtfertige Aussage«, sagte Müller.

»Die Bewertung überlassen Sie besser mir«, sagte Cardozo. »Ihr Benehmen ist eine Zumutung.«

»Für gutes Benehmen habe ich keine Zeit«, gab Müller zurück. »Sie können aussagen, und alles verläuft friedlich und normal.«

»Friedlich wie eine Klapperschlange.« Cardozo lächelte.

»Schöne Tiere«, sagte Müller.

Er dachte: Es sind mindestens drei Männer. Und sie werden durch die Tür kommen und über die Terrasse. Sie sind trainiert. Aber ich weiß nicht, wie gut Cardozo ist, ich weiß nur, er ist ein eiskalter Hund.

»Sie kommen hier nicht mehr heraus«, stellte Cardozo fest. »Ende der Fahnenstange.«

Ein Handy in Müllers linker Jacketttasche meldete sich durch Vibration. Er lächelte. »Entschuldigung!«, sagte er und hielt es ans Ohr.

»Du musst da raus!«, stellte Esser fest. »Sei höflich und geh einfach.«

»Zu spät«, sagte Müller mit abgewendetem Kopf. Jetzt sah er den Mann auf der Terrasse deutlich.

»Ich schicke die Kavallerie!« Goldhändchen war hysterisch.

Müller steckte das Handy zurück in das Jackett. Dann zog er beide Waffen und sagte trocken: »Sie werden sterben, wenn Sie nicht gehorchen.«

»Das ist idiotisch!«, sagte Cardozo etwas verzerrt. Er griff sich blitzschnell in den Nacken, und der lange Dolch schoss scharf an Müllers Gesicht vorbei in das rote Lederpolster. Es war eine schnelle, elegante Handbewegung, nicht mehr. »Meine Leute sind bewaffnet«, sagte er gelassen. »Das hier ist keine Party für Schreibtischhengste.«

»Wie du willst, mein Freund«, stellte Müller fest. Er schoss mit einer schnellen, wischenden Bewegung der linken Hand.

Er traf Cardozo gezielt an der linken Schulter. Die Kugel riss eine Rinne, die Wunde blutete sofort stark.

Die Tür schlug auf, und Marcel kam hereingetanzt. Er machte es sehr professionell, ohne Umwege. Er sprang hoch ab und hatte eindeutig vor, auf Müller zu landen. Müller traf ihn im Flug mit der rechten Waffe. Marcels Figur wurde von einem Ball zu einem langen Strich, er klatschte mit einem üblen Laut auf das Parkett.

In der dunklen Türöffnung hinter Marcel tauchte eine weitere Gestalt auf. Müller schoss zweimal, die Gestalt fiel auf den Boden.

»Ich höre!«, sagte Müller in die Stille.

Der Mann auf der Terrasse nahm Anlauf. Er rollte sich zusammen und kam durch die geschlossene Tür gebrochen, landete flach und starrte in Müllers Waffen.

»Waffen weg!«, forderte Müller.

Der Mann hatte zwei Achtunddreißiger bei sich und ließ sie über das Parkett gleiten.

Cardozo hielt die rechte Hand auf die Wunde gepresst. Blut sickerte zwischen seinen Fingern hindurch. Er hatte Schmerzen, er hielt die Augen geschlossen, atmete pfeifend und gepresst. Das Cordit der Waffe roch stechend, es lag wie ein sanftblauer Vorhang in der Luft.

»Was sollte der Blödsinn mit dem Messer?«

»Ich hätte treffen können.«

»Konjunktive und Weicheier töten nicht«, sagte Müller.

Dann war er mit zwei Schritten bei Cardozo.

»Hör zu, mein Freund. Erzähl mir von den jungen Leuten, dann kommst du ins Krankenhaus.«

»So ein Scheiß!«, antwortete Cardozo wütend.

Das Handy meldete sich erneut.

»Riskiere nichts«, sagte Esser. »Unsere Leute nehmen ihn noch in die Mangel.«

»Sag Goldhändchen, er soll sich ganz weit verpissen.«

»Da ist der Wurm drin«, gab Esser zu. Er klang sauer.

Weit entfernt gellte eine Sirene. Das Sondereinsatzkommando, Goldhändchens Kavallerie.

*

»Die Situation in Karatschi steht still«, sagte Esser. »Gegenwärtig bewegt sich niemand. Ich mache aber darauf aufmerksam, dass sich das in jeder Sekunde ändern kann.«

»Wir sollten vielleicht daran denken, so etwas wie ein Netz zu bauen.« Krauses Stimme klang erschöpft. »Ich möchte erreichen, dass wir nicht überrascht werden können. Das bedeutet, dass wir ...« Krause hatte Wally abgeholt, nach Hause gefahren und sie auf dem Sofa im Wohnzimmer zurückgelassen. Sie würde ihn bald wieder an ihrer Seite brauchen. Er konnte unmöglich eine Nachtschicht einschieben. Nicht, wenn sie allein war.

»Aber nicht Müller!«, unterbrach Sowinski heftig.

»Warum denn nicht?«, fragte Esser aufgebracht. »Wie lange willst du ihn denn ausruhen lassen? Vierzehn Tage?«

»Zwei Tage!«, forderte Sowinski.

»Das erscheint mir angesichts der Lage nicht möglich«, widersprach Krause. »Ich muss nicht betonen, dass es mir gegen den Strich geht, Leute grenzenlos auszunutzen. Aber die Situation in Karatschi erfordert zusätzliche Kräfte. Wenn wir annehmen, dass die jungen Leute in die Stammesgebiete an der Grenze zu Afghanistan gebracht werden sollen, brauchen wir eine gute Deckung auf unserer Seite. Takamoto und Dehner sind in Karatschi und müssen warten. Ich würde anraten, Müller loszuschicken, dann sind wir einfach schlagkräftiger.«

Eine Weile herrschte Schweigen.

»Was heißt denn schlagkräftiger?«, fragte Sowinski mit gepresster Stimme. »Marschieren wir dort ein? Wir können ohnehin kaum etwas tun. Beobachten bestenfalls.«

»Wir können vielleicht die jungen Leute aus dem Schlamassel herausholen und so alles über die Hintergründe erfahren«, erklärte Krause einfach.

»Was ist, wenn es zwölf sind, oder vierzehn, oder mehr?« Sowinski hielt dagegen. »Das können wir nicht leisten, nicht mit drei Leuten.«

»Aber wir müssen daran denken«, sagte Krause.

»Was genau stellst du dir eigentlich vor?«, fragte Esser. »Nehmen wir an, sie kommen in ein Camp, ein Haufen Zelte irgendwo im Niemandsland. Was machen sie dort mit den jungen Menschen?«

»Sie bieten ihnen ein grandioses, absurdes Theater«, antwortete Krause einfach. »Sie drücken ihnen eine Kalaschnikow in die Hand oder einen schweren Revolver. Sie lassen sie schießen. Anschließend gibt es Eintopf und ein Stück Fladenbrot. Dann dürfen sie wieder schießen. Dann zeigt man ihnen, wie man mit einem Messer lautlos einen Menschen tötet. Dann lernen sie, wie man zwanzig Kilometer Steinwüste zu Fuß hinter sich bringt. Dann wieder Eintopf. Abends gibt es einen Vortrag. Thema: Wie Muslime in aller Welt gedemütigt werden! Vielleicht flackert ein Lagerfeuer, und einer spielt Gitarre und singt schmalzige Lieder. Leute mit Gitarre gibt es überall. Anschließend dürfen sie fünf Stunden schlafen. Um vier Uhr müssen sie wieder aufstehen, um fünf erzählt ihnen ein schwarzbärtiger junger Krieger mit dunkel glühenden Augen, wie er drei Monate unerkannt im Süden von London lebte und in dieser Zeit drei feindliche Agenten tötete, ohne dass ihm jemand auf die Spur kam. Er sagt mit erhobener Faust: Es lebe der Islam! Er sagt: Wir wollen nach den uralten Gesetzen der Scharia leben! Er sagt: Der Islam wird siegen! Und er sagt: Die USA werden mit Schimpf und Schande von diesem Planeten getilgt! Tod den Amerikanern! Anschließend dürfen alle mit einem Maschinengewehr schießen. Vielleicht zeigt man ihnen auch noch, wie man mit einer selbst gebastelten Drahtschlinge einen Menschen tötet, ohne dass er schreien kann. Dann gibt es Eintopf mit Ziegenfleisch. Und so weiter und so fort.«

»Wenn es so ist, wie du sagst, kommen wir an das Camp nicht heran«, wandte Sowinski trocken ein. »Sie werden Wachen haben, und die werden schießen.«

»Das kann so sein«, gab Krause zu.

»Also Takamoto, Dehner und Müller in Position bringen«, stellte Esser fest. »Rufen wir denn notfalls um Hilfe, wenn wir Hilfe brauchen?«

»Das könnte man erwägen. Die Amerikaner würden vielleicht helfen.«

»Wenn da zufällig Amerikaner sind«, sagte Sowinski mit satter Ironie. »Wir reden hier über Tausende von Quadratkilometern als mögliches Einsatzgebiet. Mir gefällt das nicht.«

»Hast du denn eine bessere Idee?«, fragte Esser.

»Nein, habe ich nicht«, antwortete Sowinski. »Aber ich bin strikt für die herkömmliche Methode: hingehen, feststellen und schnellstmöglich wieder abhauen.«

»Also, was ist jetzt mit Müller?«, fragte Esser.

»Er geht morgen auf die nächste Maschine nach Südasien«, bestimmte Krause. »Er fliegt nach Kabul. Er nimmt einen Leihwagen und bewegt sich nach Süden. Er nimmt Verbindung zu Takamoto und Dehner auf. Wir haben immerhin eine vage Ahnung, wohin Kilt Brown unterwegs ist. Dann wendet er sich dem Grenzgebiet zwischen Afghanistan und Pakistan zu. Wenn erst einmal klar ist, wohin genau Brown die jungen

Leute bringt, kommen unsere Leute von zwei Seiten. Haben also den besseren Überblick. So einfach ist das.«

»Schrecklich einfach!« Sowinski nickte sarkastisch.

*

Es war spät, als Müller sich aus München bei Krause meldete, auf jede Höflichkeit verzichtete, weder grüßte noch seinen Arbeitsnamen nannte und schnörkellos zur Sache kam.

Er sprach gepresst, als könne er sich nur mit Mühe beherrschen. Wie ein schartiges altes Messer, das mehr reißt als schneidet.

»Ich wurde zu diesem Cardozo geschickt. Ich sollte ihn hart angehen, wir wollten Hintergründe. Goldhändchen sagte mir wörtlich, es handele sich um einen normalen Haushalt. Ich bin voll in die Scheiße gelaufen.« Er murmelte etwas, was nicht zu verstehen war, aber Krause unterbrach ihn nicht.

»Dieser Cardozo ist ein eiskalter Hund, wirft gern und gut mit einem Messer. Er wird von voll ausgebildeten Security-Leuten abgeschirmt. Allesamt Profis. Das Gebäude ist eine Festung. Ich musste Waffen einsetzen, und ich habe verdammt viel Glück gehabt.« Er nuschelte wieder etwas, schwieg dann einen Moment, ehe er weiterredete. »Auf Goldhändchen verlasse ich mich nicht mehr. Ich meine, er hat mich ohne Vorwarnung in die Scheiße reiten lassen. Und kommen Sie mir jetzt nicht mit diesem Drüber-reden-Quatsch!« Er atmete lange ein und aus, er zwang sich zur Ruhe, es klang, als müsse er gegen eine Schnappatmung kämpfen. »Ich mach dann mal Schluss für heute.«

Und damit war er weg.

15. KAPITEL

Svenja war augenblicklich wach und sah auf den Wecker. Es war 2.10 Uhr.

Das Haus war plötzlich voller Geräusche, Menschen redeten aufgeregt und erschreckt, rannten draußen auf dem Flur den Gang entlang, schrien Unverständliches, Kinder brüllten hoch und angstvoll, Männer dröhnten irgendwelche abgehackten Befehle.

Sie griff nach dem Telefon und rief Dehner im Nebenzimmer an.

»Was ist das?«

»Keine Ahnung. Ich sehe nach.«

Svenja sprang ebenfalls aus dem Bett, zog schnell eine Cargohose über, dazu ein schwarzes Top und die Weste mit all den notwendigen Kostbarkeiten. Die Sportschuhe machten für Sekunden Schwierigkeiten, in einem der Schnürsenkel war ein Knoten.

Warum sollte ein Hotel voller westlicher Touristen in Karatschi nicht überfallen werden? Sie hatte die Stadt noch nie gemocht: zu viele Menschen, zu viel Elend, zu viel Chaos. Sie entsicherte beide Glocks, eine steckte sie unter das Kopfkissen. Dann entriegelte sie die Tür und wartete.

Der Lärm auf dem Gang wurde intensiver. Menschen brüllten durcheinander, manche Stimmen waren panisch, andere bellten Befehle auf Urdu. »Raus hier! In die Lobby! Geld her!« Frauen kreischten, eine hohe männliche Stimme schrie: *»Don't touch my children!«* Ein anderer sagte mit tiefer Stimme auf Urdu: »Allah ist groß, und ich bin sein Arm!« Dann peitschten Schüsse. Eine Frau schrie wie von Sinnen, weitere Schüsse fielen, ein Mann brüllte panisch auf Deutsch: »Bleib im Zimmer, bleib im Zimmer!«

Die Tür schwang auf, Dehner glitt fast lautlos herein, schloss und verriegelte sie hinter sich in einer einzigen gleitenden Bewegung.

»Überfall«, sagte er keuchend. »Touristen haben immer Geld. Sie werden hier reinkommen.« Er trug eine Glock in der Rechten.

»Wir geben ihnen ganz brav unser Kleingeld«, bestimmte Svenja schnell. »Wir sind ein Paar. Waffen weg!«

Irgendetwas Großes knallte heftig gegen die Tür, es klang dumpf wie eine Explosion. Aber die Tür öffnete sich nicht.

»Warum kommen sie nicht rein?«, fragte Svenja misstrauisch.

Dehner war mit drei Schritten an der Tür, entriegelte sie wieder und ließ sie aufschwingen.

Silk hielt die Hände erhoben, ihre Augen waren riesig und starrten in namenlosem Schmerz ins Nichts. Dann fiel sie nach vorn in den Raum wie eine leblose Puppe. Es gab ein ekelhaftes, dumpfes Geräusch.

»Meldung!«, zischte Dehner.

Sie bewegten sich kaum, griffen beide nach dem roten Handy und drückten eine Kombination aus drei Zahlen. Was immer auch geschehen mochte, Goldhändchen würde wissen: Sie steckten in großen Schwierigkeiten.

»Sie jagen uns!«, stellte Svenja sachlich fest.

Der Dolch in Silks Rücken war riesig, fast obszön, er wirkte wie ein Schlachtermesser.

»Sie ist tot!«, sagte Svenja. »Wir müssen hier raus!«

»Ich brauche meine Weste.«

»Ich decke dich«, flüsterte Svenja. »Los!«

Sie glitten lautlos auf den Gang hinaus, drückten sich eng an die Wand, hatten in beiden Händen Waffen.

Es war niemand zu sehen, der Gang lag in mattem Licht.

Dehner drückte seine Zimmertür auf, war mit einem Satz am Schrank, streifte seine Weste über und war wieder im Gang.

»Treppenhaus!«, befahl Svenja.

Ihre Zimmer lagen im zweiten Stock, und der Weg nach unten schien ihnen nicht sicher. Die Angreifer, so viel war klar, wollten sie lebend. Hätten sie Befehl gehabt, sie zu erschießen, wäre das längst geschehen. Also warteten die Angreifer unten und ersparten sich auf diese Weise Schießereien.

»Rauf!«, bestimmte Dehner. »Aber langsam.«

Nach einer halben Treppe kamen sie nicht weiter. Schüsse knallten in den Verputz, trafen ein Fenster hinter ihnen, das klirrend zersprang. Im dritten Geschoss oben an der Treppe zeigten sich zwei Männer in der Tür zum Treppenhaus, beide mit Waffen in den Händen.

»Sie sind auf dem Dach und können warten«, sagte Dehner. »Da kommen wir nicht weiter.«

»Wenn wir Pech haben, wird Kilt Brown jetzt verschwinden!«, sagte Svenja trocken. »Darauf hat er doch gewartet.«

»Und wenn schon!«, stellte Dehner fest. »Vielleicht hat er es auch nicht eilig, er wird ja fest davon ausgehen, dass seine Leute uns ausschalten.«

Svenja hatte das Handy am Ohr. »Hallo, Berlin!«, sagte sie drängend. Niemand antwortete. »Kein Netz! Scheißstadt!«

Das Treppenhaus war in Kunststein gebaut und in Hellgrau gekachelt, das Licht war trübe.

Svenja zerschoss zwei Lampen, es wurde noch dunkler.

»Kein guter Ort zum Sterben«, sagte sie.

*

»Hier riecht es so komisch.« Wally Krause stand in ihrer Küche weit vorgebeugt und hielt die Augen geschlossen. »Und irgendetwas ist anders. Ich weiß nicht, was.«

»Es ist vielleicht das neue Fenster«, bemerkte Krause zaghaft. »Das alte ist zersprungen, als dir was aus der Hand gerutscht ist.«

»Was soll mir aus der Hand gerutscht sein?«

»Na, irgendetwas. Vielleicht ein Topf oder eine Pfanne.«

»Ach, guck mal, die Pfanne da ist neu, die habe ich noch nie gesehen.«

»Gillian war sehr gründlich«, erklärte ihr Mann. »Sie hat alle die Dinge ausgewechselt, die irgendwie zerdetscht waren.«

»Zerdetscht?«

»Zerdetscht.« Dann begriff er, dass es keinen Sinn machte, ständig um den heißen Brei herumzureden. »Du hast getobt.«

»Getobt? Ich?«

»Du warst außer dir. Wegen Dieter.«

Sie öffnete einen der Schränke, sie schwieg eine Weile. Sie nahm einen Teller heraus und betrachtete ihn. »Das ist nicht meiner. Meiner sah anders aus.«

»Gillian hat sie besorgt, ich habe sie bezahlt. Es musste ziemlich viel ausgewechselt werden, weil es zerdeppert war.«

»Ich habe getobt.« Das kam tonlos.

»Das hast du. Wegen Dieter.«

»Er ist nicht mehr.«

»Nein, er ist nicht mehr.«

Sie stellte den Teller sorgfältig zurück und schloss den Schrank.

»Richtig, es hieß, er gehöre der Wissenschaft. Sie haben mich beschimpft, ich hätte ihn mir wie ein Spielzeug genommen.«

»Sie haben keine Ahnung. Dieter war dein Kind, er war unser Kind.«

»Das ist wohl so. Ich würde so gern einen Ort haben, an dem ich ihn besuchen kann«, sagte sie sanft und wirkte dabei, als träume sie.

»Du wirst einen solchen Ort haben«, versprach ihr Mann und war sich klar darüber, dass er schier Unmögliches versprach.

*

»Vielleicht haben wir doch von den Zimmern aus eine Chance«, sagte Svenja leise.

Sie schlichen zurück in den langen Gang.

»Nehmen wir die Taschen mit?«, fragte Dehner.

»Nein. Zu riskant.«

Nahezu alle Türen standen offen, weit und breit war kein Mensch zu sehen. Am Ende des Ganges huschten sie ins letzte Zimmer auf der linken Seite, liefen zum Fenster und gingen darunter auf dem Fußboden in die Hocke.

»Sie wollen uns, also sind sie gründlich. Sie warten draußen«, sagte Dehner. »Schau mal nach, damit ich schießen kann.«

Das Fenster hatte Standardmaß mit zwei Flügeln und einer einfachen Verglasung. Svenja bewegte sich in den äußersten linken Winkel des Fensters und kam dann hoch. Sie brauchte etwa zwei Sekunden.

»Chaotisches Hinterhofmilieu, unterschiedliche Bauhöhen bis zum vierten Stock. Keine klaren Strukturen. Balkon, schräg gegenüber, gleiche Höhe, ziemlich genau auf dreizehn Uhr. Ein

Mann, ein Gewehr«, teilte Svenja mit. »Entfernung ungefähr fünfundzwanzig.«

»Können wir springen?«, fragte Dehner.

»Ja, auf ein Flachdach schräg rechts. Höhe nicht mehr als drei Meter.«

»Okay. Du klärst das Fenster, ich schieße.«

Ihre Stimmen klangen monoton, nicht im Geringsten aufgeregt. »Aufregen können Sie sich noch, wenn Sie tot sind!«, hatte ein Trainer gesagt. »Erledigen Sie die Situation, nichts anderes.« Sie hatten das in allen nur denkbaren Varianten tausendmal geübt, sie verließen sich bedingungslos auf den anderen, sie kannten jeden Handgriff. Wenn Dehner sagte, er wolle schießen, dann war das genau das, was er tun wollte, ohne Vorbehalte. Zu diskutieren gab es da nichts.

Svenja kam hoch und zertrümmerte das Glas des Fensters mit zwei wuchtigen Schlägen mit beiden Waffen.

Die Schüsse kamen sofort und peitschten grell in den Raum.

Dehner zählte sechs, dann schnellte er in die Höhe. Er atmete aus und hielt den Atem an, richtete die Waffen sorgfältig in einer sanften Bewegung von oben nach unten. Er schoss zweimal. Er sackte wieder zusammen auf den Teppichboden.

»Okay«, teilte er mit. »Wir können.«

Svenja war zuerst wieder oben und öffnete das Fenster weit. Dann kletterte sie auf die Fensterbank und sprang. Dehner folgte ihr.

Sie landeten auf einer flachen, mit Teerpappe belegten Fläche, liefen zum Rand und standen vor einer chaotisch belebten Straße, die so frequentiert war, als sei es heller Tag. Niemand achtete auf sie.

Dehner hatte das Handy am Ohr. »Was ist?«, fragte er

»Wieso seid ihr verschwunden?«, beklagte sich Goldhändchen.

»Nur zum Spaß«, antwortete Dehner seelenruhig. »Und jetzt ist Kilt Brown weg, oder?«

»Ist er nicht.« Goldhändchen klang erregt. »Aber er hat zwei Landrover geordert und bereitet die Abfahrt vor. Was ist denn passiert?«

»Irgendetwas an deiner Sicherheit ist faul«, sagte Svenja, die ebenfalls ihr Handy am Ohr hatte. »Sie haben uns geortet und gejagt.«

»Aber das kann nicht sein.« Goldhändchen war verblüfft.

»Es ist aber so«, sagte Thomas Dehner. »Panne!«

*

»Svenja und Thomas sitzen isoliert in einem Edelschuppen«, erklärte Goldhändchen monoton, scheinbar gleichgültig. »Fünf-Sterne-Hotel. Geld schirmt immer ab. Sie halten still. Aber Silk ...«

»Silk ist tot«, sagte Esser tonlos. »Wie kam das?«

»Ich weiß nicht«, sagte Goldhändchen.

»Herrgott!«, sagte Esser wütend.

»Unsere Leute leben«, sagte Krause von irgendwoher.

»Ja«, sagte Goldhändchen.

»Aber nur mit viel Schwein!«, betonte Sowinski.

»Du solltest ein Gespräch mit dem Psychologen ausmachen und ein paar Tage nach Hause gehen«, schlug Krause vor.

»Psychologe!«, schnaubte Goldhändchen verächtlich.

»Geht so nicht!«, kommentierte Esser streng.

»Warum nicht?«, fragte Krause.

»Unsere Leute leben nur noch, weil sie aus dem zweiten Stock gesprungen sind«, antwortete Esser. »Ich will genau wissen, wer sie geortet hat und warum. Sie sind wahrscheinlich aufgeflogen, können aus der Sache aber aussteigen und nach Hause kommen. Schluss, Ende, aus.«

»Sie sind nicht aufgeflogen!«, widersprach Goldhändchen heftig.

»Der Status quo, bitte«, mahnte Krause an.

»Svenja und Thomas sind in einem Edelhotel und warten. Kilt Brown bereitet seine Abreise vor. Er hat zwei Landrover geordert.« Goldhändchens Stimme verriet Fassungslosigkeit.

»Einspruch. Ich gehe nicht zur Tagesordnung über!«, unterbrach Esser schneidend. »Wir müssen abklären, was genau da in Karatschi passiert ist.«

»Eine schwere Panne«, sagte Sowinski trocken.

»Welcher Art?«, fragte Krause.

»Dass Svenja und Thomas Dehner noch leben, verdanken sie ausschließlich ihrem Können und einem großen Quantum Glück«, erklärte Esser. »Die Sicherheit hat versagt.«

»Sie hat nicht versagt!«, widersprach Goldhändchen heftig.

»Sie hat versagt«, beharrte Esser.

»Zu mir, sofort«, bestimmte Krause.

Unsicherheiten kamen vor, Unsicherheiten, die als Pannen qualifiziert wurden, selten. Sie mussten augenblicklich abgeklärt werden. Pannen erzeugten Irritation, Irritation war Sand im Getriebe.

Sie setzten sich in die Besucherecke. Es gab Kaffee an diesem frühen Morgen. Goldhändchen schwitzte immer stärker, seine Stirn überzog ein Film von Feuchtigkeit.

»Noch mal von Anfang an, mit Vorgeschichte«, forderte Krause.

Sowinski rekonstruierte den Hergang des Überfalls noch einmal genau nach Svenjas und Dehners Schilderungen. Am Ende seines Berichts herrschte zunächst Schweigen.

Dann fragte Krause: »Wenn es ein normaler Überfall war: Wieso der Mann mit dem Gewehr auf dem Balkon gegenüber?«

»Er war da, um die Hotelgäste davon abzuhalten, aus den Fenstern zu springen«, sagte Goldhändchen. »Völlig normal.«

»Warum kam kein Gangster in die Zimmer von Takamoto und Dehner?«, fragte Krause weiter.

»Reiner Zufall!«, sagte Goldhändchen schnell.

»Irgendein Hinweis darauf, dass unsere Leute identifiziert wurden?« Krause trieb sie vor sich her.

»Kein Hinweis!«, sagte Goldhändchen schnell. »Niemand hat Svenja und Thomas gejagt.«

»Woher die Unsicherheit?«, fragte Krause weiter.

»Du lieber Gott!«, polterte Sowinski. »Es war und bleibt eine komische, nicht aufgeklärte Sache. Sicherheit gab es jedenfalls keine.«

»Das stimmt so nicht.« Goldhändchens Stimme klang kläglich. »Derartige Zwischenfälle kannst du nicht einkalkulieren. So etwas hat niemand auf dem Schirm. Karatschi ist nun mal total verrückt wie alle diese Riesenstädte. Außerdem kann ich beweisen, dass Kilt Brown mit dieser Geschichte im Hotel nicht das Geringste zu tun hat. Er wusste nichts davon, er kümmerte sich um die beiden Autos und um nichts sonst. Als der Überfall stattfand, hat er geschlafen. Er war nicht wach, er hat nicht telefoniert.« Goldhändchens Gesicht war grau.

»Ist das sicher?«, fragte Krause.

»Ganz sicher«, sagte Goldhändchen. »Ich höre seine vier Handys mit, ich habe die Kennungen. Ich sage: Kilt Brown hat keine Ahnung von Takamoto und Dehner.«

»Wieso dann, verdammt noch mal, dieses Unbehagen?«, fragte Sowinski polternd. »Es ist doch ein Scheißgefühl, wenn du nicht weißt, warum deine Leute da draußen in so einen Schlamassel geraten.«

»Wenn ihr mich fragt: Es war etwas anderes«, sagte Esser.

Niemand sagte irgendetwas, das Schweigen dauerte lange.

Krause nickte langsam. »Es war der Wechsel«, sagte er dann. »Warum hast du die Gruppe Sadrat gegen die Gruppe Silk ausgewechselt?«

»Weil Silk besser ist«, antwortete Goldhändchen.

»Hast du Sadrat darüber informiert?«, fragte Krause.

»Nein. Ich habe Silk gesagt, sie soll übernehmen und Sadrat aus dem Verkehr ziehen. Es musste schnell gehen.«

»Warum musste es schnell gehen?«

»Als Takamoto und Dehner in Karatschi eintrafen, war Silk noch damit beschäftigt, einen Mercedes-Vorstand durch Südasien zu begleiten. Dann wurde sie plötzlich frei. Da habe ich zugeschlagen.«

»Und Silk hat Sadrat aus dem Rennen geworfen«, sagte Esser tonlos.

Sie schwiegen wieder.

Krause sagte: »Die Unsicherheit entsteht genau an diesem Punkt. Silk kriegt den Auftrag und hebelt die Gruppe Sadrat aus. Wenn wir weiterdenken, entsteht eine logische Kette. Sadrat ist stinksauer, weil er einen verdammt gut bezahlten Job verliert. Es kann also gut sein, dass die Gegenseite um Kilt Brown einen anonymen Hinweis von Sadrat bekommt, wer Takamoto und Dehner sind und dass sie Brown jagen. Damit fliegt die Tarnung auf, ein für alle Mal. Das weiß jeder von uns.«

»Was machen wir mit Silks Tod?«, fragte Sowinski. »Ich meine, sie war verdammt gut. Sie wurde erstochen, als sie Svenja und Thomas warnen wollte.«

»Sie war eine Thai in der Fremde«, sagte Krause. »Sie war Unternehmerin, sie kannte das Risiko. Wir können nichts tun.«

»Zuweilen an sie denken«, murmelte Sowinski.

»Schattendasein«, sagte Esser nachdenklich. »Irgendwann wird sie mir wieder mal einfallen: Da war doch mal eine in Karatschi. Wie hieß sie gleich? Requiescat in pace!«

*

Goldhändchen war angeschlagen, er fühlte sich krank und gedemütigt. Er hatte schnell gehandelt und eine Sekunde nicht nachgedacht. Niemand würde sagen können, er habe einen schweren Fehler begangen, aber jeder wusste: Sie hatten sehr viel Glück gehabt.

In seinem Reich, in dem sechzehn junge Männer und Frauen vor den Bildschirmen saßen und ihre geheimen Welten erforschten und kontrollierten, tobte Goldhändchen von Platz zu Platz und fand bei jedem eine Kleinigkeit, um ihn anzurüffeln. Er schnauzte sie an, er erfand Schwierigkeiten, die sie angeblich nicht gelöst hatten, er war rauschhaft unsachlich.

Eine junge Frau, die eine Spezialistin für das Hacken von Großkonzernen war, bellte er an: »Marieluise, ich habe draußen deinen Aschenbecher gesehen. Du hast heute schon zwei Zigaretten geraucht. Wo soll das enden?«

*

Krause war unzufrieden, er hockte mitten in einem undurchsichtigen Fall, er hatte zu wenige Fakten, zu vieles war Vermutung.

»Goldhändchen«, fragte er, »wann und wie fliegt Müller?«

»München – Kabul, Chef. Über Istanbul. Abflug in zwei Stunden.«

»Ich brauche ihn. Mach mir eine sichere Schaltung zu ihm. Er soll ins Hotel zurückkehren. Ich will in einer halben Stunde mit ihm sprechen und ihn sehen.«

Es dauerte fünfunddreißig Minuten.

Müller saß auf seinem Hotelbett, neben ihm auf dem Boden standen zwei große, dekorative Tüten von H&M. Er war am Vortag einigermaßen erfolgreich gewesen, vor allem für Anna-Maria. Der Laptop stand auf der Kofferablage gegenüber. Leise klagend sagte er: »Von zwei Tagen Pause kann also keine Rede sein.«

»Mea culpa«, entgegnete sein Vorgesetzter. »Aber wir brauchen Sie. Es gibt einiges, was an dem Fall Unsicherheiten sät.«

»Wir wissen nichts«, stellte Müller fest.

»Wir wissen zu wenig.« Krause nickte. »Das möchte ich ändern.«

»Sie haben nachgedacht«, sagte Müller nicht ohne Ironie.

»In der Tat. Ist das erwähnenswert?«

»Das ist es. Ich sehe es am Elefanten.«

»Wieso?«, fragte Krause irritiert. »Wieso am Elefanten?«

Krause war an seiner leer geräumten Schreibtischplatte zu sehen, kein Schriftstück, keine Akte. Nur ein Elefant, eine kleine, faustgroße Skulptur aus poliertem blauem Basalt stand genau vor ihm.

»Sie drehen ihn in den Händen hin und her, wenn Sie nachdenken«, sagte Müller sanft.

»Ist das so?« Krause war ein wenig irritiert.

»Die Abteilung richtet sich danach. Wenn Sie den Elefanten vor sich stehen haben, ändert sich irgendetwas am laufenden Fall.«

»Das wusste ich gar nicht«, behauptete Krause.

»Ist aber so. Was ändern wir?«

»Wir ändern die Geschwindigkeit. Ich möchte, dass wir schneller werden. Wir brauchen neue Fakten.«

»Wie sieht das auf Goldhändchens Seite aus? Wie ist die Nachrichtenlage?«

»Wir haben Kontrolle über vier Handys von Kilt Brown. Ferner haben wir Kontrolle über zwei Handys eines Mitglieds des Königshauses im Oman. Der steuert STAT-OIL und die jungen Manager in Europa. Aber bisher ist nicht bekannt, wie Kilt Brown seine Befehle bekommt. Es kann sich dabei um kurze Mitteilungen handeln, die in einem normalen Gespräch versteckt werden können. Wenn ja, kennen wir den Code nicht. Es kann also längst entschieden worden sein, wann und wohin Brown aus Karatschi verschwindet. Wir konnten den kurzen Telefonaten bisher keinen Zielort entnehmen. Wenn Brown sich mit Oman unterhält, klingt das immer so, als sprächen alte Kumpels miteinander über ihren lustigen, aber bedeutungslosen Alltag. Goldhändchen arbeitet daran, und wir können nur hoffen, dass er Erfolg hat.«

»Gibt es denn telefonische Verbindungen zwischen dem Oman und irgendeinem Grenzgebiet zwischen Pakistan und Afghanistan?«

»Keine bisher, von denen wir wüssten.«

»Aber die Taliban im Grenzgebiet werden etwas wissen«, sagte Müller.

»Das ist anzunehmen. Aber sie sind eher unzugänglich. Und erst recht, wenn sie dafür bezahlt werden, dass sie nichts sagen. Auch wenn zwischen einzelnen Taliban-Gruppen Feindschaft herrscht, rechne ich persönlich nicht damit, dass wir an belastbare Einzelheiten kommen. Da wird das große Schweigen bleiben.«

»Und wie passen die drei Container Ephedrin ins Bild?«

»Gar nicht. Mein Verdacht ist, dass die Drogengeschichte nur ein Nebenschauplatz ist. Beziehungsweise ein weiteres Geschäftsfeld unserer Ratte. Wir haben die Spur der internationalen Drogenfahndung übergeben. Unsere Aufgabe ist es, Terroranschläge in Deutschland zu verhindern. Prävention.

Und das sieht so aus, dass wir jungen Leuten, die in den Armen dieser fundamentalistischen Rattenfänger gelandet sind, eine Möglichkeit zum Absprung bieten. Denn genau genommen sind diese irregeleiteten Männer und Frauen allesamt todgeweiht. Sie haben keine Chance.«

»Glauben Sie wirklich, einer von denen wird reden?«, fragte Müller verblüfft.

»Wir müssen es versuchen und so viel wie möglich über diese Camps, die Rekruten, die Methoden und die Pläne in Erfahrung bringen.«

Sie schwiegen eine Weile, und Krause umfasste den Steinelefanten und drehte ihn hin und her.

»Was kann ich tun?«, fragte Müller schließlich.

»Sie werden nach Kabul reisen und Svenja und Dehner von Norden in Richtung der Stammesgebiete entgegenreisen.«

»Habe ich noch Zeit, ein Paket aufzugeben?«

»Fragen Sie Goldhändchen, und lassen Sie sich von ihm Fotos schicken von den jungen Leuten, deren Spur wir verfolgen.«

»Ja«, sagte Müller. »Ich verstehe.« Krause verschwand von Müllers Bildschirm.

*

Krause schwante Böses, als Gillian gegen Mittag im Befehlston mitteilte: »Sie müssen sofort zum Präsidenten. Sofort. Wenn Sie mich fragen, herrscht da Stunk.«

»Dann ist es die Wüste«, sagte Krause. »Aber wir sind ja schon erwachsen und lassen uns den Mut nicht nehmen.«

Also ging er und war in Erwartung einer Kriegserklärung denkbar bester Laune. Krisen steigerten sein Selbstbewusstsein.

Der Präsident trug seinen Kampfanzug, was hieß, er hatte sein Jackett ausgezogen und die Ärmel des Hemdes achtlos hochgekrempelt. Und er hatte einen roten Kopf.

»Ich habe einen Brief bekommen«, eröffnete er scheinbar tieftraurig. »Der Brief kommt von der amerikanischen Regierung, genauer gesagt vom Finanzministerium, das zuständig ist für die Geheimdienste. Gerichtet ist der Brief an die Bundesregierung. Die Bundesregierung tobt und lässt durch die Blume anfragen, ob der Bundesnachrichtendienst noch alle Tassen im Schrank hat. Es geht um Gewalt, um geklautes Geld und Entführung ...«

»Ja, aber ...« Krause versuchte einen Einwand. Er setzte sich in einen schwarzen Ledersessel.

»Unterbrechen Sie mich nicht. Hören Sie zu, verdammt noch mal. Es geht um die Familie Alabi. Der Mann ...«

»... ist erstklassig«, schob Krause ein. »Und er ...«

»Er steht unter Terrorismusverdacht!« Der Kopf des Präsidenten war jetzt sehr rot.

»Der Verdacht ist reiner Blödsinn«, sagte Krause in die Stille.

»Aha! Reiner Blödsinn also. Und unsere amerikanischen Freunde fischen blind herum und finden, rein zufällig, Herrn Alabi. Und weil sie sowieso wegen ihrer zickigen Ehefrauen schlechte Laune haben, ist Herr Alabi verdächtig.«

»Nein, sie fischen nicht blind. Aber sehr, sehr nachlässig und viel zu viel. Der Verdacht kann entstanden sein, weil Alabi für uns arbeitet, weil die Amerikaner irgendeine Kleinigkeit falsch auslegen.«

Der Präsident schnappte nach Luft. In den folgenden Minuten musste sich Krause noch einmal eine atemlose Tirade wegen des Übergriffs Dehners auf die amerikanischen Agenten auf dem Flughafen Tegel und natürlich wegen Müllers

Wüstenaktion anhören. Wie schon gegenüber dem amerikanischen Geheimdienstchef Gregor verteidigte er Dehners Vorgehen vehement – und spielte im Fall Jemen den Dummen: »Wir waren nicht in der Wüste. Wir haben Frau Alabi und ihre beiden Söhne nicht herausgeholt. Wir haben keinem amerikanischen Kollegen in den Fuß geschossen. Wir haben keine Gelder geklaut.«

»Und wer hat dann das ganze Ding gedreht? Ein zufällig anwesender jemenitischer Kleinganove?«

»Das wäre mir egal«, sagte Krause.

Eine Weile herrschte tiefes Schweigen.

»Ich wäre Ihnen dankbar, wenn Sie mir wenigstens das Geld geben«, murmelte der Präsident schließlich.

»Das können Sie haben«, lautete Krauses Antwort. »Aber nicht die Familie Alabi.«

»Die Amerikaner bestehen darauf.«

»Nur über meine Leiche«, murmelte Krause.

Der Präsident betrachtete seinen Besucher, als habe er ihn noch nie im Leben gesehen. »Und die Vorgänge in der Wüste im Jemen streiten wir schlicht ab? Habe ich das richtig verstanden?«

»Das haben Sie richtig verstanden.«

»Das hat alles nicht stattgefunden?« Der Präsident kniff die Augen zusammen, als müsse er sich vergewissern, nicht zu träumen.

»Das wäre am einfachsten.«

»Manchmal denke ich, Sie sind nicht von dieser Welt.«

»Oh, das wäre ein bedauerlicher Irrtum.«

»Was ist, wenn es Beweise gibt?«, fragte der Präsident sachlich.

»Ich glaube nicht, dass jemand im Jemen gefilmt oder fotografiert hat«, antwortete Krause. »Mein Agent ist sehr aufmerksam und hat nichts dergleichen registriert. Ich würde also darauf bestehen, diese sogenannten Beweise zu sehen.«

»Sie behaupten aber, Beweise zu haben.«

»Das ist Standard, das wird immer behauptet. Sie haben nicht damit gerechnet, dass wir so schnell zurückschlagen. Sie waren überrascht, und sie haben garantiert keine Beweise.«

»Jemand hat Ihren Agenten in der jemenitischen Wüste mit dem Handy fotografiert.«

»Das glaube ich erst, wenn ich das Foto sehe. Hat man Ihnen das Foto mitgeschickt?«

»Nein, das hat man nicht.«

»Dann existiert es auch nicht«, sagte Krause.

»Also, was machen wir jetzt?«

»Wir geben Berlin zu, wir streiten den Jemen ab.«

»Und die Familie Alabi?«

»Wir wissen nicht, wo sie sich gegenwärtig aufhält. Die Amis können sich von mir aus totsuchen. Nicht einmal ich weiß, wo sie zurzeit leben.«

»Und das Geld?«

»Welches Geld denn, bitte?«

»Die Amerikaner werden sich verschaukelt fühlen.«

»Das wurde aber auch mal Zeit«, sagte Krause.

»Und ausgerechnet Sie sollen zu den Amerikanern wechseln, weil die Sie wollen«, sagte der Präsident einigermaßen fassungslos.

»Ja, ja«, sagte Krause. »Aber das ist sicher eine andere Abteilung.«

Dann begannen sie zu kichern. Es endete in einem dröhnenden Gelächter, das nicht enden wollte.

16. KAPITEL

Gegen 15.00 Uhr sagte Krause in das Mikrofon: »Ich brauche meine Svenja.«

Ihre Stimme klang munter.

»Ich hoffe, es geht Ihnen gut, meine Liebe«, sagte Krause lebhaft. »Ich komme mit einer Idee.«

»Wir sitzen hier fest«, stellte Svenja fest. »Alles ist willkommen, wirklich alles.«

»Na ja«, murmelte Krause vage. Dann räusperte er sich und sagte: »Ich glaube nicht mehr recht an unser Umfeld. Irgendetwas stimmt nicht, aber ich kann nicht definieren, was es ist.«

»Ich bin auch unsicher«, sagte Svenja. »Zu viel Durcheinander, keine klaren Linien. Und dann ist da diese merkwürdige Ruhe.«

»Merkwürdige Ruhe?«, fragte Krause gedehnt. »Wie verstehe ich das?«

»Beinahe unwirklich. Kilt Brown sitzt in seinem schicken Hotel um die Ecke und rührt sich nicht. Seine Chefs zeigen auch keine Bewegung. Alles ist ruhig. Viel zu ruhig.«

»Haben Sie denn irgendeine Ahnung?«, fragte Krause begierig.

»Nein, habe ich nicht.«

»Vielleicht verändern wir Ihr Aussehen?« Krause sagte es und kam sich im gleichen Moment lächerlich vor.

»Mein Aussehen? Wieso mein Aussehen?«

»Da sind Unsicherheiten aufgekommen. Ich traue dem Umfeld nicht mehr. Und Sie haben natürlich recht: Das ist alles viel zu ruhig. Könnte also vernünftig sein, etwas zu verändern. Wie wär's mit einem schönen Herrenschnitt?«

»Herrenschnitt?« Das kam hoch, fast quiekend.

»Ja, Herrenschnitt.« Er hörte, wie sie nachdachte und mit sich selbst argumentierte.

»Also, mein Friseur in Berlin sagt, es ist gut, die Haare ab und zu kurz zu schneiden«, meinte sie dann. »Anschließend reagieren die Keratine elastischer. Also, das sagt mein Friseur, und er hat viel Erfahrung. Also kurz.«

»Kurz«, bestätigte Krause.

*

Das Hotel war edel und still.

Sie durchstreiften die Flure, erkundeten die Treppenhäuser, die Tiefgarage, die vielen Aus- und Eingänge. Es war Routine, von der die Ausbilder behauptet hatten, sie sei in jedem Fall lebensrettend.

»Er kann das mit dem Haarschnitt nicht ernst gemeint haben«, seufzte Svenja zum dritten Mal.

»Es war ein Scherz«, lächelte Thomas Dehner. »Ich habe schon graue Haare entdeckt.«

»Du bist eine alte Frau, das steht fest.«

»Und du kriegst einen Tritt in den Hintern.«

»Und was, wenn du plötzlich ein Baby willst?«

»Dann nehme ich ein Babyjahr.«

Sehr lange Pause.

»Im Ernst?«

»Völlig ernst«, sagte Svenja. »Und was macht ein alternder Schwuler?«

»Der sucht sich einen älteren Herrn mit Kind.«

»Alles Scheiße!«, sagte Svenja tonlos.

»Stimmt. Alles Gerede.«

»Was machen wir wirklich?«

»Unseren Job.«

»Und die Bilanz?«

»Nie was anderes gemacht.«

Sie standen in der Tiefgarage zwischen vielen Limousinen. Es war sehr still. Dann miaute eine Katze. Das Tier kam unter einem Auto hervor und strich Dehner ziemlich unverfroren um die Beine.

»Ich habe nichts für dich«, sagte er und bückte sich zu ihr.

»Sie ist fett genug«, sagte Svenja. »Hier gibt es viel mehr Ratten als Autos.«

Sie gingen zum nächsten Lift und fuhren nach oben.

»Wir gehen in einer halben Stunde zum Abendessen«, bestimmte Dehner. Svenja streifte sich in ihrem Zimmer die Kleider ab und stellte sich unter die Dusche. Es war heiß, und sie fühlte sich erschöpft. Nichtstun machte sie müde. Das Wasser wurde nicht wirklich kalt.

Dann rief Goldhändchen an.

»Wir haben entschieden, dass ihr ab sofort ein Auto habt. Es ist ein Toyota Landcruiser, ausgerüstet mit allem, was ihr braucht. Zugelassen auf deine Lizenz unter dem Namen Shannon Ota. Drei Zusatzkanister Diesel hinten drin. Schlüssel am Empfang.«

»Was ist da bei dir schiefgelaufen?«, fragte Svenja.

»Bei mir?« Seine Stimme war augenblicklich schrill. »Was soll bei mir schiefgelaufen sein?«

»Irgendetwas ist schiefgelaufen«, beharrte Svenja. »Sie waren dicht dran.«

»Kilt Brown hat keine Ahnung von eurer Existenz«, schnappte Goldhändchen. »Das war so, und das wird so bleiben.«

»Dein Wort in Gottes Ohr«, sagte Svenja. »Haben wir irgendeine neue Nachricht?« Und dann sofort – ganz unvermeidlich: »Wie geht es meinem Müller?«

»Keine neue Nachricht. Der Chef sagt, es kann jeden Moment losgehen. Und dein Müller kommt euch aus Afghanistan entgegen. Er ist schon unterwegs. Du hast direkten Kontakt zu ihm über Handy Nummer zwei in genau vierzehn Stunden. Bis dahin Funkstille.«

*

Als Dehner nach zehn Minuten nicht erschien und nicht an ihre Tür klopfte, ging sie nach nebenan, um ihn zu holen. Die Tür war nicht verschlossen. Sie öffnete sie und sagte: »Ich habe Hunger, mein Lieber.«

Dehner hockte mit verzerrtem Gesicht auf dem Doppelbett. Er war leichenblass und hielt mit beiden Händen den linken Oberschenkel fest. Er sagte etwas, was sie nicht verstand, seine Sprache kam leise und verzerrt.

Dann sah sie das Messer. Es steckte ziemlich tief in seinem Bein, etwa zehn Zentimeter oberhalb des linken Knies.

»Ich weiß nicht, was er wollte«, sagte er plötzlich klar. Dann beugte er sich weit nach vorn, weil eine neue Schmerzwelle ihn überrollte.

»Er wollte dich nicht töten«, sagte sie vollkommen gelassen. »Was schätzt du? Wie tief?«

»Drei bis fünf?«, sagte er. »Zieh es raus!«

Erst jetzt bemerkte sie das Durcheinander. Neben ihm auf dem Bett lag seine Weste. Offensichtlich durchwühlt auf der Suche nach irgendetwas. Amerikanische Dollar, sehr viele, lagen herum. Papiere auf seinen Arbeitsnamen, Kleinkram.

»Er wollte kein Geld«, keuchte er.

»Er wollte dich identifizieren«, sagte sie. »Suchte nach Ausweisen oder so was.« Sie musste eine schnelle Entscheidung treffen.

Sie rief Esser.

»Wir haben ein Red«, sagte sie in aller Gelassenheit. »Thomas hat ein Messer im linken Oberschenkel. Blutet nicht stark. Ungefähr vier Zentimeter, schätze ich. Kein Raubüberfall. Durchwühlte Kleidung, Geld ist noch da.«

»Klar bei Bewusstsein? Lage der Wunde?«

»Vollkommen klar. Wunde liegt zwischen zwei Muskeln leicht linksseitig der mittleren Schenkelachse.«

»Kann er frei atmen?«

»Ja.«

»Hast du ein Pflaster?«

»Standard.«

»Nicht ganz abdecken, nicht luftdicht verschließen. Autogenes Training?«

Svenja sah Dehner an. »Kannst du deinen Geist ein bisschen auf die Reise schicken?«

»Geht schon.« Dehner nickte.

Er schloss die Augen, konzentrierte sich irgendwo in der Mitte seines Körpers und atmete bald tiefer.

»Okay«, sagte Svenja.

»Zieh es raus!«, sagte Esser.

Svenja tat es. Es war ein billiges Messer, nichts für Profis. Die Wunde blutete nur leicht.

»Vorschlag?«, fragte Esser.

Svenja schnitt mit der Schere an ihrem Taschenmesser ein passendes Stück Heftpflaster ab und klebte es auf die Wunde. Dehner zuckte leicht zusammen.

»Wir müssen hier spurlos raus«, sagte Svenja. »Ich bringe ihn in die Tiefgarage, hole mir das Auto, lade ihn ein. Wir verschwinden.«

»Wie konnte das passieren?«

»Weiß ich noch nicht«, antwortete Svenja. »Er sagt es dir.«

Dehner langte nach dem Handy, Svenja gab es ihm.

»Ich war im Bad«, erklärte er. »Ich nehme an, der Mann hat gedacht, ich wäre drüben bei Svenja. Er muss eine Schlüsselkarte für mein Zimmer gehabt haben. Jedenfalls war er plötzlich einfach drin und filzte meine Sachen. War nicht trainiert, wirkte sehr laienhaft. Kein Typ für einen Kampf.«

»Beschreibung?«

»Unauffällig. Inder oder Pakistani. Schmal, mager, ungefähr ein Meter siebzig, Glatze. Grauer Anzug, abgeschabtes Hemd, blaue Krawatte. Schuhe weiß ich nicht. Billiges Zeug. Handlangertyp.«

»Seht zu, dass ihr lautlos verschwindet. Wer hat das Hotel gebucht?«

»Goldhändchen.«

»Meldet euch, wenn ihr draußen seid.«

*

Krause war entsetzt, und das ganze Haus wusste es.

In den melancholischen und trüben Stunden seines Daseins hatte Krause oft darüber gegrübelt, wie ein Blackout in dieser Operationsabteilung aussehen könnte. Welche Auswirkungen zu erwarten seien, was dann zu tun sei, wie man dem begegnen könnte. Jetzt warf ihn die Realität um. Außerdem würde nicht mal im Traum daran zu denken sein, an diesem Abend einigermaßen früh zu Wally nach Hause zu kommen.

»Esser und Sowinski zu mir«, schnaubte er in das Mikrofon.

»Kommen«, sagte Gillian.

Sie kamen augenblicklich.

Krause hielt sich nicht auf, Krause fragte: »Sowinski, kannst du Goldhändchen eine Weile ersetzen?«

»Das wird schwierig«, sagte Sowinski, er stützte sein Kinn auf seine verschränkten Hände. »Aber er hat zwei Leute weitgehend eingearbeitet. Die wissen fast alles. Miriam und Patrick. Was akut los ist, weiß ich nicht. Ich kann mich kümmern, aber eine rauschende Party wird das nicht.«

»Wer steuert die Leute draußen?«, fragte Esser verunsichert. »Ich meine, so einen Fall hatten wir noch nie.«

»Das musst du machen«, sagte Krause. »Dann leidet der Background eine Weile, aber das ist zu verschmerzen. Oder sehe ich das falsch?«

»Das kommt drauf an, wie lange die Weile dauert«, sagte Sowinski. »Ist das voraussehbar?«

»Ist es nicht«, antwortete Krause fest.

»Weißt du, was genau los ist?«

»Nein. Noch nicht.«

»Das ist aber sehr seltsam für einen Geheimdienst«, murmelte Sowinski.

»Das muss jetzt reichen.« Krause wedelte mit beiden Händen. »An die Arbeit. Und her mit Goldhändchen. Er soll alles stehen und liegen lassen.«

Als Krause wieder allein war, kam tröstend Gillians Stimme. »Ich schlage einen grünen Tee vor.«

Krause antwortete irgendetwas Unverständliches und fragte dann: »Haben Sie denn eine Ahnung, was mich erwartet?«

»Das weiß ich wirklich nicht. Wollen Sie nun einen grünen Tee?«

»Ja, her damit. Gegen was oder für was ist denn der?«

»Er erdet den Körper, habe ich irgendwo gelesen.«

»Ach du lieber Gott.«

Als Goldhändchen hereinkam, wich gerade langsam die Erstarrung von Krauses Gliedern.

»Wir beide haben etwas zu bereden«, sagte er. »Setz dich.« Seine Hände spielten mit dem steinernen Elefanten, aber er spürte ihn nicht. Die Szene erschien ihm wie ein Traum, aus dem es kein Entkommen gab. Goldhändchen stand mit leicht gespreizten Beinen vor ihm, als wolle er jeden Augenblick losstürzen und aus dem Raum rennen. Er sah Krause nicht an, hielt den Kopf gesenkt.

»Es ist so, Chef, dass ich mehrere Leute draußen an der Front habe. Es darf also nicht allzu lange dauern.« Goldhändchen war sehr nervös.

»Es wird so lange dauern, wie es dauert«, stellte Krause fest. Er mühte sich, nicht wütend zu werden.

Goldhändchen stand immer noch auf dem Sprung, als habe er auf keinen Fall Zeit, sich zu setzen.

Er war wie üblich schrill angezogen. Teure Stoffe hingen an ihm, konnten aber nicht darüber hinwegtäuschen, dass er dieser Seite seines Lebens in diesen Tagen nicht die geringste Aufmerksamkeit schenkte. Ein wahrscheinlich maßgeschneiderter Anzug aus leichter, dunkelblauer Seide, ein grellgrünes Hemd, eine geöffnete tiefblaue Krawatte. Feuerwehrrote Socken in schwarzen Halbschuhen. Krause dachte: Er sieht bei aller Seide aus wie ein Penner.

Goldhändchens Gesicht war breit und teigig, ungesund blass mit blutunterlaufenen grauen Augen. Er sah alt aus, wirkte erschöpft und ausgelaugt. An zwei Rasierschnitten hingen noch weiße Taschentuchfetzen. Eine Elendsgestalt. Er wirkte wie jemand, der seit Wochen in billigen Kneipen zu Hause war, sich von Bier und Frikadellen ernährte und den Weg zurück ins Leben verpasst hatte. »Wie fühlst du dich?«, fragte Krause.

»Ganz gut«, antwortete Goldhändchen mit niedergeschlagenen Augen.

»Wir müssen noch einmal über die Geschichte in Karatschi sprechen. Warum hast du mitten im Rennen die Pferde gewechselt?«

»Das habe ich doch schon beantwortet«, quengelte Goldhändchen.

»Setz dich.«

»Ich habe zu Silk gewechselt, weil sie besser ist. Besser war, meine ich. Und weil meine Leute da draußen das Beste brauchen.« Er stand noch immer. Das Jackett stand offen, der Bauch quoll über die Hose.

Krause erinnerte sich an eine Mitteilung der Verwaltung: Goldhändchen neige zu Übergewicht und sei bereits mehrmals (ohne Reaktion seinerseits!) zu gymnastischen oder sportlichen Betätigungen aufgefordert worden. Du lieber Himmel, dachte er in mattem Zorn, Goldhändchen sitzt lebenslang vor seinen Bildschirmen, schützt und steuert meine Leute, holt sie aus den unmöglichsten Szenarien raus, und diese Sesselfurzer wollen ihn zum Frühsport treiben.

»Setz dich, Mann!«, donnerte er.

Goldhändchen schreckte zusammen und gehorchte.

Krause wechselte wieselflink von seinem Bürostuhl auf den Sessel neben ihm.

»Der Wechsel von Sadrat zu Silk war unverantwortlich.« Seine Stimme war jetzt ganz leise.

Goldhändchen hob nicht einmal mehr den Kopf. »Es war der Wechsel von mittelmäßig zu sehr gut«, krächzte er.

»Mitten im Rennen?«

»Manchmal ist das so.«

»Was weißt du von den Sicherheitsbemühungen der Gegenseite?«

»Normal. Wie alle diese engstirnigen muslimischen Unternehmen, die ihren lieben Gott exportieren wollen.«

»Was heißt denn normal?« Krause atmete einige Male tief durch.

»Normal eben. Sicherheit spielt keine große Rolle.«

Gillian kam über den Lautsprecher.

»Erlauben Sie eine Mitteilung von Herrn Sowinski?«

»Geben Sie her.« Krause drückte einen Knopf an seinem Handy.

»Das musst du wissen«, flüsterte Sowinski drängend. »Der Sicherheitsbereich der Gegenseite wurde überhaupt nicht untersucht. Wir wissen nichts darüber. Die Leute agieren erschreckend abgeschottet wie ein Geheimdienst. Da liegt bei uns nichts vor, absolut nichts.« Er klang, als könne er es nicht glauben.

»Wie lange nicht?«, fragte Krause.

»Laut Computer seit mindestens vier Tagen. Total tote Hose. Wir haben die Leute in Karatschi festgenagelt, aber wir wissen nichts über sie.«

»Dann Gute Nacht.«

Krause schaltete um, sah wieder Goldhändchen an, musste sich fangen. Mach es langsam, ermahnte er sich.

»Erinnerst du dich an Nine-Eleven? Weißt du noch, warum die amerikanischen Brüder so sauer auf uns waren?«

»Ja, ja. Weil wir keine Ahnung hatten, dass die Todesflieger unter uns lebten. Aber die Amis hätten auch eine Menge mehr wissen können.« Goldhändchen schien das alles langweilig zu finden, seine Stimme nölte.

»Und du behauptest jetzt, Sicherheit spielt bei denen keine große Rolle? Die lancieren hier ihre Leute unter der höchsten Sicherheitsstufe, um ihr großes Ding vorzubereiten? Jahrelang? Und wir haben keine Ahnung?« Seine Finger trommelten auf der Sessellehne. »Also, was wissen wir von den Sicherheitsvorkehrungen der Gegenseite?«

»Nicht besonders ausgeprägt«, antwortete Goldhändchen schnell.

»Was heißt das genau?«

»Sie halten es geheim, aber sie sind natürlich nicht perfekt. Ich finde Zugänge, wenn du willst.«

»Das ist eine dumme Antwort.« Krause schüttelte bedachtsam den Kopf, als könne er es nicht fassen. »Die Zugänge sollten längst vorhanden sein. Das ist deine Aufgabe. Die haben junge Leute rekrutiert, die haben Anhänger gesammelt. Die haben das sehr lange getan, und wir hatten keine Ahnung davon. Du nennst die Sicherheitsvorkehrungen der Gegenseite ›nicht besonders ausgeprägt‹. Aber die sind so gut, dass wir zurzeit jedenfalls keine Ahnung haben. Irgendetwas stimmt da nicht, mein Lieber. Ich will nicht um den heißen Brei herumreden, das sieht nicht gut aus. Der Wechsel von Sadrat zu Silk mitten in einer Aktion war unprofessionell. Du hast unsere Leute in Gefahr gebracht. Was dann folgte, mag ich mir gar nicht ausmalen.« Er schnaufte, er wirkte erschöpft und verzweifelt. »Und du hast einen Trick versucht. Du hast versucht, der Gegenseite zu suggerieren, dass da ein Konkurrent aufgetaucht ist, der zwei Agenten eingesetzt hat. Genauer: unsere Agenten. Daraus ist nichts geworden, oder? Oder hast du irgendeine Reaktion bekommen? Nein, unterbrich mich jetzt nicht, halt den Mund und hör zu. Sie haben auf den Trick gar nicht reagiert. Warum nicht? Weil der Konkurrent so schlecht erfunden war, dass er gar nicht stimmen konnte. Aber der schlechte Trick hat der Gegenseite die Möglichkeit gegeben, auf uns zurückzuschließen. Sie haben uns geortet. Wie konnte das geschehen, wie konntest du so versagen? Wo ist dein Gehirn geblieben? Wie konntest du uns in eine solche Gefahr stürzen?«

»Es gab keine Gefahr!«, sagte Goldhändchen mit hoher, heiserer Stimme. Die rechte Hand mit dem Zeigefinger kam hoch und wedelte heftig hin und her. Seine Augen glühten, er war beleidigt, gekränkt, vollkommen verkannt, das große Genie unter zutiefst Ahnungslosen.

Krause lächelte plötzlich. Er erinnerte sich an einen Schulkameraden, der eine große Ähnlichkeit mit Goldhändchen gehabt hatte: immer der Antreiber bei allen möglichen und unmöglichen Aktionen, immer bereit, nach Belieben die Lehrer lächerlich zu machen. Aber dabei selbst immer schnell beleidigt, wenn es um die eigene Unschuld ging.

»Also, was weißt du über die Gegenseite und ihre Sicherheitsvorkehrungen? Nein, keine schnelle Antwort. Immer mit der Ruhe. Was wissen wir wirklich?«

Goldhändchen antwortete nicht, schloss stattdessen die Augen.

»Dann ist da noch etwas«, sagte Krause mit einem Seufzer.

»Damit habe ich gerechnet«, röhrte Goldhändchen plötzlich rau und räusperte sich lange. »Ich bin also der Böse. Ich bin für alles verantwortlich, was nicht rundläuft. Ich bin ja auch bequem und leicht zu erreichen, ich stehe zur freien Kritik in der Gegend herum. Man möge sich bedienen.«

»Mach dich nicht lächerlich.« Krauses Stimme war jetzt ganz weich. »Du bist ein verdammt guter Mann. Der beste. Du weißt das. Aber etwas ist passiert. Ich frage dich also: Was?«

»Nichts. Was soll passiert sein?«

»Was ist passiert?«

»Nichts!«, brüllte Goldhändchen. »Einfach nichts!«

Okay, dachte Krause vage, du hast es so gewollt, du musst es schlucken.

»Auch unser Kollege Doktor Dieckmann wäre gerade beinahe getötet worden.« Er wählte automatisch Müllers Arbeitsnamen, immer im Bewusstsein, dass das Gespräch mitgeschnitten wurde. Er hob schnell die rechte Hand, weil Goldhändchen ihn hitzig unterbrechen wollte. »Er ist zu einem gewissen Enrique Cardozo geschickt worden. Die Vorbereitung lag bei dir. Trotzdem war Dieckmann kein bisschen darauf gefasst, dass das Haus von bewaffneten Bodyguards gesichert wird. Wir hatten Glück, dass wir Doktor Dieckmann nicht verloren haben. Wie konnte es dazu kommen?«

»Das passiert schon mal, wenn es eng wird«, sagte Goldhändchen schnell und nuschelnd.

»Das passiert schon mal?« Krauses Stimme war ganz hoch. »Das passiert schon mal? Bist du verrückt, Mann?«

Goldhändchen warf beide Hände nach vorn, als wolle er etwas sagen. Aber er sagte nichts, atmete stattdessen laut mit gespitztem Mund aus.

»Was ist los?«, fragte Krause.

»Nichts. Alles okay. Wirklich.«

»Du bist doch erwachsen«, sagte Krause vorwurfsvoll.

Goldhändchen bewegte sich hin und her, als wiege er sich in Schmerz. »Meine Mutter«, sagte er leise.

»Was ist mit deiner Mutter?«

»Sie ist tot«, sagte Goldhändchen plötzlich ganz locker und hell erstaunt, als sei ihm das eben erst wieder eingefallen.

»Wann ist das passiert?«

»Vor ein paar Tagen. Abends, denke ich. Da war ein Leberwurstbrot.«

»An was ist sie denn gestorben?«

»Was weiß ich? Woher soll ich das wissen?«

Krause war höchst irritiert. »Hast du denn keinen Arzt geholt? Oder war das im Krankenhaus?«

»Nein, nein. Zu Hause.«

»Und was hat der Arzt gesagt?«

»Da war kein Arzt.« Goldhändchen verschränkte die Hände in seinem Schoß und schloss die Augen.

»Und jetzt?« Krause dachte wütend an eine unbestimmte Adresse: Tu mir das nicht an!

Goldhändchen sah Krause an. In seinen Augen waren Tränen, und er hatte einen ganz breiten Mund.

»Na, dann schauen wir mal nach«, seufzte Krause.

»Wieso denn?«, fragte Goldhändchen schnell und entsetzt.

»Keine Widerrede«, sagte Krause. »Gillian, wir brauchen den Wagen. Wir sind eine Weile weg.«

Es regnete in Strömen. Auf der Fahrt sprachen sie kein Wort miteinander.

Goldhändchen gab eine Adresse im Wedding an. Alte Berliner Wohnhäuser, vierstöckig, grau. Der Fahrer mühte sich, nach dem Aussteigen einen Schirm über Krause zu halten, aber es half nicht viel. Im Treppenhaus holte Krause eine Packung Papiertaschentücher aus den Tiefen seines Jacketts und rieb sich das Gesicht und die Brille trocken. Bei traurigen Gelegenheiten, dachte er, regnet es immer.

Es war im ersten Stock.

Die Wohnungstür war ein hölzernes, verglastes Ungetüm vom Boden bis zur hohen Decke. Goldhändchen schloss zittrig mit einem großen, altmodischen Schlüssel auf und sagte dünn: »Bitte.«

Es war dunkel, nachtdunkel. Es roch muffig, als sei die Wohnung wochenlang nicht gelüftet worden. Und es war ungesund warm wie in einem Treibhaus.

Goldhändchen flüsterte: »Moment, bitte«, und ging ein paar Schritte. Dann flammte Licht auf. Die Decke war hoch. Dreieinhalb Meter, schätzte Krause. Das Licht war trostlos, eine riesige, runde Glasfunzel hoch an der Decke, die einen mageren gelblichen Schein absonderte. An einer Längswand ein dunkler Schrank, hoch wie ein Turm, breit wie ein Ungetüm mit unzähligen Türen, auf denen Schnitzereien prangten, dunkel, drohend.

Ich muss es versachlichen, dachte Krause verkrampft. Er fragte: »Wo ist deine Mutter denn?«

»Im Esszimmer«, antwortete Goldhändchen erstaunlich nüchtern. »Das ist die Tür rechts neben dir.«

»Im Esszimmer«, wiederholte Krause laut und öffnete die Tür.

»Der Schalter ist rechts«, sagte Goldhändchen.

Hier war es noch wärmer. Es roch stark nach Urin und nach alter Frau mit einem Hauch von Kölnisch Wasser.

Krause fand den Schalter, ein alter Bakelitschalter zum Drehen. Über einem riesigen Tisch flammte ein Kristalllüster auf, ein Kronleuchter, ein Monstrum der Glasbläserkunst, zentnerschwer, die meisten kerzenförmigen Birnen waren kaputt. Seltsamerweise ließ das gelbe Licht den Raum eher noch dunkler und geheimnisvoller wirken. Ein mächtiger, schwarzer, ovaler Tisch. Sechs Stühle mit fast mannshohen Lehnen, ein Sideboard, meterlang und rabenschwarz, mit gedrechselten Verzierungen. Ein Schrank, deckenhoch, tiefschwarz, an den Schlüsseln lange schwarze Troddeln. Krause hatte keine Ahnung von Antiquitäten, nahm aber an, zwischen erlesenen Dingen zu stehen. Sie machten ihm Angst.

Die Frau saß auf einem Stuhl, leicht seitwärts geneigt, den linken Ellenbogen samt dem Unterarm auf der Tischplatte. Ihr Kopf lag scharf nach links geneigt auf der Schulter. Merkwürdigerweise wirkte ihr Gesicht ruhig, fast durchscheinend, ohne jede Erdenschwere. Keine Frage, sie war tot. Sie war klein, hatte beinahe die Statur eines Kindes. Und mochte zwischen siebzig und achtzig Jahre alt sein. Sie trug ein blaues, seidenes

Kleid mit einer Elfenbeinbrosche an ihrem faltigen Hals. Sie hatte nur noch vereinzelte lange Haarsträhnen, der Schädel leuchtete blau.

Krause erinnerte sich an eine Bemerkung Goldhändchens: »Da war ein Leberwurstbrot.« Jetzt sah er es auf einem Teller vor ihr, es war matt grünlich von Schimmel überzogen. Der Tisch war noch gedeckt, rechts und links von ihrem Teller lagen ein silbernes Messer und eine silberne Gabel. Dazu eine Tuchserviette in einem breiten silbernen, kunstvoll ziselierten Ring. Hinter dem Teller mit dem Brot stand ein Kerzenleuchter mit zwei weißen, halb abgebrannten Kerzen.

»Dann wollen wir mal«, sagte Krause laut und munter. »Komm her, wir legen sie auf ihr Bett.« Er drehte sich von der Frau weg und zog die Vorhänge vor den Fenstern auf. Ein Fenster öffnete er weit. Der sanfte Lärm der Straße traf ihn tröstlich.

Goldhändchen kam nicht, er war nicht mehr da.

»Komm her, Junge«, sagte Krause laut. »Geht ja schnell. Muss sein.«

Goldhändchen meldete sich nicht.

Krause ging durch die Wohnung, öffnete wahllos Türen, stieß überall auf gewaltige Möbel mit Schnitzereien. 1930?, dachte er. Nein, früher. Wahrscheinlich vor dem Ersten Weltkrieg. 1910 oder so. Goldhändchens tote Mutter musste eine Nachfahrin der ursprünglichen Besitzer sein. Die Einrichtung jedenfalls war noch die alte. Das Wohnzimmer: ein Albtraum, ein Tanzsaal, riesige Möbel aus einer längst versunkenen Zeit. Und überall zugezogene Vorhänge von der Decke bis zum Boden, diffuses, graues Licht. Krause erblickte eine uralte Sitzgruppe aus völlig abgewetztem rötlichem Leder, die mehr Platz einnahm als eine ganze Wohnung in einem modernen Haus.

»Wo bist du denn, Junge?«

Endlich trat Krause in einen Raum, den er sofort als Goldhändchens Zimmer erkannte. An den Wänden hingen Poster von Musikgruppen, die seit Jahrzehnten Geschichte waren. Auf dem Fußboden herrschte ein heilloses Chaos. Dreckige Wäsche, verschmutzte Anzüge, gebrauchte Socken. Dazwischen Schuhe aller Farben, Hosengürtel, gebrauchte Hemden und T-Shirts. Und farbige Halstücher, eine Wolke von Halstüchern. Ein Bett wie ein riesiger Kahn, dunkel und schwer, die Bettwäsche schmuddelig, auf einem Beistelltischchen ein aufgeschlagenes Buch, eine angebrochene Tafel Schokolade, ein von Zigarettenkippen überquellender Aschenbecher. Goldhändchen las »Das Heimatmuseum« von Siegfried Lenz.

Er hat versucht, hier zu leben, dachte Krause. Mich wundert, dass er nicht verrückt geworden ist.

Goldhändchen war in der Küche.

Weiße, wuchtige Schleiflackmöbel bis an die Decke, ein uralter elektrischer Herd, ein riesiger alter Kühlschrank, eine Arbeitsplatte wie in einem Restaurant. Oben an der Decke eine gewaltige runde Lampe mit vier Birnen, die aber kaum Licht gaben.

Goldhändchen saß zusammengesunken auf einem Stuhl an einem großen, runden Tisch, hatte beide Ellenbogen auf der Tischplatte aufgestellt und barg sein Gesicht in den Händen.

»Bist du hier aufgewachsen?«

Goldhändchen weinte, schluchzte, kämpfte um Luft, keuchte. »Ich wollte weg, da war ich achtzehn.«

»Wer war eigentlich dein Vater?« Himmel, Arsch und Zwirn! Ich weiß nichts, ich habe keine Ahnung, und er ist einer meiner Besten!

»Ein Bürokrat, ein Büroarsch, Regierungsdirektor. Als er starb, heulte meine Mutter wie ein jiddisches Klageweib: Meine

Sonne ist untergegangen!, hat sie geschrien. Aber ich habe gejubelt, ich hätte am liebsten auf seinem Grab getanzt.«

»Und du hast hier gelebt?« Da war Unglauben.

»Nicht immer. Manchmal. Zum Teil. Ich hab nach ihr geguckt. Aber wir mochten uns nicht, wir haben uns nie gemocht. Sie sagte, Geheimdienstarbeit versaut den Charakter. Ich glaube, sie hat mich verachtet. Sie hat die ganze Welt verachtet. Hast du eine Zigarette für mich?«

»Ich rauche nicht. Hast du irgendwo eine Wohnung? So etwas wie eine Zweitwohnung?«

»Nein. Wozu denn?«

»Na ja, weil du irgendwo ein Bett brauchst. Nicht das hier. Hast du noch ein Bett? Irgendwo?«

»Ja. Im Kabuff hinter meinem Schreibtisch. Da kann ich für Stunden liegen und schlafen.«

»Das Kabuff? Bei uns? Sonst nichts?«

Goldhändchen antwortete nicht.

»Und wenn das nicht geht? Das Kabuff nicht, und das hier auch nicht? Wenn dich das alles ankotzt, Junge? Rede mit mir!«

»Bei Jacqueline.«

»Wer ist das?«

»Eine Bekannte. In Wilmersdorf. Hat ein Apartment.«

»Freundin?«

»Na ja. Sie hat ein Apartment. Sie strippt.«

»Wo strippt sie denn?«

»In Mitte. Wenn sie Auftritte kriegt.«

»Wie alt?«

»Sieben ... nein, sechsundzwanzig. Geschieden. Keine Bindung. Harmlos.« Das »harmlos« wirkte verlegen, als müsse er sich gegen den Verdacht wehren, mit einer x-Beliebigen umzugehen.

»Und du zahlst ihr das Apartment?«

»Manchmal.«

»Komm, wir legen deine Mutter auf ein Bett und holen den Arzt. Hatte sie einen Hausarzt?«

»Ich kann sie nicht anfassen.« Ein Schluchzer.

»Aber ... sie hat dich geboren.« Was für ein dummes Argument, gestand sich Krause insgeheim ein.

»Nein, bitte.«

»Hast du viel Zeit hier verbracht?«

»Geht so. Hatte eben ein Zimmer hier. Nicht wirklich viel.« Er nuschelte, seine Kehle war zu eng, er hustete, er suchte nach einem Taschentuch, Krause reichte ihm eines.

»Wann fing das denn an?«, fragte er.

»Wann fing was an?«

»Das mit dem Sterben. Hat sie nichts gesagt? Sie muss doch irgendetwas gesagt haben. Da muss doch ein Arzt gewesen sein. Und hier muss jemand die Wohnung gesäubert haben. Wer war das?«

»Maria. Sie war schon immer da. Zweimal die Woche.«

Krause seufzte. »Sie hat sich doch nicht an den Tisch gesetzt und ist gestorben. Einfach so, von jetzt auf gleich. Sie muss irgendetwas gespürt haben. Menschen in dem Alter spüren den Tod ...«

»Sie ist gefallen, das weiß ich. Vor einer Woche lag sie im Bad, als ich nach Hause kam. Ich half ihr hoch und sagte, sie müsse unbedingt zum Röntgen ins Krankenhaus. Aber sie wollte nicht, sie sagte: Ich habe sowieso nicht mehr lange.«

»Goldhändchen, ich will nur etwas in deinem Sinne klären: Wann hast du gespürt, dass sie sterben wird?«

»Das weiß ich nicht.«

»Goldhändchen!«

»Vor zehn Tagen oder so. Da stand sie mitten in der Nacht in meinem Zimmer und sagte ganz klar und deutlich: Ich möchte neben meinem Mann beerdigt werden.«

»Dann pack mal einen Koffer.«

»Was?«

»Einen Koffer packen. Du musst hier raus.«

»Aber wohin denn?«

»Das kriegen wir schon hin.« Krause drehte sich um und ging aus der Küche hinaus in den Vorraum. Er rief den medizinischen Dienst, erklärte, was zu erklären war, forderte einen Arzt und einen Psychologen an. Dann stand er kummervoll im Halbdunkel, unfähig zu fluchen, unfähig zu brüllen, unfähig zu weinen. Es war nicht Goldhändchens Chaos, das ihn zu Boden drückte, es war seine eigene Ahnungslosigkeit.

17. KAPITEL

Sowinski war stinksauer. Er hatte viel zu leichtfertig zugesagt, er werde Goldhändchen ersetzen, und sah sich nun einem Strom an Nachrichten ausgesetzt, mit dem er nicht fertigwerden konnte. Es war einfach zu viel, zu unübersichtlich, zu chaotisch. Außerdem hatte er den Verdacht, dass man ihm etwas verschwieg. Die sechzehn jungen Frauen und Männer. die mit ihren Computern Goldhändchens Welt kontrollierten und erforschten, strahlten ihn zwar an, schienen willig und fügsam, aber wenn er harte Fragen stellte, wurden sie verlegen und drückten sich um eine Antwort. So, als wollten sie ihn lieber aus ihrer Welt heraushalten.

»Was, zum Teufel, heißt ›A. whs. z. T.‹?«, fragte er schroff.

»Das heißt, dass A. wahrscheinlich zu T. gegangen ist«, antwortete eine junge Frau brav.

»Wieso wahrscheinlich?«

»Weil es nicht sicher ist.«

»Wieso wissen wir das wahrscheinlich, aber nicht sicher?«

»Weil wir es annehmen, aber nicht genau wissen.«

»Wahrscheinlich reicht mir nicht. Wo liegt der Fehler?«

Die junge Frau fing an zu stottern.

Sowinski stürmte in Krauses Büro und teilte entnervt mit: »Ich kann das nicht.«

»Goldhändchen wird ziemlich lange ausfallen«, sagte Krause. »Laut Arzt mindestens drei Monate, der Psychologe sagt, eher sechs. Was ist so schwierig?«

»Ich bade in Unsicherheiten«, schnaubte Sowinski. »Meine Lieblingsvokabel ist ›wahrscheinlich‹. Wahrscheinlich ist Sowieso nach Süden verschwunden. Wahrscheinlich hat er dabei seine Frau mitgenommen. Wahrscheinlich haben sie vor, sich in den Iran abzusetzen. Wahrscheinlich ist das von langer Hand geplant. Wahrscheinlich haben sie vorher den Agenten A. in Tripolis getroffen. Wahrscheinlich gibt es für alles das aber auch eine andere Erklärung, die wahrscheinlich aber infrage gestellt werden wird. Ich werde verrückt.«

»Sie sind unsicher.«

»Was heißt das?«

»Sie haben ihren Chef verloren. Das macht sie unsicher. Ich wollte euch ohnehin informieren. Goldhändchens Mutter ist gestorben. Offenbar hat sich ihr Ableben einige Tage vorher angekündigt, wahrscheinlich hat er deswegen eine große Angst und Panik entwickelt, ist nun wie paralysiert und weiß nicht mehr aus noch ein. Du musst herausfinden, wann er angefangen hat, sich zu verweigern.«

»Und wann genau, glaubst du, ist das eingetreten?«

»Vor zehn Tagen etwa, nehme ich an. Seine Mutter hat zu diesem Zeitpunkt geäußert, es gehe mit ihr zu Ende. Das war vermutlich der Punkt, an dem er massive Ängste entwickelte. Wenn Goldhändchens Leute von ›wahrscheinlich‹ und ›möglich‹ reden, wenn sie sich nicht entscheiden können, was ist oder was nicht ist, musst du herausfinden, wann diese Unsicherheit einsetzt. Datum und Uhrzeit. Dann hast du den Punkt, an dem Goldhändchen sich abgeschaltet hat. Bis dahin hat er jeweils gesagt: Wir entscheiden, dass das so oder so ist. Aber seit diesem Punkt hat er keine durchdachten Entscheidungen mehr getroffen. Seitdem hat er uns nur noch Funktionieren vorgespielt. Da haben wir uns alle täuschen lassen. Er hatte nichts mehr im Griff.«

»Wie geht es ihm denn?«

»Ziemlich beschissen.«

»Wo ist er?«

»In einer Klinik.«

»Vor zehn Tagen also. Du lieber Gott, das ist eine lange Strecke. Er hat sich nicht die Spur um die Gegenseite gekümmert. Als ob es diese Gegenseite gar nicht geben würde. Er hat zwar noch punktuell Pläne geschmiedet, aber nichts mehr sinnvoll weiterverfolgt. Das war alles nur Fassade. Ich habe null Ahnung, wer jetzt in Karatschi meine Svenja und meinen Thomas jagt, ich habe null Ahnung, ob sie aufgeflogen sind oder nicht. Ich weiß einfach nichts. Ich weiß nichts, verstehst du? Und sie stehen, verdammt noch mal, in irgendeinem traurigen Viertel mit ihrem Leihwagen auf der Straße und warten auf Instruktionen.«

»Sag Goldhändchens Leuten, er kommt wieder, auch wenn es eine Weile dauern wird. Erzähle ihnen von seiner toten Mutter. Frage sie, wann sie angefangen haben, statt Fakten das Wort ›wahrscheinlich‹ zu verwenden. Sage ihnen, sie haben das bisher richtig gemacht, aber nun ist Schluss mit Vermutungen. Du musst ihnen sagen, was Sache ist.«

»Was wissen wir überhaupt von der Gegenseite?«

»Erschreckend wenig.«

»Was ist, wenn Kilt Brown jetzt verschwindet?«

»Was soll sein? Dann haben wir ihn verloren.«

»Himmel, Arsch und Zwirn«, zischte Sowinski wütend.

Er rannte in sein Büro und kramte in den Unterlagen. Er rannte von dort mit Akten unter dem Arm auf Goldhändchens Pilotensitz unter den großen Bildschirmen und sagte hölzern ins Mikrofon: »Wir sehen uns in fünf Minuten zu einem wichtigen Treffen. Alle, ohne Ausnahme.« Dann fügte er hinzu: »Und jetzt brauche ich die Agentin Shannon Ota in Karatschi.«

Svenja meldete sich.

»Ich bin's, euer Engel«, sagte Sowinski. »Goldhändchen fällt für lange Zeit aus, ich versuche, ihn zu ersetzen. Ich muss einiges umdisponieren. Sucht euch aus Sicherheitsgründen gleich ein neues Auto, sagt mir, wenn ihr es habt. Dann fahrt ihr langsam nach Norden aus der Stadt heraus und wartet auf Einzelheiten. Wie ist die Lage?«

»Wir sitzen in einer schmierigen Bar und essen unter schmieriger Beleuchtung schmieriges Hähnchencurry. Was ist mit Goldhändchen?«, fragte Svenja

»Ausgefallen, seine Mutter ist gestorben. Schwerer Schock. Wird dauern. Gebt mir eine Stunde Zeit, ich muss mich einarbeiten.«

»Gut«, sagte Thomas Dehner. »Das Essen ist sowieso nicht abendfüllend. Gibt es Neues von Kilt Brown?«

»Zurzeit nicht, demnächst mehr.«

»Stark beunruhigt, die Eltern zu Hause«, stellte Svenja die Diagnose.

*

In Karatschi herrschte Nacht, aber die Stadt schlief nicht.

»Komisch. Goldhändchen ist die ständige Stimme im Hintergrund. Er weiß immer mehr als wir. Er schickt uns Leute, die helfen, wenn wir irgendwo auf diesem Planeten festsitzen. Und wir fragen uns, wie er das alles fertigbringt. Irgendwie kann ich mir gar nicht vorstellen, dass er ganz normal eine Mutter hat und dass diese Mutter sterben kann. Jetzt ist die Frau tot, und er ist weg. Einfach so.«

Dehner lächelte. »Manchmal höre ich vor dem Einschlafen seine Stimme. Das beruhigt mich immer.«

»Also, ein neuer Wagen«, erinnerte Svenja.

Dehner winkte der Bedienung und fragte: »Wo finden wir einen Autoverleih?«

Die junge Frau bekam kugelrunde Augen. »Hier nicht, Mistah, hier nicht. Vielleicht irgendwo Regent Street oder Airport.«

»Wie weit ist das?«

»Mit Bus, Mistah?«

»Welche Richtung?«

»Weiß nicht, Mistah.«

Sie zahlten und gingen. Sie hatten den Wagen in einer Seitenstraße abgestellt, die Straße war dunkel, eng und voller Halbschatten.

»Das ist aber komisch«, murmelte Dehner und blieb stehen.

»Was?«

»Keine Menschen hier, überhaupt niemand. Gibt es doch nicht.«

Der Landrover stand sehr allein auf der rechten Seite, beide rechten Räder auf dem Trottoir. Es wirkte friedlich.

»Als wir hier geparkt haben, war alles voller Fahrzeuge und Menschen«, sagte Dehner verwundert.

»Nicht weitergehen«, sagte Svenja scharf. »Nicht weiter!«

Sie nahm den Sensorschlüssel und öffnete das Fahrzeug aus der Entfernung. Die Lichter blinkten zur Bestätigung, dann geschah einige Sekunden lang nichts. Dann kam die Detonation. Ein riesiger Feuerball schoss hoch, die Druckwelle warf sie gegen eine Hauswand. Es regnete Glas, Metall- und Plastikteile. Etwas Scharfkantiges traf Svenja an der Stirn. Es stank nach Benzin, Öl, verbrannten Stoffen, sie konnten für Sekunden nichts hören und schnappten krampfhaft nach Luft.

Svenja spuckte Staub aus und sagte rau in die Stille, die auf den Knall folgte: »Nur weg hier!«

Sie rannten los. Zügig, aber nicht hektisch, wie man ihnen das in der Ausbildung beigebracht hatte. Sie drehten sich nicht um, sie trennten sich unwiderruflich von dem zerstörten Fahrzeug, sie wollten nicht wissen, wie es zur Explosion gebracht worden war, sondern nur möglichst viel räumliche Distanz zwischen sich und dieses Ereignis bringen.

»Du blutest an der Stirn«, sagte Dehner.

»Schlimm?«

»Ein Kratzer«, sagte er. »Welche Richtung?«

»Nach Westen«, bestimmte Svenja. »Hast du ein Tempo? Ist das Westen? Egal.«

»Hier.«

Sie stoppten nicht, sie hielten keine Sekunde inne, Svenja wischte sich mit dem Papiertaschentuch über die Stirn und sah Dehner von der Seite an.

»So ist es besser.« Er nickte. »Wir nehmen diese Achse hier.« Er deutete nach links in eine breite Straße. Hier war der Verkehr sehr dicht, sie hatten Mühe, auf dem Trottoir zu laufen, sie umrundeten Fußgängergruppen und bemühten sich, niemanden anzustoßen. Nach einer Viertelstunde hatten sie einen guten Abstand zum Tatort vorgelegt. Sie waren warm gelaufen, aber nicht im Geringsten ermüdet oder gar erschöpft.

»Das dürfte erst einmal reichen«, sagte Dehner.

»Sowinski muss es wissen, und wir müssen von der Straße runter«, gab Svenja zurück.

Dehner deutete auf ein schmales Gebäude, auf dem ein Riesenschild »Boardinghouse« verkündete. Im Erdgeschoss gab es eine Art Restaurant oder Kneipe. In einem Fenster hing ein großes rotes Schild. Da stand mit schwarzen, ungelenken Buchstaben: »Currywurst«, dahinter drei Ausrufezeichen.

»Wir melden Red«, sagte Svenja in das Handy.

»Was ist?«, kam Sowinskis Stimme.

»Unser Auto ist in die Luft geflogen. Wir hatten Glück.«

»Habt ihr Geld, habt ihr Papiere?«

»Alles, klar.«

»Wo genau seid ihr jetzt?«

»Lhlasa Street«, antwortete Svenja und gab die Hausnummer durch.

»Ich sehe nach, ich melde mich. Runter von der Straße, abtauchen.«

»Schon passiert.«

»Zwei Kaffee, bitte«, sagte Dehner zu einem unglaublich dicken Mann. »Zwei Wasser und zwei Bourbon, unverdünnt mit Eis.« Zu Svenja fügte er hinzu: »Zeig mir die Schramme.«

Svenja hielt ihm das Gesicht hin, und er tupfte sanft über die kleine Verletzung. Sie blutete nicht mehr. »Du bleibst schön«, versicherte er.

Der Kaffee war gut, der Bourbon auch. Der dicke Wirt sagte in fließendem Deutsch: »Willkommen in Karatschi.«

»Vielen Dank«, erwiderte Svenja. »Haben Sie eventuell zwei Zimmer für uns?«

»Die hätte ich. Sind Sie mit einer Gruppe unterwegs?«

»Nein«, sagte Dehner. »Wir sind Individualtouristen. Nicht vorbestraft.«

Der Wirt lachte. »Ich habe in Detmold gelebt. War gut da.« Dann verschwand er, um die Würste zu holen.

Sowinski meldete sich.

»Habt ihr alles Wichtige bei euch?«

Dehner bestätigte.

»Könnt ihr zwei, drei Stunden schlafen?«

»Das geht.«

»Wenn ihr danach der Straße in Richtung Zentrum folgt, kommt auf der linken Seite ein Autoverleih. Ungefähr sechshundert Meter entfernt, schätze ich. Sie bieten Allrad-Fahrzeuge an. Der Laden heißt Trophy. Mietet, bezahlt im Voraus und verschwindet. Was meint ihr: Seit wann seid ihr identifiziert?«

»Keine Ahnung. Vielleicht wussten sie nur von dem Fahrzeug, vielleicht war das nicht sicher.«

»Trotzdem und aus Sicherheitsgründen: Ihr müsst, wie schon angedacht, sofort euer Aussehen ändern. Dehner färbt sich die Haare blond, Svenja schneidet sich die Haare ab und färbt den Rest sanftblond. Wechselt eure Klamotten, macht euch europäisch. Am besten Grundschullehrer, zum ersten Mal in Asien. Bunte, karierte Hemden, kurzärmelig, Bluejeans. Und sprecht gefälligst ein grauenvolles, gebrochenes Englisch. Kilt ist noch an Ort und Stelle. Habt ihr eine sichere Festnetzverbindung in der Nähe?«

Sie gaben die Nummer des Hostels durch.

»Wie sah die Detonation aus?«

»Riesig mit einem Feuerball«, sagte Dehner.

»Also Profis.«

»Das würde ich sagen«, bestätigte Svenja. »Sehr gründlich, zeitverzögert um ungefähr zwei, drei Sekunden nach dem Aufschließen. Wenn wir am Fahrzeug gewesen wären, könntest du den Nachlass verlesen.«

»Willkommen im Leben«, sagte Sowinski. »Ach, und noch etwas, um euren faulen Ärschen Dampf zu machen. Müller ist unterwegs nach Kabul. Er wird euch von da aus entgegenkommen und lässt euch grüßen.«

»Wunderbar«, sagte Svenja.

»Das hat Müller auch gesagt. Du kannst ihn von jetzt ab in vier Stunden mit dem Handy erreichen.«

»Ich bin neidisch«, sagte Dehner.

»Ich bin hetero«, erwiderte Svenja.

*

Sowinski hielt eine knappe Ansprache. Rund um ihn standen die Mitarbeiter von Goldhändchens Abteilung, die trotz der späten Stunde noch alle im Einsatz waren und nun in vorsichtigen Worten über Goldhändchens Hintergrund aufgeklärt wurden. Sowinski schloss mit den Worten: »In ein paar Monaten wird er wieder da sein, aber bis dahin müsst ihr mit mir leben. Mir steht jetzt eine schwierige Phase bevor, weil ich überhaupt erst einmal begreifen muss, was ihr mit den Computern alles anstellen könnt.« Er machte eine Pause, er sah sie alle der Reihe nach ruhig an, es herrschte vollkommene Stille. »Als Erstes steht es an, unsere Agenten in Karatschi mit Informationen über ihre Gegenseite zu versorgen. Wir brauchen Fakten, und zwar schnell.« Dann lächelte er. »Ich weiß, ich sollte einen Einstand geben, aber Bier macht träge, und Champagner verfliegt so schnell. Außerdem, beides bekommt euren Maschinen nicht. Deshalb spendiere ich alle Getränke im ersten Monat. Egal, was.«

Einige klatschten, andere riefen »Wow!«.

Ein anderer junger Mann muffelte: »Kaffee ist doch sowieso gratis!«

»Das hast du fein gesagt«, murmelte Esser.

»Ein blindes Huhn ...«, flüsterte Sowinski.

»Sie sind erleichtert, sie wissen jetzt, was Sache ist«, kommentierte Krause.

Sowinski begann zu arbeiten, tobte herum, beleidigte Unschuldige, stellte naive und manchmal geradezu blöde Fragen, trieb Computerfachleute zu Tränen. Mit dumpfer Stimme wiederholte er alle paar Minuten: »Ich brauche endlich die aktuelle Lage!« Nach ein paar Stunden gelangte er zu der erschreckenden Einsicht: »Goldhändchen hat nicht mal die Überwachungskameras der Hotels überprüft. Er hat so getan, als gäbe es keine Aufzeichnungen. Das hätte nicht geschehen dürfen, denn die Gegenseite hat es getan. Und deshalb weiß sie, wie unsere Leute aussehen. Das ist eine sehr sichere Art, ganz plötzlich ums Leben zu kommen.«

*

»Der da gefällt mir nicht«, sagte Svenja. Sie blieb vor einem Laden mit Gebrauchtkleidung stehen und starrte auf die Auslage. Die Straße spiegelte sich in dem Glas.

Der Mann bewegte sich träge auf der anderen Straßenseite, als warte er auf jemanden, lief ein paar Schritte vor, dann ein paar Schritte zurück, starrte die Straße hinauf und hinunter. Er war klein und schmächtig, ungefähr dreißig Jahre alt. Sein Anzug war alt und schäbig, unter dem hellen Leinenjackett trug er ein weißes T-Shirt.

»Achte mal auf den Typen«, sagte Thomas Dehner. »Wie er den rechten Arm hebt. Er sieht dauernd auf die Uhr und bewegt die Lippen. Er hat Sprechfunk.«

»Isolieren«, bestimmte Svenja.

Sie trennten sich, querten die Fahrbahn, Svenja oberhalb des Mannes, Dehner unterhalb. Sie zwängten sich rücksichtslos zwischen den Fahrzeugen hindurch, sie waren sehr schnell.

Es war acht Uhr am Morgen, sie hatten ein wenig geschlafen, im Gegensatz zur Stadt.

Der Mann wurde hektisch, als Dehner und Svenja sich trennten. Er hielt seine Armbanduhr vor den Mund und sprach aufgeregt. Dann begriff er, dass er das Ziel war, und versuchte, auf die Fahrbahn zu kommen, um die Straße in die Gegenrichtung zu queren.

Schon war Dehner bei ihm und riss ihn zurück auf das Trottoir.

Der Mann hatte Angst, seine Augen waren weit aufgerissen. Er stammelte irgendetwas, das sie nicht verstehen konnten.

»Hinter die Bude da!«, sagte Svenja hart.

Die Bude war ein Bretterverschlag, in dem Menschen lebten. Und sie war nur eine von vielleicht zwanzig oder dreißig Bretterverschlägen, die wild über eine Fläche von etwa zwei Fußballfeldern verstreut lagen. Es wimmelte von kleinen Kindern, und ganz dicht vor ihnen saß eine uralte, zahnlose Frau auf einem Brett und lutschte an etwas, das aussah wie ein zerrupfter Zweig.

Ein kleines Mädchen in zerlumpten Kleidern kam herangelaufen und trällerte: *»One Dollar, please!«*

»Weg hier!«, zischte Svenja.

Zwei verdreckte Jungen kamen herangelaufen und schrien: *»One Dollar, please, Mistah!«*

Thomas Dehner nahm dem Mann die Uhr ab, fummelte daran herum. »Modernstes Equipment!«, sagte er und hielt die Sprechfunkeinheit hoch ins Licht. Dann legte er sie auf den Boden und trat mit einer Drehbewegung darauf.

Der Mann war starr vor Furcht und bewegte sich nicht. Er hielt die Augen geschlossen, sein Körper war vollkommen erschlafft. Er lag auf der Seite und zitterte.

»Für wen arbeitest du?«, fragte Svenja beinahe freundlich.

»Jensen, Madame«, antwortete der Mann undeutlich.

»Wie ist der Name?«

»Jensen, Madame. Großer Mann.«

Svenja sah Dehner fragend an. Der zuckte die Achseln.

»Wir sollten hier wegkommen«, sagte Svenja gelassen.

Inzwischen scharten sich ungefähr zehn Kinder jeden Alters um sie herum, zupften an ihren Kleidern und wiederholten unermüdlich: *»One Dollar, please!«*

Svenja wiederholte: »Abhauen!« Dann griff sie in die Weste und holte ein Bündel Dollarscheine heraus. Sie warf es den Kindern zu, die sich wild darauf stürzten.

Dehner kniete neben dem Mann am Boden und räumte seine Taschen aus. Er fand Münzen, einige Geldscheine, einen Schlüsselbund, einen Pass und ein gutes Foto von Svenja und Thomas Dehner, abgezogen auf einfachem Papier. Es war in einer Hotellobby aufgenommen.

Svenja hatte schon ihr Handy am Ohr. Sie sagte: »Karatschi hier. Wir müssen verschwinden, es kursieren Fotos von uns. Wir melden uns. Es ist von einem Mann namens Jensen die Rede.« Dann wandte sie sich zu Dehner und sagte: »Lass ihn einfach liegen, er ist harmlos wie ein Brikett.«

»Und was machen wir?«

»Wir nehmen ein Taxi«, antwortete Svenja.

*

»Wer ist Jensen, verdammt noch mal?«, schnarrte Sowinski. »Haben wir was über einen Mann namens Jensen?«

Die Computer spuckten den Namen Jensen mit verschiedenen Vornamen vierunddreißigmal aus. Sechs davon waren weiblich, nicht einer war zuzuordnen. Zwei waren deutsch, sechs dänisch, drei norwegisch, acht schwedisch, einige kamen mehrmals vor. Bei einem Abgleich mit dem Namen Kilt Brown zeigte sich keine Verbindung. Sie saßen fest.

Da meldete sich ein blasser junger Mann: »Jensen ist ein Aliasname von Cruzeiro.«

Krauses Stimme kam über Lautsprecher. »Ruben Cruzeiro? Dann sehen wir ganz schön alt aus.«

»Wer ist das?«, fragte Sowinski.

»Ein brutaler, gewaltverliebter Schweinehund«, antwortete Krause. »Aber es könnte passen.«

18. KAPITEL

Es war Essers Stunde, es war die Stunde des Spezialisten für Hintergründe.

Er faltete die Hände vor sich auf dem Tisch, er brauchte nicht einmal die Hilfe eines Spickzettels, er hatte alles im Kopf.

»Gotthold Jensen alias Ruben Cruzeiro. Stammt aus den baltischen Staaten und heißt eigentlich Gregorius Giltan. Aber auch der Name ist Schall und Rauch, er hat ihn als Erwachsener nie benutzt. Vor ungefähr zwölf Jahren hat das amerikanische FBI darum gebeten, bei dem Namen Ruben Cruzeiro zu bleiben, um ständige Irritationen und Fragezeichen bei allen internationalen Behörden zu vermeiden. Er besitzt einen Pass auf diesen Namen, wenngleich alle Beteiligten wissen, dass das der Name eines toten Mexikaners war, dessen Pass er kaufte und mit seinem eigenen Foto versah. Der Mann ist vierundfünfzig Jahre alt. Es gilt als sicher, dass er zwölf Menschen getötet hat, wahrscheinlich waren es noch viele mehr. Er hat ihnen mit einem .22er Derringer in den Kopf geschossen. Das waren allesamt Hinrichtungen.«

Esser ließ Fotos über den Tisch zu Krause und Sowinski gleiten.

»Er ist ein kleiner Dicker, nur einen Meter dreiundsechzig groß mit kugelrunden Augen, die immer ganz verdutzt in die

Welt blicken. Kinder würden ihn lieben. Es kommt hinzu, dass er wahrscheinlich ...«

»Moment!«, unterbrach Sowinski ihn sanft. »Das hier dauert anscheinend länger. Aber ich habe keine Zeit, ich muss eine Entscheidung treffen. Meine Leute in Karatschi sind eindeutig identifiziert. Noch einmal die Frage: Sollen wir sie heimholen?«

Das Schweigen dauerte lange.

»Ich bin dafür, sie dort zu lassen«, äußerte Krause. »Immer vorausgesetzt, sie können ihr Aussehen genügend verändern, um schnelle und einfache Identifizierungen zu vermeiden. Esser, was meinst du?«

»Ich brauche den Status quo, um zu einem Urteil zu kommen«, antwortete Esser. »An einigen Ecken ist dieser Fall reichlich schwammig, es gibt wohl auch etliche Einzelheiten, die ich noch nicht kenne. Zum Beispiel: Dieser Kilt Brown in Karatschi hat doch zwei Landrover geordert, die beladen werden. Mit was denn, zum Teufel?«

»Da kann ich helfen«, antwortete Sowinski. »Mit Zelten, mit Decken, mit Beleuchtungsvorrichtungen für Zelte, mit Konserven, mit Schlafsäcken, mit diversem Krimskrams, den man in einem Camp braucht. Und ich habe auch endlich eine genauere Zielrichtung bekommen: Der von Karl Müller überwältigte Enrique Cardozo hat in einem langen und intensiven Gespräch die Region Waziristan erwähnt. Das liegt im Grenzgebiet Pakistan-Afghanistan, eine weitgehend unkontrollierte, sehr wilde Gegend. Das würde als Standort für derartige Ausbildungslager also perfekt passen. Dort bringt man sie mit muslimischen Kämpfern zusammen, die bereit sind, ihr Leben für die muslimische Sache zu geben, nicht zu diskutieren, sondern zu töten. Salafisten der übelsten Sorte. Das erinnert sehr stark an die aktuelle Bewegung des IS, des Islamischen

Staates. Auch wenn es uns gar nicht gefällt: Da läuft eine Staatwerdung.

Wir sehen das alles jeden Tag in den Nachrichten. Und wie so oft neigen wir als träge Bürger zunächst zu der Annahme, es beträfe uns nicht, weil es so weit entfernt stattfindet. Dabei ist das unser Terrain, das Terrain dieses Dienstes, da sind wir zuständig, das ist unsere Aufgabe. Wir sollten nicht vergessen, dass in Wuppertal eine Truppe aufgetaucht ist, die sich Sharia Police nennt. Sie sprechen Jugendliche auf der Straße an, raten vom Besuch von Kneipen und Diskotheken ab, verweisen auf die Regeln der Scharia – sie sind also unter uns, und sie gehen aggressiv vor. Es nutzt wenig, wenn deutsche Politiker darauf verweisen, dass die Scharia bei uns verboten ist. Zunächst einmal macht das ganze Gerede neugierig. Wir wissen mit Sicherheit, dass zurzeit mindestens achtzehnhundert bis zweitausend junge Männer und Frauen in den Krieg des IS gezogen sind, wahrscheinlich liegt die tatsächliche Zahl weitaus höher.« Er legte eine Pause ein, er sah sie an, dann starrte er aus einem Fenster und schnaufte dabei, als wisse er nicht weiter. Er räusperte sich eingehend.

»Unsere Annahme basiert auf jahrelangen Beobachtungen. Wir glauben, dass diese jugendlichen Menschen zurückkehren und mehrere Dinge gelernt haben: Sie können lautlos töten, sie können mit Schusswaffen umgehen, sie wissen, wie man Bomben baut, und sie wissen, wo man sie platziert, um höchste Wirkung zu erzielen. Wichtig ist aber vor allem ihr Sendungsbewusstsein: Sie glauben an das, was sie tun. Wir müssen befürchten, dass sie Schläfer sind. Möglich, dass sie ein zweites Mal nach Asien reisen, um ihre Kenntnisse aufzufrischen, möglich, dass sie länger als ein Jahr auf einen Einsatz warten, auch möglich, dass sie drei Jahre warten. Aber irgendjemand wird ihnen irgendwann Sprengstoff zuspielen und den Befehl zum Einsatz flüstern. Dann haben wir hier die Hölle.«

Esser atmete hörbar ein und aus, dann sagte er: »Meine Meinung: Lasst Takamoto und Dehner vor Ort.«

Krause nickte wortlos, woraufhin Sowinski die Hand hob, eine Entschuldigung sagte und sein Handy zückte, um Svenja zu kontaktieren. Niemand sagte etwas. »Sie versuchen, am Arsch von Kilt Brown zu bleiben«, informierte er einen Moment später sein Gegenüber am Telefon.

Krause nahm den Steinelefanten und drehte ihn in seinen Händen. »Ja, es ist wichtig, dass Svenja und Thomas in Karatschi bleiben. Wir haben keine Leute, um sie zu ersetzen. Und wenn es zu massivem Einsatz kommt, ist ihre Hilfe notwendig. Müller ist auf dem Weg nach Kabul. Wir warten, dass Brown in Karatschi startet, dann starten wir auch. Was mich wundert, ist die Stille in den USA.«

»Sehr negativ«, reagierte Sowinski heftig. »Darüber wollte ich als Nächstes informieren. Wir haben eine neue Reisegruppe à la Lievje und Geert aus den Staaten, junge Leute, alle um die zwanzig Jahre alt. Es handelt sich um zweiundzwanzig Frauen und Männer, die meisten von der Ostküste, ein paar aus Kalifornien, zwei aus Miami, Florida, alle auf dem besten Weg, zu Märtyrern zu werden und dem Islam zur Weltherrschaft zu verhelfen. Getarnt als Reisegruppe einer Universität, als ausgewiesene Nachwuchswissenschaftler auf Exkursion. Über Australien, Ayers Rock und so, sind sie mit einem kleinen Jet nach Kabul geflogen. Die Landung erfolgte vor einer Stunde. Noch sind sie in Kabul, aber sicher nicht mehr lange. FBI und CIA spielen verrückt, scheinbar hatten sie keine Ahnung und sind überrascht worden. Das Außenministerium in Washington hat weltweit Alarm geschlagen. Tim Rowe hat mich eben angerufen, er will dich dringend sprechen, Chef, er geht auf dem Zahnfleisch. Das Ding ist in den Staaten aus dem Ruder gelaufen.«

»Wo ist Rowe?«

»Im Flugzeug hierher.«

»Sag ihm, ich warte. Wo ist Müller jetzt?«

»Kurz vor der Landung in Kabul.«

»Er soll mich kontaktieren. Natürlich: Sie haben Ruben Cruzeiro angeheuert, um das ganze Ding wasserdicht zu machen.«

»Was heißt denn das?«, fragte Sowinski.

»Ganz einfach«, murmelte Esser. »Cruzeiro wird jeden töten, der ihrer Sache im Wege steht oder zu nahe kommt oder auch nur einen entsprechenden Verdacht erregt. Cruzeiro ist gnadenlos.«

»Arbeitet er solo?«, warf Krause ein.

»Gute Frage. Nein, tut er nicht, er holt sich Hilfe. Er hat eine Vorliebe für stille Typen, er mag keine lauten, herumpöbelnden Machos. Er holt sich vornehmlich Leute ins Boot, die vorbestraft sind und zu körperlicher Gewalt neigen. Aber er diszipliniert sie, er lässt sie nicht von der Leine. Gewalt ja, aber nur gezielte Gewalt. Schnell austeilen, schnell verschwinden. Gewöhnlich sind es vier Leute, meist jung, vorbestraft, gewaltbereit und schweigsam. Und im besten Fall sind sie auch noch in der Lage mitzudenken. Also gefährlich. Und noch was, interessanterweise ist der Mann im Internet nicht zu finden. Es gibt ihn nicht, er schickt auch keine SMS oder Ähnliches, er ist einfach nicht vorhanden. Offiziell verfügt er nicht einmal über ein Handy. Er soll gesagt haben, die moderne digitale Kommunikation sei die dämlichste Erfindung aller Zeiten.«

»Und wie komme ich an ihn heran?«, fragte Krause lächelnd.

»Festnetz«, lächelte Esser zurück. »Eine Nummer in New York. Wenn du anrufst, sagt dir eine Frau, sie werde die Grüße an Mister Cruzeiro ausrichten, und er werde sich bald melden.«

»Eine Sachfrage«, sagte Sowinski. »Was bedeutet dieser Ruben Cruzeiro in diesem Fall? Was kann er ausrichten?«

»Ich rate uns dringend, praktisch zu denken.« Esser sah sie freundlich und ruhig an. »Wenn die Organisation den bisherigen Mann für Sicherheit, Shaitan, abgelöst und Cruzeiro angeheuert hat, dann will sie die letzte Etappe dieses Projektes nach allen Seiten absichern. Sie will auf den letzten Metern nicht das geringste Risiko eingehen. Cruzeiros Leute werden vermutlich die Verlegung der Jugendlichen absichern, ebenso wie das Camp selbst. Da haben wir Kilt Brown, der gegenwärtig noch in Karatschi sitzt und darauf wartet, zu diesem Camp aufbrechen zu können. Das bedeutet, dass es höchst riskant sein wird, sich Kilt Brown zu nähern. Mag sein, dass dieser Kilt Brown im Rahmen der Organisation gar nicht so wichtig ist, nur ein Helfer, aber er ist ein Teil davon. Also wird er geschützt. Ruben Cruzeiro wird nicht fragen: Er und seine Leute werden schießen.«

*

»Jetzt kommt der Weltuntergang«, sagte Svenja. »Ich habe meine Haare noch nie abschneiden lassen.«

»Ich würde meine gern feuerrot färben lassen. So ein richtiges modernes Hennarot. Aber wie ich meine Vorgesetzten kenne, haben sie was dagegen.«

Sie hatten einen Leihwagen, einen Mitsubishi Pajero, vollgetankt und zusätzlich mit dreißig Litern Diesel in drei gut verstauten Tanks versehen, sie waren fahrbereit. Sowinski hatte gesagt: »Ich gebe euch eine halbe Stunde für den Friseur.«

Sie sahen eine Weile einem Friseur zu, der sein Geschäft auf dem Gehsteig vor einem Kaufhaus betrieb. Es gab eine Menge

Zuschauer, die offensichtlich nichts anderes zu tun hatten. Es war langweilig.

»Ich mache meine Schande nicht öffentlich!«, entschied Svenja. »Ach je«, sagte sie leise. »Es gehörte so lange zu mir.«

In einem Hauseingang hing ein Schild, auf dem »First Hair« stand. Daneben lehnte eine Frau an der Hauswand, die wie eine billige Nutte aussah.

»Mach mal Platz, Schätzchen!«, sagte Svenja. »Wir wollen zur Schere!«

Die Frau grinste breit und sagte: »Ich bin die Schere. Hereinspaziert, die Herrschaften.«

»Also, wir sind auf Hochzeitsreise«, sprudelte Svenja los. »Und wir wollen einen ganz neuen Look. Deshalb, Schwesterchen, kannst du meine Haare opfern und was Neues draus machen. Am besten ein natürliches Dunkelblond, vielleicht eine Art Besen.«

»Eine Art Besen«, sagte die Friseurin stark verunsichert. »Auf Hochzeitsreise.«

»Ab und zu muss man sich neu erfinden«, plapperte Svenja weiter. »Also, ich will Kurzhaar, so vier bis sechs Zentimeter. Und er will was Blondes.«

Svenja setzte sich resolut in den hölzernen Sessel vor einer altmodischen Anrichte mit Spiegel und sagte: »Los! Runter mit dem Zeug!«

»So schöne gepflegte Haare schneidet man nicht ab!«, stellte die Friseurin fest.

»Der Kunde ist König«, seufzte Dehner.

Da begann sie zu schneiden, und es war durchaus nicht klar, wen das mehr schmerzte: die Täterin oder das Opfer.

Wenig später blickte Dehner eine völlig neue Svenja aus dem Spiegel entgegen. Er seufzte tief und hauchte: »Geschmacklos! Nein, meine Liebe, du siehst natürlich entzückend aus.«

Während er noch sein Haupt zum Blondieren hinhielt, meldete sich Sowinski.

»Achtung: Kilt Brown setzt sich endlich in Bewegung. Gerade verlädt er die letzten Gepäckstücke. Momentan habe ich das GPS-Signal seiner Fahrzeuge. Er hat eine Route eingetippt, die folgerichtig nach Osten aus der Stadt herausführt und dann in die große Linie nach Norden einmündet. Aber es ist möglich, dass das nur eine Finte ist.«

»Hast du denn eine Ahnung, in welche Gegend es gehen soll?«, fragte Svenja.

»Vermutlich Waziristan, Genaueres weiß ich noch nicht, also bleibt dran. Gute Reise. Und kommt dem Knaben nicht zu nahe. Könnte sein, dass er euch entdeckt. Ich schicke euch alle Daten seiner Fahrzeuge. Und noch etwas: Er ist allein mit dem Mädchen.«

»Wer fährt das zweite Auto?«, fragte Dehner.

»Ein angeheuerter Fahrer.«

*

Sowinski erklärte Müller hastig: »Du wirst möglicherweise auf eine amerikanische Truppe treffen. Zweiundzwanzig Leute. Sie haben dasselbe Ziel wie die Gruppen, die über Karatschi mit dem Auto anreisen. Es sind junge US-Amerikaner auf dem Weg ins Ausbildungscamp, genau wie unsere Lievjes und Souzas.«

»Schon passiert«, antwortete Müller. »Positiv. Sie müssen ungefähr drei Kilometer vor mir sein, und ich werde mich hüten, sie zu überholen. Sie sind mit zwei kleinen Bussen unterwegs.« Seine Stimme rauschte ganz hoch und verreckte in einem Jaulen. Dann kam sie wieder: »... ist denn meine Svenja?«

»Dicht dran. Sieht vollkommen neu aus. Auf dem Foto, das sie geschickt hat, wirkt sie wie eine Mischung aus Marlene Dietrich und meiner Schwiegermutter.«

»Und wenn ich sie nicht mehr annehme?«

»Dann hat sie ein Problem. Aber gib ihr eine Chance. Wo bist du jetzt?«

»In den südlichen Stadtgebieten von Kabul, Richtung Maldan Shar. Nächste Provinz Ghazni. Enormer Verkehr, ich komme kaum vorwärts.«

»Ich schalte Svenja zu. Alles klar?«

»Alles in Ordnung«, kam Svenjas ruhige Stimme. »Kilt Brown ist etwa sechshundert Meter vor uns. Wir haben die Hölle hier, mehr Fahrräder und Mofas, als die Welt braucht.«

»Mal ehrlich, wie siehst du aus?«, fragte Müller.

»Hübsch«, antwortete sie lapidar. »Sowinski, wir haben stark unterschiedliche Anfahrtsstrecken. Welche Besonderheiten gibt es da?«

»Grob gesprochen«, kam Sowinskis Stimme, »hast du ungefähr eintausendvierhundert Kilometer vor dir, Müller etwa sechshundert. Das heißt, deine Anfahrt ist mehr als doppelt so lang. Eine Zeitkomponente haben wir nicht, weil das davon abhängt, wie schnell eure Lockvögel unterwegs sind. Aber ihr seid zu zweit, Müller ist allein, insofern ist die Belastung gleich groß. Wir richten uns nach dem Gegner.«

»Ich habe eine Frage«, sagte Dehner. »Ich habe etwas von Stammesgebieten und Waziristan gehört, das als Zielgebiet infrage kommt. Wieso eigentlich ausgerechnet diese Gegend?«

»Esser bitte«, sagte Sowinski kurz.

»Wir nehmen Waziristan fest an«, erklärte Esser gemütlich. »Und zwar, weil der Name im Gespräch mit dem windigen Cardozo fiel, den wir nach seinem Zusammenstoß mit Müller noch einmal in die Mangel genommen haben. Zum anderen, weil da einfach alles passt. Es ist eine Bergregion genau im Grenzgebiet zwischen Pakistan und Afghanistan. Es steht unter Bundesverwaltung, das Sagen hat die Jirga, eine Versammlung der Ältesten und Einflussreichsten. Es gibt keine festgelegte Grenze, keine Grenzübergänge, also auch keinen Zoll oder ähnliche Absicherungen. Das Gebiet ist wie gesagt bergig, sehr schroff und wild, teilweise unerschlossen. Es ist Teil Pakistans, wird aber seit vielen Jahrzehnten schon von Afghanistan zurückgefordert. Das Gebiet ist dünn bevölkert und hat eine sehr lebhafte Geschichte. Als die Taliban im Jahr 2001 aus Kabul flüchteten, landeten die meisten von ihnen in Waziristan. Noch heute hausen die meisten Talibankrieger dort, noch heute findet man dort die meisten Gotteskrieger, die meisten fundamentalistischen Rebellen. Al-Kaida-Leute. Ich muss euch nicht sagen, wie gefährlich das ist und dass hinter jeder Hausecke jemand mit einer Kalaschnikow stehen kann, der unter Umständen sofort schießt, ohne zu fragen. Das Gebiet ist hochgradig undurchsichtig und brandgefährlich. Die Amerikaner fliegen seit 2004 von der pakistanischen Provinz Belutschistan aus regelmäßig Drohnenangriffe in Waziristan. Dabei wird selten ein genauer Unterschied zwischen Freund und Feind gemacht. Ihr habt im Norden Waziristans die Wazir-Stämme. Die leben in befestigten Bergdörfern und treiben in den Tälern Landwirtschaft. Im Süden sind es die Mashud-Stämme, die Schafzucht treiben und in Zeltdörfern leben. Es handelt sich um ausgeprägt konservative Regionen, in denen Frauen streng abgeschirmt leben und jeweils ein Mann einem Haushalt vorsteht. Blutfehden sind dort normal, wobei es vorkommt, dass niemand mehr weiß, weshalb man den Nachbarn eigentlich hasst. Ein ideales Umfeld für Terrorcamps. Also, passt gut auf euch auf.«

In diesem Augenblick gab Sowinski einen merkwürdigen Laut von sich. Es klang wie »happ!«. Über den Bildschirm tanzten plötzlich Smileys. Sie waren feuerrot und zahlreich wie Irrlichter, und sie zitterten. Sie lachten sich kaputt.

»Augenblick mal!«, sagte Sowinski atemlos und verwirrt.

»Was ist das denn?«, fragte Esser.

»Da scherzt jemand«, sagte Krause ohne sonderliches Interesse.

»Das ist ein Angriff«, stellte Sowinski fest. »Miriam und Patrick! Was ist los?«

»Wir werden gehackt«, kam Miriams Stimme.

»Worst case!«, stellte Patrick fest.

»Was machen wir?«, fragte Sowinski etwas schrill.

»Abschalten!«, bestimmte Miriam. »Wir schalten uns ab!«

»Wie ist das Verfahren?«, fragte Sowinski. Er klang jetzt kühl.

»Wir gehen für sechzehn Minuten raus, um festzustellen, was passiert ist. Wir müssen herausfinden, was sie angerichtet haben. Wir gehen wieder rein, wenn wir den Angreifer rausgeschmissen haben.« Patricks Stimme zitterte leicht.

»Und unsere Leute draußen?«

»Sie kriegen ein bestimmtes Red«, sagte Miriam nach wie vor völlig monoton, als handele es sich um eine Kleinigkeit. »Danach nur noch Festnetz.«

»Wir schalten ab!« Sowinski nickte. Dann fluchte er lange, obszön und verbittert.

19. KAPITEL

Krause kramte in einer Schreibtischschublade herum und murmelte mit gesenktem Kopf: »Meine Frau ist so unglücklich.«

Gillian saß auf dem Stuhl vor seinem Schreibtisch, einen Schreibblock im Schoß. Er diktierte ihr Briefe. Er machte das wie immer auf seine schrecklich altmodische, längst überholte Weise, und sie wehrte sich nicht dagegen. Sie fand, er habe das Recht dazu. Im Laufe der Jahre hatten sie sich so zweimal in der Woche ein kleines Reich der gemeinsamen Nachdenklichkeit geschaffen, sprachen sogar über Privates, Intimes und wussten sich in dieser Zeit sicher und ungestört.

»Es ist wohl wegen Dieter«, sagte sie leise. »Ich kann das gut verstehen. Er hieß Gieslowsky.«

Sein Kopf kam ruckartig hoch. »Wie hieß er?«

»Dieter Gieslowsky.«

»Das wusste ich nicht. Woher haben Sie das?«

»Vom Institut«, erwiderte sie.

»Er war ihr Kind.« Krause machte eine lange Pause. »Und irgendwie war er auch mein Kind. Sie ist so unglücklich, sie weiß nicht mehr aus noch ein.«

»Er ist zweiundzwanzig Jahre alt geworden, sagen sie. Damit hat niemand gerechnet. Aber irgendwie ist er aus jeder gesundheitlichen Krise wieder herausgekrochen. Der Professor, der so scheußliche Sachen gesagt hat, meinte, niemand habe damit gerechnet, dass er älter wird als zehn oder zwölf.«

»Er war wie ein Energieball«, sagte Krause versonnen. »Wenn er sich freute oder begeistert war, bewegte sich alles an ihm. Und weil er das nicht steuern konnte und weil er nicht sprechen konnte, nur heulen in allen Tonlagen wie hundert Sirenen, sah das so aus, als werde er nur von seinen Muskeln belebt. Wie jemand, der zittert und bebt, weil er überschwänglich lachen muss.« Er starrte einen Moment an die Decke. »Aber ich spürte, dass er sich freute, dass er lachte, dass er Spaß hatte. Und dann musste ich selber lachen. Und das sah er und wurde immer noch wilder.«

Sie nickte. »Gab es auch Momente, in denen er traurig war?«

»Ja, die gab es. Aber man verstand nicht, warum er in dieser oder jener Sekunde traurig war. Dann bekam er ein ruhiges Gesicht, vor allem einen ruhigen Mund, und er wollte irgendetwas sagen. Etwas wie Pfuhhh! Wie schlimm! Aber aus ihm kam nur ein Heulton. Er versuchte, mit den Händen zu trommeln. Aber auch das misslang.«

»Und jetzt?«

»Jetzt will sie ihn beerdigen und kann es nicht. Er ist irgendwie zerschnippelt, auf irgendwelche wissenschaftlichen Tische verteilt, Studienobjekt.«

»Damit sollte man sich nicht abfinden«, sagte Gillian sehr bestimmt.

»Ach, ja?«, fragte er erstaunt.

*

»Wie heißt dieser Mensch in New York, der uns manchmal hilft?«, fragte Sowinski in das Mikrofon.

»Jeremiah«, entgegnete Miriam sofort.

»Her damit.«

»Aber da ist Nacht.«

»Her damit!«, bestimmte Sowinski. »Wir bezahlen ihn, oder?«

Jeremiah klang nach vierzig Gauloises am Tag und einer halben Flasche Gin. »Was willst du, Mann?«

»Ich bin dein bester deutscher Freund«, sagte Sowinski gelassen. »Es gibt in der Upper East Side ein gewisses Auftragsbüro. Dort nimmt man Aufträge telefonischer Art entgegen. Das funktioniert so: Du willst jemanden sprechen und rufst in dem dortigen Callcenter an. Dein Anruf wird gespeichert, und nach ein paar Stunden oder Tagen antwortet jemand. Du rufst wieder an, und man vermittelt dir eine Telefonnummer oder eine Handynummer oder eine Adresse im Internet. Oder man vermittelt gar nichts, und du hörst nichts mehr.«

»Das ist ein normaler Service, Mann, das kannst du selbst.« Es schwang Verachtung mit.

»Wenn dein Verstand so schnell ist wie deine Schnauze, dann hörst du mir jetzt zu«, sagte Sowinski mit einem Seufzer. »Du sollst da hingehen und die Telefonanlage überprüfen. Du sollst sie anzapfen und alles einsammeln, was mit dem Namen Ruben Cruzeiro zu tun hat.«

»Hast du eine Ahnung, wie schwierig so was ist?« Jeremiahs Stimme röhrte vor Unwillen. »Diese Stadt verlangt schon einen Ausweis, wenn du nur mal pissen willst.«

»Du sollst nicht pissen, du sollst für mich recherchieren. Ich denke, du bist Unternehmer, ich denke, du willst Geld verdienen, und du hast ein Gehirn zwischen deinen Ohren.«

»Ich muss mich aber nicht mitten in der Nacht beleidigen lassen.«

»Also, arbeitest du für mich oder nicht?«

»Und wann brauchst du das?«

»Zwölf Stunden ab jetzt!«

»Du bist verrückt, Mann.«

*

Sie waren etwa drei Stunden unterwegs, als Dehner scharf hervorstieß: »Diese zwei KTMs gefallen mir nicht.«

»KTMs?«

»Ja, dauerhaft hinter uns. Und schneller als wir, wenn's drauf ankommt«, antwortete Dehner ungehalten.

»Was schlägst du vor?«

»Das kommt drauf an, was sie vorhaben.«

»Und was haben sie vor?« Svenja sprach ruhig und gelassen.

Dehner behielt den Rückspiegel genau im Auge. Die beiden Motorradfahrer waren jetzt drei oder vier Pkw hinter ihnen. Zuweilen preschten sie nach vorn und fuhren dicht auf, zuweilen ließen sie sich zurückfallen. Sie trugen schwarze Helme und große Sturmbrillen, sie waren vermummt, nicht zu erkennen und wirkten wie Todesengel.

In dem Moment sah er es: »Sie haben MPs vor dem Bauch hängen, sie wollen uns töten. Die warten nur noch auf ein günstiges Schussfeld.«

»Da kommt eine Tankstelle«, sagte Svenja, als handele es sich um ein Treffen bei Kaffee und Kuchen.

»Ich mach das mal«, äußerte Dehner knapp. Er bog scharf ein und steuerte den Mitsubishi hinter eine Reihe von Verkaufsständen neben der Tankstelle, brachte das Auto abrupt zum Stehen, öffnete die Fahrertür und glitt mit einer einzigen Bewegung aus dem Fahrzeug. Er war mit drei Schritten zwischen einem Berg von alten Kartons und Unrat und einem Verkaufsstand für billige Textilien verschwunden.

Dann kamen die zwei KTMs, hielten ungefähr dreißig Meter hinter ihnen an, die Männer besprachen sich und näherten sich dann vorsichtig. Einer zog vor das Auto, der andere stellte sich dahinter.

Svenja war auf dem Rücksitz tief in Deckung gerutscht, hatte die Scheiben runtergelassen und hielt in jeder Hand eine Waffe.

In diesem Augenblick stieg der hintere KTM-Fahrer von seiner Maschine, kam in einem leichten Bogen neben das Fahrzeug gelaufen und begann zu feuern. Er schoss zweimal.

Auch Dehner war schon unterwegs. Schoss im Lauf und traf den schießenden KTM-Fahrer am Wagen, zögerte nicht den Bruchteil einer Sekunde, änderte seine Richtung und lief direkt auf den vorderen Fahrer zu, der im Begriff war, von der Maschine zu stiegen. Er traf ihn sofort aus etwa acht Metern Entfernung.

Dehner stoppte nicht, lief zum einen Motorrad und schoss auf beide Reifen, drehte sich um, lief zum zweiten und tat dasselbe. Dann kam er zurück.

Svenja war auf den Fahrersitz geklettert und startete den Wagen sofort. Sie sagte: »Danke dir.«

Die beiden Schützen wanden sich vor Schmerzen. Einer kniete, der andere lag auf dem Rücken. Sie hatten Schmerzen, aber sie würden davonkommen. Dehner hatte derartige Schüsse tausendmal geübt.

*

Bei Kilometer 325 kam der nächste Zwischenfall.

Svenja sagte verblüfft: »Sieh mal, da sind sie!«

Dehner schrie: »Souza! Souza will abhauen!«

»Warten!«, stellte Svenja hart fest.

Auch hier war eine kleine Siedlung rund um eine große Tankstelle entstanden. Es gab Kneipen, Restaurants, Imbissbuden, Verkaufsstände. Kilt Brown hatte seinen Wagen vor einem Stand mit Fladenbrot angehalten. Der zweite stand etwa fünf Meter entfernt. Das Mädchen Souza Thomas war mit den Füßen bereits auf der linken Wagenseite rausgerutscht, konnte das Fahrzeug aber nicht verlassen, weil Kilt Brown ihren rechten Arm festhielt, auf sie einschlug und versuchte, sie zurückzuzerren. Das Gesicht des Mädchens war leichenblass, und sie schrie, wenngleich das im Lärm der Motoren und Menschen nicht zu hören war. Ihr weißblond gefärbtes Haar wehte wie eine Flagge.

»Schluss mit lustig«, sagte Dehner trocken. »Was machen wir?«

»Wir holen sie raus«, sagte Svenja.

»Und dann? Ich meine, wir können sie nicht nach Waziristan mitnehmen.«

»Dann muss Sowinski zaubern. Also los.«

»Kilt Brown sollte aber nicht beschädigt werden«, murmelte Dehner. Mit einem Blick auf den Begleitwagen hatten sie festgestellt, dass der Fahrer des anderen Landrovers gerade unterwegs war.

Das Mädchen versuchte noch immer sich loszureißen. Sie stemmte die Beine auf den Boden und zog. Und dabei schrie sie mit weit offenem Mund, keuchte, zerrte und versuchte verzweifelt, aus dem Griff von Kilt Brown zu entkommen. Das Erstaunliche war, dass keiner der vielen Leute, die sich auf dem Gelände der Tankstelle herumtrieben, stehen blieb oder sich auch nur dafür interessierte. Da hatte ein Typ Schwierigkeiten mit seiner blonden Schlampe. Nur eine Frau, was soll's?

»Ich mach das mal«, sagte Dehner. Er stieg aus, trat zur Fahrertür auf der rechten Seite, öffnete den Wagenschlag und versetzte Kilt Brown, der mittlerweile quer über dem Vordersitz lag, mit der Handkante einen kurzen Schlag in die rechte Halsbeuge. Brown lag sofort still, das Mädchen sank auf den dreckigen Asphalt und schluchzte haltlos.

»Liebchen«, sagte Svenja inbrünstig in die folgende Stille, »nun hat alle Not ein End!« Dann fragte sie kühl: »Wie lange wird er schlafen?«

»Ich nehme an, eine halbe Stunde oder so«, antwortete Dehner. »Und danach ein bisschen Kopfschmerzen haben. Was machen wir mit dem Fahrer vom zweiten Wagen?«

»Der ist wahrscheinlich pinkeln. Wir ziehen uns diskret zurück und stören den Kilt nicht weiter.«

*

Der Wagen schaukelte mächtig, Müller fluchte und suchte nach einer einigermaßen ebenen Bahn. Hinter ihm waren zwei uralte, beigefarbene Toyota-Kombis, zerbeult und angerostet, die wechselweise fächerartig an ihn heranfuhren und versuchten, ihn abzudrängen. Die Fahrer waren allein und hielten die Faustfeuerwaffen in der rechten Hand.

»Da ist eine Anfrage von Anna-Maria«, kam Gillian ruhig und sachlich über das Handy.

»Ich habe keine Zeit, es geht nicht«, sagte Müller mit einem Seufzer.

»Sie sagt, sie hat wochenlang nichts gehört. Sie will wissen, wie es dir geht und ob du dich meldest, wenn du wieder da bist. Sie muss mit dir reden, hat sie gesagt.«

»Ich melde mich«, zischte Müller durch die Zähne. »Schluss jetzt.«

»Sie hat ja schließlich ein Recht drauf«, murmelte Gillian trotzig und kappte die Verbindung.

Anna-Maria. Stimmt, das Mädchen hatte mit ihren dreizehn Jahren ein Recht auf ihn. Dabei wusste er nichts mehr von ihr. Wieder einmal versuchte er, sich an ihr Gesicht zu erinnern, aber es gelang ihm nicht auf Anhieb. Südlich von Kabul in den staubigen Bergen ist das verdammt schwer, dachte er melancholisch. Dann stand ihr Bild vor seinen Augen: Sie hockte auf einem Stein im Vorgarten des kleinen Hauses und drehte eine lila Distelblüte zwischen den Fingern ihrer Rechten. Hallo, Liebes!, dachte er und fühlte sich seltsam erleichtert.

Ich muss diese verdammten Idioten loswerden, überlegte er. Die Schotterpiste machte einen Rechtsbogen. Rechts der Fahrrillen war eine ebene, schieferartige Fläche. Er gab Vollgas, er dachte wütend: Scheiß drauf!

Der Wagen schoss rechts neben dem Verkehr nach vorn. Müller hatte sehr schnell einen Vorsprung von einigen Hundert Metern. Er bog wieder ein, die beiden Verfolger waren aus seinen Rückspiegeln verschwunden. Die Verkehrslage war chaotisch. Fahrräder, Mopeds, Mofas, Motorräder, Pkw, Lkw, die meisten uralt, ein verwirrendes Durcheinander. Und Regeln schien es nicht zu geben. Er erblickte in einiger Entfernung eine Ansammlung von Bretterbuden am Straßenrand, Verkaufsstände, die alles Mögliche anboten. Er rutschte hinter einen von ihnen und kam hart zum Stehen. Es staubte.

Er versuchte eine Verbindung zu Sowinski, aber es gelang ihm nicht. Seit dem Hackerangriff war das System instabil und funktionierte für Sekunden überhaupt nicht, zwischendrin schwoll es mit grellen Tönen an, Stimmen rauschten bruchstückhaft und verstummten wieder.

Jetzt rumpelten die beiden Toyotas vorbei. Aber sie würden schnell merken, dass er sich verkrümelt hatte, und zurückkehren. Es war eine Frage der Nerven.

Endlich kam Sowinski mit einem Rauschen. »... dauernd Schwierigkeiten. Wo bist du jetzt?«

»Kilometer dreihundertzehn ungefähr. Ich habe Schatten. Bewaffnet. Zwei.«

»... sichergehen. Rücksicht geht nicht. Du musst aber ...«

»Ich schaffe jetzt Klarheit«, sagte Müller resolut. Er stieg aus und ging zu einem Punkt, von dem aus er sein Auto sehen konnte. Er stand vor einem Verkaufsstand, in dem eine unglaublich dicke, grellbunt gekleidete Frau billige Teppiche anbot.

Sie kamen nach elf Minuten zurück und machten sein Auto schnell ausfindig. Sie gingen es recht geschickt an. Sie stellten sich eng vor und hinter sein Auto, blockierten es, stiegen aus, aber dann machten sie einen Fehler: Sie trennten sich, um ihn zu suchen. Müller hatte einen Vorteil: Er stand im tiefen Schatten.

Einer der Typen kam direkt auf ihn zu, wachsam, aber rasch. Als der Mann ihn fast erreicht hatte, nahm Müller beide Arme in Hüfthöhe und ließ sie mit aller Gewalt nach vorn schnellen. Der Mann klappte mit einem Seufzer nach vorn, und Müller fing ihn auf, ging in die Knie und ließ ihn auf den Boden gleiten. Dann zog er ihn in den tiefen Schatten neben der Teppichbude.

Der Typ hatte zwei .38er Colt Special in den Taschen seines Jacketts. Müller machte es betulich und gründlich. Er nahm die Munition aus den Trommeln, ging abseits und ließ die Kugeln in einem Erdloch verschwinden, auf das er eine Handvoll Erde legte. Dann ging er zurück zu dem Bewusstlosen und begann die Taschen des Anzugs zu durchsuchen. In einer Innentasche fand er ein DIN-A4-Blatt mit der Kopie eines Fotos: der deutsche Agent Karl Müller, offenbar aufgenommen in einem Flugzeug. »Shit!«, sagte der Agent.

Dann war über ihm das Gesicht eines Jungen, ungefähr zehn Jahre alt. Es war ein stark gebräuntes Gesicht unter wilden, schwarzen Haaren. Schmal, ausgezehrt, misstrauisch, neugierig, mit Augen wie Schlitze.

»Mein Kumpel«, erklärte Müller. »Ihm ist schlecht geworden.«

»Ja.« Der Junge nickte, glaubte aber offensichtlich kein Wort.

»Kannst du mal eben auf ihn aufpassen? Nur ein paar Minuten?«

Der Junge nickte wieder.

Karl Müller stand auf. Ich muss den zweiten Mann finden, dachte er. Ich muss weiter.

Der Junge würde die beiden Waffen nehmen und verschwinden. Er würde sie verhökern, und wenn er Glück hatte, würde er davon lange leben können.

Es dauerte Minuten, bis Müller entdeckte, dass der Mann wieder hinter dem Steuer des Toyota saß, den er hinter Müllers Wagen geparkt hatte. Er hatte seine Suche nach Müller wohl aufgegeben.

Müller schlug einen weiten Bogen, riskierte die Rückspiegel des Autos und kam von hinten. Der Mann bemerkte ihn nicht.

Müller öffnete mit einem Ruck die Fahrertür und ließ seine Handkante auf die Halsbeuge des Mannes hinterm Steuer sausen. Der Typ kippte aus dem Wagen, Müller gab ihm einen kleinen Schubs zur Seite, glitt selbst in den Toyota und fuhr ihn ein paar Schritte zurück. Er sah im Handschuhfach nach, und auch dort fand er einen Abzug des Fotos von sich im Flugzeug. Er stieg wieder aus, zog sein Messer und durchstach alle vier Reifen der beiden Fahrzeuge. Dann setzte er sich hinter das Steuer seines Wagens und gab Gas.

*

Dehner sprach monoton und sehr laut: »Wir sind vor einer Ortschaft mit dem Namen Wadh, die nächste Großstadt ist Khuzdar, und wir haben ein Problem. Wir haben Souza Thomas im Wagen.«

Die junge Frau hinter ihm wimmerte in lang gezogenen hohen Tönen.

»Wieso das denn?«, fragte Sowinski.

»Weil sie mit unserer Hilfe flüchten konnte. Jetzt ist sie leider ein wenig hysterisch.«

Die Frau schrie gellend. Svenja saß neben ihr, hielt sie eng umschlungen und flüsterte irgendetwas, was Dehner nicht verstehen konnte.

»... zur Vorsicht raten ... wir können nicht so ... vorsichtig ... glaubt mir, alles, was ... und ich denke ... Zeugin ... wichtig ...«

Die junge Frau trat wild gegen Dehners Rückenlehne, heulte Rotz und Wasser, war nicht bei sich, wollte nur flüchten, trat auf die Mittelkonsole, zerquetschte eine Pappschale mit Hygienetüchern. Dann schrie sie wieder ganz hoch.

»Komme ich durch?«, fragte Dehner.

»Ja«, antwortete Sowinski.

»Also rede ich mal Tacheles, weil ich dich nicht verstehen kann. Wir mussten die Frau herausholen, es war ein Notfall. Sie hat eine Platzwunde unter dem rechten Auge. Wir werden das tapen. Aber wir brauchen Hilfe. Jemand muss uns die Frau abnehmen. Wir können sie nicht weiter mitnehmen. Das ist lebensgefährlich. Ist das rübergekommen? Hast du das alles verstanden?«

»Ja.«

Souza Thomas schluchzte hemmungslos und laut.

»Gut. Also, der Ort heißt Wadh, die nächste Großstadt ist Khuzdar. Wenn dir was dazu einfällt, dann bitte schnell. Wir warten hier, bis Kilt Brown weiterfährt. Aber das wird noch dauern, weil ich ihn von hinten k. o. geschlagen habe. Hast du das?«

Die junge Frau trat wieder gegen Dehners Rückenlehne und wimmerte.

»Ja.«

»Noch etwas: Es kann sein, dass man ihn nach Karatschi zurückbeordert, weil er Souza Thomas verloren hat. Kann sein, dass er umkehrt. Was sollen wir dann tun? Hast du das?«

»Nicht beißen!«, sagte Svenja scharf. »Nicht beißen.«

»Ja, habe ich. Glaube ich nicht. Er hat Ausrüstung und Proviant für das Camp bei sich. Es gibt Rekruten genug, sie werden den Verlust riskieren. Selbst wenn Souza Thomas dort im tiefsten Pakistan herumspaziert: Ihre Geschichte würde ihr keiner glauben ... und im Übrigen ... aufmerksam ... nutzlos wäre, wenn wir ... du musst ... glaube ich nicht ... haben. Verstanden?«

»Nicht beißen, verdammt noch mal!«, wiederholte Svenja wütend.

»Teilweise«, bestätigte Dehner. »Wir warten auf Kilt Brown. Over.«

Souza Thomas schrie wieder und bewegte sich wild. Sie griff irgendwie hinter den Haken des Türöffners, die Tür öffnete sich, die junge Frau rutschte halb aus dem Fahrzeug. Svenja bekam ihre Beine zu fassen und keuchte vor Anstrengung. »Verdammt!« Dann legte sie sich auf das Mädchen und bekam den Gürtel der Jeans in die rechte Hand. Sie hievte Souza in das Fahrzeug zurück und schrie: »Scheiße!« Dann langte sie noch einmal weit hinaus und zog die Tür zu.

Souza Thomas lag einen Moment lang still.

»Oh, Mädchen!«, sagte Svenja seufzend. Dann schlug sie ihr hart in die linke Gesichtshälfte.

Souza Thomas wurde ohnmächtig.

»Wenn du ihr jetzt die Wunde tapest, hält sie wenigstens ruhig«, sagte Dehner. »Der Kasten ist vor dir unterm Vordersitz.«

»Sie hat mir tatsächlich ins Handgelenk gebissen, die Kanaille, verdammt noch mal.«

»Kollateralschaden«, kommentierte Dehner ungerührt.

»Siehst du Kilt Brown?«

»Ja. Immer noch an Ort und Stelle. Schläft vielleicht gleich noch eine Runde.«

»Das käme jetzt gut.«

Svenja arbeitete konzentriert, das Tape war weiß, die Schere aus dem Verbandskasten taugte nicht, schnitt nicht richtig. Das Mädchen wirkte zu Tode erschöpft, die Ohnmacht machte sie schlaff. Sie war in etwas hineingeraten, das sie selbst niemals erklären konnte, ihre Seele hatte Schaden genommen.

Sie kam nach zehn Minuten zu sich, blickte sich um, Panik in ihren Augen.

»Es ist gut!«, sagte Svenja laut. »Niemand kann dir etwas tun. Es ist gut.«

Souza Thomas begann wieder laut zu weinen. Svenja hielt sie umfangen.

Sie fragte mit einer Kleinmädchenstimme: »Darf ich mich waschen?«

»Waschen? Du sitzt in einem Auto im Nirgendwo.«

»Vielleicht das Blut im Gesicht«, sagte Thomas Dehner. »Wir sollten ohnehin mehr Wasser besorgen. Da vorne ist eine Bude.«

»Okay.« Svenja nickte.

Dehner stieg aus und kam mit einem Fünf-Liter-Kanister Wasser zurück. »Unpraktisch, aber schön kühl«, meinte er. »Und wir haben keinen Waschlappen.«

»Ich nehme Taschentücher«, sagte Svenja.

Dehner setzte sich wieder hinter das Steuer.

»Jetzt kommt schönes, kühles Wasser«, kündigte Svenja an.

»Wer seid ihr?«

»Wir sind eine Art Polizei«, antwortete Svenja.

Souza Thomas' Kopf ruckelte schnell in alle Richtungen, wieder füllten sich ihre Augen mit panischer Angst.

»Kilt Brown ist weg!«, stellte Svenja laut fest. »Du kannst ruhig sein. So, jetzt kommt etwas Wasser in dein Gesicht. Du bist ganz schmutzig.«

»Kilt Brown ist weg!«, sagte das Mädchen. »Er hat mich dauernd gefickt. Er hat gesagt, ich gehöre ihm. Er hat gesagt, er ist der Bestimmer.«

»Gleich wird dein Gesicht wieder schön und sauber. Nur die Wunde ist noch da, dauert ein paar Tage.«

»Das Wasser ist gut, es ist so kühl. Wo ist ein Spiegel?«

»Da vorne, neben Thomas. Thomas ist ein Freund.«

Das Mädchen rutschte zwischen den Sitzen nach vorn und drehte sich den Rückspiegel zurecht.

»Puh, das ist ja schlimm. Furchtbar!« Ihre Stimme kiekste.

»Es war eine schlimme Erfahrung«, sagte Svenja sanft.

»Er sagt, ich darf meine Jeans nicht mehr hochziehen. Er fickt mich dauernd, er greift mir dauernd zwischen die Beine, er sagt, er bestimmt, was läuft. Im Auto hat er dauernd die Hand zwischen meinen Beinen. Er sagt, er findet das schön. Ich soll das auch schön finden. Er sagt, wenn ich in den Krieg ziehe, komme ich in den Himmel zu all den Helden, und der edelste und schönste von ihnen wird mich heiraten.«

»Reich mir mal die Hände und Arme. Da tut das Wasser gut.«

»O ja, das tut sehr gut. Und wir werden viele Kinder haben, sagt er, und wir werden im Paradies leben. Aber vorher muss ich töten lernen.« Sie schluchzte ein paarmal. »Aber das will ich nicht. Wann kann ich baden?«

»Wenn du zurück bist in der Zivilisation.«

»Kann ich auch Wasser auf den Beinen haben?«

»Jede Menge. Aber dann muss die Jeans runter.«

Sie nickte. »Guck mal, die ist auch ganz dreckig. Er hat gesagt, Allah belohnt alle, die die Ungläubigen töten.« Ihre Stimme versagte.

»Achtung, jetzt lasse ich das Wasser über deine Beine schwappen«, sagte Svenja. »Das hilft dir, dich wiederzufinden.«

»O ja, das tut gut. Auch zwischen den Beinen, bitte.« Ihre Stimme war eifrig wie die eines kleinen Mädchens. »Uiiih, jetzt ist der ganze Sitz nass.«

Es war ein Elend. Dehner saß vollkommen verkrampft hinter dem Steuer und hatte Mühe, nicht zu heulen.

20. KAPITEL

Krause meldete sich: »Wie ist die aktuelle Lage?«

»Wenn Ruben Cruzeiro wirklich mit vier Leuten arbeitet, haben wir alle ausgeschaltet«, sagte Sowinski. »Zwei auf der Strecke Müller, zwei auf der Strecke Takamoto. Bis sie neue Leute organisiert haben, wird es eine Weile dauern. Kilt Brown hat wie erwartet nach Souza Thomas' Flucht die Tankstelle verlassen und fährt weiter nordwärts. Müller ist weiter in Richtung Süden unterwegs. Beide kommen nur langsam vorwärts, die Verkehrslage ist chaotisch, der Zustand der Straßen ebenso.«

»Haben wir eine genauere Vorstellung, wohin es geht?«

»Ja, endlich. In einer abgefangenen Handyverbindung mit Kilt Brown war von einem Ort namens Tanai die Rede. Von dort aus dürfte es für Takamoto und Dehner nach Westen in das Gebirge gehen. Das sind für sie noch gut neunhundert Kilometer. Wir wären dann in Süd-Waziristan. Wenn das stimmt, müsste Müller einen Ort namens Shanedan oder Marana anfahren und sich von dort nach Osten wenden. Das ist alles mitten im Nirgendwo und wahrscheinlich äußerst ungesund für Autos. Esser sagt, was die Jahreszeit angeht, haben wir Glück, die großen Regenfälle und der Schnee haben noch nicht eingesetzt. Es gibt bekanntlich keine Grenze zwischen Afghanistan und Pakistan. Da liegt zwischen Zweieinhalbtausendern ein Pass namens Kand. Den müsste Müller überqueren. Allerdings hat er den Vorteil, dass er unmittelbar hinter der amerikanischen Gruppe fährt. Er kann sich also an denen orientieren. Esser sagt mir, dass ein mögliches Camp nur auf der pakistanischen Seite denkbar ist, ansonsten wäre das Gelände für den menschlichen Organismus ungesund hoch gelegen, das ist unwahrscheinlich. Ob man das alles mit einem normalen Pkw schaffen kann, wissen wir noch nicht. Wir wissen überhaupt verdammt wenig.«

»Was geschieht mit Souza Thomas?«

»Die sitzt noch im Auto von Takamoto und Dehner. Daran arbeite ich. Ich hoffe, dass Islamabad sich meldet, damit wir das Mädchen rausholen können.«

»Melden Sie sich, wenn irgendetwas Wichtiges geschieht.« Krause unterbrach die Verbindung und schickte ein Stoßgebet an den alten Mann dort droben, an den er nach eigenem Bekunden nicht glaubte.

Gillian meldete sich. »Ich brauche Ihre Unterschrift.«

»Kommen Sie rein.«

Sie kam, und sie hatte eindeutig irgendetwas Wichtiges auf den Weg gebracht. Sie hatte die Ärmel ihres eleganten braunen Seidenkleides nach oben geschoben, und im Ausschnitt hatte sie einen Kugelschreiber eingehakt. Ihre Angriffsmontur, wie sie das nannte. Sie legte einen DIN-A4-Bogen vor Krause auf den Schreibtisch.

»Dringende Eingabe«, las er da.

»Was ist das?«

»Nun, wir wollen Dieter Gieslowsky beerdigen. Oder wollen wir das nicht?«

»Doch, schon. Aber das geht doch nicht. Er gehört der Wissenschaft.«

»Nicht mehr«, widersprach sie energisch. »Es muss eine Bestattung geben.«

»Aber ...«

»Unterschreiben Sie einfach.«

»Das ist Amtsmissbrauch.«

»Das ist es nicht«, stellte sie fest. »Jeder Mensch hat das Recht auf eine Bestattung.«

»Woher haben Sie das?«, fragte er verblüfft.

»Das setze ich voraus.«

»Und dann?«

»Ihre Frau hat ihn gepflegt. Es bestand keine offizielle Pflegschaft, aber sie hat sich gekümmert. Jetzt lebt er nicht mehr. Und die wenigen sterblichen Überreste gehen in zwei Tagen an das Krematorium. Ich habe eine Urnenbestattung angefordert.«

»Sie machen mich schwindelig.«

»Das wollte ich nicht. Manchmal muss man an den Dingen drehen.«

Krause nahm Anlauf, Krause wurde förmlich. Er sagte griesgrämig: »Wir sind der Geheimdienst der Bundesrepublik Deutschland. Wir können doch nicht eine Einäscherung fordern, das ist doch absurd.«

Gillian wurde ärgerlich und direkt. »Ich habe Sie als Manager und mich als Ihre Sekretärin ausgegeben. Von Geheimdienst war überhaupt keine Rede. Halten Sie mich etwa für naiv?«

Krause sagte bedrückt: »Entschuldigung.«

Nach einer Weile fragte er leise: »Und jetzt?«

»Ich habe ein Bestattungsunternehmen engagiert. Die kümmern sich um alles. Die Urne habe ich auch ausgesucht. Sie wird Ihnen ausgehändigt. Das müssen Sie bezahlen. Den Platz auf dem Friedhof auch. Und Ihre Frau wird Dieter bestatten lassen und kann einen Grabstein aufstellen. So einfach ist das manchmal.« Sie war zornig, dieser Krause war zuweilen so schrecklich weltfremd.

Krause sah zu Boden und überlegte das. »Ein Trauerzug zu zweit«, murmelte er. »Es wird einsamer um uns. Ich danke Ihnen herzlich.«

*

Jeremiah aus New York meldete sich exakt zehn Stunden nachdem sie ihn kontaktiert hatten. In Berlin war es später Nachmittag, und Sowinski hatte es riskiert, nach Hause zu fahren, um unter die Dusche zu springen und seine Frau darauf vorzubereiten, dass ihm eine weitere Nachtschicht bevorstand.

»Hier ist der wunderbare, einzigartige Jeremiah aus der einzigartigen Stadt New York, in der zu leben ein einzigartiges Fest ist. Mein lieber Freund in Berlin! Jeremiah hat unter äußerst schwierigen Konditionen festgestellt, wie oft und von wem der einzigartige Mister Ruben Cruzeiro telefonisch angefordert wurde. Trotz widriger Umstände gelang es dem unvergleichlichen Jeremiah, alle notwendigen Unterlagen und Quellen anzubohren und mit umfangreichem Material in die Zivilisation zurückzukehren. Ihr Deutschen habt ein schönes Wort für das, was ich in die Debatte werfen will: Gefahrenzulage. Ich habe diese Gefahren nur überstanden, weil mein eiserner Wille keine Niederlage zuließ. Ein Tausender, mein Freund, und du kannst das alles haben. Mit freundlichsten Grüßen, dein geliebter Jeremiah.«

Ein eifriges Mitglied seines neuen Teams informierte Sowinski augenblicklich. Der fluchte minutenlang, ehe er sich in sein Auto warf und von daheim zurück zu den Bildschirmen eilte.

Selbst unter der Androhung, die Beziehung auf ewig zu beenden, ließ Jeremiah nicht mit sich reden. Sie einigten sich bei sechshundert Dollar. Sowinski nannte das ganz unverhohlen Erpressung, wusste aber gleichzeitig, dass sie immer und immer wieder auf die Jeremiahs dieser Welt angewiesen sein würden. Zumindest solange Goldhändchen nicht wieder im Lot war.

Richtig sauer wurde Sowinski aber dann, als er feststellen musste, dass Jeremiahs Material so gut wie nichts Neues ergab. Zumal der brisante Player Cruzeiro für dieses Mal in den Rang eines Statisten abgerutscht war, da seine Leute fürs Erste von Müller und Co. ausgeschaltet worden waren.

Nur die Tatsache, dass sich wenig später Islamabad meldete, tröstete ihn über den Misserfolg hinweg. Wenigstens würden sie das Mädchen in Sicherheit bringen können.

Minuten später ging Sowinski auf Sendung und traf auf eine verschlafene Svenja. Dehner fuhr.

»Ich habe eine Lösung für Souza Thomas. Ein Deutscher namens Bender, Vorname Christoph, ist zurzeit in der Luft. Er ist Sicherheitsbeamter der deutschen Vertretung. Er kommt euch mit einem Hubschrauber von Islamabad aus entgegen. Er hat eure Handynummer und meldet sich bei euch. Er nimmt das Mädchen auf und fliegt mit ihr zurück. Wie ist der Stand der Dinge?«

»Wir liegen ungefähr drei Kilometer hinter Kilt Brown. Die Straße ist hier okay. Aber wir kommen trotzdem nur langsam vorwärts. Ist irgendetwas vom Ziel durchgesickert?«

»Wir wissen jetzt, dass ihr bis Tanai fahren müsst. Von dort an geht es westwärts in die Berge. Eine genaue Route haben wir nicht.«

»Wie liegt Müller?«

»Müller richtet sich nach zwei kleinen Bussen mit amerikanischen Passagieren. Er kommt gut voran.«

*

Krause kam nach Hause und fand seine Frau Wally in der Küche. Sie putzte. Sie putzte immer, wenn sie traurig war.

»Du kannst aufhören«, sagte er.

»Wie bitte?«

»Ich sagte, du kannst aufhören. Gillian hat das erledigt, sie hat uns wieder mal gerettet.«

»Was hat sie denn gemacht?«

»Wir können Dieter beerdigen.«

»Wie denn?«

»Wir bekommen eine Urne mit seiner Asche.«

»Nein.«

»Doch! Und jetzt setz dich mal hin und hör mir zu.«

*

Es war öde, es war bedrückend, es war einschläfernd gleichförmig. Er spürte die andauernden Stöße des Wagens schon gar nicht mehr, wenn die Piste sich verschlechterte und er nur noch durch Löcher holperte. Sein Rücken schmerzte seit Stunden.

Er überlegte, welche Zeit jetzt in Deutschland war, und meldete sich bei Gillian.

»Könnt ihr mir eine Verbindung zu Anna-Maria schalten? Eine, die zwei, drei Minuten hält? Ich meine, sie hat ja keine Ahnung. Woher soll sie wissen, wo ich mich herumtreibe?«

»Ich weiß nicht, was Anna-Maria weiß«, entgegnete Gillian hoheitsvoll. »Ich kann das versuchen. Ist das die Nummer Ihrer Exfrau?«

»Ja, bitte.«

»Ich melde mich, wenn die Leitung steht.«

Es dauerte zwanzig Minuten, dann rief Gillian zurück, er könne jetzt sprechen. Er hörte Anna-Marias Stimme.

»Also, Papa, ich habe keine Ahnung, wo du bist. Aber da wäre einiges zu bereden.«

»Ich bin weit weg, Spätzchen. Mehr als ein paar Tausend Kilometer. Ich fahre durch Afghanistan ...«

»Ich heiße Anna-Maria, Papa.«

»Ja, Spätzchen. Ja, Anna-Maria. Ich wollte dir Guten Tag sagen, und ich wollte dir sagen, dass wir demnächst zusammen Eis essen gehen und so was in der Art.«

»Wann denn, Papa?«

»Wenn ich wieder in Berlin bin.«

»Wann denn, Papa?«

»Das kann ich nicht genau sagen. Ich melde mich auf jeden Fall.«

»Sammelst du wieder Informationen?«

»Ja. Wie immer. Dann können wir alles bereden.«

»Es wäre aber jetzt wichtig, Papa.«

»Dann reden wir jetzt. Um was geht es denn, Spätzchen?«

»Also, ich bin jetzt mit Dirk zusammen.«

»Mit Dirk? Wer ist Dirk?«

»Du kennst doch Dirk, Papa.«

»Ich kenne keinen Dirk.«

»Dirk von gegenüber, Papa. Der Vater ist auch beim Bundesnachrichtendienst. Den kennst du doch, oder?«

Er hatte keine Ahnung. Gegenüber wohnte jemand, der im Dienst arbeitete, so weit, so gut. Aber Dirk?

»Also, du bist mit Dirk zusammen. Und wo ist das Problem?«

»Ob wir zusammen bei mir schlafen dürfen. Mama sagt, sie hält sich raus. Mama sagt, ich soll dich fragen.«

»Du bist dreizehn, Spätzchen.«

»Ich bin Anna-Maria, und ich bin schon bald vierzehn.«

»Das überzeugt mich nicht«, sagte er hohl.

»Aber wir wollen das, Papa.«

»Du willst mit Dirk in unserem Haus schlafen?«

»Ja. Bei Dirk geht das nicht. Weil, er hat einen kleinen Bruder, den Matthias, und der schläft auch in Dirks Zimmer. Da geht das eben nicht.«

»Was sagen denn die Eltern von Dirk?«

»Denen ist das wurscht.«

»Wurscht? Ich bitte dich. Was soll das denn? Wie alt ist denn Dirk?«

»Der wird dieses Jahr sechzehn. Und wir hängen immer zusammen ab. Und da passiert ja auch nichts.«

Da passiert nichts? Du willst mit dem schlafen. Oder was meinst du mit schlafen? Was ist denn schlafen bei dir, zum Teufel? Mit gebremstem Schaum? Kuscheln? Was ist schlafen, verdammt noch mal? Versuche in Geschlechtsverkehr?

»Gib mir mal die Mami, bitte.«

Anna-Maria schrie in höchstem Diskant: »Mamiiie!« Er hörte heftige Geräusche im Hintergrund, Türen schlugen.

»Ja, bitte?«

»Wir haben sehr lange nicht mehr geredet«, sagte Müller mit trockenem Mund. »Viel zu lange. Anna-Maria will mit Dirk bei uns schlafen. Was immer das bedeutet, ich will, dass sie das darf. Berate sie. Hilf ihr.«

»Aber das kann ich doch nicht«, jammerte seine Exfrau hilflos.

»Das kannst du, wenn du willst«, sagte er fest. »Auf Wiedersehen.«

*

Drei Stunden später stoppte er seinen Wagen dicht neben einer senkrecht abfallenden Wand. Er fuhr hinter einen großen Felsbrocken und stieg aus. Er ging bis unmittelbar an die Senkrechte, hob das Fernglas vor die Augen und starrte hinunter.

»Habe ich Kontakt?«, fragte er in das Mikrofon.

»Kontakt«, bestätigte Sowinski.

»Ich bin da«, sagte er.

Es war ein oval geschnittenes Hochtal, ein gewaltiges Loch in einer öden, vegetationslosen Landschaft. Es wirkte ausgesprochen lebensfeindlich.

»Was siehst du?«, fragte Sowinski.

»Kein Baum, kein Strauch, kein Grashalm. Wind aus Süd, der Himmel sieht aus, als regnete es gleich. Es wird schon dunkel. Ich bin knapp hinter dem Pass Richtung Osten. Es ist ein Hochtal. Ich schätze, es liegt ungefähr fünfhundert Meter unter mir und ist etwa tausend Meter lang. Da fließt ein Bach. Hörst du mich?«

»Ich höre dich.«

»Links von mir geht ein Weg hinunter. Er ist verdammt schmal. Er führt bis unten auf die Sohle, ich zähle zwölf Kehren. Da unten stehen Zelte, da brennen drei Feuer. Es sind vier große Rundzelte und ungefähr acht viereckige Zelte von kleinem Format. Es sieht aus wie eine kleine Zeltstadt für Touristen, ist es ja auch gewissermaßen.«

»Verstanden. Kannst du filmen?«

»Ich filme es schon. Mein Standpunkt ist riskant, ich muss mich beeilen. Jeder, der runter in dieses Loch will, muss an mir vorbei und sieht mich. Der Wind frischt auf. Da unten stehen sechs SUVs und vier normale Pkw.«

»Gibt es eine zweite Zufahrt? Kannst du irgendeinen zweiten Weg erkennen? Ich denke an Dehner und Svenja.«

»Nein, ich kann keine zweite Zufahrt erkennen.«

»Schick mir den Film rüber, wenn du genug Material hast. Siehst du Menschen?«

»Ja. Ziemlich viele sogar. Einige hocken an den Feuern, andere laufen herum oder stehen zusammen und reden. Es ist ein munteres Bild. Hörst du mich?«

»Ich höre dich. Sind die beiden Busse mit den Amerikanern diesen Weg da hinuntergefahren?«

»Nicht in den Bussen. Als wir keinen Kontakt hatten, sind die Amis aus den Bussen in SUVs umgestiegen. Busse geht gar nicht.«

»Glaubst du, du kannst es riskieren, in das Tal zu fahren?«

»Auf keinen Fall. Sie können mich beliebig jagen und abschießen, bis ich unten bin. Ist das angekommen?«

»Angekommen. Und zu Fuß?«

»Ich bin kein Held, ich habe etwas gegen Selbstmord. Wann wird Svenja hier sein?«

»Geschätzt in etwa sechs bis sieben Stunden. Hast du das?«

»Ja, habe ich. Dann such ich mir eine stille Parkbucht, schau den Sternen zu und ordere einen doppelten Espresso und einen sechsfachen Glenfiddich. Ach ja, jetzt regnet es, und die Nacht kommt.«

Karl Müller fuhr einen seichten Schotterhang hoch, suchte sich einen großen Felsbrocken und verschwand dahinter samt seinem Auto. Er stieg aus, suchte einen flachen Stein, der ungefähr einen Meter hoch war, und sprang mit beiden Füßen darauf. Wieder hinunter, hinauf, hinunter, hinauf. Er ließ die Schultern rollen. Jemand, der ihn beobachtete, musste an eine Lächerlichkeit glauben oder daran, dass er kindliche Spiele spielte. Ein erwachsener Mann, der im Regen herumhampelte. Aber er war steif, er musste seinen Kreislauf anfeuern, er brachte sich in Bewegung. Nach etwa zehn Minuten stieg er wieder ein.

Irgendwann hörte es auf zu regnen, und er öffnete beide Seitenfenster, um frische Luft hereinzulassen. Dann war da plötzlich ein Schwall schriller Geräusche, Leute schrien ganz hoch mit voller Kraft, Schüsse waren zu hören.

Müller legte sich das Stirnband des Nachtsichtgeräts um den Kopf und klappte es vor die Augen. Er mochte das Grün nicht.

Er stieg aus und lief die wenigen Schritte bis an den Rand der Schlucht.

Das Lager unter ihm war in Aufruhr. Menschen rannten hin und her, brüllten irgendetwas. Dann flammte grelles Scheinwerferlicht auf. Natürlich, sie hatten Stromgeneratoren. Müller klappte hektisch das Nachtsichtgerät nach oben, er sah plötzlich nichts mehr, das Licht war zu grell.

Er versuchte, ein Muster zu erkennen. Auf welchen Punkt konzentrierten sich die Menschen da unten? Er legte das Nachtsichtgerät wieder vor die Augen. Er machte die Umrisse eines Menschen aus, der mit einer kurzen schwarzen Waffe feuerte. Eine Maschinenpistole. Er feuerte auf den Weg, der in scharfen Kehren aus dem Tal herausführt, direkt zu ihm hinauf.

Dann sah er das Ziel. Es waren zwei Gestalten, und ihre Bewegungen waren jung und geschmeidig. Sie hatten einen knappen Vorsprung von einer Kehre und waren etwa zehn Meter voneinander entfernt. Die erste Gestalt war eine Frau, kein Zweifel.

Unvermittelt blieb sie stehen, drehte sich um und schrie hoch und grell: »Geeert!«

Es ist Lievje!, dachte Müller verblüfft.

Dann zuckte die Frau zusammen, wie von einem unsichtbaren Schlag getroffen, und fiel auf die Knie, streckte beide Arme nach der zweiten Gestalt aus, die auf sie zu rannte.

Es waren vier Männer, die schossen.

Geert erreichte Lievje, kniete sich neben sie, zuckte ebenfalls, fiel nach vorn auf das Gesicht. Die Frau richtete sich auf, es sah mühsam aus. Dann wurde sie von weiteren Schüssen der Länge nach zu Boden gefällt.

Ich kann nichts tun, dachte Müller. Überhaupt nichts. Er wollte das Nachtsichtgerät schon nach oben klappen, sich wegdrehen, da sah er noch, wie einer der Schützen die beiden Toten erreichte und mit aller Gewalt nach ihnen trat.

Müller setzte sich in sein Auto, versuchte, sich auf seine Tochter zu konzentrieren, scheiterte damit, fluchte laut und verbissen, wurde stumm und hilflos.

21. KAPITEL

»Wirst du Müller eigentlich heiraten?«, fragte Dehner.

»Ich habe keine Ahnung. Vielleicht in ein paar Jahren, wenn wir an einem Schreibtisch hocken. Wir reden nicht darüber.« Svenja mochte das Thema gar nicht.

»Aber warum nicht? Es wäre doch nur logisch.«

»Logik und Heirat scheinen mir als Paar nicht zu passen. Was ist bei dir? Irgendein fester Lover in Sicht?«

»Nein. Aber es wäre schön, nach Hause zu kommen und Königsberger Klopse auf dem Tisch zu haben.«

»Dann werden wir beide warten. Du auf deine Königsberger Klopse und ich auf meinen Ehering. Hoffnungslos konservativ. Das Display sagt, wir sind gleich da. Ruf Müller.«

»Ich bin gern konservativ«, murmelte Dehner.

Der Tag kroch heran, es regnete leicht, im Osten war ein heller Schimmer über den Bergen. Die Wolken hingen schwer und dicht über ihnen.

Müller kam am linken Hang hinter einem Felsbrocken hervor und winkte ihnen zu. Svenja fuhr den Hang hoch.

»Kilt Brown ist durchgekommen«, sagte er zur Begrüßung. »Fünfzehn Minuten vor euch. Willkommen am Arsch der Welt.« Dann fügte er hinzu: »Deine Frisur ist eigentlich ganz hübsch«, und wandte sich zu Dehner: »Deine blonde Matte ist eindrucksvoll hässlich.«

»Ich lasse sie wieder wachsen«, antwortete Svenja.

»Man kann es bestimmt überfärben«, sagte Dehner.

Sie setzten sich in Müllers Wagen.

»Jetzt eine Zigarette!«, sagte Dehner.

»Das gibt es doch nicht!«, empörte sich Svenja.

»Da im Handschuhfach.« Müller wies dorthin. »Sie schmecken mies und billig und hart, aber sie sehen aus wie richtige Zigaretten.«

»So was!«, sagte Svenja. Dann musste sie grinsen.

Dehner rauchte. Eigentlich rauchte er nicht, er paffte vor sich hin und machte den Eindruck eines Pennälers, der zum ersten Mal in seinem Leben andächtig eine Zigarette probiert.

Müller starrte hinaus in den Regen. »Ich würde uns nicht raten, da runterzufahren. Vielleicht dreißig bis vierzig Leute, viele bewaffnet.« Er schwieg einen Moment, ehe er weitersprach: »Geert und Lievje konnten flüchten. Für eine Minute. Dann hat man sie erschossen.« Er schloss die Augen.

»Verdammt«, sagte Svenja. Und nach einer Pause: »Was tun wir dann überhaupt noch hier?«

»Sichern und beobachten«, sagte Dehner trocken.

»Sowinski sagt, sie werden drei bis vier Wochen bleiben. Das ist eine Schätzung. Sie werden sie an den Waffen schulen, sie werden ihnen beibringen, wie man sich als Untergrundkämpfer bewegt, wie man überlebt, wie man reagiert, wie man sich schützt. Sie werden den Kinderchen alle möglichen spannenden Sachen erzählen und sie lehren, wie man Bomben baut und sie an den richtigen Stellen in die Luft jagt. Sie werden es unterhaltsam aufziehen. Das ist Spannung pur für zivilisationsmüde, richtungslose, des Lebens überdrüssige junge Europäer.« Müller nahm sich auch eine Zigarette, zündete sie an, paffte ein paarmal, verzog den Mund und versenkte die Zigarette im Aschenbecher.

Es hatte aufgehört zu regnen, stattdessen zog Nebel auf.

»Ich will das sehen«, bestimmte Svenja. »Ich kann nicht über etwas reden, das ich nicht gesehen habe.«

Sie stiegen aus, sie liefen die paar Meter den Hang hinunter, querten die Straße und standen dicht an der abfallenden Senkrechten.

»Sie werden ihre Gäste in den großen Zelten schulen und mit ihnen sprechen«, überlegte Dehner. »Einheimische sorgen für den Nachschub an Lebensmitteln. Ja, du hast recht: So etwas ist spannend, mitten im Nirgendwo. Ist das hier Pakistan oder Afghanistan?«

»Du kannst es dir aussuchen«, antwortete Svenja

Dehner sah das Flugzeug zuerst, er sagte harmlos: »Guck mal!«, und nahm das Fernglas hoch vor die Augen.

Die Maschine kam zwischen den Bergen hindurch, war ein schwarzer Schatten im Grau. Das Geräusch war ein mattes Dröhnen, ein Cockpit war nicht zu erkennen.

»Ist das etwa ...«, stieß Müller hervor.

»... eine Predator«, kam Svenjas Stimme hell und hart.

Die Drohne senkte die Nase und schoss durch eine lichte Nebelbank. Dann löste sich ein grellweißer Strich und fauchte geradewegs auf das Camp zu.

Die Drohne hob die Nase wieder und verschwand in einem Bergeinschnitt.

»Hellfire-Rakete ...« Svenjas Stimme war ungläubig.

Dann erst kam der Schall aus der Schlucht, ein orkanartiger Schlag, ein Fauchen, ein ungeheurer Krach. Ein greller, rotgelber Feuerball. Sie sahen nichts mehr, alles war überlagert von einer gewaltigen Wolke aus Erde, Staub und Steinen. Die Wolke wuchs sehr schnell.

»Sie kommt wieder«, sagte Müller. Er war kaum zu verstehen, seine Stimme kam stockend und dunkel. »Sechs bis acht Minuten. Das machen sie immer so.«

»Sowinski muss das wissen«, sagte Svenja. Sie spuckte den Staub aus.

»Ruf ihn an und sag ihm Bescheid.« Müller hatte einen Kloß im Hals und räusperte sich.

Svenja drehte sich und rannte zu den Fahrzeugen.

»Hier in der Gegend sind Norweger oder Schweden.« Dehners Stimme troff vor Zynismus. »Die wachen über den Frieden.«

Dann hörten sie die ersten Schreie. Sie klangen dünn wie Kinderstimmen und verwehten. Der Staub und der Dreck legten sich langsam. Das Camp wirkte wie ein Ameisenhaufen, in den ein Riese mit unvorstellbarer Gewalt hineingetreten hatte.

»Wie kann das sein?«, fragte Dehner zittrig. »Sie töten doch auch ihre eigenen Leute.«

»Ja, ja«, nickte Müller. »Aber das sind ja Abtrünnige. Außerdem, niemand wird die Befehlskette rekonstruieren. Niemand will das. Und falls doch, werden sie sagen, dass sie die Ankunft der amerikanischen Rekruten erst heute erwartet haben. Vierundzwanzig Stunden später. Was sollen sie auch sonst sagen? Alles, was wir gesehen haben, lässt sich leicht vernebeln.«

»Wir haben Filme!«, beharrte Dehner trotzig.

»Ja, aber niemand sieht die. Niemand weiß, dass es sie gibt.«

»Da ist das Ding wieder«, sagte Dehner erstickt.

Die Maschine kam von der anderen Seite, neigte sich nach links, stieß tief hinab und feuerte die zweite Rakete ab. Der Krach schlug die Wände der Schlucht hoch, er war ohrenbetäubend. Die Wolke aus Dreck und Staub stieg wieder auf, wirkte bedrohlich, erreichte den Rand, hüllte sie ein, brachte sie zum Husten. Die Drohne zog hoch und verschwand über einen Berggrat.

»So eine Scheiße!«, sagte Müller heftig und spuckte den Dreck aus.

Svenja kam zurück, sie keuchte verhalten.

»Sowinski meint, wir sollen uns nach Sachlage verhalten.«

»Die Sachlage sind Tote und Verletzte«, murmelte Dehner.

»Wir fahren runter und sehen, was wir tun können«, entschied Müller.

Sie fuhren langsam in die Schlucht, Dehner fuhr voran. Als sie den Grund der Schlucht erreicht hatten, hielt er an und stieg aus. Zwischen zwei Felsen lag etwas auf der Fahrbahn. Dehner ging hin, nahm es hoch und trug es beiseite. Er legte es behutsam zurück in den Staub. Es war das rechte Bein einer Frau. Der rote Lack auf den Zehennägeln sah aus wie eine Kette kleiner Blumen.

EPILOG

Berlin, sechs Tage später.

Sie saßen im Halbdunkel, es war mittags, der Himmel hing tief und bleischwer.

»Und? Sind unsere Leute zurück?«, fragte der Präsident.

»Alle wieder hier, alle an Bord. Ich nehme an, sie schlafen, sie haben es verdient.« Krause rutschte auf dem harten Leder des Sessels hin und her.

»Es war eine blutige Strecke«, sagte der Präsident. »Wissen wir Genaues?«

»Wir haben siebenundfünfzig Tote gezählt. Vier Schwerverletzte sind etwas später gestorben, weil die pakistanische Armee und ein Sanitätstrupp nicht schnell genug zu dem Ort des Geschehens vordringen konnten. Meine Leute haben zwei Tage und die Nacht dazwischen nur aufgeräumt, Wunden verbunden, Händchen gehalten. Die meisten Jugendlichen haben nicht überlebt, mehr als ein Dutzend waren noch Kinder. Ein Schlachthaus.«

»Das wird einen Aufschrei geben«, sagte der Präsident mit einem Seufzer.

»Es gibt immer einen Aufschrei.« Krause fühlte sich unbehaglich. »Und dabei wird immer vergessen, weshalb man eigentlich aufschreien sollte.«

»Weshalb denn?«, kam die Frage.

»Es sind siebenundfünfzig Tote zu viel«, antwortete Krause schnell und hart. »Die Amerikaner sind hysterisch, die Amerikaner untersuchen nicht, sie töten einfach. Sie töten die wichtigsten Informanten, sie töten unterschiedslos. Sie zerstören meine Arbeit. Und ich habe den Verdacht, dass sie auch noch stolz darauf sind. Ich kann meinen Leuten nicht mehr ins Gesicht sehen. Ich jage meine Agenten quer über den Planeten, und sie müssen zusehen, wie alle ihre Arbeit zunichtegemacht wird. Mit zwei Raketen.«

»Was ist mit den Hauptschuldigen?«

»Kilt Brown ist tot. Und die meisten seiner Schergen auch.« Krause wedelte hilflos mit den Armen. »Wir haben nur die Familie Alabi retten können. Und das allein, weil Dehner bereit war, sich für sie zu prügeln. Wir dürfen nur hoffen, dass sie in Ruhe leben können.«

»Noch lose Fäden.«

»Ja, einige, Schreibtischarbeit für vier Wochen. Aber auch Erleichterung, wenn ich daran denke, dass drei meiner besten Leute nur durch Zufall noch leben.«

»Dann wollen wir das still feiern«, sagte der Präsident, und es war nicht klar, ob er das ironisch meinte.